本书获得湖南师范大学中国语言文学一流学科经费资助

九州文库

玛格丽特·杜拉斯的小说主题研究

黄怀军 刘莎 著

九州出版社
JIUZHOUPRESS

图书在版编目（CIP）数据

玛格丽特·杜拉斯的小说主题研究 / 黄怀军，刘莎著. -- 北京：九州出版社，2023.8
ISBN 978-7-5225-2021-6

Ⅰ.①玛… Ⅱ.①黄…②刘… Ⅲ.①迪拉斯（Duras，Marguerite 1914-1996）—小说研究 Ⅳ.①I565.074

中国国家版本馆 CIP 数据核字（2023）第 137378 号

玛格丽特·杜拉斯的小说主题研究

作　　者	黄怀军　刘莎　著
责任编辑	刘　嘉
出版发行	九州出版社
地　　址	北京市西城区阜外大街甲 35 号（100037）
发行电话	（010）68992190/3/5/6
网　　址	www.jiuzhoupress.com
印　　刷	唐山才智印刷有限公司
开　　本	710 毫米×1000 毫米　16 开
印　　张	15.25
字　　数	253 千字
版　　次	2024 年 1 月第 1 版
印　　次	2024 年 1 月第 1 次印刷
书　　号	ISBN 978-7-5225-2021-6
定　　价	95.00 元

★版权所有　侵权必究★

目 录
CONTENTS

引 言 ··· 1

第一章　生硬冷酷的家庭 ································· 6
    第一节　弱势或绝情的父亲 ························· 8
    第二节　倔强而专制的母亲 ······················· 18
    第三节　凶狠或软弱的兄弟 ······················· 29
    第四节　叛逆或负心的女儿 ······················· 45

第二章　凄美绝望的爱情 ······························· 55
    第一节　哀婉的绝缘之爱 ··························· 56
    第二节　纠缠的三角恋情 ··························· 78
    第三节　痛苦的畸形之爱 ··························· 99

第三章　汪洋恣肆的欲望 ······························· 113
    第一节　青少年的情欲体验 ······················· 114
    第二节　中老年不息的情欲 ······················· 129
    第三节　情欲的化身或符号 ······················· 136

第四章　纷繁隐晦的心绪 ······························· 148
    第一节　刻骨的孤独意识 ··························· 149
    第二节　扭曲的病态心理 ··························· 160

第三节　奇特的犯罪冲动 …………………………………… 175

第五章　介入社会的诉求 ………………………………………… 187
　　第一节　揭露殖民制度的邪恶 ……………………………… 188
　　第二节　彰显底层民众的苦难 ……………………………… 205
　　第三节　昭示纳粹战争的罪行 ……………………………… 218

引 言

玛格丽特·杜拉斯（Marguerite Duras，1914—1996），本名玛格丽特·道纳迪厄（Marguerite Donnadieu），20世纪法国小说家、剧作家和电影艺术家。不过，尽管创作过30多部舞台剧本和电影剧本，导演过近20部电影，但玛格丽特·杜拉斯在文艺领域的成就主要还是体现在小说创作上。基于此，著者认为，要理解玛格丽特·杜拉斯的创作成就和艺术特色，她的小说是一个有效的基点和突破口。单从创作主题来看，玛格丽特·杜拉斯的剧本和电影都没有超出她的小说范围，只要梳理清楚她所创作的小说的主题，便可以对她所有文艺创作的主题有一个全面的理解和把握。

玛格丽特·杜拉斯创作的小说主要是中长篇小说，只有少量短篇小说。按照出版或发表的年代，她的中长篇小说有《无耻之徒》（*Les impudents*，又译为《厚颜无耻的人》，1943）、《平静的生活》（*La vie tranquille*，1944）、《抵挡太平洋的堤坝》（*Un Barrage contre le Pacifique*，1950）、《直布罗陀水手》（*Le marin de Gibraltar*，1952）、《塔尔奎尼亚的小马》（*Les petits chevaux de Tarquinia*，又译为《塔吉尼亚的小马》，1953）、《广场》（*Le square*，又译为《街心花园》，1955）、《琴声如诉》（*Moderato cantabile*，又译为《如歌的中板》，1958）、《夏夜十点半钟》（*Dix heures et demie du soir en été*，又译为《夏日夜晚十点半》，1960）、《昂代斯玛先生的午后》（*L'après-midi de Monsieur Andesmas*，又译为《安德马斯先生的午后》，1962）、《劳儿之劫》（*Le Ravissement de Lol V. Stein*，又译为《劳儿的劫持》《劳儿·V. 斯坦茵的迷狂》，1964）、《副领事》（*Le Vice-Consul*，1966）、《英国情妇》（*L'amante anglaise*，又译为《英国情人》，1967）、《毁灭，她说》（*Détruire dit-elle*，又译为《摧毁吧，她说》，1969）、《阿巴恩，萨芭娜，大卫》（*Abahn Sabana David*，1970）、《爱》（*L'amour*，1971）、《情人》（*L'amant*，1984）、《痛苦》（*La douleur*，1985）、《乌发碧眼》（*Les yeux bleus, cheveux noirs*，又译为《蓝眼睛黑头发》，1986）、《埃米莉·L》（*Emily L.*，1987）、《夏雨》（*La pluie d'été*，1990）、《中国北方的情人》（*L'amant de la Chine du Nord*，又译为《来自中国北方的情人》《华北情人》，

1991)、《扬·安德烈亚·斯泰奈》(Yann Andréa Steiner, 1992) 等。短篇小说有短篇小说集《成天上树的日子》(Des journées entières dans les arbres, 又译为《树上的岁月》, 1954) 中的4篇以及《坐在走廊里的男人》(L'homme assis dans le couloir, 1980)、《大西洋人》(L'homme atlantique, 又译为《大西洋男人》, 1982)、《死亡的疾病》(La maladie de la Mort, 又译为《绝症》, 1982)、《诺曼底海滨的娼妓》(La pute de la Côte Normande, 又译为《诺曼底海岸的妓女》, 1986)、《奥蕾莉娅·巴黎》[Aurélia Steiner (Paris), 发表时间不详] 等。本书试图对玛格丽特·杜拉斯上述所有小说的主题做一次宏观的、整体的会通性考察。

在著者看来，玛格丽特·杜拉斯的小说创作具有三个明显的特点。首先是自传性。她明确表示："书的主题，永远是自我。"① 在接受访问时，玛格丽特·杜拉斯明确承认《乌发碧眼》中的自传成分："我们写的总是关于自己的书。编造故事不是我的所为。"② 她在1984年9月4日对友人玛里亚娜·阿尔方谈及《情人》的创作时说："这次回到自我，使我产生了阅读自己的书的欲望。做一本自己的书。读自己的书……于是我就冲着这个方向去了，不与任何人分享，也不能与任何人分享。"③ 杜拉斯曾经在一本簿子上写道："有人说不喜欢自己的书，假如真的有这种人，那是因为他们没有战胜羞耻感。我喜欢我的书。我对它们非常感兴趣。我书中的人物是我生活中的人物。"④ 但玛格丽特·杜拉斯小说的自传性又不能被简单地视为真实性，即不能简单地判定小说中写的事和人一定是现实生活中的真人真事。所以，法国作家、历史学家、记者劳拉·阿德莱尔 (Laure Adler) 在《杜拉斯传》(Marguerite Duras) 的序言中发出这样的感叹："谁是真正的杜拉斯？这个狡黠的杜拉斯啊，手上有这么多的面具，而且，随着时间的流逝，故意将生活中的某些片段隐藏起来，搞乱线索，以此为乐。这个自传专家、职业忏悔师的杜拉斯成功地让我们相信了她的谎言。""一边是玛格丽特·杜拉斯真实的生活，另一边则是她所讲述的生活。如何区分真实生活与故事、真实生活和谎言呢？在岁月的流程中，她一直想要通过写作重

---

① [法] 玛格丽特·杜拉斯《婚礼弥撒——关于〈埃米莉·L〉》，王道乾译，《杜拉斯全集》第10册，上海：上海译文出版社，2021年，第172页。
② [法] 劳拉·阿德莱尔《杜拉斯传》，袁筱一译，沈阳：春风文艺出版社，2000年，第663页。
③ [法] 劳拉·阿德莱尔《杜拉斯传》，袁筱一译，沈阳：春风文艺出版社，2000年，第629页。
④ [法] 劳拉·阿德莱尔《杜拉斯传》，袁筱一译，沈阳：春风文艺出版社，2000年，第695页。

建自己的生活，想要把自己的生活变成一部传记。"① 当小说《情人》出版后，人们怀疑书中的法国少女是不是杜拉斯本人，富有的中国青年男子和贫穷的白人少女之间的爱情是不是杜拉斯的亲身经历，玛格丽特·杜拉斯回答："我生命的故事并不存在。我不是为了叙述自己的故事才写的。写作剥夺了我生命中剩下的一切，让我远离人群，我无法再分辨什么是我笔下的生活，什么是我真实经历过的生活，真的。"②

其次是社会性。劳拉·阿德莱尔指出："倾诉灵魂的声音：玛格丽特是这样定义作家的使命的。让大家都听到这来自时代深处的呐喊，这因为不公正，因为要反抗而发出的呐喊。还有愤怒，出自每一个作为存在的人在灾难前所表现出的自尊。""她从来就是个叛逆而愤怒的女人，一个为自由而受难的使徒。政治上的自由，还有性的自由。因为，她自然是个关于爱情的作家，但是她也是个为了女性事业而奋斗的战士，她充满激情地捍卫女性的乐趣。"③ 发出来自时代深处的呐喊，为了女性事业而奋斗以及追求政治、性方面的自由都表明玛格丽特·杜拉斯介入社会的极大热情。法国文学专家许钧在主编《杜拉斯文集》的时候这样介绍玛格丽特·杜拉斯："杜拉斯的人生是复杂的，个性是鲜明的。她敢爱，敢恨；她经常绝望，却从不放弃过抗争，而是在抗争中获得欢乐，赋予生命以绝对价值；她说写作是'一种死亡'，她却在这种独特死亡方式中透现出顽强的生命力与无限的创造力；她是一个作家，却从不为艺术而艺术，而是以积极的'介入'，一腔的热情参加到各种社会、政治运动中去；她参加过抵抗运动，反对过阿尔及利亚战争，也曾投身于1968年的'五月事件'。20世纪下半叶在西方世界发生的一些重大事件，她几乎都以自己的方式'介入'过、经历过。"④ 玛格丽特·杜拉斯的小说创作同时代和社会的脉搏一起跳动。

最后是特异性或非道德性。玛格丽特·杜拉斯在小说《情人》中写道："以前我讲的是关于青年时代某些明确的、已经显示出来的时期。这里讲的是同一个青年时代一些还隐蔽着不曾外露的时期，这里讲的某些事实、感情、事件也许是我原先有意将之深深埋葬不愿让它表露于外的。那时我是在硬要我顾及羞

---

① [法] 劳拉·阿德莱尔《杜拉斯传》，袁筱一译，沈阳：春风文艺出版社，2000年，第4-5页。
② [法] 劳拉·阿德莱尔《杜拉斯传》，袁筱一译，沈阳：春风文艺出版社，2000年，第628-629页。
③ [法] 劳拉·阿德莱尔《杜拉斯传》，袁筱一译，沈阳：春风文艺出版社，2000年，第330、第6-7页。
④ 许钧《主编的话》，载 [法] 劳拉·阿德莱尔《杜拉斯传》，袁筱一译，沈阳：春风文艺出版社，2000年，第1页。

耻心的情况下拿起笔来写作的。写作对于他们来说仍然是属于道德范围的事。现在，写作似乎已经成为无所谓的事了，事情往往就是这样。有的时候，我也知道，不把各种事物混为一谈，不是去满足虚荣心，不是随风倒，那是不行的，在这样的情况下，写作就什么也不是了。"① 杜拉斯认为，如果将写作（包括小说创作）归属于道德范围内的事，为了满足虚荣心而随风倒或者媚俗，那么写作就会丧失自己的本质，变成"什么也不是"的东西。相反，如果不顾及羞耻心，敢于实事求是，大胆反映真实的生活，写作就不再是单一的道德教条，而是内涵十分丰富的文学作品。基于此，玛格丽特·杜拉斯特别看不起那种"男性文学"。她说："存在一种男性文学，废话连篇、喋喋不休，被学问教养缠得动弹不得，思想充斥累赘沉重，观念形态、哲学、变相的论述评论塞得满满的，这种文学已不属于创作范围，而是另一种东西，属于一种傲气，是一种一般表现老板地位的那种东西，完全没有特异性。在绝大多数情况下，他们根本不可能达到诗的境界。诗在他们那里已被剥夺无遗。男人的小说，根本不是诗。"② 看来，在小说中掉书袋，显摆学问教养，或者宣传某种思想观念，一股劲儿地发表哲学性的、学理性的评论，玛格丽特·杜拉斯是不屑为之的，她孜孜以求的是小说创作的特异性或非道德性。

　　本书是两位作者细读玛格丽特·杜拉斯所有小说的成果。黄怀军撰写全书的引言，第三、四、五章，刘莎撰写第一、二章。所依据的中译本基本是上海译文出版社组织国内优秀的法国文学尤其杜拉斯作品的中译者联袂推出的《杜拉斯全集》10册本，第1—6册于2018年出版，第7—10册于2021年出版。而《乌发碧眼》则是根据上海译文出版社1997年出版的《情人·乌发碧眼》译本。为了理解玛格丽特·杜拉斯的小说主题，著者除了细读她的所有小说，还深入研读了学界公认的最权威的玛格丽特·杜拉斯传记，即由法国著名历史学家、记者、作家劳拉·阿德莱尔撰写的、荣获1998年法国菲米娜批评大奖的《杜拉斯传》。此外，著者还参考了另外两位法国的杜拉斯传记作者的成果，即让·瓦里尔的《这就是杜拉斯》、克里斯蒂安娜·布洛-拉巴雷尔的《杜拉斯传》。

　　总体来看，玛格丽特·杜拉斯的小说涉及如下五个方面的题材和主题：一是家庭生活。杜拉斯步入文坛之初，便连续推出《无耻之徒》《平静的生活》和《抵挡太平洋的堤坝》三部讲述家庭故事的长篇小说，它们完全可以被称为

---

① ［法］玛格丽特·杜拉斯《情人》，王道乾译，《杜拉斯全集》第6册，上海：上海译文出版社，2018年，第10页。
② ［法］玛格丽特·杜拉斯《婚礼弥撒——关于〈埃米莉·L〉》，王道乾译，《杜拉斯全集》第10册，上海：上海译文出版社，2021年，第172页。

家庭小说。后来创作的一些小说也或多或少涉及这一题材和主题。二是爱情故事。玛格丽特·杜拉斯以叙写各种各样的爱情故事而著称,她最具轰动效应的小说《情人》写的就是爱情题材和主题。可以说,杜拉斯的小说大部分都涉及这方面的题材和主题。三是欲望或情欲书写。玛格丽特·杜拉斯很喜欢将爱情和色情或情欲融为一体。在她的小说中,性交的场景与过程的描写、男女的身体甚至生殖器的描绘比比皆是。由此可见,将杜拉斯的部分小说称为色情小说并不为过。四是现代心理描绘。玛格丽特·杜拉斯在诸多小说中常常描绘西方尤其法国现代社会中现代人多种多样的心绪,如孤独意识、病态心理、犯罪冲动,等等。这些心绪共同构成杜拉斯笔下一幅幅纷繁隐晦的现代心理图景,使她的小说呈现出浓郁的现代或后现代色彩。五是政治诉求。玛格丽特·杜拉斯不是躲在书斋里闭门造车的作家,她对法国殖民政策、德国纳粹战争、贫富悬殊、阶级对抗以及犹太人遭遇等一系列社会和政治问题都极为关注,并将这些问题通过小说表达出来。也因此,她的小说常常流露出介入社会的强烈诉求。总之,根据小说的题材与主题,完全可以将玛格丽特·杜拉斯的小说称为家庭小说、爱情小说、色情小说、心理小说(或现代小说)和政治小说。

  阅读玛格丽特·杜拉斯的小说会看到千姿百态的风景,会涌起多种多样的情绪,如同一次奔向诗和远方的旅程。就让我们一起走进玛格丽特·杜拉斯的小说所描绘的大千世界吧。

第一章

生硬冷酷的家庭

玛格丽特·杜拉斯（Marguerite Duras）步入文坛之初，就对家庭生活的题材和家庭主题情有独钟。她在最初的三部长篇小说《无耻之徒》（*Les impudents*，又译为《厚颜无耻的人》，1943）、《平静的生活》（*La vie tranquille*，1944）和《抵挡太平洋的堤坝》（*Un Barrage contre le Pacifique*，1950）中都描写了家庭生活，写到家庭成员之间的复杂关系。这三部小说都可以被称为家庭小说。此后，玛格丽特·杜拉斯晚年的长篇小说《情人》（*L'amant*，1984）、《中国北方的情人》（*L'amant de la Chine du Nord*，又译为《来自中国北方的情人》、《华北情人》，1991），以及中短篇小说《成天上树的日子》（*Des journées entières dans les arbres*，又译为《树上的岁月》，1954）、《昂代斯玛先生的午后》（*L'après-midi de Monsieur Andesmas*，又译为《安德马斯先生的午后》，1962）中都反复涉猎这一类题材和主题。

玛格丽特·杜拉斯曾经用"顽石"一词来形容自己小说中所描写的家庭的特点。她在七十岁高龄创作的《情人》里，这样描述女主人公家庭各个成员之间的关系："从来不讲什么你好、晚安、拜年。从来不说一声谢谢。从来不说话。从来不感到需要说话。就那么待在那里，离人远远的，一句话不说。这个家庭就是一块顽石，凝结得又厚又硬，不可接近。我们没有一天不你杀我杀的，天天都在杀人。我们不仅互不通话，而且彼此谁也不看谁。你被看，就不能回看。看，就是一种好奇的行动，表示对什么感兴趣、在注意什么，只要一看，那就表明你低下头了。被看的人根本就不值得去看。看永远是污辱人的。交谈这个字眼是被禁止的。我认为这个字在这里正表示屈辱和骄横。任何一种共同关系，无论是家庭关系还是别的什么，对于我们这一家人来说，都是可憎的、污蔑性的。我们在一起相处因为在原则上非活过这一生并为之深感耻辱不可。"① 在古希腊神话中，蛇发女妖戈耳工·美杜莎有使人石化的能力，任何看到她的脸的人都会化为石头。作为网络名词，石化是指被某事或某物惊到，暂时停止了思维，犹如变成石头一般。玛格丽特·杜拉斯说家庭像一块顽石，凝结得又厚又硬、不可接近，是指家庭里的各个成员都待人生硬、冰冷，让他人无法接近，也不愿意去接近，整个家庭呈现出无融合、不包容的状态。

因为玛格丽特·杜拉斯的创作具有很强的自传色彩，她笔下的人物尤其女性人物对家人和家庭的感情在很大程度上折射出她本人对家人和家庭的感情与态度。法国历史学家、记者、杜拉斯传记作者劳拉·阿德莱尔（Laure Adler）在《杜拉斯传》（*Marguerite Duras*）中揭示了玛格丽特·杜拉斯对自己家庭的矛盾感情："家庭对她来说仅仅是一种生活方式。漂泊不定的家庭，暴风雨气息的家庭，她觉得家里有的只是放纵和过度。我恨的不是家庭，但是我这么爱家，为什么家不爱我呢，既然家不爱我，我为什么又要爱家呢……对于她而言，家庭仍然是她唯一的避难所，然而同时，在这样的家里她根本无法生活下去。"② 类似表述在玛格丽特·杜拉斯小说里人物的口中也可以听到。如《情人》中的女主人公就感叹："至今我仍然归属于这样的家族，任何别的地方我都不能去，我只能住在那里，只能生活在那样的家庭里。它的冷酷无情、可怕的困苦、恶意狠毒，只有这样才能在内心深处取得自信，从更深的深度上感受到我的本质的确定性。"③ 虽然家庭显得冷酷无情、恶意狠毒，却仍然只能住在那里、生活在那里，字里行间透露出浓浓的无助与无奈之意。事实上，玛格丽特·杜拉斯笔下的主人公对自己所属家庭的情感非常复杂，不能简单地用一个"恨"或一个"爱"字来解释和概括。她曾经说过："在我写的关于我的童年的书里，什么避开不讲、什么是我讲了的，一下我也说不清。我相信对于我们母亲的爱一定是讲过的，但对于她的恨，以及家里人彼此之间的爱讲过没有我就不知道了。不过，在这讲述共同的关于毁灭和死亡的故事里，不论是在什么情况下，不论是在爱或是恨的情况下，都是一样的。总之，就是关于这一家人的故事，其中也有恨。这恨可怕极了，对这恨，我不懂，至今我也不能理解，这恨就隐藏在我的血肉深处，就像刚刚出世只有一天的婴儿那样盲目。恨之所在，就是沉默

---

① [法] 玛格丽特·杜拉斯《情人》，王道乾译，《杜拉斯全集》第 6 册，上海：上海译文出版社，2018 年，第 53 页。
② [法] 劳拉·阿德莱尔《杜拉斯传》，袁筱一译，沈阳：春风文艺出版社，2000 年，第 42 页。
③ [法] 玛格丽特·杜拉斯《情人》，王道乾译，《杜拉斯全集》第 6 册，上海：上海译文出版社，2018 年，第 71-72 页。

据以开始的门槛。"① 作者承认对家庭及其成员的恨不仅可怕极了，而且隐藏在血肉深处，似乎与生俱来，但也不否认自己对家人的爱以及家人彼此之间的爱，换言之，这是一种爱恨交加的感情。

本章结合玛格丽特·杜拉斯的具体作品，分析父亲、母亲、儿子、女儿等主要成员在家庭里各自承担的角色，剖析她的小说中各个成员对家庭的复杂感情与矛盾态度，从而概观她所描写的家庭的状况与特征。

第一节　弱势或绝情的父亲

玛格丽特·杜拉斯的小说具有很强的自传色彩，为了更好地理解玛格丽特·杜拉斯小说中所讲述的父亲的故事和所塑造的父亲的形象，首先需要简单地了解作者的父亲，以及作者对父亲的感情。

据劳拉·阿德莱尔查证，玛格丽特·杜拉斯的父亲亨利·道纳迪厄于1872年4月9日出生在法国西南部洛特-加龙省洛特新城专区圣-艾蒂安小区的一个鞋匠之家。亨利毕业于法国的阿让师范学校，1893年被任命为马斯·达让奈的小学教师。他与第一任妻子阿丽丝·里维埃（又译为艾丽斯·里维埃）在法国梅赞生了两个孩子，长子让出生于1899年，次子雅克出生于1904年。亨利和阿丽丝在1905年底去了法属殖民地印度支那的南部地区交趾支那。② 另一位杜拉斯传记作者让·瓦里尔则认为亨利·道纳迪厄第一次抵达西贡的时间是1904年底，而且他是单独一个人去的，妻子和两个孩子都留在外婆家。③ 阿丽丝在1909年5月去世，亨利·道纳迪厄在同年10月20日便与寡居的玛丽·奥布斯居尔结婚，两人育有两子一女，即长子皮埃尔、小儿子保尔（又译为保罗）和女儿玛格丽特。

亨利·道纳迪厄之所以从法国去印度支那，主要是受到冒险风气和异国情调的诱惑。劳拉·阿德莱尔说："他到这里的时候装了一脑子的高谈阔论。临走之前他上过课：领导一个学校就意味着代表整个法国，要成为伦理和灵魂的守

---

① ［法］玛格丽特·杜拉斯《情人》，王道乾译，《杜拉斯全集》第6册，上海：上海译文出版社，2018年，第26页。
② ［法］劳拉·阿德莱尔《杜拉斯传》，袁筱一译，沈阳：春风文艺出版社，2000年，第9页。
③ ［法］让·瓦里尔《这就是杜拉斯》，户思社等译，北京：作家出版社，2010年，第19页。

卫。非宗教的理想主义者也都争先恐后地告诉他：想要真正占领一个国家，循序渐进地、长期地，必须从教育入手。于是小学教师成了世俗的使者。……对于大多数殖民者而言，学校是征服心灵的最好手段，是传播法国文明最有效的武器。"① 让·瓦里尔说得更清楚：亨利·道纳迪厄去印度支那是受到其弟弟罗歇·道纳迪厄的影响。罗歇于1895年加入驻扎交趾支那的第四殖民地部队，服役结束后留在西贡的地籍管理和地形测量所任职。他激励哥哥来印度支那探险。亨利在1903年3月13日写给交趾支那教育主管的信中明确地说："我弟弟是地籍所地形测量员，我因此也喜欢上了交趾支那，我渴望在那里得到一份和教育有关的工作。"② 亨利在印度支那工作期间，先后担任嘉定师范学校校长、河内宗主中学校长、金边初等教育局局长等职务。但自从皮埃尔出生以后，他经常头痛、胃痛，并先于1912年、1915年和1921年回国治病，最终于1921年12月4日在帕尔达朗镇的普拉提耶庄园病逝。

父亲亨利·道纳迪厄去世时，玛格丽特·杜拉斯只有七岁。后来她甚至炫耀说自己一点也不依恋父亲，听到父亲去世的消息，她都不怎么悲伤。玛格丽特·杜拉斯对友人说："父亲死的时候我还很小。我没有表现出一点难过的样子。没有悲伤，没有眼泪……他是在旅途中去世的。几年以后，我的小狗丢了。我的悲伤却是无与伦比的。那是我第一次如此痛苦。"③ 但在去世的前三年，玛格丽特·杜拉斯跟劳拉·阿德莱尔交谈时，明确回忆起自己对父亲的柔情。她觉得父亲比母亲更漂亮、更迷人、更勇敢、更正直，而且没有母亲那么神经质。④ 事实上，玛格丽特·杜拉斯将自己最初的两部小说《无耻之徒》《平静的生活》的背景都安排在父亲的房产普拉提耶庄园的田园诗般的景色之中，字里行间流露出对父亲及父亲庄园的深情回忆和满满的爱。

也许潜意识里受到父亲过早去世，因而在自己的生活中几乎没留下什么印记的影响，玛格丽特·杜拉斯在小说中常常让作为一家之长的父亲要么缺乏威严，相当弱势，甚至形同虚设；要么如神龙见首不见尾，只在暗中决定和操控一切，却极端冷酷无情。前一类父亲形象在她最初的三部小说《无耻之徒》《平

---

① ［法］劳拉·阿德莱尔《杜拉斯传》，袁筱一译，沈阳：春风文艺出版社，2000年，第19-20页。
② ［法］让·瓦里尔《这就是杜拉斯》，户思社等译，北京：作家出版社，2010年，第16页。
③ ［法］劳拉·阿德莱尔《杜拉斯传》，袁筱一译，沈阳：春风文艺出版社，2000年，第32页。
④ ［法］劳拉·阿德莱尔《杜拉斯传》，袁筱一译，沈阳：春风文艺出版社，2000年，第32页。

静的生活》和《昂代斯玛先生的午后》中表现得非常明显，后一类父亲形象在她的《抵挡太平洋的堤坝》《情人》和《中国北方的情人》中表现得淋漓尽致。

　　玛格丽特·杜拉斯在第一部小说《无耻之徒》中讲述了一个偶合家庭的故事。父亲塔内朗先生从前在奥什中学讲授自然科学，退休后娶了在同一座城市寡居的玛丽·格朗太太，后者同塔内朗先生结婚时带过来一子一女，即儿子雅克·格朗、女儿慕·格朗。关于这个家庭各个成员之间的关系，小说是这样描写的："每日两次同桌共餐能让格朗-塔内朗全家聚在一起，但在餐桌旁他们仍然相互厌恶，一面相互戒备，一面狼吞虎咽……"① 在这个偶合家庭里，作为一家之长的父亲居于什么样的地位呢？小说里这样介绍：塔内朗从公共教育部退休以后，"60多岁还不得不去那里再干点工作以贴补家用"，自从他再次结婚以来，"沉重的负担完全耗尽了他个人的财产"，而他的家人"对他的牺牲感到泰然"；"自从他工作以来，他稍稍摆脱了家人的专横，觉得更自在。他的确不习惯于家庭生活所带来的不可避免的束缚，何况他时时对妻子前夫的儿子雅克·格朗感到恐惧。当初，尽管格朗太太已有两个孩子，他仍然毫不犹豫地娶她为妻，因为他认为大男孩多半很快就会独立谋生"；他有个亲生儿子亨利·塔内朗，"他在暗中深深地爱着亨利，但很快就不得不接受这个想法：他得不到任何回应"。② 显然，作为一家之长的父亲毫无存在感，完全是个透明人，他忌惮家人的专横，不仅害怕妻子带过来的继子雅克·格朗，即使与亲生儿子亨利·塔内朗之间也有一层无法突破的隔膜，从他那里得不到任何回应。同时，尽管他为这个家耗尽了个人的财产，而且退休后仍然工作以贴补家用，但家人不仅不体贴他，反而对他的牺牲处之泰然。同时，塔内朗先生跟妻子的关系比较客套、疏远，现在他们是分房睡。小说里写道，一家人勉强在一起吃完晚饭，"塔内朗一心只想回到自己的卧室"，并对继女慕·格朗说："我不想打扰你母亲了，你代我向她说晚安吧"。③ 总体来看，塔内朗先生是一个相当弱势、没有多少存在感的父亲，格朗-塔内朗一家也是一个冷漠、毫无温度的家庭。

　　无独有偶，格朗-塔内朗家所居住的于德朗庄园的邻居佩克雷斯家，作为一家之主的佩克雷斯老爹也像塔内朗先生一样几乎没有存在感。小说交代："他的

---

① ［法］玛格丽特·杜拉斯《无耻之徒》，桂裕芳译，《杜拉斯全集》第1册，上海：上海译文出版社，2018年，第16页。
② ［法］玛格丽特·杜拉斯《无耻之徒》，桂裕芳译，《杜拉斯全集》第1册，上海：上海译文出版社，2018年，第7页。
③ ［法］玛格丽特·杜拉斯《无耻之徒》，桂裕芳译，《杜拉斯全集》第1册，上海：上海译文出版社，2018年，第8页。

快乐在于工作。他决不插手家里这两个人（即妻子和儿子——引者）的事，既是出于冷漠，也是图清静，还因为他极为懦弱。这个弱点具有某种魅力，因此佩克雷斯老爹是人们唯一喜欢看见的、属于'老租佃地'的人。但是在家里，他这个弱点表现为无忠无信的诡计多端，最后使他逃避家庭。此外，他在妻儿眼中一钱不值，仿佛他是个无头脑的人。"① 佩克雷斯老爹和塔内朗先生一样，沉迷于自己的工作，而之所以如此，并不是因为多么热爱工作，而是因为可以图个清静，也因为他为人懦弱怕事。如此一来，他既可以凭借诡计多端成功地逃避家人之间的冲突，成为一个老好人，从而具有某种魅力，又成为一个不值一钱、毫无头脑的人，即没有任何地位和话语权的透明人。

玛格丽特·杜拉斯第二部小说《平静的生活》中的父亲维雷纳特先生的形象也黯淡无光。虽然名义上是比格庄园的主人和一家之长，但维雷纳特先生在小说中出场露面的次数极少，即使是极少的一两次露面，也因为他毫无特色的生活习惯和极弱的参与能力而几乎可以被忽略不计。小说描写维雷纳特先生生活中的一个细节："他睡着和他醒着的时候一个样。他的睡眠跟昆虫一样不引人注目，难以觉察。"② 睡眠状态不引人注目也暗示他本人毫无引人注意之处。常常是刚吃完晚饭，维雷纳特先生就上床睡觉了。小说写道："爸爸昏昏欲睡。他微笑着对我们说他老了，像年轻人那样熬夜吃不消了。"③ 说完就退出家里年轻人的活动圈子，独自待着，或者干脆睡觉。整部小说发生了那么多大大小小的事情，这位父亲再也没有露面，更遑论来参与和处理了。

玛格丽特·杜拉斯在《昂代斯玛先生的午后》里塑造了一位被女儿抛弃的老父亲形象。小说的主要情节是昂代斯玛先生独自在房子前面的平台上等待约好的工程承包人来给他砌平台，先后有一条狗、一个傻痴的小姑娘以及一个悲伤的中年女人来看望他，而他真正等待的工程承包人，尤其是心爱的女儿却到小说的结尾都没有出现。

七十八岁的昂代斯玛先生被十七岁的女儿瓦莱丽带到山上，从下午四点开始一直坐在自家房子前的柳条椅上等待女儿替他约好的工程承包人米歇尔·阿尔克来谈砌平台的事。昂代斯玛先生对女儿充满爱心。几年前，他丢开生意选

---

① ［法］玛格丽特·杜拉斯《无耻之徒》，桂裕芳译，《杜拉斯全集》第1册，上海：上海译文出版社，2018年，第27页。
② ［法］玛格丽特·杜拉斯《平静的生活》，王文融译，《杜拉斯全集》第1册，上海：上海译文出版社，2018年，第175页。
③ ［法］玛格丽特·杜拉斯《平静的生活》，王文融译，《杜拉斯全集》第1册，上海：上海译文出版社，2018年，第192页。

择退休，和妻子、女儿来到这个村子居住。后来妻子出走，他和女儿瓦莱丽相依为命。一年前，他为女儿买下这处临海的房产，还准备给女儿购买一公里之外的那口水塘。实际上，"给瓦莱丽买的这处房屋，昂代斯玛先生这还是第一次看到。这处房屋他并没有亲见，仅仅为满足她的心愿，就把它给她买下来"。① 现在昂代斯玛先生修建露台也是为了满足女儿俯瞰下面的山谷、村镇和大海的愿望。他曾经跟工程承包人解释："自从我女儿瓦莱丽希望有这样一个露台，从那一刻起，一笔不小的款子我就已经准备好了。"② 他还直接告诉工程承包人的妻子："我爱这个孩子，这爱比我的年岁、比我的衰老都要活得长久，啊！啊！"③ 但就是这样一位充满爱心的父亲，却被女儿以及女儿约好的工程承包人所抛弃。作者饱含忧伤而又不无愤怒地写道："他被撇在等待之中，已经有很长的时间了，久久的等待，长久地等下去，他完全可以说是空等一场，这就是失望！"④

显然，作为一家之主，昂代斯玛先生的形象完全被矮化。他不仅外形丑陋、大腹便便、佝偻着背，而且相当无能无助。虽然他很有钱，却被所有人抛弃，尤其被他唯一心爱的人、他最小的女儿所抛弃。昂代斯玛先生的形象被矮化的另一个表现是他的活动完全由女儿安排和控制。他对工程承包人的妻子说："是瓦莱丽带我来这里的，事实上，阿尔克先生是她约的。我想，那是昨天的事。一年以来，约会都是由她帮我安排。"⑤ 作者忍不住在作品中直抒胸臆："对痛苦往事的亲切回忆，又在他心上被牵动起来。比起对那恍惚若见的爱的无可告慰的追悔，在他心上渐渐、渐渐扰动得更加厉害了。爱好像是乍见端倪，便被扼杀，像其他千百种爱一样，在千百种别样的爱之间被忘却了。"⑥ 杜拉斯传记作者劳拉·阿德莱尔认为，《昂代斯玛先生的午后》是一部关于残忍的小说，描写了一个遭到众人忘记和抛弃的老人的恐惧与惶惑，最终这位老人明白世界对

---

① ［法］玛格丽特·杜拉斯《昂代斯玛先生的午后》，王道乾译，《杜拉斯全集》第3册，上海：上海译文出版社，2018年，第291页。
② ［法］玛格丽特·杜拉斯《昂代斯玛先生的午后》，王道乾译，《杜拉斯全集》第3册，上海：上海译文出版社，2018年，第285页。
③ ［法］玛格丽特·杜拉斯《昂代斯玛先生的午后》，王道乾译，《杜拉斯全集》第3册，上海：上海译文出版社，2018年，第342页。
④ ［法］玛格丽特·杜拉斯《昂代斯玛先生的午后》，王道乾译，《杜拉斯全集》第3册，上海：上海译文出版社，2018年，第302页。
⑤ ［法］玛格丽特·杜拉斯《昂代斯玛先生的午后》，王道乾译，《杜拉斯全集》第3册，上海：上海译文出版社，2018年，第331页。
⑥ ［法］玛格丽特·杜拉斯《昂代斯玛先生的午后》，王道乾译，《杜拉斯全集》第3册，上海：上海译文出版社，2018年，第353页。

他关上了大门。这是一部令人心碎的小说,因为它成功地让读者迷上了这个被爱钉在十字架上的老男人,感受到他那份永远触不到女儿的痛苦的爱。①

昂代斯玛先生这一形象很容易让人联想到法国小说家巴尔扎克《高老头》中的高里奥。此人是由面粉店司务起家的暴发户,拥有近千万法郎的家产,妻子去世后独自抚养两个女儿。他对两个女儿疼爱有加,满足她们的一切要求,让她们早早拥有豪华马车,给她们高额的陪嫁,让她们如愿嫁给理想丈夫,后来甚至抵押养老金替两个女儿还风流债。最终,年老的高里奥老头儿像被榨干汁水的柠檬一样,被两个女儿抛弃在伏盖公寓里,孤零零地死去。昂代斯玛先生被最心爱的女儿抛弃同高老头儿被两个宠爱的女儿抛弃如出一辙。

不过,玛格丽特·杜拉斯小说中的父亲并非都是弱势者,相反,还有相当强势、拥有威权的一类。这类父亲形象集中出现在杜拉斯的"情人三部曲"即《抵挡太平洋的堤坝》《情人》和《中国北方的情人》三部小说中。需要指出的是,在这些小说中,父亲形象都是通过他人之口描述的,父亲本人并没有正面出场,却威力十足,操控一切,俨然持有生杀予夺之权。

在《抵挡太平洋的堤坝》中,苏珊的追求者若先生二十五岁左右,是大种植园主的独生子和巨额财产的唯一继承人。他有一辆非常漂亮的黑色七座利穆新轿车,莫里斯·莱昂·博来牌,价值五万法郎,而母亲一家驾驶的雪铁龙B12仅值四千法郎。他来朗镇监督橡胶浆的装运,在巴尔老爹餐厅遇到十七岁的苏珊。若先生喜欢甚至迷恋苏珊,却一直不能答应她母亲提出的结婚要求,她的哥哥约瑟下了最后通牒,要求若先生在十五天之内决定是否娶苏珊为妻。面对母亲一家的逼婚,若先生哀叹自己承受着"不公正的命运":"我从来就没有感到过幸福,别人总是强迫我做那些我不愿意做的事情。"② 为什么若先生不能娶苏珊为妻呢?苏珊对母亲揭示了谜底:"我想是因为他的父亲,他才决定不了。""并不是他不愿意,而是他的父亲。他的父亲要他同富家女结婚。"③ 当若先生以钻戒为诱饵,要求苏珊跟他一起出去旅行,旅行回来就向她母亲求婚,苏珊一针见血地回答:"您父亲会剥夺您的继承权,请别说反话。"④

---

① [法]劳拉·阿德莱尔《杜拉斯传》,袁筱一译,沈阳:春风文艺出版社,2000年,第446—447页。
② [法]玛格丽特·杜拉斯《抵挡太平洋的堤坝》,谭立德译,《杜拉斯全集》第1册,上海:上海译文出版社,2018年,第344页。
③ [法]玛格丽特·杜拉斯《抵挡太平洋的堤坝》,谭立德译,《杜拉斯全集》第1册,上海:上海译文出版社,2018年,第354、354页。
④ [法]玛格丽特·杜拉斯《抵挡太平洋的堤坝》,谭立德译,《杜拉斯全集》第1册,上海:上海译文出版社,2018年,第363页。

若先生这位从未在小说中露面的父亲可不是一般人。首先需要指出的是，小说中若先生的种族归属比较模糊。研究者一般认定他是个白人，只是比一般白人显得瘦弱而已。但小说中提到若先生的父亲曾经"把儿子送到欧洲学习"①，又暗示若先生并非欧洲人。小说中还有一处也暗示若先生不是白人。有一次，他欲言又止地抱怨苏珊："什么东西都不能触动您，甚至连我无微不至的善意都不行。您所喜欢的就是……阿哥斯迪和……约瑟夫那类人。"② 小说中的阿哥斯迪和约瑟夫都是白种人。这很可能意味着若先生意识到自己之所以不讨苏珊喜欢，乃是因为自己不是白人。据劳拉·阿德莱尔从现代出版档案馆找到的玛格丽特·杜拉斯很可能写于二战期间的一则日记可知，杜拉斯遇到的这位情人名叫雷奥，"雷奥是当地人，但是他的穿着很法国化，法语说得也很好，他是从巴黎回来的"。③ 雷奥是"当地人"，就意味着他要么是生于斯长于斯的越南人，要么是早已迁居此地的中国人。

小说对若先生父亲的发家史做了详细的介绍。此人"是一名家赀巨万的投机商"，而"这名投机商的发迹堪称殖民地发家致富的典范"。④ 若先生父亲的投机生意主要在两个方面：一是"在殖民地最大城市的边界进行地皮投机生意。城市的扩张是如此迅速，只花了五年，他就获取了足够的利润，用所获收益再进行投资"，"他让人建起廉价租赁房屋"，由于"这些房子造价不高，于是，适应了本地整个小商贩阶层的需求，很受欢迎"，若先生父亲便大发其财。二是投资北方的橡胶种植园。"橡胶业突飞猛进，许多人转眼间就成了种植园主，但他们毫无技能和专业知识。他们的种植园陷入困境。若先生的父亲看中了这些种植园。他买了下来。因为这些种植园状况不佳，他只付了很少的钱。然后，他把买下的种植园管理起来，使之恢复元气。""过了一两年，他以高昂的价格把这些种植园卖给新来的人，他更喜欢在那些最缺乏经验的人中挑选买主。在大多数情况下，他可以在两年后再买回来。"总之，若先生的父亲是一个"机

---

① ［法］玛格丽特·杜拉斯《抵挡太平洋的堤坝》，谭立德译，《杜拉斯全集》第 1 册，上海：上海译文出版社，2018 年，第 321 页。
② ［法］玛格丽特·杜拉斯《抵挡太平洋的堤坝》，谭立德译，《杜拉斯全集》第 1 册，上海：上海译文出版社，2018 年，第 330 页。
③ ［法］劳拉·阿德莱尔《杜拉斯传》，袁筱一译，沈阳：春风文艺出版社，2000 年，第 86 页。
④ ［法］玛格丽特·杜拉斯《抵挡太平洋的堤坝》，谭立德译，《杜拉斯全集》第 1 册，上海：上海译文出版社，2018 年，第 320 页。

智、敏锐的男人"。① 不过,若先生的父亲一生中"唯一的决定性的脆弱点"是"没能在孩子身上押上宝。以为自己养了一头小鹰,桌子底下却给你钻出只金丝雀",这只金丝雀是一个"无能的、呆笨的孩子"。② 若先生的一切财富都是拜父亲所赐,父亲操控着他的一切,包括他的婚姻。

  《情人》中,法国少女"我"和中国情人经历了由最初纯粹出于性的吸引到后来萌生爱意的过程,但他们的爱情注定没有结果。种族的差异当然是横亘在他们之间的一道障碍,但直接的也很重要的原因则是中国情人的父亲不同意他们之间的交往和婚姻。有一次,中国情人趁父亲生病之机提出了自己和法国少女的感情问题,最后回来告诉她:"他最后的希望已经落空。他已经向他提出请求。他祈求允许把我留下,和他在一起,留在他身边。他对他父亲说他应该理解他,说在他漫长的一生中,对这样的激情至少应该有过一次体验,否则是不可能的,他求他准许他也去体验一次这样的生活,仅仅一次,一次类似这样的激情,这样的魔狂,对白人小姑娘发狂一般的爱情,在把她送回法国之前,让她和他在一起,他请求给他一点时间,让他有时间去爱她,也许一年时间,因为,对他来说,放弃爱情绝不可能,这样的爱情是那么新,那么强烈,力量还在增加,强行和她分开,那是太可怕了,他,父亲,他也清楚,这是决不会重复再现的,不会再有的。"父亲是怎么回答儿子的苦苦哀求的呢?中国情人转述说:"父亲还是对他重复那句话,宁可看着他死。"③ 此后,两人对在一起的事讳莫如深,不再提起。作者感叹:"这位父亲怎么一点也不可怜他的儿子。他对什么人都不存什么怜悯之心。"④ 受父亲的控制和影响,中国情人不仅知道父亲做出的决定不可更改,而且逐渐认同了父亲的决定,"最低限度他已经开始懂得他和她分手任她走掉是他们这段故事的佳兆。他知道女方不属具备婚嫁必要条件那一类人,从任何婚姻她都可以得到补偿,他知道必须抛开她,忘掉她,把她还给白人,还给她的兄弟"。⑤

---

  ① [法]玛格丽特·杜拉斯《抵挡太平洋的堤坝》,谭立德译,《杜拉斯全集》第1册,上海:上海译文出版社,2018年,第320-321、321页。
  ② [法]玛格丽特·杜拉斯《抵挡太平洋的堤坝》,谭立德译,《杜拉斯全集》第1册,上海:上海译文出版社,2018年,第321页。
  ③ [法]玛格丽特·杜拉斯《情人》,王道乾译,《杜拉斯全集》第6册,上海:上海译文出版社,2018年,第79页。
  ④ [法]玛格丽特·杜拉斯《情人》,王道乾译,《杜拉斯全集》第6册,上海:上海译文出版社,2018年,第93页。
  ⑤ [法]玛格丽特·杜拉斯《情人》,王道乾译,《杜拉斯全集》第6册,上海:上海译文出版社,2018年,第93页。

中国情人的父亲非一般人可比。小说写道:"在所有本地区操纵商界的中国移民当中,这个住在镶有蓝色琉璃砖平台的中国商人,是最为可怕、最为富有的一个,他的财产不限于沙沥一地,并且扩展到堤岸,堤岸本是法属印度支那的中国都城。"① 有一次,法国少女要中国情人讲述他父亲是如何发迹的,后者说:"父亲卖出原有的房产,在堤岸南部买进土地盖房子","他建起住房三百处。有几条街属他所有","这种里弄房屋比大楼或独门独户住宅成本要低得多,与独家住户相比,更能满足一般市民居住区居民的需要"。② 因此,这类房子卖得特别好,他的父亲赚了很多钱。于是父亲又凭借经济手段控制儿子的一切行为。中国情人本来在巴黎上商科学校,得知儿子什么书也不念,父亲便断了他的生活费,给他寄去一张回程船票,他只得灰溜溜地离开法国,回到印度支那。作者以法国少女的口吻写道:"我发现,要他违抗父命而爱我娶我,把我带走,他没有这个力量。他找不到战胜恐惧去取得爱的力量,因此他总是哭。他的英雄气概,那就是我,他的奴性,那就是他的父亲的金钱。"③

《中国北方的情人》中,男女主人公邂逅之后逐渐相爱。小说中的中国情人身材高大,"有中国北方男人那种白皮肤。风度优雅。穿着米灰色绸子西服和红棕色英国皮鞋,那是西贡年轻银行家喜欢的打扮"。他在渡轮上邂逅"浑身洋溢世上少见的那种性感""傲慢不逊,我行我素"的法国少女后,对她一见钟情。④ 他们相爱以后,总会想到日后必然离别。为什么会必然离别呢?中国情人两次向法国女孩透露自己早已定亲的事。一次说:"我跟一位满洲姑娘订婚好多年了。……两家的父母从小就为我们定了亲。那一年我十七岁。她七岁。在中国总是这样做,为了保全家族的财产,双方家庭应该门当户对……这是根深蒂固的习俗,谁也不能违背。"另一次的说法稍有不同:"她六岁时,双方父母为我们订了婚。我从未跟她说过话。她家有钱,像我家。双方父母首先由于这个原因,才给我们订婚的,门当户对么。"⑤

---

① [法] 玛格丽特·杜拉斯《情人》,王道乾译,《杜拉斯全集》第6册,上海:上海译文出版社,2018年,第93页。
② [法] 玛格丽特·杜拉斯《情人》,王道乾译,《杜拉斯全集》第6册,上海:上海译文出版社,2018年,第47页。
③ [法] 玛格丽特·杜拉斯《情人》,王道乾译,《杜拉斯全集》第6册,上海:上海译文出版社,2018年,第49页。
④ [法] 玛格丽特·杜拉斯《中国北方的情人》,施康强译,《杜拉斯全集》第6册,上海:上海译文出版社,2018年,第143页。
⑤ [法] 玛格丽特·杜拉斯《中国北方的情人》,施康强译,《杜拉斯全集》第6册,上海:上海译文出版社,2018年,第214、308页。

导致这一对情人最终无法结合的最大障碍正是中国情人的父亲。中国情人详细告诉法国女孩自己乞求父亲同意他和白人女孩的爱情的情形："我跟他说，他一辈子至少有过一次这样的爱情，说不可能不这么办。我要他让我跟你结婚一年，然后把你送回法国。因为要我放下对你的爱，我做不到。""我跟他说这事太新，来得太猛，说对我，就这样跟你分手太可怕了。说他，我父亲，他应该知道这样的爱情是这么一回事，有多重大，这种事一辈子也绝不会有两次，绝不。"① 但父亲无动于衷，对一切都不理会，"他说宁可看到我死了"。②

　　与《情人》里中国情人的父亲稍有区别的是，虽然《中国北方的情人》里的父亲有着极大的威权，儿子"几乎总是跪着听他说话"③，但并非只是冷血无情，还有通情达理、顾全大局的一面。父亲在给儿子的信里陈述了自己拒绝儿子要求的原因："我不能同意你对我，你的父亲，提的要求。你明白。你要求我给你一年时间，可是过了这一年，你更不可能离开她了。那时候你就会失去你的未婚妻和她的嫁妆。这以后她也不可能爱你。所以我不改变双方家长约定的婚期。"④ 父亲的话不无道理。同时，父亲主动要求补偿法国女孩一家，告诉儿子说："我了解这个姑娘的母亲的处境。你必须打听清楚，她需要多少钱才能偿还她为修筑堤坝而欠下的债务。我了解这个女人。她是可尊敬的。柬埔寨地籍管理处的法国官员骗了她的钱。她有一个败家子。"父亲还特别交代儿子："今天你就应该去见她母亲，谈钱的问题。再晚就来不及了。你对她应该彬彬有礼，要对她非常尊重，以免她不好意思收钱。"⑤ 最终中国情人似乎完全认同了父亲的意见，并站在父亲的立场说话。他对法国女孩的母亲说："假如我娶您女儿，我父亲会剥夺我的继承权，而您，夫人您未必乐意自己的女儿嫁给一个穷人，外加是个中国人。"⑥ 当法国女孩的大哥问他："是因为她失了身，您父亲就不同意你们结婚？"中国情人默默地望着对方，然后微笑着说："不仅如此。也因

---

① ［法］玛格丽特·杜拉斯《中国北方的情人》，施康强译，《杜拉斯全集》第6册，上海：上海译文出版社，2018年，第233、234页。
② ［法］玛格丽特·杜拉斯《中国北方的情人》，施康强译，《杜拉斯全集》第6册，上海：上海译文出版社，2018年，第233页。
③ ［法］玛格丽特·杜拉斯《中国北方的情人》，施康强译，《杜拉斯全集》第6册，上海：上海译文出版社，2018年，第233页。
④ ［法］玛格丽特·杜拉斯《中国北方的情人》，施康强译，《杜拉斯全集》第6册，上海：上海译文出版社，2018年，第235页。
⑤ ［法］玛格丽特·杜拉斯《中国北方的情人》，施康强译，《杜拉斯全集》第6册，上海：上海译文出版社，2018年，第235、236页。
⑥ ［法］玛格丽特·杜拉斯《中国北方的情人》，施康强译，《杜拉斯全集》第6册，上海：上海译文出版社，2018年，第242页。

为她不是中国人。"① 意思是中国情人的父亲认为法国女孩在婚前失去处女身是不符合中国人的贞洁观的；同时，父亲也不会同意儿子跟另一种肤色的女子结婚。

总之，作为一家之主的父亲，无论是弱势甚至如同缺失的类型，还是强势而冷酷绝情的类型，都不可能撑起一个正常的充满温情的家庭。事实上，玛格丽特·杜拉斯上述六部小说，即《无耻之徒》《平静的生活》《昂代斯玛先生的午后》《抵挡太平洋的堤坝》《情人》和《中国北方的情人》中所描写的家庭都缺乏应有的温情。

第二节 倔强而专制的母亲

一般来说，母亲是维系一个家庭各个成员之间关系最重要的纽带。但在玛格丽特·杜拉斯笔下，母亲除了发挥这个功用，往往还是一个家庭的主要支柱。她的小说中有一个纠缠不休、挥之不去的主题，那就是母亲的奋斗史甚至苦斗史，相应地，她笔下的母亲也往往是顽强不屈或倔强的。与此密切相关，玛格丽特·杜拉斯小说中的母亲又常常是真正的一家之主，她又有专制、刻薄、蛮横的一面。杜拉斯小说中这类倔强而专制的母亲形象在不同程度上是现实生活中她本人的母亲的翻版。

玛格丽特·杜拉斯的母亲玛丽·勒格朗于 1877 年 4 月 9 日出生在法国北方一个名叫弗吕热的小镇。玛丽·勒格朗是父母的第一个孩子。玛格丽特·杜拉斯认定母亲出身农民，她对米歇尔·波尔特回忆母亲时说："首先，她是个农民，她的出身是农民，她曾经是个农民。"② 但让·瓦里尔却查证，玛丽·勒格朗的父亲是批发商和面包店店主，而非农民。③ 不管是不是农民，母亲的父母一家比较贫穷，从而促使母亲形成好强的性格、努力寻找出路是不争的事实。劳拉·阿德莱尔说："玛丽后来对玛格丽特讲述过她那一大家子兄弟姐妹，说家里一到月底就非常困难，说她从童年开始就寄希望于教育。真正意义上的教育，

---

① [法] 玛格丽特·杜拉斯《中国北方的情人》，施康强译，《杜拉斯全集》第 6 册，上海：上海译文出版社，2018 年，第 239 页。

② [法] 劳拉·阿德莱尔《杜拉斯传》，袁筱一译，沈阳：春风文艺出版社，2000 年，第 5 页。

③ [法] 让·瓦里尔《这就是杜拉斯》，户思社等译，北京：作家出版社，2010 年，第 22 页。

那是她生活的理想，她从来没有背叛过，一种生存方式，但更重要的是一种与命运做斗争的方式。因为玛丽喜欢教书。她是那么喜欢教书，所以她决定要成为一名小学教师，正是在这种愿望的驱使下，她和法国北方的家庭中断了关系，出发到了印度支那。"① 玛丽·勒格朗十八岁时考入杜埃（又译为杜艾）师范学校，毕业后在莱克斯珀德、敦刻尔克等地任教，但不久就去了法属殖民地印度支那。母亲之所以去印度支那，玛格丽特·杜拉斯说是因为"路边有张招募广告，说殖民地怎么怎么好，田野广阔，充满奇遇，并保证能挣到很多钱"，她便动了心。② 按照让·瓦里尔的说法，玛丽·勒格朗第一任丈夫弗拉维安·奥布斯居尔当时在印度支那的嘉定师范学校任教，回法国休假时，两人相遇并结婚，然后在1905年3月1日，夫妇俩来到西贡。不幸的是，奥布斯居尔在1907年2月5日去世。③ 1909年10月20日，寡居的玛丽·勒格朗与半年前失去妻子的亨利·道纳迪厄结婚。1916年10月，亨利·道纳迪厄成了河内小学教育系统的管理者，举家离开南方的交趾支那，去了北方的东京地区。在河内，玛丽·道纳迪厄不满足只是在家抚养三个孩子，在找不到工作的情况下，决定贷款买下一座房子，将它改造为私立学校。不久，亨利·道纳迪厄又被委派到金边，母亲也在1921年1月被任命为诺罗敦学校校长。可惜好景不长，1921年12月4日，亨利·道纳迪厄因病去世。

　　父亲的去世不仅意味着父爱的缺失，更意味着母亲越发孤独和痛苦。劳拉·阿德莱尔写道："母亲已然那么孤独，那么痛苦，那么厌倦生活了，烦恼接踵而来。很长时间以来，命运向她发动了连续的猛烈的进攻。抗争也是徒然。"④ 1924年底，母亲担任永隆女子学校的校长，并独自抚养着三孩子。母亲越来越需要钱，除了学校的课程以外，她还在外面上法语课。1928年9月，玛丽·道纳迪厄被调到沙沥女子学校任教。此时，母亲一家发生了一件影响深远的大事。因为贫穷，也因为不甘心按部就班，母亲用自己多年来的积蓄、好不容易申请到手的寡妇抚恤金以及卖掉河内住宅得到的钱购买了一块特许经营土地。除了按照当时法令规定可以免费得到三百公顷土地之外，她又争取到了位

---

① ［法］劳拉·阿德莱尔《杜拉斯传》，袁筱一译，沈阳：春风文艺出版社，2000年，第5页。
② ［法］劳拉·阿德莱尔《杜拉斯传》，袁筱一译，沈阳：春风文艺出版社，2000年，第12—13页。
③ ［法］让·瓦里尔《这就是杜拉斯》，户思社等译，北京：作家出版社，2010年，第37—38页。
④ ［法］劳拉·阿德莱尔《杜拉斯传》，袁筱一译，沈阳：春风文艺出版社，2000年，第33页。

于柬埔寨的波雷诺普、濒临太平洋（实为中国海）的另外三百公顷土地。正是这额外申请到的土地将她拖入万劫不复之境。她根本不知道要给那些丈量、登记土地的人送礼，因而得到的是一块一年当中有六个月沉没在海水里的无法耕种的土地。母亲并未善罢甘休，决定修筑堤坝阻挡潮水，但连续几年的努力最终付之东流。1935—1936学年结束后，玛丽·道纳迪厄退休。此后，她在西贡卡迪那街的家里办了一所私立学校。劳拉·阿德莱尔通过采访1938年进入玛丽·道纳迪厄办的私人学校的学生亨利·达诺得知：当时，"她总是穿着黑衣服，脸上没有一丝笑容，一副寡妇的神情……母亲发疯般地工作，为了维持儿子的奢华享受，她拿儿子一点办法也没有。她还要给女儿寄钱"。① 1949年，玛丽·道纳迪厄带着仆人阿杜回到法国，见到大儿子皮埃尔和女儿玛格丽特·杜拉斯。此时她已经很富裕，但极为专制、呆板。杜拉斯前夫罗伯特·安泰尔姆的第二个妻子莫尼克·安泰尔姆这样描述当时的玛丽·道纳迪厄："真可怕！她强迫我们每顿饭都要吃鸡，而且要检查每个人的盘子里是不是有剩的。""玛格丽特和我都紧跟着她。她是不容分辩的。但是穿得很朴素：脑后盘了个髻，黑裙子。汤里只放一小块黄油，去咖啡馆的时候总要自己带上糖。"② 母亲刚在巴黎安顿下来时，将自己的房子改造为一所私立学校，但不久就放弃了。后来她又选择养鸡，但因为不会操控电照装置，孵出的小鸡都张不开嘴巴，不能进食。接着她又养羊。赚钱和养活大儿子成为母亲终生奋斗的动力。

　　从母亲一生的经历可以看出，她是一个极为严厉、固执、倔强的人。董先生回忆母亲在沙沥女子学校任教的情形时说："学校里的女孩子都怕她。街区里的人称她为上帝夫人（道纳迪厄法文为Donnadieu，最后四个字母Dieu正好组成'上帝'这个词）。不是那么太和善。的确，她经常把自己看成上帝。她对学生非常专制，和同事也不大处得来。"③ 同时，母亲也是一个极为敬业、富有同情心的人。玛格丽特·杜拉斯在晚年时曾经说过："我的母亲，尤其作为小学教师的母亲，她对教学工作非常认真。……她无法忍受一个孩子因为太贫穷、因为买不起供应品而不能上学。"④

---

① ［法］劳拉·阿德莱尔《杜拉斯传》，袁筱一译，沈阳：春风文艺出版社，2000年，第135–136页。

② ［法］劳拉·阿德莱尔《杜拉斯传》，袁筱一译，沈阳：春风文艺出版社，2000年，第354、第354页。

③ ［法］劳拉·阿德莱尔《杜拉斯传》，袁筱一译，沈阳：春风文艺出版社，2000年，第50页。

④ ［法］让·瓦里尔《这就是杜拉斯》，户思社等译，北京：作家出版社，2010年，第34页。

母亲作为倔强、固执的奋斗者的形象，最早出现在玛格丽特·杜拉斯的第三部小说《抵挡太平洋的堤坝》中，小说的中心事件就是母亲购买特许经营土地并修筑拦海堤坝。劳拉·阿德莱尔在1998年指出："直到今天，《抵挡太平洋的堤坝》仍然不失为20世纪关于母爱——痛苦、粗暴、毒害人的母爱——的最伟大的书。女主人公，一个日渐衰老的女人，随着故事的展开，渐渐丧失了和这个世界周旋的生命激情。殖民吸血主义祭坛上可悲的祭品，这个女人以孩子的名义，顽强地和行政署斗争着，和他们的腐败，和自己的命运，甚至是和太平洋的潮水。"①

小说详细讲述了母亲的奋斗史。母亲是农家女，因为成绩优秀，双亲由着她一直读到大学毕业。随后，她在法国北部一个村庄里当了两年小学教员。转机出现在1899年："有几个星期天，她站在村政府门口张贴的殖民地宣传布告前遐想联翩。'加入殖民大军吧！''年轻人，到殖民地去，财富正在等待你们！'宣传画里，在一棵果实累累的香蕉树的树荫下，一对身着白色服装的殖民者夫妇坐在摇椅里晃来晃去，而当地的居民则围着他们，一边微笑，一边忙碌。"② 这张宣传广告给母亲以巨大的刺激和诱惑，于是她和同为小学教员的丈夫一起递交申请，要求成为殖民地的教员。不久，他们前往法属印度支那。苏珊和约瑟夫是他们到达殖民地的头两年生的。苏珊出生后，母亲便放弃公立教育职业，只是个别授课，教教法语。她的丈夫被任命为当地一所学校的校长。尽管要负担孩子，但他们还是生活得挺阔绰。那些年是她一生中最美好、最幸福的岁月。她丈夫去世时，两个孩子尚幼小。为了摆脱困境，母亲除了授法语课，还教钢琴，甚至应聘在伊甸电影院当了十年钢琴师。后来她积攒了足够的钱，便向地籍管理总局提出购买租借地的申请。两年后，她如愿得到土地。迄今，她家来到租借地所在的平原地区已有六个年头。当年，她带着约瑟夫和苏珊，驾驶着他们一直还在用的雪铁龙B12来到此地。殊不知，购买租借地是毁灭性灾难的开端。从第一年起，母亲就把租借地的一半种上庄稼。但是，7月，潮汐袭击了平原，浸没了农作物。她以为自己只是遭遇了一次特大涨潮的不幸，于是，不管平原上那些人如何劝阻，第二年，母亲重新开始。海水又涨了。最终她不得不承认这个现实：她的租借地是不能耕作的。就这样，她把十年的积蓄扔进了太平洋的海涛中。作者玛格丽特·杜拉斯忍不住感叹："不幸源自她那

---

① ［法］劳拉·阿德莱尔《杜拉斯传》，袁筱一译，沈阳：春风文艺出版社，2000年，第330页。
② ［法］玛格丽特·杜拉斯《抵挡太平洋的堤坝》，谭立德译，《杜拉斯全集》第1册，上海：上海译文出版社，2018年，第291页。

难以置信的天真。在伊甸电影院的钢琴前度过的十年,她彻底地奉献,虽然只获取微薄的薪水,却在使她免遭命运和男人们的再度打击的同时,也避免了斗争和对不公正的众多体验。她从这十年的时间隧道出来,如同她进去时一样,纯洁、孤独,与邪恶势力毫无关联,对一直在她周围的殖民地官员的贪婪毫无所知。可耕作的租借地通常要以两倍的价格才能买到。其中一半的钱则偷偷进了地籍管理局那些负责给申请者分配土地的官员的口袋。这些官员真正掌握着整个租借地市场,他们变得越来越贪心。"① 等母亲明白这一切的时候,她去找地籍管理局的官员,因为平原的地皮分配属于他们管辖。他们说自己与这一错误毫不相干,那是他们前任的事,而那些前任官员已经返回本土。母亲坚持不懈,再次提出申诉。她是如此执着,地籍管理局的职员感到要摆脱干系,就必须威胁她:如果她继续这么闹下去,他们就要在预定期限之前收回她的租借地。这是他们掌握的让受害者闭嘴的最有效的办法,因为那些受害者宁愿有一块哪怕是虚有其表的租借地,好歹强过一无所有。租借地向来是有条件地给予的。如果在给出的期限之后,整个租借地没有全部耕种的话,地籍管理局可以收回这块地。在康镇平原的十五块租借地上,他们曾经安置、毁掉、驱赶、再安置、再毁掉、再驱赶上百个家庭。留在平原上的仅有的租借地经营者以贩卖鸦片或其他毒品为主,他们必须拿自己一部分不正当的收入买通地籍管理员。因为连续两年没有在租借地上耕作,地籍管理员扬言要收回母亲购买的租借地,约瑟夫拿出猎枪,顶在嚣张的地籍管理员鼻子底下,后者灰溜溜地跑了。

之后,母亲凭借吊脚楼的抵押权,延长了租借地的使用年限,上演了一场要证明人定胜天的道理的悲喜剧。小说写道:"她满怀勇气地把自己的新计划告知康镇的地籍管理员。新计划请求在与租借地毗邻的土地上贫困生活的农民们,同她一起构筑抵挡大海的堤坝。堤坝对大家都有利。这些堤坝将沿着太平洋海岸伸展,并且可以把河水提高到 7 月涨潮时的限度。管理员颇为惊奇,觉得这个计划有点乌托邦,脱离现实,但是,也并不反对。……堤坝由几百名因为一种突如其来的狂热希望而终于从上千年的麻木状态中苏醒过来的平原农民悉心构筑而成,然而,这些堤坝,在太平洋的海涛猛烈而根本性的冲击下,一夜之间竟然如纸牌搭的房子那样坍圮。"② 当母亲鼓动当地农民修筑堤坝时,后者感到吃惊。首先,因为几千年来大海每每侵袭平原,他们对此早已习惯,从未想

---

① [法] 玛格丽特·杜拉斯《抵挡太平洋的堤坝》,谭立德译,《杜拉斯全集》第 1 册,上海:上海译文出版社,2018 年,第 293 页。
② [法] 玛格丽特·杜拉斯《抵挡太平洋的堤坝》,谭立德译,《杜拉斯全集》第 1 册,上海:上海译文出版社,2018 年,第 295-296 页。

象能够阻止大海这么做。其次，贫困已经使他们习惯听天由命。可笑的是，母亲没有向任何技术人员请教修筑堤坝是否有效，她认为是有效的，便对此深信不疑。而农民们对她言听计从，使她更加坚信自己确实找到了改变平原生活应该做的事。

尽管一再受到打击，但是当约瑟夫将若先生送给妹妹苏珊的钻石换成两万法郎（实际上是约瑟夫的情人丽娜出于同情送给母亲的钱）交给母亲后，第二天，她便跑到银行付了一部分欠债。她这样做是为了再次获得银行的信任，以便能再借贷必要的款项来修筑新的堤坝。固执、倔强的母亲依然没有放弃修筑堤坝、向太平洋要田要粮的宏伟计划。

劳拉·阿德莱尔指出，在玛格丽特·杜拉斯的记忆里，"《堤坝》是母亲的小说。被生活击垮的母亲，被'殖民吸血鬼'残害的母亲，身体被残害了，精神也被摧毁了，一个人面对所有的一切，在疯狂的边缘"。① 玛格丽特·杜拉斯在小说《情人》中再次表达了对母亲的疯狂的深深忧虑："她不停地去去来来到处奔波，这时已告结束，就在这个时候，我才第一次真正弄清楚那种疯狂。我看到我的母亲真是疯了。……她确实是一个疯人。生来就是疯人。血液里面就有这种疯狂。她并没有因疯狂而成为病人，她是疯狂地活着，就像过着健康生活一样。"②

与《抵挡太平洋的堤坝》类似，短篇小说《成天上树的日子》中的母亲也是一个工作狂。母亲对儿子雅克和他的女友玛塞尔回忆自己的一生："孩子们一个个来到世上，我又很快当了寡妇，生活一直很艰难，人总不能同时又养育孩子，又做自己喜欢做的事呀。我很早就开始越来越少做自己喜欢做的事，后来，干脆完全不做了，再后来，我竟连究竟什么东西比我当时干的更让我感兴趣都不知道……""我一开始工作，就只能干个不亦乐乎，总之，就像我从前懒得……疯狂一样：我生命中的二十五年都埋葬在工作里了。"③

母亲的不屈奋斗源于贫穷，而贫穷很容易滋生贪婪。中国古人强调"仓廪实而知礼节"，揭示了物质基础对道德修养的支撑作用。玛格丽特·杜拉斯小说中的母亲的确常常因为贫穷而变得贪婪甚至无耻。

---

① [法]劳拉·阿德莱尔《杜拉斯传》，袁筱一译，沈阳：春风文艺出版社，2000年，第59-60页。
② [法]玛格丽特·杜拉斯《情人》，王道乾译，《杜拉斯全集》第6册，上海：上海译文出版社，2018年，第31页。
③ 均见：[法]玛格丽特·杜拉斯《成天上树的日子》，刘方译，《杜拉斯全集》第3册，上海：上海译文出版社，2018年，第24页。

《抵挡太平洋的堤坝》中的母亲就是如此。当一直追求女儿苏珊的若先生给了女儿一枚价值两万法郎的戒指后，母亲居然问苏珊，若先生是否还有其他戒指也可以给她，因为她觉得如果能够得到三枚戒指，全家人就有救了，而若先生反正不能把三枚戒指同时都戴在手上。在若先生送给苏珊戒指之后，母亲和儿子约瑟夫一致要求苏珊明确向若先生宣告：如果不能跟她结婚，他就再也不能来了。若先生企图要回戒指。此时作者以辛辣的笔调写道："若先生头脑简单，天真无知。虽然他很富有，但跟他们相比，他只是个小蠢蛋。他以为他们可能把这枚戒指还给他。……这枚戒指，现在属于他们了，要再拿回来就如同他们已经吃了、消化了一样困难，就像这戒指已经同他们的血肉之躯融为一体，难以再拿回来了。"① 最后，若先生气愤地说："你们太缺德了。"②

短篇小说《成天上树的日子》里塑造了一个富有却依然贪婪的母亲形象，她贪婪无度到了可笑的地步。她向儿子雅克这样描述赚钱带来的快感："当你感觉到钱进来了，进来了……各个柜子里满是钱，利润每天都在增长，每天，明白吗？简直就是磨坊的水……你就不会厌烦任何东西。""人都一样，都是钱铸的人，只要开始赚钱，就什么都行。"③ 小说里有一个细节颇有象征意味。母亲对食物有着永不停歇的欲望。她对儿子说："我老饿。夜里，白天，老饿。""我要吃，我必须吃饭，我。一点火腿，远远不够。我太老了，消化不良，我得吞下大量的食物，才能抵补我的需要。"④ 正是早年的贫穷让母亲成了极度贪婪的人。她天生胃口大，"因为年轻时她就具有很大而又从未满足过的权势欲，她至今还保留着这类奢望，还保留着对一切食物的报复性大胃口"⑤。"胃口大""永远觉得饿"形象地象征母亲极度贪婪的天性。儿子雅克发现，直到老年，母亲的胃口依然没有变化，"在贫困状态下，她曾是个不知疲倦的吃家，发财之后，她依然故我"。母亲的解释是："我吃的东西几乎全没有进入我的身体。总之，

---

① ［法］玛格丽特·杜拉斯《抵挡太平洋的堤坝》，谭立德译，《杜拉斯全集》第1册，上海：上海译文出版社，2018年，第385页。
② ［法］玛格丽特·杜拉斯《抵挡太平洋的堤坝》，谭立德译，《杜拉斯全集》第1册，上海：上海译文出版社，2018年，第386页。
③ 均见：［法］玛格丽特·杜拉斯《成天上树的日子》，刘方译，《杜拉斯全集》第3册，上海：上海译文出版社，2018年，第31页。
④ ［法］玛格丽特·杜拉斯《成天上树的日子》，刘方译，《杜拉斯全集》第3册，上海：上海译文出版社，2018年，第10、11页。
⑤ ［法］玛格丽特·杜拉斯《成天上树的日子》，刘方译，《杜拉斯全集》第3册，上海：上海译文出版社，2018年，第15页。

吃东西除了快活，对我一无用处。"① 母亲为吃而吃，绝妙地象征她身上那种永无止境的贪欲。

即使富有了，母亲依然不忘尽可能多地占有。有时母亲会露出一副暴发户的嘴脸。看到儿子雅克的住所后，她不满地说："我习惯了大空间，我感觉这里什么都很小，三间房，总算不错了，似乎是这样，不过，在那边，我住二十间房……"② 除了睡觉之外，母亲时刻都在手腕和手指上佩戴着手镯和钻戒，一共十七件，一直叮叮当当地响。儿子问她为什么戴那么多手镯，她说："这可是金子。""全都戴上了。我这辈子缺这些东西缺得够可以了。"③ 母亲去儿子和女友上班的夜总会了解他们的工作情况，因为坐在一旁等待，一共消费了五千法郎。当老板告诉这些酒水的价格时，母亲的第一反应是："永远不。我不会付钱。"④ 不愿意承担已经享受的消费，好像一只一毛不拔的铁公鸡，母亲就是这么吝啬。

同时，玛格丽特·杜拉斯小说中的母亲也常常是专制、残暴、蛮横无理的女性形象。

《抵挡太平洋的堤坝》里的若先生送给女儿一枚价值两万法郎的戒指后，母亲怀疑女儿是用跟若先生睡觉换来的，便觉得有辱门庭，痛打了女儿一顿。小说详细描写了母亲痛打女儿的场景和过程："她扑向苏珊，以全身的力气用拳头打苏珊。以她权力的力量，以她同样强烈的疑惑的力量。她一边打，一边说起了堤坝、银行、她的疾病、房顶、钢琴课、地籍管理局、她的衰老、她的疲惫和她的死亡。……这种情况持续了两个小时。她站起来，扑向苏珊，然后倒在椅子上，累得发呆，平静下来。然后又站起身，再次扑向苏珊。"母亲一边打，还一边逼问女儿："告诉我怎么回事，我就放过你。"女儿回答："我没有跟他睡觉，他就是这样把戒指给我了，我连问都没问过他，他给我看，然后，就这么给了我，毫无理由。"也许是对女儿的回答不满意，也许是还不解恨，母亲继续痛打苏珊，"如同在一种必然性的力量推动下，迫不得已这么做的。苏珊跌倒在她脚下，半裸着身子，衣裙被撕破了，泣不成声。当她试图站起身时，母亲用

---

① ［法］玛格丽特·杜拉斯《成天上树的日子》，刘方译，《杜拉斯全集》第3册，上海：上海译文出版社，2018年，第15页。
② ［法］玛格丽特·杜拉斯《成天上树的日子》，刘方译，《杜拉斯全集》第3册，上海：上海译文出版社，2018年，第9页。
③ ［法］玛格丽特·杜拉斯《成天上树的日子》，刘方译，《杜拉斯全集》第3册，上海：上海译文出版社，2018年，第7、8页。
④ ［法］玛格丽特·杜拉斯《成天上树的日子》，刘方译，《杜拉斯全集》第3册，上海：上海译文出版社，2018年，第62页。

脚把她踢倒在地","只要苏珊稍有动弹,或者仅仅因为她自己的脑袋垂下而醒来,睁开了眼睛,这时,她瞧见了脚下的苏珊,便站起身来再打"。① 母亲似乎完全处于专制霸道和蛮横无理的状态。

玛格丽特·杜拉斯晚年在长篇小说《情人》中,再次描写了母亲痛打女儿的场景。风闻女儿跟中国情人的关系后,"我母亲几次发病,病一发作,就一头扑到我身上,把我死死抓住,关到房里,拳打,耳光,把我的衣服剥光,俯在我身上又是闻又是嗅……她尖声号叫,叫得全城都可以听到,说她的女儿是一个婊子……她哭着,哭她一生多灾多难,哭她这个女儿丢人现世"。② 此处的母亲除了专制、残暴、蛮横无理之外,还多了几分疯狂。

但问题似乎没有这么简单。玛格丽特·杜拉斯笔下的母亲形象也有复杂的一面。《抵挡太平洋的堤坝》中,就在上面描述母亲暴打女儿的场景之后,玛格丽特·杜拉斯又通过女儿苏珊和儿子约瑟夫的视角表现了母亲的另一面。因为长时间用力痛打女儿,"母亲很快就熟睡了。突然,她的脑袋摇晃起来,嘴巴半张着,完全进入了乳白色的梦乡,她轻盈地在纯洁无邪的状态中飘浮着。再也不能恨她了。她曾经过度地热爱生活,正是她那持续不懈、无可救药的希望使她变成了对希望本身完全绝望的人。这个希望已经使她筋疲力尽,摧毁了她,使她陷入赤贫的境地,以致这使她得以在此休息的睡眠,甚至死亡,似乎都无法再超越它"。③ 母亲是被生活连续打击而被摧毁,变得绝望甚至疯狂。当苏珊表示对生活中的一切都感到腻烦时,哥哥约瑟夫也表示认同,但随即他又提醒妹妹:"也应该想想她,她老了,我们没有意识到,她比我们更觉得腻烦。而且对她来说,完了……她从来没有痛快地玩过,她再也不会开玩笑了,她太老了,她再也没有时间了……"④ 显然,母亲的疯狂、蛮横是被生活逼出来的。

玛格丽特·杜拉斯在小说《情人》中描述了全家人当时在河内拍摄的一张照片,特别提及照片中母亲绝望的表情:"那是在河内小湖边上一处房子的院子里拍的。她和我们,她的孩子,在一起合拍的。我是四岁。照片当中是母亲。我还看得出,她站得很不得力,很不稳,她也没有笑,只求照片拍下就是。她

---

① [法]玛格丽特·杜拉斯《抵挡太平洋的堤坝》,谭立德译,《杜拉斯全集》第1册,上海:上海译文出版社,2018年,第373-374页。
② [法]玛格丽特·杜拉斯《情人》,王道乾译,《杜拉斯全集》第6册,上海:上海译文出版社,2018年,第56-57页。
③ [法]玛格丽特·杜拉斯《抵挡太平洋的堤坝》,谭立德译,《杜拉斯全集》第1册,上海:上海译文出版社,2018年,第377页。
④ [法]玛格丽特·杜拉斯《抵挡太平洋的堤坝》,谭立德译,《杜拉斯全集》第1册,上海:上海译文出版社,2018年,第379页。

板着面孔，衣服穿得乱糟糟，神色恍惚，一看就知道天气炎热，她疲惫无力，心情烦闷。我们作为她的孩子，衣服穿成那种样子，那种倒霉的样子，从这里我也可以看出我母亲当时那种处境……从她那种神态显然可以看出，她已经无力给我们梳洗，给我们买衣穿衣，有时甚至无法给我们吃饱了。没有勇气活下去，我母亲每天都挣扎在灰心失望之中。有些时候，这种绝望的心情连绵不断……绝望是那么彻底，向往生活的幸福尽管那么强烈，也不可能完全分散她的这种绝望。"① 想到前面写到的那位痛打女儿的母亲正是这位痛苦而绝望的母亲，是不是情有可原？

在杜拉斯传记作者劳拉·阿德莱尔看来，玛格丽特·杜拉斯在《情人》这部小说里，通过中国情人和法国少女的爱情故事找回了童年时光，以及母亲的残忍与病态的疯狂。杜拉斯坚守诺言，和自己和平相处，超越时间，放下武器，将自己的生活呈现给自己最爱的人，同时是自己的痛楚、依靠和不幸，即自己的母亲玛丽·道纳迪厄。② 某次法国少女和中国情人亲热之后忍不住哭了。小说以第一人称的口吻写道："我告诉他，在我的幼年，我的梦充满着我母亲的不幸。我说，我只梦见我的母亲，从来梦不到圣诞树，永远只有梦到她。我说，她是让贫穷给活剥了的母亲，或者她是这样一个女人，在一生各个时期，永远对着沙漠，对着沙漠说话，对着沙漠倾诉，她永远都在辛辛苦苦寻食糊口，为了活命，她就是那个不停地诉说自己遭遇的玛丽·勒格朗·德·鲁拜，不停地诉说她的无辜，她的节俭，她的希望。"③ "让贫穷给活剥了的母亲"足以解释母亲的贪婪、粗暴甚至疯狂。

可以设想，母亲作为维系一个家庭的最重要的纽带，如果具有倔强、贪婪和专制、蛮横的性格，这个家庭不可能充满人情味，也不可能温馨可人。

不过事实上，玛格丽特·杜拉斯小说中的母亲除了倔强、贪婪和专制、蛮横等性格之外，偶尔也会有流露出柔情、爱心的时刻。这种时刻的描绘让杜拉斯笔下的母亲形象显得更为真实、更为丰满，成为名副其实的圆形人物。也许这类母亲形象寄托着玛格丽特·杜拉斯的某些幻想。

《成天上树的日子》塑造了一个对儿子颇有几分爱心的母亲形象。小说开篇

---

① [法] 玛格丽特·杜拉斯《情人》，王道乾译，《杜拉斯全集》第6册，上海：上海译文出版社，2018年，第15-16页。

② [法] 劳拉·阿德莱尔《杜拉斯传》，袁筱一译，沈阳：春风文艺出版社，2000年，第686页。

③ [法] 玛格丽特·杜拉斯《情人》，王道乾译，《杜拉斯全集》第6册，上海：上海译文出版社，2018年，第46页。

的一个细节就揭示出母子之间的深厚感情,更突出母亲对儿子的爱意。七十八岁的母亲乘飞机来巴黎看望小儿子雅克,看到她下舷梯时战战兢兢的模样,儿子眼里噙着泪水。母亲见状,连忙安慰儿子:"用不着难过。我老了,如此而已,我身体很好。"接着,母亲对儿子不无惭愧地表示:"我再也受不了了,我必须见到你。五年。五年没有见面,今后再也不能干这种事儿了。"① 母亲酒足饭饱,儿子拉上窗帘,扶母亲躺到床上。她躺在床上是那么瘦小,整个身子似乎消失在柔软的沙发床垫里了,而这么瘦小的身子里却怀过六个儿女。儿子小心解开母亲的发髻,随即挨着她坐到床上。儿子颇有感触地对母亲说:"我这一生让你吃了不少苦头。"母亲却通情达理地回答:"不,你按照自己的意愿安排生活。要离开母亲也没有别的方式。"② 母亲甚至为儿子的懒惰开脱。她对儿子的同居女友玛塞尔说,儿子的懒惰随自己,自己当年"真正跟水蛇一般懒惰","我看见雅克老是什么也不干,我就想,正是我的这种天性又回到他身上了。于是,我开始揍他,揍他。每天揍,他十八岁了我还揍他"。母亲甚至感激儿子的懒惰给自己带来好运:"我知道,我个人的运气,从天而降的运气,正是有一个懒惰的儿子。"③ 母亲特别替儿子和他的女友着想。闲来无事的时候,她要儿子的女友给她一块需要缝补的抹布,并说:"我这次来,准备住一个月,别忘了这点,所以我不愿意一开始就麻烦你们,我这一辈子从没有麻烦过任何人,我不能从现在开始去打扰别人。"④ 这是一个特别有爱心也特别通情达理的母亲。

母亲对子女的爱在玛格丽特·杜拉斯的处女作《无耻之徒》中已经初现端倪。玛丽·塔内朗太太对女儿慕·格朗持一种爱恨交加的复杂感情。虽然塔内朗太太一方面觉得慕·格朗是一个"忘恩负义和肯定心怀叵测的女儿",但另一方面又挺身而出,坚决维护女儿的尊严和荣誉:她说宁可让慕成为老姑娘,也不把她嫁到女儿不满意的佩克雷斯家,"面对她发现的危险,她觉得慕如此单纯无助,她必须付出全部必要的精力来拯救她"。⑤ 当慕·格朗告诉母亲自己和在

---

① 均见:[法]玛格丽特·杜拉斯《成天上树的日子》,刘方译,《杜拉斯全集》第3册,上海:上海译文出版社,2018年,第7页。
② [法]玛格丽特·杜拉斯《成天上树的日子》,刘方译,《杜拉斯全集》第3册,上海:上海译文出版社,2018年,第19页。
③ 均见:[法]玛格丽特·杜拉斯《成天上树的日子》,刘方译,《杜拉斯全集》第3册,上海:上海译文出版社,2018年,第23页。
④ [法]玛格丽特·杜拉斯《成天上树的日子》,刘方译,《杜拉斯全集》第3册,上海:上海译文出版社,2018年,第21页。
⑤ [法]玛格丽特·杜拉斯《无耻之徒》,桂裕芳译,《杜拉斯全集》第1册,上海:上海译文出版社,2018年,第17、35页。

此处有房产的波尔多青年乔治·迪里厄常常私会并且已有身孕时,"塔内朗太太在几秒钟经历了一系列情感:恐惧、绝望、内心里对生命的放弃,此时很快就镇定下来了。她又回到现实中,温和地、古怪地,就像恢复健康的病人。她抱住慕,然后稍稍推开,带着默默的柔情打量她。她忘记了被委托扮演的角色"。① 所谓被委托扮演的角色,就是大儿子雅克·格朗力主妹妹和邻居富农的儿子让·佩克雷斯结婚,以求得到一笔收入,替他还债,让母亲来劝服女儿。此时的母亲决定成全慕·格朗和乔治·迪里厄的婚事,并爱心满满地对女儿说:"你和迪里厄会幸福的。……做母亲的总要照顾儿女中最不幸的、被大家抛弃的那个人。"② 按照母亲的设想,不久,慕·格朗将返回于德朗庄园和乔治·迪里厄结婚,然后回到波尔多乔治的家里,此后他们只有假期才会去于德朗庄园。

第三节 凶狠或软弱的兄弟

玛格丽特·杜拉斯小说中的家庭里常常有一位凶狠、残暴又败家的兄长,而似乎为了与这位兄长相对应,小说中又常常设置一个软弱可欺的弟弟。凶狠的大哥和软弱的小弟几乎成为玛格丽特·杜拉斯笔下家庭的标准搭配。

现实中,玛格丽特·杜拉斯一共有四个哥哥。她的父亲亨利·道纳迪厄和第一任妻子阿丽丝·里维埃生有两个儿子:长子让生于1899年6月8日,次子雅克生于1904年6月27日。亨利和第二个妻子即杜拉斯的母亲玛丽·道纳迪厄也育有两子:长子皮埃尔出生于1910年9月7日,次子保尔(又译为保罗)出生于1911年12月23日。玛格丽特·杜拉斯很少提及两位同父异母的兄长。正如劳拉·阿德莱尔所说:"将自己作品的大部分建立在这个家庭传说上的杜拉斯——一个守寡的母亲,贫穷,孤独,两个哥哥(一个坏,一个好)和她,最小的小女孩——却毫不犹豫地将自己两个同父异母的哥哥藏了起来,不论是在自己的小说世界里,还是在自己的生活中,都不见他们的踪影。"③ 劳拉·阿德莱尔此言不虚。但需要指出的是,虽然玛格丽特·杜拉斯没有以两位同父异母

---

① [法]玛格丽特·杜拉斯《无耻之徒》,桂裕芳译,《杜拉斯全集》第1册,上海:上海译文出版社,2018年,第135页。
② [法]玛格丽特·杜拉斯《无耻之徒》,桂裕芳译,《杜拉斯全集》第1册,上海:上海译文出版社,2018年,第144页。
③ [法]劳拉·阿德莱尔《杜拉斯传》,袁筱一译,沈阳:春风文艺出版社,2000年,第9页。

的哥哥为原型在小说中塑造过什么人物形象,但她还是将自己的第一部长篇小说《无耻之徒》题献给了同父异母的二哥:"献给我不了解的哥哥雅克·D。"雅克·道纳迪厄经营汽车修理店,玛格丽特·杜拉斯心爱的同胞小哥哥保尔也喜欢拆卸汽车马达,也许出于对同胞小哥哥和雅克的双份爱,杜拉斯将自己的处女作题献给了哥哥雅克·D。

先来了解玛格丽特·杜拉斯的同胞大哥皮埃尔·道纳迪厄。早在印度支那时期,大儿子皮埃尔就是这个家庭的霸王,也是母亲的宠儿。他抽鸦片、赌博,偷窃家人的钱财,在家里行凶闹事,甚至威胁弟弟保尔的性命。出于维护家庭的稳定,也因为法属印度支那当时没有开设母亲希望大儿子就读的机电学校,最终母亲不得不把他送回法国。在永隆时,皮埃尔越来越粗暴,一直大吼大叫,冲着仆人、弟弟、妹妹乃至所有人。玛格丽特·杜拉斯曾经在日记中描写大哥暴打自己的场景:"如果大哥觉得母亲没有用合适的方式打我,他会对她说'等等',然后替她上阵。但是她也不愿意,因为每次她都觉得我会被打死的。她发出可怕的吼叫,但是很难让我大哥停手。有一天,大哥改变了战术,让我冲着钢琴滚过去,我的太阳穴正好撞在钢琴脚上,几乎站不起来。母亲害怕极了,以至于后来她一直活在这些战斗的阴影里。大哥制造我的不幸时显得力大无比,他的股二头肌简直是畸形发展,令我母亲深为敬畏,也许她因此更想打我。"[①]虽然母亲常常痛打自己,但大哥的殴打更为凶暴。"母亲的殴打和大哥的殴打的不同之处就在于,大哥的殴打更疼,更让我无法接受。每一次,我都觉得他简直要把我杀了,我不再是愤怒,而是害怕,害怕我的头会掉下来,在地上乱滚,或者头还在,但是疯了。"[②] 1933 年 10 月,玛格丽特·杜拉斯回到法国,1935年进入巴黎大学学习。劳拉·阿德莱尔通过采访她的女同学法郎士·布鲁奈尔和男同学乔治·波尚,大致弄清了这段时期大哥对她的骚扰和抢劫。皮埃尔不仅没有给予妹妹些许帮助,还想继续压榨她,从她身上得到好处。从前印度支那的小混混大哥现在成了巴黎街头可怜的捐客,有时甚至给妓女拉皮条。皮埃尔曾经把自己的女朋友介绍给妹妹,但那个年轻姑娘很快就病倒了,无法继续工作,皮埃尔便抛弃了她。[③] 皮埃尔经常不请自到地敲响圣伯努瓦街五号的门向

[①] [法]劳拉·阿德莱尔《杜拉斯传》,袁筱一译,沈阳:春风文艺出版社,2000 年,第 105 页。

[②] [法]劳拉·阿德莱尔《杜拉斯传》,袁筱一译,沈阳:春风文艺出版社,2000 年,第 105 页。

[③] [法]劳拉·阿德莱尔《杜拉斯传》,袁筱一译,沈阳:春风文艺出版社,2000 年,第 123 页。

妹妹要钱，或者直接从壁橱里偷。玛格丽特·杜拉斯以大哥为耻，可又躲不开他。1949年，母亲玛丽·道纳迪厄带着女仆阿杜回到法国，依然像以前一样宠溺皮埃尔。刚在巴黎安顿下来，她便创办私立学校，后来又养鸡、养羊，甚至给儿子买了一座蘑菇房，但皮埃尔对这一切根本不买账，也不喜欢体力劳动，一如既往地去巴黎的游戏房赌博。①

玛格丽特·杜拉斯在不少小说中以大哥皮埃尔·道纳迪厄为原型，塑造穷凶极恶、粗野粗暴的家中长子形象。

玛格丽特·杜拉斯第一部长篇小说《无耻之徒》的男主人公、大哥雅克·格朗就是以皮埃尔·道纳迪厄为原型塑造的"无耻之徒"。雅克四十岁，比同胞妹妹、女主人公慕·格朗大二十岁。小说开篇写到雅克·格朗结婚不到一年的交际花妻子米丽埃尔死于车祸，他被家人遗弃，独自在睡房里哭泣，因为格朗家所有人都"怀疑和藐视他如此表达的痛苦"。② 雅克·格朗每天被塔瓦雷斯银行追着还款，但他的大衣、围巾、帽子等质料都是上乘的。听着这位比自己年长二十岁的老哥哥的哭泣和呜咽，慕·格朗顿时觉得"一种难以克服的厌恶之感在胸中汹涌"。③

为什么慕·格朗和家人都厌恶和藐视雅克呢？首先，因为雅克虚有其表，只会窝里横，实则外强中干，名不副实。小说写到妹妹对他的恐惧："慕每当想起雅克时，很难不感到反感。在她的记忆中，她没有一次敢于正面看他，没有一次单独和他在一起而不发抖的。"④ 虽然家人"对他关怀备至，推崇备至"，他在家里"日益具有统治性的地位"，但他实际上色厉内荏，作者写道："很难想象这个老孩子有一天将如何离开他母亲，离开他的家庭……在别处他的确容易被别人吓到，毫无胆量。"⑤ 雅克·格朗极力唆使母亲促成慕·格朗和让·佩克雷斯的婚事，从某种意义上讲，他就是想把妹妹卖给佩克雷斯家，用于德朗庄园替他换来终身年金。正因为如此，慕·格朗恨这个大哥，"真希望能靠仇恨

---

① ［法］劳拉·阿德莱尔《杜拉斯传》，袁筱一译，沈阳：春风文艺出版社，2000年，第353页。

② ［法］玛格丽特·杜拉斯《无耻之徒》，桂裕芳译，《杜拉斯全集》第1册，上海：上海译文出版社，2018年，第6页。

③ ［法］玛格丽特·杜拉斯《无耻之徒》，桂裕芳译，《杜拉斯全集》第1册，上海：上海译文出版社，2018年，第6页。

④ ［法］玛格丽特·杜拉斯《无耻之徒》，桂裕芳译，《杜拉斯全集》第1册，上海：上海译文出版社，2018年，第114页。

⑤ ［法］玛格丽特·杜拉斯《无耻之徒》，桂裕芳译，《杜拉斯全集》第1册，上海：上海译文出版社，2018年，第114页。

从远处使他窒息。她感到他紧挤着她，命运对命运。……她很小时就想象雅克很坏，但只是一种本能的、幼稚的坏。现在她明白那不是一种天性……雅克的坏是违反天性的。他预先就不喜欢善，小心翼翼地避开善"。① 换言之，中国孟子说人性本善，雅克天性就不善，骨子里就恶，并且要将这种恶淋漓尽致地发泄到亲人头上。最后，忍无可忍的慕·格朗跑到巴黎的克拉玛警察局揭发自己的大哥。虽然慕·格朗觉得揭发大哥的这个念头有点过分、荒唐，但她还是觉得大哥理应受到惩罚。

其次，雅克·格朗贪图享受，挥霍无度，外表是一副花花公子的派头，内里则是一个彻头彻尾的败家子。在妹妹慕·格朗的记忆中，每次看到雅克，他总是缺钱。手中有钱时，他视金钱如草芥，愚蠢地浪费、挥霍，几天时间就花掉可维持一个月的钱。他更新服装，大宴宾客，在暂时的阔绰中极为傲慢，整整一周不在家里露面。每当手头缺钱时，雅克·格朗便想起了家人，"被他遗弃了几个月的这班人马又成为他思念的对象"。② 安葬米丽埃尔之后，母亲塔内朗太太带着大儿子雅克·格朗和家人离开巴黎，前往于德朗庄园度假。母亲此举的主要目的是希望长子爱上这个地方，在此扎根，做个富裕的庄园主，但雅克·格朗对此毫无兴趣。小说写道："在这个猎物和姑娘都同样稀少的地方此外还能做什么呢？十年以来，他没有停止过虚幻的生活，每天都出现通往乐趣的新途径。而这里一切都在躲避。寂静使他害怕。他知道母亲为他做的计划。……他很聪明，但从未有过智力上的快乐。他的思想十分懒惰，从未超过眼前的挂虑。思想将他带到乐趣前，然后丢弃他，就像是一位完成任务的拉皮条的女人。"③ 雅克·格朗害怕乡村的寂静，喜欢城里的热闹喧哗，虽然很聪明，却十分懒惰，于德朗庄园自然入不了他的法眼。他一无所长，只会追逐女人、吃喝玩乐，完全是一副花花公子的派头。作者忍不住议论道："格朗家的这个儿子的确显得年轻，一事无成者、追求享乐者都是这样的，没有任何实际责任使他们衰老，没有任何习惯使他们资产阶级化。对女人的酷爱使他们不停地追求艳遇而不在任何爱情中变得麻木。"④ 来于德朗庄园不久，雅克就勾引让·

---

① [法] 玛格丽特·杜拉斯《无耻之徒》，桂裕芳译，《杜拉斯全集》第 1 册，上海：上海译文出版社，2018 年，第 146 页。

② [法] 玛格丽特·杜拉斯《无耻之徒》，桂裕芳译，《杜拉斯全集》第 1 册，上海：上海译文出版社，2018 年，第 10 页。

③ [法] 玛格丽特·杜拉斯《无耻之徒》，桂裕芳译，《杜拉斯全集》第 1 册，上海：上海译文出版社，2018 年，第 33 页。

④ [法] 玛格丽特·杜拉斯《无耻之徒》，桂裕芳译，《杜拉斯全集》第 1 册，上海：上海译文出版社，2018 年，第 62-63 页。

佩克雷斯的情妇,并成为置此女于死地的凶手之一。乔治·迪里厄告诉慕·格朗:"您哥哥使那可怜的姑娘活不下去。他可耻地占有了她,然后又憎恶她。"①原来,让·佩克雷斯为了娶慕·格朗,抛弃了已交往三年的割草女子。后者去巴尔克旅馆当女招待,成了雅克的玩物,最终被抛弃,于是羞愤自杀。总之,小说中的雅克·格朗是一个十足的流氓和坏蛋。

玛格丽特·杜拉斯第二部长篇小说《平静的生活》中,居住在比格农庄的维雷纳特一家,除了父母维雷纳特夫妇、女儿弗朗苏、儿子尼古拉、儿媳克莱芒丝和四岁的小孙子,还有一个长期的寄居者,那就是母亲的弟弟热罗姆。此人也是以玛格丽特·杜拉斯的大哥皮埃尔·道纳迪厄为原型塑造的。热罗姆是维雷纳特一家危机的制造者。女主人公弗朗苏控诉:"我没有夸大其词,热罗姆花光了我们的全部财产。因为他,尼古拉一直没能上学,我也一样。我们从来没有足够的钱离开比格。这也是我还没有出嫁的原因。尼古拉娶了克莱芒丝,我和她是一个乳母喂大的,但不管怎么说,她是我们的用人,而且又丑又蠢。两年前收葡萄的季节,他弄大了她的肚子,不得不娶她。如果尼古拉有机会遇到其他的女孩子,就不会干这种蠢事。他是因为多年孤身一人才做出这种事来的。"② 热罗姆是一个彻头彻尾的败家子。他曾离家半年去巴黎做生意,结果空手而归。更让人气愤的是,回来的第二天,他又恢复了盲目的自信,对维雷纳特先生跟以前一样傲慢无礼。热罗姆更大的恶行发生在十九年前。当时维雷纳特先生在比利时的 R 城当市长,因为热罗姆从事证券交易负了债,为了帮他还债,市长先生利用自己的权力挪用了社会救济金。但是他还没来得及补上这笔钱,省长就来视察了,结果东窗事发。而弗朗苏的母亲又恳求丈夫不要供出热罗姆,一夜之间,当了十年市长的维雷纳特先生便不得不下台,带着全家回到法国,一直居住在比格农庄。

小说开篇就写到外甥尼古拉狠狠地揍了舅舅热罗姆一顿。外甥揍舅舅的原因,一是热罗姆为害整个家庭,二十年来他一直憋着一口气,想揍热罗姆一顿;二是弗朗苏告诉他,最近三个月来,热罗姆每天夜里都去克莱芒丝的房间与其幽会。被外甥痛打一顿之后,热罗姆哀号十天,最终死去。葬礼之后,弗朗苏轻舒一口气,由衷感叹:"热罗姆,这个祖着胸膛的美男子,再也不会在门口出现了。热罗姆,他不过是个目空一切、曾经跟我们一起吃饭的人,今后再也不

---

① [法] 玛格丽特·杜拉斯《无耻之徒》,桂裕芳译,《杜拉斯全集》第 1 册,上海:上海译文出版社,2018 年,第 69 页。

② [法] 玛格丽特·杜拉斯《平静的生活》,王文融译,《杜拉斯全集》第 1 册,上海:上海译文出版社,2018 年,第 167 页。

会有人记得他。他完结了。"① 女主人公对虚有其表的恶棍、败家子舅舅的愤怒之情溢于言表，这种愤怒应该也是维雷纳特一家的心声。

短篇小说《成天上树的日子》里的儿子雅克也是玛格丽特·杜拉斯的大哥皮埃尔·道纳迪厄的变体。雅克小时候是"成天上树窥视小鸟的永不倦怠者"，长大以后成了一个不务正业的花花公子、只会赌博的败家子。② 母亲要儿子雅克离开巴黎去印度支那协助自己打理工厂，以后顺理成章地接班，雅克却以自己不爱钱的理由加以拒绝。母亲说管理工厂"不需要多么主动，一切都会自己运转"，雅克却恬不知耻地回答："我度过的最美好的夜晚，那就是在输掉一切之后回到家里，筋疲力尽，一丝不挂，像条虫。"③ 后来雅克甚至警告并威胁母亲："如果我得到那个厂，我一夜就把它输光。最好还是卖掉它。"④ 母亲原计划在儿子家住一个月，现在决定待两天就走。凌晨四点，雅克看着熟睡的母亲，估计还有三个小时的自由时间，便决定忙里偷闲去赌一把。因为手头的钱不够，他便从母亲放在壁炉上的十七只金手镯和金钻戒中取了两只，放在自己的衣兜里去换钱。黎明时分，赌徒雅克回到家里，作者以幽默的语气描写此时已经输得精光的他："轻松自如，自由自在，像虫子那样精光，成熟"。⑤ 除了懒惰、嗜赌，雅克毫无人性、荒淫好色。他现在的同居女友玛塞尔是个孤儿，以前做过妓女，现在一家夜总会做舞女。她告诉雅克的母亲："每隔一天他都要把我赶出门。"原因是，"他一旦有个女人，同时就想勾引另一个。没完没了"。⑥

如果上述小说里的"恶"儿子是经过了一定程度改造的人物形象的话，那么玛格丽特·杜拉斯晚年的小说《情人》和《中国北方的情人》里的恶大哥则几乎就是她的大哥皮埃尔本人。

《情人》里的大哥是小偷、赌棍和暴徒。早年在印度支那的时候，"他偷了仆役的钱，去抽鸦片。他还偷我们母亲的东西。他把衣橱大柜翻了个遍。他偷。

---

① ［法］玛格丽特·杜拉斯《平静的生活》，王文融译，《杜拉斯全集》第1册，上海：上海译文出版社，2018年，第186-187页。
② ［法］玛格丽特·杜拉斯《成天上树的日子》，刘方译，《杜拉斯全集》第3册，上海：上海译文出版社，2018年，第74页。
③ ［法］玛格丽特·杜拉斯《成天上树的日子》，刘方译，《杜拉斯全集》第3册，上海：上海译文出版社，2018年，第31-32页。
④ ［法］玛格丽特·杜拉斯《成天上树的日子》，刘方译，《杜拉斯全集》第3册，上海：上海译文出版社，2018年，第52页。
⑤ ［法］玛格丽特·杜拉斯《成天上树的日子》，刘方译，《杜拉斯全集》第3册，上海：上海译文出版社，2018年，第77页。
⑥ ［法］玛格丽特·杜拉斯《成天上树的日子》，刘方译，《杜拉斯全集》第3册，上海：上海译文出版社，2018年，第54页。

他赌"。① 回到法国以后，大哥一如既往地赌博和偷窃家人的钱。父亲死前在双海地方买了一处房产，这是全家唯一的房产。他赌输了，母亲不得不把它卖掉还债。母亲用省吃俭用十年积蓄的钱为大哥买下昂布瓦斯的房产，因为他一夜的赌博，就被抵押出去了。同样只用一夜工夫，他就把快要咽气的母亲身上的钱财偷得精光。与此同时，年纪轻轻的大哥居然试图把妹妹卖给出入圆顶咖啡馆的那些客户，以换取赌资。巴黎刚刚解放那一阵，大哥在妹妹家待了三天，翻箱倒柜，最后把妹妹为迎接被关在德军集中营的丈夫回家、凭配给证买来存着的糖和大米一扫而光，并把妹妹全部的五万法郎席卷而去。作者忍不住嘲笑这位大哥："他还算不上匪徒，他是家中的流氓，撬柜的窃贼，一个不拿凶器杀人的杀人犯。他也不敢触犯刑律。那类流氓坏蛋就是他这副腔调，十分孤立，并不强大，在恐慌中讨生活。他内心是害怕的。"② 大哥好吃懒做、一无所能、一事无成，小说以调侃的语气写道："他年过五十，总算第一次有了一个职业，有生以来第一次拿薪水过活，成了一家海运保险公司的信差。"③

大哥非常狡猾，善于随机应变。小说里写到这样一件事：巴黎解放的时候，他在法国南方与德寇合作的罪行受到追究，他走投无路，来到妹妹家。此时的他变得十分和气。他杀人以后，或是要你为他效力的时候，他就变得特别亲热，一向如此。④ 小说写到这样一个细节："母亲临终的时候，就在悲恸的情绪下，他居然立刻把公证人叫来。他很会利用亲人亡故情感悲恸这一条。公证人说遗嘱不具备法律效力，因为母亲遗嘱里用牺牲我的办法把好处都转给她的大儿子了。差别太大太明显了，叫人觉得好笑。……我签了字。我接受了。我的哥哥，眼睛也不敢抬一抬，只说了一声谢谢。"⑤ 利用母亲去世、妹妹还沉浸在悲恸情绪里的时机，大哥匆匆忙忙叫来公证人，要妹妹在母亲留下的极不公平的遗嘱上签字，主动放弃自己应有的权利和应得的财物，的确够有心机的。这个细节很容易让人想起法国作家巴尔扎克的长篇小说《欧也妮·葛朗台》里一个类似

---

① [法] 玛格丽特·杜拉斯《情人》，王道乾译，《杜拉斯全集》第6册，上海：上海译文出版社，2018年，第72页。
② [法] 玛格丽特·杜拉斯《情人》，王道乾译，《杜拉斯全集》第6册，上海：上海译文出版社，2018年，第74页。
③ [法] 玛格丽特·杜拉斯《情人》，王道乾译，《杜拉斯全集》第6册，上海：上海译文出版社，2018年，第75页。
④ 参见：[法] 玛格丽特·杜拉斯《情人》，王道乾译，《杜拉斯全集》第6册，上海：上海译文出版社，2018年，第73-74页。
⑤ [法] 玛格丽特·杜拉斯《情人》，王道乾译，《杜拉斯全集》第6册，上海：上海译文出版社，2018年，第73页。

的场景：妻子刚刚去世，葛朗台老头儿便诱劝女儿欧也妮在母亲的遗嘱上签字，放弃自己应得的遗产。稍有不同的是，葛朗台老头儿等到女儿一签字，就紧抱女儿，说女儿给了自己第二次生命，而这里的大哥等到妹妹签了字，眼睛也没抬一抬，只说了一声谢谢。两相比较，大哥更为冷酷，更有心机。

《情人》里大哥的凶狠残暴令人瞠目结舌。小说特别回忆了早年在沙沥时家里的一个吃饭场景。兄妹三人在餐厅吃饭，"大哥看着我和他的弟弟吃饭，后来他把手中叉子放下不吃了。他对弟弟说：他应该多加小心，不该吃那么多。他叮嘱说：那几块大块的肉应当是他吃的。我问：为什么是你吃？他说：就因为这样。我说：你真是该死。我吃不下去了。小哥哥也不吃了。他在等着，看弟弟敢说什么，只要说出一个字，他攥起的拳头已经准备伸过桌子照着弟弟的脸打它个稀烂。小哥哥不作声，一脸煞白"。①大哥完全是一副小霸王的嘴脸。小说写到母亲将大哥送回法国之后，女孩和小哥哥的轻松感受："对我们这些留下没有出去的孩子来说，总比半夜面对虐杀小孩的凶手要好得多，不那么可怕。那真像是猎手之夜那样可怕。"②《猎手之夜》是一部法国电影，讲述凶犯深夜捕杀儿童的恐怖故事，后来"猎手之夜"演变成了幼儿害怕黑夜的同义词。大哥如同影视剧中虐杀小孩的凶手，有他的夜晚对弟弟妹妹来说如同猎手之夜，他对待弟弟妹妹的残暴由此可见一斑。由此，作者玛格丽特·杜拉斯明确将大哥的残暴行为同战争犯、侵略者的所作所为相提并论："我把战争同我大哥的统治混淆不清。……我看战争，就像他那个人，到处扩张，渗透，掠夺，囚禁，无所不在，混杂在一切之中，侵入肉体、思想、不眠之夜、睡眠，每时每刻，都在疯狂地渴求侵占孩子的身体、弱者、被征服的人民的身躯。"③ 正因为大哥的残暴，小说主人公、法国女孩在十八岁时就有了杀人的冲动，就有了杀死大哥报仇雪恨的冲动。法国女孩义愤填膺地表示："我想杀人，我那个大哥，我真想杀死他，我想要制服他，哪怕仅仅一次，一次也行，我想亲眼看着他死。……为了拯救我的小哥哥，我相信我的小哥哥，我的孩子，他也是一个人，大哥的生命却把他的生命死死地压在下面，他那条命非搞掉不可，非把这遮住光明的黑幕布搞掉不可，非把那个由他、由一个人代表、规定的法权搞掉不可，

---

① ［法］玛格丽特·杜拉斯《情人》，王道乾译，《杜拉斯全集》第 6 册，上海：上海译文出版社，2018 年，第 76 页。
② ［法］玛格丽特·杜拉斯《情人》，王道乾译，《杜拉斯全集》第 6 册，上海：上海译文出版社，2018 年，第 8 页。
③ ［法］玛格丽特·杜拉斯《情人》，王道乾译，《杜拉斯全集》第 6 册，上海：上海译文出版社，2018 年，第 60-61 页。

这是一条禽兽的律令,我这个小哥哥的一生每日每时都在担惊受怕,生活在恐惧之中,这种恐惧一旦袭入他的内心,就会将他置于死地,害他死去。"① 大哥如同一块遮住光明的黑幕布,代表一种禽兽的律令,对大哥的恐惧和仇恨已经深入妹妹的骨髓。

《中国北方的情人》里的大哥皮埃尔俨然成了恶的化身和代表。小说开篇就描写了这样一个场景:学校院子中央的一所房子里,全家人都在冲洗房子,校工和邻居孩子也来帮忙,母亲在隔壁房间弹钢琴,小哥哥保罗和妹妹在跳舞。大哥皮埃尔来到欢乐的人群前,先是推开校工,然后"揪住弟弟的肩膀,把他推到阁楼层敞开的窗户边上。于是,好像他负有残酷的责任,他像扔一条狗一样把他扔出去。弟弟爬起来,径直向前逃,不断喊叫。妹妹跟随他:她跳下窗子,与他会合。他靠着院子的篱笆躺下,哭泣,颤抖,他说与其这样,他宁可死去"。② 法国女孩哀求母亲:"假如他不离开家,总有一天他会杀了保罗。"她认定大哥是个"天生的罪犯"。③ 后来她还向中国情人诉说:"大哥对保罗拳打脚踢的次数越来越多,而且不需要任何借口——他自己说:我一见到他,就想杀了他。……清跟母亲说过,如果他不回法国,小哥哥将不是绝望而死,就是被他的兄长皮埃尔杀死。"④ 法国女孩口中的清是母亲收养的一个本地人,现在是母亲家的司机兼仆役。其实,母亲对大儿子的秉性心知肚明。有一天,清把煮熟的肉和米饭放在桌子上,弟弟保罗先上桌吃饭,夹了最大的一块肉,大哥皮埃尔后到,他狞笑着看着弟弟,然后从弟弟的盘子里抢了那块肉,把肉吃了,那副吃相像狗,并且像狗叫一样猛吼了一声。母亲见到这样的场景后,不禁感叹:"从那时起,我才明白不能放任自己的感情。明白由于我的感情,保罗有生命危险。"⑤ 母亲还掏心掏肺地对女儿说:"你不必为他难过。作为母亲,说这个话很可怕,不过我还是要跟你说:他不配。你应该知道:像皮埃尔这种人,不值得为他难受。""我想说的,是皮埃尔不值得别人去挽救他。因为皮埃尔已

---

① [法] 玛格丽特·杜拉斯《情人》,王道乾译,《杜拉斯全集》第6册,上海:上海译文出版社,2018年,第9页。

② [法] 玛格丽特·杜拉斯《中国北方的情人》,施康强译,《杜拉斯全集》第6册,上海:上海译文出版社,2018年,第122页。

③ [法] 玛格丽特·杜拉斯《中国北方的情人》,施康强译,《杜拉斯全集》第6册,上海:上海译文出版社,2018年,第133、271页。

④ [法] 玛格丽特·杜拉斯《中国北方的情人》,施康强译,《杜拉斯全集》第6册,上海:上海译文出版社,2018年,第270页。

⑤ [法] 玛格丽特·杜拉斯《中国北方的情人》,施康强译,《杜拉斯全集》第6册,上海:上海译文出版社,2018年,第136页。

经没救了,现在太晚了,他无可救药。"① 后来,母亲向女儿的中国情人谈及自己的大儿子:"他以作恶为乐,这事情很神秘,还有他知道怎样作恶,这同样神秘,他对邪恶有种悟性。"② 在母亲看来,恶是儿子的天性,而且他对恶有一种神秘的领悟能力。也许正是由于这个原因,母亲终于下定决心把大儿子送回法国。大儿子登船之前抱着母亲不放,母亲哭了。后来她解释说:"不是因为他走了我才哭的……是因为他没救了我才哭的,我是看清了,他等于死了,我不想再见到他,不值当了。"③

另外,大哥皮埃尔色厉内荏、外强中干。小说通过一个场景表现了他的这种性格。中国情人请法国女孩全家在中国饭店吃饭,饭后,皮埃尔主动提出要去瀑布酒店跳舞狂欢。当中国情人和法国女孩跳舞的时候,因为觉得两人"不相配",大哥发出"生硬、尖刻"的笑声。中国情人放开法国女孩,穿过舞池,径直走向大哥,仔细打量他的面容。大哥顿时感到害怕,但还是嘴硬,说对方如果要打架,自己随时奉陪。当中国人骗他说自己练过功夫,大哥越来越害怕,嘴里争辩道:"难道我没有权利笑吗?"中国人笑着说:"没有。"大哥立刻哑口无言。④

大哥之所以如此凶狠、残暴,一个重要原因就是母亲独宠和溺爱他。玛格丽特·杜拉斯在多部小说中都表现了这一点。

《无耻之徒》中,母亲塔内朗太太对大儿子雅克·格朗有着溺爱和盲目的爱。小说里交代,母亲可以"轻松地容忍他过一种闲散与危险的生活"。⑤ 当母亲发现女儿和大儿子互相瞧不起时,便向女儿倾诉:"你不了解他。慕,其实他是个好孩子。我甚至可以说,在你们三人中间,他对我最好,最体贴……"⑥ 听到母亲这样说,慕·格朗忍不住对母亲的天真无邪感到吃惊:"只有她总能找

---

① 均见:[法]玛格丽特·杜拉斯《中国北方的情人》,施康强译,《杜拉斯全集》第6册,上海:上海译文出版社,2018年,第134页。
② [法]玛格丽特·杜拉斯《中国北方的情人》,施康强译,《杜拉斯全集》第6册,上海:上海译文出版社,2018年,第275页。
③ [法]玛格丽特·杜拉斯《中国北方的情人》,施康强译,《杜拉斯全集》第6册,上海:上海译文出版社,2018年,第306页。
④ [法]玛格丽特·杜拉斯《中国北方的情人》,施康强译,《杜拉斯全集》第6册,上海:上海译文出版社,2018年,第272-273页。
⑤ [法]玛格丽特·杜拉斯《无耻之徒》,桂裕芳译,《杜拉斯全集》第1册,上海:上海译文出版社,2018年,第6页。
⑥ [法]玛格丽特·杜拉斯《无耻之徒》,桂裕芳译,《杜拉斯全集》第1册,上海:上海译文出版社,2018年,第142-143页。

到理由去爱他,爱他甚于爱其他孩子。"① 塔内朗太太与大儿子雅克·格朗之间的关系很微妙。一方面,母亲对这个儿子寄托了很大的希望,给予了无限的溺爱:"她时不时地看看儿子,他高大英俊,在男人身上,这种俊美令人不知所措。她对这个儿子的魅力不知寄托了多少幻想。在他身上她又找到了生育他时的那种狂热的希望。……她一向附和他的古怪念头,而在每次经历、每次荒唐行径后,他又回到她身边。她的命运就是当他想跑回来时接待他,别无所求,只是照料他,仿佛他是富裕的资产者。"另一方面,母亲又牢牢地牵制着儿子,"从不一次给他许多钱,免得他以为她听他支配,但她给的钱总足够他维持基本的开销,也能吸引他回家"。② 不过事与愿违,母亲的牵制常常变成纵容,儿子越来越懒惰和堕落。

《情人》中,法国女孩毫不掩饰地表示自己在十八岁时就产生了要杀死大哥的冲动。为什么会有这样的冲动呢?她明确交代:"目的是要当着我母亲的面把她所爱的对象搞掉,把她的儿子搞掉,为了惩罚她对他的爱;这种爱是那么强烈,又那么邪恶。"③ 换言之,法国女孩之所以想杀死大哥,除了因为大哥太凶狠、太残暴,还有一个重要原因,那就是母亲对大哥的过度偏爱,这种爱既强烈,又邪恶。玛格丽特·杜拉斯在小说中还提及母亲晚年时依然独宠大儿子的事。母亲回到法国后,为大儿子在昂布瓦斯附近买了一处产业,那里有一片树林。他在巴黎一个俱乐部赌牌,一夜之间就把这一片树林输掉了。后来母亲居然又利用她的古堡设法赚钱来供应儿子。她买了几部电热孵化器来孵养雏鸡,因为她不会操纵电热红外线,孵出的小鸡张不开嘴巴,不能进食,都饿死了。作者愤愤不平地责备母亲:"母亲做的事当然永远都是为了这个大儿子,这个五十岁的大儿子,依然不事生计,不会挣钱。"④

玛格丽特·杜拉斯的小说中除了常常塑造一个凶狠、残暴、堪称恶的化身的大哥形象之外,往往会相应地设置一个软弱无能的弟弟形象。这位软弱无能的弟弟实际上是玛格丽特·杜拉斯的小哥哥保罗·道纳迪厄(又译为保尔·道纳迪厄)的变体。

---

① [法]玛格丽特·杜拉斯《无耻之徒》,桂裕芳译,《杜拉斯全集》第1册,上海:上海译文出版社,2018年,第143页。
② [法]玛格丽特·杜拉斯《无耻之徒》,桂裕芳译,《杜拉斯全集》第1册,上海:上海译文出版社,2018年,第17、10页。
③ [法]玛格丽特·杜拉斯《情人》,王道乾译,《杜拉斯全集》第6册,上海:上海译文出版社,2018年,第9页。
④ [法]玛格丽特·杜拉斯《情人》,王道乾译,《杜拉斯全集》第6册,上海:上海译文出版社,2018年,第30页。

现实生活中的保罗·道纳迪厄生于 1911 年 12 月 23 日，在 1942 年 12 月的某一天去世，生在印度支那，死在印度支那。这位小哥哥贪玩，喜欢打猎，不学无术，早早就退学了，能力平平，同时很软弱，很机灵，招人喜欢。后来，保罗总算在西贡堤岸的行政署找了个小职位，买卖汽车，有时跑跑马。他爱上母亲的一个女学生，两人在 1941 年订婚。保罗死于突发性胸膜炎或者传染性肺炎，当时因为战争而缺乏青霉素一类药物加以治疗。劳拉·阿德莱尔说，1942 年 12 月的某一天，玛格丽特·杜拉斯接到母亲从印度支那发来的电报，得知心爱的小哥哥保罗去世，她几乎不能动，不能呼吸，蜷作一团，好几个月都没能恢复过来。① 后来玛格丽特·杜拉斯在小说中频频地让自己心爱的小哥哥登台亮相，或者展示小哥哥的某种性格，或者比较全面地刻画小哥哥的形象，借以抒发对他的爱恋和思念之情。

在《无耻之徒》中，保罗·道纳迪厄以女主人公慕·格朗同母异父的弟弟亨利·塔内朗的形象出现。他浑身"带着孩童的机灵劲儿"，在同母异父的哥哥雅克·格朗死了妻子，全家人心情不好、家里反常的寂静的情况下，他居然对姐姐慕·格朗说："别管他们，跟我来吧。咱们逃走。"② 此时，少不更事的亨利想的还是逃出家门，只顾自己享乐。从某种意义上说，亨利也是一个花花公子，他经常像大哥雅克·格朗一样在巴尔克旅馆狂欢。小说里交代："亨利的生活极不检点，但人们信任他，他讨人喜欢。任何约束都没有引起他的猜疑，也没有妨碍他朝快乐飞奔。虽然他很年轻，但已拥有了爱情的实际经验。"③

在《平静的生活》中，玛格丽特·杜拉斯将小哥哥保罗·道纳迪厄化身为女主人公弗朗苏·维雷纳特的弟弟尼古拉·维雷纳特。小说中的尼古拉二十岁，是一个特别有正义感也特别容易冲动的小伙子。他痛打舅舅热罗姆，既是替自己报仇，因为对方与自己的妻子私通，更是为全家人出气，因为对方是全家的灾星。最终尼古拉因为情人移情别恋而卧轨自杀，作者多次借女主人公弗朗苏之口抒发对他的痛苦思念。在大西洋边的 T 市海滨浴场散心的弗朗苏，睡不着觉的夜里，便会"想起尼古拉死了，永远长眠于齐耶斯的小公墓里"。④ 有时她

---

① ［法］劳拉·阿德莱尔《杜拉斯传》，袁筱一译，沈阳：春风文艺出版社，2000 年，第 181 页。

② ［法］玛格丽特·杜拉斯《无耻之徒》，桂裕芳译，《杜拉斯全集》第 1 册，上海：上海译文出版社，2018 年，第 7 页。

③ ［法］玛格丽特·杜拉斯《无耻之徒》，桂裕芳译，《杜拉斯全集》第 1 册，上海：上海译文出版社，2018 年，第 63 页。

④ ［法］玛格丽特·杜拉斯《平静的生活》，王文融译，《杜拉斯全集》第 1 册，上海：上海译文出版社，2018 年，第 228 页。

感叹:"童年,我在尼古拉身上见识了它。我的童年是他替我过的。我比他大五岁,小的时候,见他比我更小、更弱、对游戏更当真,我总是惊叹不已。……如今他死了。他躺在铁道上,贴着铁轨。被爱火烧得滚烫的头颅靠着冰凉的铁轨,那不是对我的爱。……他就这样轻率地悲惨地死去了,完全出乎我的意料。"① 尼古拉躺在铁轨上自杀,身子被火车轧得稀巴烂,人们甚至不敢把他抬回家。弗朗苏忍不住自言自语:"这支离破碎的尸体曾经是我的弟弟尼古拉。我从来没有想过他会这样死去。怎么想得到呢?围着尼古拉的尸体几个小时号叫奔跑的难道是我吗?"② 小说特别写到弗朗苏对弟弟的眼睛的记忆和怀念:"每次想到尼古拉的死,我总会记起他的那双眼睛。眼睛不大,在阳光下呈紫色;随着光线的强弱,浮游其间的金色微粒或隐或现。中央的黑色瞳仁有如一座永远黑黢黢的岩洞的洞口。四周一圈刷子似的睫毛严严实实地挡住了灰尘和过强的光线。尼古拉用这双眼睛看,夜晚合上眼睡觉。次日清晨再睁开,用上一整天。……直到生命的最后一刻,尼古拉的眼睛还在看世界。最后进入黑暗岩洞的是两条闪闪发亮的铁轨。"③ 弗朗苏甚至产生这样的幻觉并忍不住责备自己:"齐耶斯的公墓到了。小尼古拉和老热罗姆长眠于此。我对尼古拉爱得不够,从来都不够。我本该更好地看护他、照顾他。他离开尘世已有一个世纪。我真想亲吻他那空洞的眼眶,嗅嗅那双死去的眼睛,直至认出弟弟的气味。这将令我舒服,给我温暖,还我青春。"④ 尼古拉明明才死去几年,弗朗苏却觉得他离开尘世已有一个世纪,这不是记忆的错误,而是对亲人的不舍和无尽的思念。

玛格丽特·杜拉斯之所以在《平静的生活》里反复倾诉对尼古拉死去的痛苦思念之情,主要是因为正当她创作这部小说的时候,获知了小哥哥的死讯,便自然而然地将自己当时体验到的痛苦融进了作品。不过小说写到弗朗苏去齐耶斯的公墓找到小哥哥的坟墓是作者的虚构和幻想。因为玛格丽特·杜拉斯从未去西贡看过她小哥哥的坟墓,但得知他死讯的那一个月里,她拿自己的头往

---

① [法]玛格丽特·杜拉斯《平静的生活》,王文融译,《杜拉斯全集》第1册,上海:上海译文出版社,2018年,第230页。
② [法]玛格丽特·杜拉斯《平静的生活》,王文融译,《杜拉斯全集》第1册,上海:上海译文出版社,2018年,第254页。
③ [法]玛格丽特·杜拉斯《平静的生活》,王文融译,《杜拉斯全集》第1册,上海:上海译文出版社,2018年,第233页。
④ [法]玛格丽特·杜拉斯《平静的生活》,王文融译,《杜拉斯全集》第1册,上海:上海译文出版社,2018年,第268页。

墙上撞，不分白天黑夜地咆哮，痛苦至极。①

玛格丽特·杜拉斯在《抵挡太平洋的堤坝》中写到哥哥约瑟夫与妹妹苏珊之间的亲情。约瑟夫是女主人公唯一的哥哥，他身上有许多元素是从作者的小哥哥保罗身上提取的。约瑟夫喜欢摆弄机械和汽车，酷爱打猎。小说这样交代："约瑟夫是个猎手，而不是任何别的什么。他的拼写错误比苏珊的还要多。母亲总是说，他生来就不是学习的，他只有机械、汽车、狩猎方面的才能。……自从他们来到平原之后，约瑟夫就是打猎。十四岁时，他就已经开始夜里去狩猎，他给自己建了几处潜伏小屋，不带逐猎者，独自一人，光着脚，背着母亲出发了。这世上，他没有比在河口处等待黑虎更喜欢做的事了。"② 约瑟夫贪玩好动，童心未泯。小说描写了他和当地的孩子一同游泳、嬉戏的场景："孩子们一瞅见约瑟夫走向河边，便离开他们正在玩耍的大路，跟在他身后跳进水里。最先到达的那些孩子和他一样扎进水里，其他的就三五成群地滚入灰色的泡沫里。约瑟夫习惯于同孩子们一起玩耍。他让他们骑在自己的肩膀上，让他们翻筋斗，有时，让其中一个孩子抱住他的脖子，就这样带着喜出望外的孩子，顺着水流而下，一直游到桥那一端的村子附近。"③ 约瑟夫更疼爱自己的妹妹。当母亲怀疑女儿苏珊是通过跟若先生睡觉而换来一枚价值两万法郎的戒指时，便痛打女儿。起先，约瑟夫没有阻止母亲。他在翻阅《好莱坞电影》，这是他们家唯一的一本书，他百看不厌。母亲开始打苏珊的时候，他就停止翻阅手中的书，一直待在那儿，"因为他不愿意让苏珊单独和处于这样状态的母亲在一起，这一点是肯定的。也许，他没有完全放下心来"。④ 后来见母亲还在断断续续地打妹妹苏珊，忍无可忍的约瑟夫决定挺身而出保护妹妹。他突然站起身，对母亲说："如果你再碰她，只要再碰一下，我就和她一起离开去朗镇。你是个老疯婆子。"⑤ 母亲见状终于收手。约瑟夫重新坐下，注视着妹妹苏珊。小说写道："生活中唯一的温情是他，约瑟夫。苏珊发现了这如此克制、隐藏在如此的严峻之下的温

---

① [法] 劳拉·阿德莱尔《杜拉斯传》，袁筱一译，沈阳：春风文艺出版社，2000年，第249页。

② [法] 玛格丽特·杜拉斯《抵挡太平洋的堤坝》，谭立德译，《杜拉斯全集》第1册，上海：上海译文出版社，2018年，第378-379页。

③ [法] 玛格丽特·杜拉斯《抵挡太平洋的堤坝》，谭立德译，《杜拉斯全集》第1册，上海：上海译文出版社，2018年，第290页。

④ [法] 玛格丽特·杜拉斯《抵挡太平洋的堤坝》，谭立德译，《杜拉斯全集》第1册，上海：上海译文出版社，2018年，第374页。

⑤ [法] 玛格丽特·杜拉斯《抵挡太平洋的堤坝》，谭立德译，《杜拉斯全集》第1册，上海：上海译文出版社，2018年，第377页。

情的同时，也发现了要迫使这温情的表露已经需要的一切冲击和耐心，以及可能还需要的一切冲击和耐心。于是，她又潸然泪下。"① 玛格丽特·杜拉斯接着以饱含深情的笔调描写了妹妹对拯救自己的哥哥约瑟夫的感激和爱恋之情："苏珊不再哭泣。她在想约瑟夫。约瑟夫坐在一口米袋上，在那些他比一切都更为珍惜的东西中间：他的枪支和兽皮。……每当约瑟夫像今晚这样费劲地、不快地思索时，苏珊就情不自禁地觉得他相貌堂堂，强烈地爱他。"②

小说还表现了约瑟夫的正义感和反抗精神。小说两次提及这样一件事。因为母亲购买的特许经营租让地必须定期接受地籍审查，如果长期没有耕种，地籍管理局有权收回。第一处只是对这件事进行简单概述。第一次地籍审查之后，又有了第二次，这次是在堤坝倒塌后的那个星期。面对嚣张的地籍管理员，约瑟夫拿出自己的猎枪，顶在地籍管理员的鼻子底下，于是后者不再坚持，灰溜溜地跑向自己的小轿车逃走了。③ 第二处对这件事进行了较为详细的介绍。母亲组织当地农民修筑的堤坝坍塌以后的一个星期，地籍管理员来检查母亲租借地的耕作情况，威胁要收回租借地，"约瑟夫把他的毛瑟枪抵在肩上准备射击，瞄准了地籍员，精确地瞄准他，最后一秒钟，他冲天抬起枪管，朝空中射击。令人沉闷的肃静。地籍员竭尽全力拼命向汽车跑去。约瑟夫放声大笑。然后，母亲和苏珊也大笑起来。地籍员想必听见了笑声，但是，他并不因此放慢速度，继续飞快地跑。一到汽车旁，立刻冲进车里，看都不看吊脚楼一眼，发动车子，全速朝朗镇方向驶去"。④ 后来，二十岁的约瑟夫在伊甸电影院碰到中年已婚女子丽娜以后，决定跟她一起走，便下定决心要离开母亲，离开平原。小说这样描写约瑟夫当时的心情："他遗憾的是，他不能在走之前杀死康镇的那些地籍管理员。他曾经读过母亲写给他们的信。……当他读这封信时，他就感到自己变成了自己所希望的那样，如果遇见那些地籍员，就有能力把他们一一杀死。这就是他所希望的，一辈子都是这样，无论发生什么，即便他成了富翁也是这

---

① ［法］玛格丽特·杜拉斯《抵挡太平洋的堤坝》，谭立德译，《杜拉斯全集》第1册，上海：上海译文出版社，2018年，第377页。
② ［法］玛格丽特·杜拉斯《抵挡太平洋的堤坝》，谭立德译，《杜拉斯全集》第1册，上海：上海译文出版社，2018年，第378—379页。
③ 参见：［法］玛格丽特·杜拉斯《抵挡太平洋的堤坝》，谭立德译，《杜拉斯全集》第1册，上海：上海译文出版社，2018年，第295页。
④ ［法］玛格丽特·杜拉斯《抵挡太平洋的堤坝》，谭立德译，《杜拉斯全集》第1册，上海：上海译文出版社，2018年，第497页。

样。"① 有一次聊天的时候，约瑟夫对母亲说："如果我们愿意，我们就是富人，如果我们想像别人一样富有，他妈的，只要愿意，就能成为富人。"后来，他还气势汹汹地补上一句："别的那些人，我们会把他们碾死在路上，到处都将看到有人把他们碾死。"②

玛格丽特·杜拉斯在长篇小说《情人》中对小哥哥的描写比较全面。小说既表现了小哥哥的软弱无能、不争气，也写到了他对妹妹的疼爱与保护。女主人公"我"十五岁半时，在西贡公立寄宿学校读书。母亲是小学教师，特别希望女儿进中学，然后正式通过中学数学教师资格会考。母亲为什么会把希望寄托在女儿身上呢？原来，"她不再需要为她的两个儿子的远大前程奔走了，他们成不了什么大气候，她也只好另谋出路，为他们谋求某些微不足道的未来生计，不过说起来，他们也算尽到了他们的责任，他们把摆在他们面前的时机都一一给堵死了。我记得我的小哥哥学过会计课程。在函授学校，反正任何年龄任何年纪都是可以学的。我母亲说，补课呀，追上去呀。只有三天热度，第四天就不行了。不干了。换了住地，函授学校的课程也只好放弃，于是另换学校，再从头开始。就像这样，我母亲坚持了整整十年，一事无成。我的小哥哥总算在西贡成了一个小小的会计"。③ 由于女儿跟中国情人的关系，母亲突然发了一次疯病，一头扑到女儿身上，把她关到房里，拳打，扇耳光。当大哥"在房门外边应着母亲，说打得好，打得在理"的时候，"小哥哥大声喊叫，叫母亲不要打了，放开她。他逃到花园里，躲起来，他怕我被杀死……小哥哥的恐惧使我母亲平息下来"。④ 小哥哥用自己独特的方式帮助妹妹免遭更多的毒打，从而保护了妹妹。也因此，小说里女主人公多次回忆有关小哥哥的往事，倾诉对他的思念之情："我的小哥哥得了支气管肺炎，病了三天，因心力不支死去。""我的小哥哥死于1942年12月日本占领时期。我在1931年第二次会考通过后离开西贡。十年之中，他只给我写过一封信。……他告诉我他们很好，学业顺利，是一封写得满满的两页长信。我还认得出他小时候写的那种字体。他还告诉我他有一处公寓房子、一辆汽车，他还讲了车子是什么牌子的。他说他又打网球了。他

---

① [法] 玛格丽特·杜拉斯《抵挡太平洋的堤坝》，谭立德译，《杜拉斯全集》第1册，上海：上海译文出版社，2018年，第476页。
② [法] 玛格丽特·杜拉斯《抵挡太平洋的堤坝》，谭立德译，《杜拉斯全集》第1册，上海：上海译文出版社，2018年，第393、394页。
③ [法] 玛格丽特·杜拉斯《情人》，王道乾译，《杜拉斯全集》第6册，上海：上海译文出版社，2018年，第7页。
④ [法] 玛格丽特·杜拉斯《情人》，王道乾译，《杜拉斯全集》第6册，上海：上海译文出版社，2018年，第57页。

很好，一切都好。他说他抱吻我，因为他爱我，深深地爱我。"①

此外，玛格丽特·杜拉斯在长篇小说《塔尔奎尼亚的小马》（*Les petits chevaux de Tarquinia*，又译为《塔吉尼亚的小马》，1953）中，也通过女主人公萨拉的视角表达了对去世小哥哥的深切怀念。萨拉在意大利一个濒临地中海的小村子消夏度假，看见一个渔夫独自在撒网捕鱼，便想到自己童年时和小哥哥在印度支那的沼泽地河口看渔夫气定神闲地撒网、听猿猴在红树林里吱吱叫的场景，然后感叹："他们是两个人，兄弟和她，萨拉，在木屋的深处赶野鸭子。兄弟死了。……兄弟死了，带走了萨拉的童年。"② 萨拉作为玛格丽特·杜拉斯的代言人，反复叹惜的是兄弟死了，斯人已逝，也带走了自己的童年。

一个家庭里有这样凶狠或者软弱的兄弟，便不可能温馨、富有人情味。而从另一个角度来看，这种凶狠或者软弱的性格本身乃是生硬、冷酷的家庭的产物。

第四节　叛逆或负心的女儿

玛格丽特·杜拉斯小说中的家庭，除了父亲、母亲和儿子外，还有一个重要成员，那就是女儿。杜拉斯小说中的女儿形象以自我为中心的叛逆者类型居多，也有不懂感恩的负心女儿形象。这些女儿形象与玛格丽特·杜拉斯本人的生活经历、性格特点密切相关。劳拉·阿德莱尔在《杜拉斯传》的序言里特别提及传主的叛逆性格："玛格丽特·杜拉斯在童年和少年时代非常痛苦。也许这痛苦能够解释她叛逆的能力。她从来就是个叛逆而愤怒的女人，一个为自由而受难的使徒。政治上的自由，还有性的自由。"③

劳拉·阿德莱尔认为，1924年底，母亲玛丽·道纳迪厄担任永隆女子学校的校长，十岁的玛格丽特·杜拉斯才开始真正的童年生活。对小玛格丽特来说，"永隆，交趾支那的荒漠，永隆，鸟儿的家园：一幅天堂的景象，一切都是温和

---

① [法] 玛格丽特·杜拉斯《情人》，王道乾译，《杜拉斯全集》第6册，上海：上海译文出版社，2018年，第28、55页。
② [法] 玛格丽特·杜拉斯《塔尔奎尼亚的小马》，马振骋译，《杜拉斯全集》第2册，上海：上海译文出版社，2018年，第359页。
③ [法] 劳拉·阿德莱尔《杜拉斯传》，袁筱一译，沈阳：春风文艺出版社，2000年，第6-7页。

的、懒洋洋的，时间仿佛拉得格外长，永隆是梦想世界的缩影"。① 此时，父亲已经去世，母亲独自抚养着三个孩子。她越来越需要钱，常常在家里大吼大叫大骂。辱骂、殴打、不公常常落到小玛格丽特身上。她曾在一篇日记里写道："妈妈经常打我，尤其她神经紧张的时候，她没有别的办法。因为我是她最小的孩子，最可控制，因此妈妈打我也就打得最多。她打得我团团转，只是我躲闪得非常轻盈。她用棍子打我。愤怒让她气血上冲，她说她会死于脑溢血的。于是尽管我想反抗，但是我更害怕失去她。"② 由此，玛格丽特·杜拉斯觉得母亲不喜欢自己，只爱她的长子，自己成了一个次要的人。而实际上，母亲又不得不寄希望于女儿，因为大儿子已经离开学校，到处游荡，小儿子也开始逃学，他们注定成不了气候。母亲决定"将所有的能量和对未来的希望转化在女儿的教育上"，于是在1929年，母亲想尽办法将十五岁的玛格丽特送到西贡的夏瑟鲁普-洛巴国立中学。③ 另一位杜拉斯传记作者让·瓦里尔认为玛格丽特·杜拉斯进入夏瑟鲁普-洛巴国立中学（又译为沙瑟卢-洛巴国立中学）的时间是1928年。④ 与此同时，玛格丽特·杜拉斯的爱好与性格又受到母亲潜移默化的影响。如母亲因为贫穷，一直对金钱有着强烈的渴望和占有欲，而玛格丽特·杜拉斯一直很喜欢钻石，哪怕在淘米的时候也戴着钻戒。再如，1933年11月8日，玛格丽特·杜拉斯正式注册巴黎大学法学院，但同时为了满足母亲希望她经商或从事高等教育的愿望，又注册了巴黎大学科学学院。更重要的是，寡情和严厉的母亲在无形之中成了女儿将未来职业确定为作家的重要推手。玛格丽特·杜拉斯在接受访谈时表示："因为她，我觉得我只能搞文学，如果做别的会非常困难，我只能这样来解决她。正是我在解决她的时候产生了一种难以名状的激情，于是我突然转向了文学。"⑤ 但母亲并不理解女儿的写作。玛格丽特·杜拉斯本来想借《抵挡太平洋的堤坝》一书表达对母亲的敬意，但母亲看到这部小说以后，却只看到女儿对她的邪恶的揭露，并认为女儿在指责她没有尽到做母亲的

---

① [法] 劳拉·阿德莱尔《杜拉斯传》，袁筱一译，沈阳：春风文艺出版社，2000年，第39页。

② [法] 劳拉·阿德莱尔《杜拉斯传》，袁筱一译，沈阳：春风文艺出版社，2000年，第104页。

③ [法] 劳拉·阿德莱尔《杜拉斯传》，袁筱一译，沈阳：春风文艺出版社，2000年，第71页。

④ [法] 让·瓦里尔《这就是杜拉斯》，户思社等译，北京：作家出版社，2010年，第244页。

⑤ [法] 劳拉·阿德莱尔《杜拉斯传》，袁筱一译，沈阳：春风文艺出版社，2000年，第304页。

责任。杜拉斯感叹:"在她看来,我在书中控诉了她的失败。我揭露了她!她这样理解这本书成了我生命中的悲哀之一。"①

玛格丽特·杜拉斯在1933年回法国定居之前有三次回国之旅。第一次是1915年5月随父亲回国治病。第二次是1922年7月随母亲回国处理前一年去世的父亲的遗产。这次她在父亲的家乡度过两年时光,这段经历浸透了幸福的感觉。出版第一部小说《无耻之徒》时,她采用父亲房产所在市镇的名字杜拉斯作为姓氏。该小说的故事也是在父亲的故土杜拉斯镇上展开的。第三次回国是在1931年2月。全家居住在巴黎旺弗区的维克多·雨果大道16号。据劳拉·阿德莱尔查证,当时大哥皮埃尔赌钱,常常输得一塌糊涂,母亲的积蓄全部用光了,家里没有任何设备,全家人甚至天天吃冷饭。就是在这种混乱的环境里,玛格丽特还得准备中学考试,最后她竟然考了第一名。② 之后,玛格丽特·杜拉斯又回到西贡的夏瑟鲁普-洛巴国立中学,准备考取第二个业士文凭。拿到哲学业士后,玛格丽特·杜拉斯于1933年10月28日乘坐邮轮取道马赛前往巴黎,两年后进入巴黎大学学习。玛格丽特·杜拉斯在一次访谈时承认,自己初入大学时,生活颇为"动荡",有过不少艳遇,喜欢做爱,直到生命迟暮之年,对肉体之爱仍然有一种真正的激情。③ 劳拉·阿德莱尔通过采访她的女同学法郎士·布鲁奈尔和男同学乔治·波尚,得知她当时拒绝和大哥一起生活,搬进了有钱学生住的那种时髦公寓。离开印度支那时,母亲给了她一笔钱,足够她过上体面的生活。当时她是一个热情的社会观察家,但还没有介入的行动。法郎士·布鲁奈尔说:"从内心来说,我们和反法西斯主义者是一致的,但是我们当时还年轻无知,根本不操心政治上的事情。"④ 不久,玛格丽特·杜拉斯参加救世军,为时六个月,为社会最底层的人提供衣物和食物。这段一头扎进穷苦人中的日子使玛格丽特·杜拉斯成为一个热心并逐渐醉心政治的人。

玛格丽特·杜拉斯是一个具有明确目标和奋斗意志的人。她从1941年起就不顾一切地想出版自己的小说,即使在德国纳粹的铁蹄下出版小说,她也愿意。她的第一部小说《塔纳兰一家》先后被伽利玛出版社等几家出版社拒绝,直到

---

① [法]劳拉·阿德莱尔《杜拉斯传》,袁筱一译,沈阳:春风文艺出版社,2000年,第335页。
② [法]劳拉·阿德莱尔《杜拉斯传》,袁筱一译,沈阳:春风文艺出版社,2000年,第112页。
③ [法]劳拉·阿德莱尔《杜拉斯传》,袁筱一译,沈阳:春风文艺出版社,2000年,第124页。
④ [法]劳拉·阿德莱尔《杜拉斯传》,袁筱一译,沈阳:春风文艺出版社,2000年,第125页。

两年后的1943年，在丈夫罗伯特·安泰尔姆的帮助下，布隆出版社才最终同意出版这部题目最终确定为《无耻之徒》的小说。1958年，《抵挡太平洋的堤坝》的电影版权让四十四岁的玛格丽特·杜拉斯第一次获得经济上的独立，她购买了诺夫勒城堡，终于实现了少女时代产生的买一所大房子的梦想。她在童年和少年时期一直过着居无定所的生活。第一所属于自家的房子是母亲在西贡买下的，当时她在夏瑟鲁普-洛巴国立中学读书，在别人家借宿。后来，玛格丽特·杜拉斯说："我喜欢诺夫勒。我没有故土，而这就是我的故土。可以尽情欢笑的故土，似乎它生来就是为了等我的。"① 1963年，她又在特鲁维尔的黑岩公寓买下一套海边的房子，实现了自己喜欢大海、要在海边居住的夙愿。

玛格丽特·杜拉斯在多部小说中，将自己的生活经历和性格特点投射在女主人公的身上。由于各种原因，这些女性人物往往既是家庭的重要成员，又对其他家庭成员采取逃避的态度，有背叛和离心的倾向，有的甚至对家人不闻不问、毫不关心，成为负心女儿。

在《无耻之徒》中，玛格丽特·杜拉斯塑造了一个颇具叛逆性格的女儿形象，她就是女主人公、二十岁女孩慕·格朗。慕·格朗在与乔治·迪里厄的交往中非常主动，而且常常不按常规出牌。因为传言慕·格朗已经同于德朗庄园附近的富户之子让·佩克雷斯订婚，来自波尔多的青年、在此有田产的乔治·迪里厄刻意避免拜访慕·格朗，后者便在一天夜里跑到他的住处。虽然对自己主动跑去有点不好意思，心脏在剧烈地跳动，全身感到难受，但她还是大胆地承认自己和两个兄弟一样，"也在'追逐'"，而且"什么也不能阻止她的追逐"，"无限风光明晰地展现在她面前"，"所有的障碍在她面前纷纷倒塌"。②慕·格朗在追逐什么呢？她在追求爱情或情欲的满足。所以，慕·格朗随即"认为对乔治不再怀有爱情，而是怀着一种卑鄙的、不可告人的感情"。③ 主动"追逐"自己心仪的男人、放纵自己欲望的慕·格朗和乔治·迪里厄共度一个夜晚后，第二天清早醒来，"她感觉被褥之间自己赤裸的身体，她不再害羞，这身体像她的面孔一样成了活生生的形式"，"在此以前她一直不快乐"，"但这天早

---

① ［法］劳拉·阿德莱尔《杜拉斯传》，袁筱一译，沈阳：春风文艺出版社，2000年，第420页。
② ［法］玛格丽特·杜拉斯《无耻之徒》，桂裕芳译，《杜拉斯全集》第1册，上海：上海译文出版社，2018年，第83-84页。
③ ［法］玛格丽特·杜拉斯《无耻之徒》，桂裕芳译，《杜拉斯全集》第1册，上海：上海译文出版社，2018年，第84页。

上她的呆滞的肉体与精神处于深深的和谐之中"。① 慕·格朗第二次在晚上去找乔治·迪里厄后，在他家住了好长一段时间。但这次两人在一起，他们不再快乐，有点相互躲避的意思，慕·格朗"感到绝望，因为他离她那么远，对她的存在漠不关心，仿佛生活在她无法进入的梦幻里。然而他是爱她的。每天夜里他绝望而激烈地占有她，而不像男人们所乐意的那样享受廉价的快乐，这足以证明他爱她"。② 两个人为什么会相互感到绝望呢？慕·格朗感到绝望，是因为乔治·迪里厄对自己的存在漠不关心，有意远离和躲避自己；乔治·迪里厄感到绝望，是因为他听说佩克雷斯一家给了最优厚的条件购买于德朗庄园的葡萄园，且已经预先支付五万法郎现金，而佩克雷斯家之所以如此，是希望独生儿子让与慕·格朗联姻。慕·格朗怀孕了，但她犹豫着要不要告诉乔治·迪里厄。因为如果她同意嫁给他的话，他早就娶了她，而她以前一直缺乏诚意。如果原先拒绝他，现在又同意，岂不是太丢人？何况慕·格朗仍然想离开此地回到巴黎。同时，慕·格朗也知道母亲塔内朗太太反对自己与乔治·迪里厄走到一起，一是因为乔治·迪里厄的年纪比慕·格朗大太多，二是佩克雷斯家跟格朗-塔内朗家做了一桩好买卖，而且让·佩克雷斯对慕·格朗的丑闻不会计较。但最终慕·格朗还是勇敢地告诉了母亲真实情况。

慕·格朗和家人一样，对自己家庭的感情是复杂而矛盾的。小说写道："在她家里，谁也没有幸福过。他们生活在紊乱中，使最平常的事变味，变得悲惨，使你更失去拥有幸福的希望。""慕常常想不再回家了。但每晚她都回来。这种态度可能显得古怪，但这也是她的兄弟和继父的态度，他们不由自主地每晚都露面，而且长期以来便是如此！即使去到天涯海角，早晚他们也会回来，因为家庭的小圈子始终强烈地吸引他们，在这里，即使无所事事，他们相互之间的兴趣也丝毫未减。说实在话，他们无时无刻不在空谈出走，但谁也不认真。"③ 这个家庭从来没让人感觉到幸福，甚至连幸福的希望也没有，所以家人对这个家庭的感情很矛盾，一方面"想不再回家"，另一方面"每晚都回来"，口头上"无时无刻不在空谈出走"，行动上却被"家庭的小圈子"吸引，早晚都回来，"每晚都露面"。这既表明这家人的言行不一，也说明他们对家庭复杂而矛盾

---

① ［法］玛格丽特·杜拉斯《无耻之徒》，桂裕芳译，《杜拉斯全集》第1册，上海：上海译文出版社，2018年，第86—87页。

② ［法］玛格丽特·杜拉斯《无耻之徒》，桂裕芳译，《杜拉斯全集》第1册，上海：上海译文出版社，2018年，第122页。

③ ［法］玛格丽特·杜拉斯《无耻之徒》，桂裕芳译，《杜拉斯全集》第1册，上海：上海译文出版社，2018年，第118、19页。

感情。当慕·格朗主动去找乔治·迪里厄并在他家过夜后,她的感受更为鲜明。小说写道:"她厌恶再次和家人在一起……她再也不能以过去的高傲来与他们对抗!她首先希望躲开他们,避免和他们有令人恶心的亲密关系。"① 虽然尽力避免和家人"有令人恶心的亲密关系",但慕·格朗对家庭和家人的感情又有留恋的一面。她第二次在晚上去找乔治·迪里厄,家人不知情,举着风雨灯四处寻找她。小说这样描写慕·格朗的感受:"有人在挂念她,这个想法使她稍稍感动,她流出了眼泪,泪水在脸颊上留下新鲜的痕迹。……在使你受过太多痛苦以后,他们又来寻找你,而且不论你愿意与否都带你回去。只有这最后的悔恨才证明他们以某种方式依恋你,没有你,家里就缺了一个人。……母亲的影子在她心头擦过,在她的记忆中,母亲是如此温柔,仿佛是人们在冬天想念的、将回转大地的宜人夏天。她没有动弹,但情不自禁地流下泪来。"② 这种与家人相爱相杀的关系,这种对家庭既依恋又厌恶的感情,杜拉斯传记作者劳拉·阿德莱尔将它形象地比喻为一个爱与恨滚成的富有黏着力和保护性的球。玛格丽特·杜拉斯把这种复杂的关系和情感写出来,"在某种程度上也是为了驱除少女时代行将结束时的恐惧:年轻女孩莫德(又译慕·格朗)隐隐约约地感觉到,倘若继续呆在这个束缚住她,阻碍她生存的恶毒的家中,她就不会有光明的未来,就会被彻底地毁灭。"③

《平静的生活》中,女主人公弗朗苏·维雷纳特(又译为弗朗西娜·维雷纳特)二十六岁,从童年开始就生活在比格农庄。她主动、大胆地爱上了四个月前投奔比格庄园的蒂耶纳。蒂耶纳最大的优势是非常英俊。小说写道:"他的身体出奇的美。他赤身露体,脚、手和脸与我熟悉的不一样了,不再与他的金色、灵活、好像被河水和风梳理光滑的躯体分开。他不需要穿衣服。他一身阳光。"④ 弗朗苏忍不住问自己:"为什么他如此英俊,哪怕我生着气也忍不住要看他一眼?为什么他这样撩人心弦,这样令人不知所措?为什么他如此沉默,别人在他面前讲的话似乎都成了谎言?他冲我微笑,脸一会儿苍老,一会儿年

---

① [法]玛格丽特·杜拉斯《无耻之徒》,桂裕芳译,《杜拉斯全集》第1册,上海:上海译文出版社,2018年,第95页。
② [法]玛格丽特·杜拉斯《无耻之徒》,桂裕芳译,《杜拉斯全集》第1册,上海:上海译文出版社,2018年,第118页。
③ [法]劳拉·阿德莱尔《杜拉斯传》,袁筱一译,沈阳:春风文艺出版社,2000年,第188页。
④ [法]玛格丽特·杜拉斯《平静的生活》,王文融译,《杜拉斯全集》第1册,上海:上海译文出版社,2018年,第214页。

轻，在我的心里，犹如白昼取代了黑暗，清凉赶走了炎热。"① 因为觉得蒂耶纳英俊帅气、魅力无穷、撩人心弦、令人不知所措，弗朗苏便不自信起来："蒂耶纳为什么离开良好的家庭，到这个如此令人厌恶的家庭来呢？蒂耶纳的脸闻着有股早晨树木清新的气味，他怎么可能要我呢？我长得丑，他干吗要强迫我微笑呢？"② 尽管不自信，尽管怀疑对方是否真的爱自己，但是弗朗苏还是不顾流俗，勇敢而大胆地追求自己心仪的男人。她不时上楼去与蒂耶纳私会。小说以第一人称的口吻写道："我问他觉得我美不美。如果他觉得我美，我会相信因为我是个值得追求的姑娘他才留下来的。但对这个问题，他也不做回答。他当然说不出我长得美这样的话，但他可以说我讨他喜欢。如果我得到这么一点点自信，我觉得可以更好地了解蒂耶纳，想象他一开始是被我的脸蛋吸引的。但他从不对我讲这句话，也从不说他爱我。"③ 蒂耶纳就是当时玛格丽特·杜拉斯热恋中的情人迪奥尼斯·马斯科罗，马斯科罗也出奇的英俊，而且一直不愿意明确对杜拉斯说自己爱她。全家出游的某天晚上，吃完点心后，弗朗苏离开众人坐着，蒂耶纳走过来，抓住她的手问道："你大概知道我不久会走吧？"弗朗苏说："是，我知道。"于是蒂耶纳生气地甩开她的手。④ 蒂耶纳为什么会生气呢？因为他觉得弗朗苏只是以游戏心态与他交往，对他的感情只是逢场作戏，并非倾心相待。当蒂耶纳在弗朗苏身边躺下来，整个身子贴住她的时候，小说这样描写弗朗苏的感受："我开始想要蒂耶纳，渴望感到他赤裸的身体压在我身上，他的热气与我的热气相交融，他的因欲望而扭曲的脸贴着我的脸。"⑤ 弗朗苏完全是一副只顾眼前哪管日后、只顾享受哪管约束的做派。

《抵挡太平洋的堤坝》中的女儿苏珊颇有几分浪荡不羁、玩世不恭的个性。这一点在她跟让·阿哥斯迪的交往上体现得最为明显。让·阿哥斯迪比苏珊的哥哥约瑟夫年长两岁，二十二岁。十七岁白人女孩苏珊与白人青年阿哥斯迪属于同一阶层，家庭背景和遭遇惊人的相似。阿哥斯迪老爹是名退役军士，由于

---

① ［法］玛格丽特·杜拉斯《平静的生活》，王文融译，《杜拉斯全集》第 1 册，上海：上海译文出版社，2018 年，第 184 页。
② ［法］玛格丽特·杜拉斯《平静的生活》，王文融译，《杜拉斯全集》第 1 册，上海：上海译文出版社，2018 年，第 185 页。
③ ［法］玛格丽特·杜拉斯《平静的生活》，王文融译，《杜拉斯全集》第 1 册，上海：上海译文出版社，2018 年，第 200 页。
④ ［法］玛格丽特·杜拉斯《平静的生活》，王文融译，《杜拉斯全集》第 1 册，上海：上海译文出版社，2018 年，第 215 页。
⑤ ［法］玛格丽特·杜拉斯《平静的生活》，王文融译，《杜拉斯全集》第 1 册，上海：上海译文出版社，2018 年，第 215 页。

没有能力贿赂地籍局,他得到了一块无法耕种的租借地。他们在五年前来到平原地区安家。阿哥斯迪全家几乎都是文盲。他们之所以经得住折腾,只是因为让·阿哥斯迪和巴尔老爹一起从事茴香酒和鸦片走私活动。苏珊完全放纵自己的情感与欲望。小说多次描写她对阿哥斯迪的欲望以及与他做爱时的肆无忌惮。苏珊躺在桥下,等着阿哥斯迪的到来,"她热切地想着他,他的到来使她摒弃了其他的念头,占据了她的全部心思"。① 苏珊喜欢去阿哥斯迪在朗镇餐厅按月租的房间与其约会。当阿哥斯迪脱光了她的衣服后,"她在他的怀抱里,随着世界一起漂浮,任凭他随心所欲,想要怎么样就怎么样,该怎么样就怎么样"。② 苏珊记得他们在朗镇餐厅的房间里第一次做爱后,是阿哥斯迪重新给她穿上衣服,而她"显然不想穿好衣服,不想起身离去"。③ 苏珊看起来含情脉脉,最后却对阿哥斯迪说:"我永远也不会嫁给像你这样的人,我向你发誓,以后我们永远别提这个。"当阿哥斯迪追问她是否偶尔想过和他一起生活时,苏珊回答:"从来没想过,和若先生在一起也没想过,和你在一起就更没想过了。"④ 显然,苏珊作为一个芳龄十七的女孩,完全不在乎违背社会习俗和传统道德,不在乎失去童贞,也不在乎婚姻,只求得过且过,追求欲望的满足和发泄。

小说《情人》的女主人公也是一个不在乎社会习俗和传统道德的十五岁半少女。某次和中国情人亲热之后,她忍不住哭了。作者以第一人称的口吻写道:"我告诉他:反正我在外面,不在家里,贫穷已经把一家四壁推倒摧毁,一家人已经被赶出门外,谁要怎么就怎么。胡作非为,放荡胡来,这就是这个家庭。所以我在这里和你搞在一起。"⑤ 法国少女丝毫不忌讳自己作为中学生的胡作非为、放荡胡来。她对待学习也是吊儿郎当,视同儿戏。小说里母亲和女儿就读学校的校长有一段有趣又有深意的对话。校长告诉母亲:"太太,你的女儿法文考第一名。"母亲什么也没说,因为考第一的不是儿子。母亲转而问校长:"数学呢?"得到的回答是:"还不行,不过,会行的。"母亲又问:"什么时候

---

① [法] 玛格丽特·杜拉斯《抵挡太平洋的堤坝》,谭立德译,《杜拉斯全集》第1册,上海:上海译文出版社,2018年,第503页。
② [法] 玛格丽特·杜拉斯《抵挡太平洋的堤坝》,谭立德译,《杜拉斯全集》第1册,上海:上海译文出版社,2018年,第514页。
③ [法] 玛格丽特·杜拉斯《抵挡太平洋的堤坝》,谭立德译,《杜拉斯全集》第1册,上海:上海译文出版社,2018年,第516页。
④ [法] 玛格丽特·杜拉斯《抵挡太平洋的堤坝》,谭立德译,《杜拉斯全集》第1册,上海:上海译文出版社,2018年,第524页。
⑤ [法] 玛格丽特·杜拉斯《情人》,王道乾译,《杜拉斯全集》第6册,上海:上海译文出版社,2018年,第45页。

会行呢?"校长回答:"太太,她什么时候想要什么时候就会行的。"① 这段话除了反映母亲对女儿学习的漠不关心之外,校长说自己的学生"什么时候想要什么时候就会行的",说明这个学生对学习完全心不在焉,有天赋,却没有付出足够的努力。同样,在关于未来的规划和职业方面,法国少女有自己的主见,敢于跟母亲对抗。她在西贡公立中学读书时就立志要写作。小说两次写道:"我想写作。这一点我那时已经对我母亲讲了:我想要做的就是这个,写文章,写作。第一次没有反应,不回答。后来她问:写什么?我说写几本书,写小说。她冷冷地说:数学教师资格会考考过以后,你愿意,你就去写,那我就不管了。她是反对的,她认为写作没有什么价值,不是工作,她认为那是胡扯淡——她后来对我说,那是一种小孩子的想法。""我曾经回答她说,我在做其他一切事情之前,首先想做的就是写书,此外什么都不做,什么都不做。……她不回答,就那么看了我一眼,视线立刻转开,微微耸耸肩膀,她那种样子我是忘不了的。"② 母亲认为写作是胡扯淡,而她转移视线、微耸肩膀的细节暴露出她对女儿的职业规划完全不予理睬,尽管遭到母亲的无言拒绝或冷嘲热讽,女儿依然坚持自己的追求。

《昂代斯玛先生的午后》讲述了一个女儿无视父爱、背叛父亲的故事。小说中,七十八岁的昂代斯玛先生无私地爱着女儿。一年前他为十七岁的女儿买下这处房产,所带庭院包括山上最高处全部平面土地,直到海边的坡地,以及一公里之外的水塘,而"这处房屋他并没有亲见,仅仅为满足她的心愿,就把它给她买下来"。③ 现在他又准备请人修建一个露台,方便女儿俯瞰下面的山谷、村镇和大海。女儿是昂代斯玛先生唯一的亲人,而且是老来得女。正如包工头米歇尔·阿尔克的妻子对他所说的:"人家都知道你们只是两个人,一个是女儿,一个是已经上年纪的老父亲。""镇上人家都这么说:您年纪很大了,才得了这个女孩,是最后一次结婚生的。"④ 但女儿瓦莱丽丝毫不理解、更不在乎父亲对自己的爱,也没想到自己是老父亲唯一的亲人。所以某一天,她非常轻松

---

① [法]玛格丽特·杜拉斯《情人》,王道乾译,《杜拉斯全集》第6册,上海:上海译文出版社,2018年,第23-24页。
② [法]玛格丽特·杜拉斯《情人》,王道乾译,《杜拉斯全集》第6册,上海:上海译文出版社,2018年,第22、23页。
③ [法]玛格丽特·杜拉斯《昂代斯玛先生的午后》,王道乾译,《杜拉斯全集》第3册,上海:上海译文出版社,2018年,第291页。
④ 均见:[法]玛格丽特·杜拉斯《昂代斯玛先生的午后》,王道乾译,《杜拉斯全集》第3册,上海:上海译文出版社,2018年,第337页。

地、近乎无情地对父亲说:"时候到了,是要离开你了。"①

小说的结尾颇为含糊朦胧。米歇尔·阿尔克的妻子频频说自己认识瓦莱丽·昂代斯玛是很痛苦的一件事,这一情节似乎暗示瓦莱丽和米歇尔·阿尔克有了私情,他们准备来山上向老父亲告别,然后开启私奔之旅。当看到瓦莱丽的汽车停在山脚下,有两个人上山来的时候,米歇尔·阿尔克的妻子着急忙慌地说:"他们的笑我们能听得出,这笑声不一样,这是他们的一种不同的笑声。他们在一起,他们就这样笑,我很清楚!听,听!看他们走得多么慢!多么慢!他们简直不情愿往前走。"而此时她的举止也很异常,"她在平台上走来走去,两手乱动,意态狂乱,披头散发,两个手扭在一起,在悬崖边上走着,一点不知小心"。② 瓦莱丽和另外一个人发出"不同的笑声""走得多么慢""简直不情愿往前走"正是他们之间有着浓情蜜意的表现。米歇尔·阿尔克的妻子"意态狂乱,披头散发",甚至"在悬崖边上走着,一点不知小心",说明她已痛苦到极点甚至处于精神崩溃的边缘。总之,昂代斯玛先生的女儿瓦莱丽不仅不在乎社会道德,更不在乎父亲满满的爱,是一个典型的负心女儿形象。

玛格丽特·杜拉斯小说中这些叛逆或者负心的女儿本来就是不完美、不正常的家庭的产物,而与此同时,她们对自己的家人也不可能有正常的感情和友好的态度。她们既是生硬冷酷的家庭的受害者,也是这类家庭的制造者。

---

① [法] 玛格丽特·杜拉斯《昂代斯玛先生的午后》,王道乾译,《杜拉斯全集》第 3 册,上海:上海译文出版社,2018 年,第 291 页。
② [法] 玛格丽特·杜拉斯《昂代斯玛先生的午后》,王道乾译,《杜拉斯全集》第 3 册,上海:上海译文出版社,2018 年,第 364 页。

第二章

凄美绝望的爱情

玛格丽特·杜拉斯是以写爱情题材与主题的作品而著称的。她的所有小说、剧本中最具轰动效应的是电影剧本《广岛之恋》(*Hiroshima mon amour*, 1960)和长篇小说《情人》，而这两部作品都是写爱情故事的。具体到玛格丽特·杜拉斯的小说，则绝大多数涉及爱情题材和主题。进一步说，她更酷爱爱情悲剧，写的多是凄美而绝望的爱情。玛格丽特·杜拉斯追求所谓的绝对爱情或纯粹爱情，认定爱情能够照亮人的精神和感官，能够最大限度地张扬自我，因此恋爱时应该排除一切干扰因素，为爱而爱。学界一般认为，对绝对爱情的追求是玛格丽特·杜拉斯小说中最重要的主题，其他主题在某种程度上都是为之服务的。

不过说玛格丽特·杜拉斯酷爱爱情悲剧，喜欢写凄美而绝望的爱情并不意味着她的小说中完全没有爱情喜剧，绝对缺乏有情人终成眷属的完美的大团圆式结局。事实上，她的小说中还是有少量的大团圆式爱情的。玛格丽特·杜拉斯最初的两部长篇小说《无耻之徒》和《平静的生活》都写到圆满的爱情和婚姻。在前者中，女主人公慕·格朗与波尔多青年乔治·迪里厄两人之间的爱情最初经历三角的角力，虽然她的母亲不同意两人的交往，但收到塔内朗太太告知女儿已经独自返回于德朗庄园的来信后，乔治·迪里厄不仅替格朗-塔内朗家付清从佩克雷斯家预收的五万法郎，而且前往车站迎接意中人，两人的婚姻可期。在后者里，女主人公弗朗苏·维雷纳特与投奔比格庄园的蒂耶纳之间也经历了一场最初热恋、中间误解、最后携手的一波三折而结局完美的爱情。此外，《塔尔奎尼亚的小马》的结尾，女主人公萨拉拒绝了汽艇主人让先生的约会，而同意回到伴侣雅克身边，陪他一起去做短途旅行，并去塔尔奎尼亚的墓地观赏漂亮的小马雕塑。所以，此处说玛格丽特·杜拉斯喜欢写凄美而绝望的爱情不是就结局而言，而是就过程来说的，换言之，杜拉斯小说里的爱情常常会经历刻骨铭心、死去活来的痛苦而忧伤的过程，并最终不了了之，陷于绝望之中，即使那些最终获得圆满结局的爱情，也往往有一波三折、丧魂失魄的经历。

玛格丽特·杜拉斯小说中的爱情可以概括为三种类型：一是绝缘之爱，包括跨种族之爱和跨阶层之爱两种；二是三角恋情；三是畸形之爱，包括同性恋和乱伦之爱两种。这些爱情要么因为恋爱双方之间有一道不可跨越的种族差异或阶层区隔的障碍，要么因为他们之间有一个第三者的存在，要么因为违背生物界的自然规律，如同性恋，要么因为违背社会习俗，如乱伦之爱，都呈现出同样的底色和特质：凄美而绝望。

第一节 哀婉的绝缘之爱

在玛格丽特·杜拉斯的笔下，有这样一种爱情，双方或者因为属于不同的肤色、种族，或者属于不同的出身和阶层，因而无法跨越这些界限或障碍，最终导致一种类似物理学上的绝缘现象。在这里，姑且将前者称为跨种族之爱，将后者称为跨阶层之爱。其实，任何爱情都包括理性的和非理性的两方面因素，爱情的萌生大多发端于非理性的瞬间感觉，但它的维持和保养则离不开理性的考量。这里所说的绝缘主要是指在理性的意义上考量，最终发现爱情的双方之间存在一些在当时的社会环境和条件下无法逾越的界限和障碍。

玛格丽特·杜拉斯小说中最轰动的爱情故事当推法国少女与中国青年之间跨越种族界限的一场恋爱。这场恋爱在她的"情人三部曲"即《抵挡太平洋的堤坝》《情人》和《中国北方的情人》中得到详细而形象的展示。

这场轰动性恋爱的原型是玛格丽特·杜拉斯在西贡的夏瑟鲁普-洛巴国立中学读书时与中国情人真实的恋爱。杜拉斯传记作者劳拉·阿德莱尔通过实地采访证实，玛格丽特·杜拉斯在夏瑟鲁普-洛巴中学读书时的确有过一个中国情人，这个情人的侄子亲口向劳拉·阿德莱尔讲述了自己的叔叔和杜拉斯之间的爱情故事，并展示了一张法文版的《巴黎竞赛报》，上面翻印了一张他叔叔的身份照片。① 玛格丽特·杜拉斯在夏瑟鲁普-洛巴国立中学读书时的同班同学马赛尔也说："玛格丽特是个神秘的女孩，虽然她表面看上去羞涩、保守、教养良好……她曾经两次炫耀过她过着另一种生活，但是没有明确说。有一天早晨，玛格丽特得意扬扬地到了学校，手上戴着一只钻戒，她给同班的几个女孩看了，说她认识一个很有钱的人。"② 杜拉斯传记作者让·瓦里尔指出杜拉斯那位中国

---

① 参见：[法] 劳拉·阿德莱尔《杜拉斯传》，袁筱一译，沈阳：春风文艺出版社，2000年，第79-80页。

② [法] 劳拉·阿德莱尔《杜拉斯传》，袁筱一译，沈阳：春风文艺出版社，2000年，第78页。

情人的真实姓名是黄崔立。① 这个故事还有另外一个版本。劳拉·阿德莱尔从现代出版档案馆找到玛格丽特·杜拉斯很可能写于二战期间的一则日记,得知这位情人的名字叫雷奥。日记详细回忆了他们相遇的场景:"我是在沙沥和西贡之间的轮渡上第一次遇见雷奥的,我回寄宿学校,有人——我现在已经记不起是谁了——把我安排在他的车上,正好和雷奥的车一起上轮渡。雷奥是当地人,但是他的穿着很法国化,法语说得也很好,他是从巴黎回来的。我十五岁还不到,我只在很小的时候才到过法国。我觉得雷奥非常优雅。他手上戴着一颗很大的钻石,穿着很少见的纱丽柞丝绸外套。……他很熟悉巴黎。他住在沙沥。沙沥居然有人非常了解巴黎,而我直到那个时候还对巴黎一无所知。雷奥追求我,我为之心醉神迷。"② 所谓当地人,要么是本土的越南人,要么是早已迁居此地的中国人。玛格丽特·杜拉斯在日记里还明确承认自己和雷奥交往的主要动机是物质考量:"雷奥的汽车着实令我痴迷。一上车,我就问这是什么牌子的、值多少钱。雷奥对我说这是一辆雷翁·阿美达·波雷,值九千皮阿斯特,我想起了我们家的那辆雪铁龙,只值四千皮阿斯特,而且母亲分三次才付清。……他的汽车让我觉得非常荣耀,我想别人也一定会看见的,我故意让他把车停在那里,因为我怕同学过去的时候会看不见。我想以后我可以和印度支那高级官员的女儿交往了。他们当中没有一个人有这么一辆利穆新,也没有任何一家有这样穿着制服的司机。黑色的利穆新轿车,专门从巴黎定做的,大得出奇,有一种王家的品位。……我总是想方设法让他谈谈自己的财产。他大概有五千万法郎的不动产,散布在整个交趾支那,他是独子,他有巨额财产。对雷奥财产总额的估价让我混乱了,我朝思暮想。"③ 此后,在大哥和母亲的催促和逼迫下,玛格丽特·杜拉斯决定用爱情交换很多的皮阿斯特。她在日记中写道:"雷奥进入这个家庭改变了一切计划。自从我们知道他的财产总额以后,就一致决定让他来还高利贷欠款,并让他投资好几个企业(让他给我小哥哥开个锯木厂、给大哥哥开个装饰车间)。我母亲仔细研究过各项计划。除此之外,还要他给家里的每个成员配备一辆汽车。"④ 雷奥俨然即将成为玛格丽特·杜拉

---

① [法]让·瓦里尔《这就是杜拉斯》,户思社等译,北京:作家出版社,2010年,第267页。
② [法]劳拉·阿德莱尔《杜拉斯传》,袁筱一译,沈阳:春风文艺出版社,2000年,第86页。
③ [法]劳拉·阿德莱尔《杜拉斯传》,袁筱一译,沈阳:春风文艺出版社,2000年,第88-89页。
④ [法]劳拉·阿德莱尔《杜拉斯传》,袁筱一译,沈阳:春风文艺出版社,2000年,第95-96页。

斯一家的摇钱树。

女中学生玛格丽特·杜拉斯与雷奥或黄崔立或李云泰的爱情故事先后在《抵挡太平洋的堤坝》《情人》和《来自中国北方的情人》三部小说里得到演绎。劳拉·阿德莱尔比较了三部小说里情人的区别："《情人》里不朽的情人比起《来自中国北方的情人》里的情人来，前者显得较瘦、较小、较虚，而后者则较强壮，对自己充满信心且不容置辩。这两个情人都是中国人，来自满洲里或其他什么地方。肤色明亮的中国人，几乎接近白种人。中国人，而不是越南人，这在别人听上去要时髦一点。他们是另一类人，富有，非常有钱。但是玛格丽特描写的第一个情人却是《抵挡太平洋的堤坝》里的，是个白人。瘦弱、乏味、淫秽，爱偷看猥亵场面。……这三个情人都是二十五岁左右，都有黑色的利穆新轿车，总的来说身体也都不太结实。这种身体上的缺陷非常明显，尽管他们都穿着剪裁精致的柞丝绸西服。"① 玛格丽特·杜拉斯日记中提到的情人雷奥明明是当地人（包括越南人和移居越南的中国人），为什么早年小说《抵挡太平洋的堤坝》中的情人若先生是个白人，要到晚年小说《情人》和《中国北方的情人》才让情人恢复中国人的原形？劳拉·阿德莱尔指出："必须等到老了，无所顾忌了，等到足够的一把年纪，玛格丽特才敢写情人不是一个种族的，甚至在最后那本书的题目里还写了他的来处：《来自中国北方的情人》。有个当地的情人是件非常有损体面的事情。"②

玛格丽特·杜拉斯在长篇小说《抵挡太平洋的堤坝》中，借十七岁白人女孩苏珊与若先生的故事，第一次描写因种族隔阂、种族歧视而导致的爱情悲剧。首先要说明一下苏珊的追求者若先生的种族归属。前面提到劳拉·阿德莱尔认定若先生是个白人，其实这种说法值得商榷。作者在小说里自始至终没有明确交代若先生的种族归属，但从作品中的蛛丝马迹推测起来，他极可能是越南人或中国人。从若先生的父亲曾经"把儿子送到欧洲学习"③的细节可知，若先生不是欧洲白人。小说中还有一处也暗示若先生不是白人。他曾经欲言又止地抱怨苏珊："什么东西都不能触动您，甚至连我无微不至的善意都不行。您所喜

---

① [法]劳拉·阿德莱尔《杜拉斯传》，袁筱一译，沈阳：春风文艺出版社，2000年，第81页。
② [法]劳拉·阿德莱尔《杜拉斯传》，袁筱一译，沈阳：春风文艺出版社，2000年，第89页。
③ [法]玛格丽特·杜拉斯《抵挡太平洋的堤坝》，谭立德译，《杜拉斯全集》第1册，上海：上海译文出版社，2018年，第321页。

欢的就是……阿哥斯迪和……约瑟夫那类人。"① 阿哥斯迪和约瑟夫都是白种人,这意味着若先生意识到自己之所以不讨苏珊的喜欢,是因为自己不是白种人。而且,作者似乎有意丑化若先生的外貌,赋予他一副典型的亚洲黄色人种的外貌:肩窄臂短,身材中等偏下。苏珊的哥哥约瑟夫还两次将若先生和动物挂钩,一次说他长得"活像个猴儿",另一次说他"长了个牛犊般的笨蛋脑袋"。② 母亲则从若先生送给女儿苏珊的那枚戒指上的"蛤蟆斑","发现在这形容钻石毛病的如此富于暗示意味的名称与若先生本人的人格之间有一种隐隐约约的联系",此后一直称他"癞蛤蟆"。③ 苏珊一家对若先生无厘头的藐视似乎只能用种族偏见和歧视来解释。

被视为"猴儿""牛犊"和"癞蛤蟆"的若先生却胆敢追求美丽的白人姑娘苏珊,只是因为二十五岁的他是一名家赀巨万的投机商的独生子,现在帮着父亲经营橡胶种植园。他有一辆非常漂亮的黑色七座利穆新轿车,莫里斯·莱昂·博来牌,价值五万法郎,而母亲一家驾驶的雪铁龙B12仅值四千法郎,还是母亲分四年付清车款的。苏珊第一次见到若先生时,他身穿剪裁得十分合身的米灰色柞丝绸西服,而苏珊的哥哥约瑟夫从来没有穿过柞丝绸衣服。若先生把一顶同样是米灰色的软毡帽放在桌子上,手指上戴着一枚很大的钻戒,其价值相当于平原地区全部租借地价值的总和。苏珊和若先生在朗镇的巴尔老爹餐厅相遇。当然,若先生也有致命弱点。小说写道:若先生的父亲通过修建本地人喜欢的廉价租赁房和买卖橡胶种植园而大发横财,但这个机智、敏锐的男人却生了"无能的、呆笨的孩子"④,作为偌大家产的唯一继承人,若先生既不爱学习,又不会做生意,甚至连游手好闲也不会。若先生毫无存在感,完全是一个透明人。正如小说里所写的:"没有了他的汽车,他的薄绸衣,他的司机,他也许就变成一个空空荡荡、完全透明的玻璃橱窗。"⑤ 同时,若先生特别猥琐、好色。他跟苏珊聊天的时候,常常凝视她那双在丝绸裙下清晰地显露出来的玉

---

① [法]玛格丽特·杜拉斯《抵挡太平洋的堤坝》,谭立德译,《杜拉斯全集》第1册,上海:上海译文出版社,2018年,第330页。
② [法]玛格丽特·杜拉斯《抵挡太平洋的堤坝》,谭立德译,《杜拉斯全集》第1册,上海:上海译文出版社,2018年,第305、339页。
③ [法]玛格丽特·杜拉斯《抵挡太平洋的堤坝》,谭立德译,《杜拉斯全集》第1册,上海:上海译文出版社,2018年,第403页。
④ [法]玛格丽特·杜拉斯《抵挡太平洋的堤坝》,谭立德译,《杜拉斯全集》第1册,上海:上海译文出版社,2018年,第321页。
⑤ [法]玛格丽特·杜拉斯《抵挡太平洋的堤坝》,谭立德译,《杜拉斯全集》第1册,上海:上海译文出版社,2018年,第330页。

腿，然后酸溜溜地说她穿着连衣裙还是像全裸着一样引人注目。他还请求苏珊打开浴室的门，让他看到她全裸的样子，条件是送给她一台最新型号的"主人之声"点唱机和巴黎最新出品的唱片。

其实，若先生与苏珊之间所谓的爱情从一开始就是一场交易。若先生清醒地认识到苏珊永远不会对自己感兴趣，便决定尽量利用自己的财产以及财产带给他的种种便利来引诱苏珊。小说明确交代："若先生放弃了苏珊的爱情。"① 所谓放弃爱情，就是若先生知道苏珊不可能真正爱上自己，因而他跟她之间只存在肉体和金钱的交易。苏珊的母亲知道若先生是大种植园主的独生子和巨额财产的唯一继承人之后，便"只给若先生留一个解决办法，如果他想同她女儿睡觉，那只有结婚"。② 只有结婚才能够发生性关系，并不表明母亲和苏珊多么贞洁，而只是她们拿捏若先生的一种手段而已。事实上，跟若先生完婚乃是母亲一家出于在经济方面要打翻身仗的考量，因为"苏珊一旦完婚，若先生就会给她重新修筑堤坝的钱，还有修缮完吊脚楼，换屋顶，另买一辆小车，以及让约瑟夫修整牙的钱"。③ 若先生起初送给苏珊一条连衣裙、一盒香粉，以及指甲油、口红、香皂、美容霜等，接着送给她一台最新型号的电唱机和巴黎最新出品的唱片，后来又准备送她一枚钻戒，条件是苏珊和他一起到城里旅行。某次聊天的时候，苏珊威胁若先生，说不定哪天她就会找到一位路过的猎人或者附近的一个种植园主，然后跟他结婚，一时着急、慌不择路的若先生便二话不说把一枚价值两万法郎的戒指送给了苏珊。

但这些仍然没有赢得美人心。最终，若先生对苏珊的追求无疾而终。最后一次两人见面，若先生想亲吻她、拥抱她，苏珊严词拒绝："我不能。不必了。跟您在一起，我永远也不能。"④ 苏珊之所以如此决绝，一是因为她已经了解到若先生的父亲以剥夺儿子的继承权为威胁，"要他同富家女结婚"⑤；二是因为若先生跟自己不属于同一种族，而且长相猥琐，这些让她觉得如鲠在喉、如芒

---

① ［法］玛格丽特·杜拉斯《抵挡太平洋的堤坝》，谭立德译，《杜拉斯全集》第1册，上海：上海译文出版社，2018年，第323页。
② ［法］玛格丽特·杜拉斯《抵挡太平洋的堤坝》，谭立德译，《杜拉斯全集》第1册，上海：上海译文出版社，2018年，第324页。
③ ［法］玛格丽特·杜拉斯《抵挡太平洋的堤坝》，谭立德译，《杜拉斯全集》第1册，上海：上海译文出版社，2018年，第363页。
④ ［法］玛格丽特·杜拉斯《抵挡太平洋的堤坝》，谭立德译，《杜拉斯全集》第1册，上海：上海译文出版社，2018年，第439页。
⑤ ［法］玛格丽特·杜拉斯《抵挡太平洋的堤坝》，谭立德译，《杜拉斯全集》第1册，上海：上海译文出版社，2018年，第354页。

在背。

玛格丽特·杜拉斯在长篇小说《情人》里回忆了一桩自己少女时期的爱情故事。十五岁半的女主人公当时在西贡公立寄宿学校读书。母亲是沙沥女子学校的校长兼教师,希望女儿进中学,然后通过中学数学教师资格会考。那天,法国少女从沙沥乘长途汽车回西贡,身上穿着磨损得快透明了的真丝连衣裙,脚蹬镶了金条带的高跟鞋,头上戴着一顶玫瑰木色、有黑色宽饰带的平檐男呢帽,脸上敷了粉,还涂了暗红色口红。在渡船上,她遇到黑色利穆新轿车的主人,一个风度翩翩的男人,"他不是白人。他的衣着是欧洲式的,穿一身西贡银行界人士穿的那种浅色柞绸西装"。① 不是白人但风度翩翩的轿车主人走下轿车,先请法国少女吸烟,然后跟她聊天。他说自己在巴黎读书,刚回到这里,像她一样,他也住在沙沥,正好在河岸上的那幢大宅,还有带蓝瓷栏杆的平台。她问他是什么人,他说是中国人,他家原在中国北方抚顺。征得女孩的同意后,黑色利穆新轿车的主人送法国少女回西贡的学校。女孩第一时间想到的乃是:"从此以后我就再也不需搭乘本地人的汽车出门了。从此以后我就算是有了一部小汽车,坐车去学校上课,坐车回寄宿学校了。以后我就要到城里最讲究的地方吃饭用餐。"② 金钱是两人交往的基础和媒介,法国少女与中国青年之间的爱情背后是满满的交易。作者写道:"戴上一顶男人戴的帽子,贫穷仍然把你紧紧地捆住并没有放松,因为家里总需有钱收进,无论如何,没有钱是不行的。包围这一家人的是大沙漠,两个儿子也是沙漠,他们什么也不干,那块盐碱地也是沙漠,钱是没有指望的,什么也没有,完了。这个小姑娘,她也渐渐长大了,她今后也许可能懂得这样一家人怎样才会有钱收进。正是这个原因,母亲才允许她的孩子出门打扮得像个小娼妇似的……也正是这个缘故,孩子居然已经懂得怎么去干了,她知道怎样叫注意她的人去注意她所注意的钱。"③

法国少女和中国青年逐渐产生了爱情,但他们之间的爱是没有希望的,注定是一种凄美而绝望的爱。原因有两个方面:一是两人之间有文明和风俗习惯方面的差异。小说以女主人公的口吻写道:"我发现,要他违抗父命而爱我娶我,把我带走,他没有这个力量。他找不到战胜恐惧去取得爱的力量,因此他

---

① [法]玛格丽特·杜拉斯《情人》,王道乾译,《杜拉斯全集》第6册,上海:上海译文出版社,2018年,第19页。
② [法]玛格丽特·杜拉斯《情人》,王道乾译,《杜拉斯全集》第6册,上海:上海译文出版社,2018年,第34页。
③ [法]玛格丽特·杜拉斯《情人》,王道乾译,《杜拉斯全集》第6册,上海:上海译文出版社,2018年,第25页。

总是哭。他的英雄气概，那就是我，他的奴性，那就是他的父亲的金钱。"① 中国青年的父亲并不同意他们的交往。他曾趁父亲生病之机提出了和法国少女的感情问题，乞求父亲允许自己把她留下，让自己体验一次激情和魔狂，强行和她分开自己还做不到。面对儿子的乞求，"父亲还是对他重复那句话，宁可看着他死"。② 但后来中国青年也认同了父亲的做法，认同了中国社会的习俗，"他知道女方不属具备婚嫁必要条件那一类人，从任何婚姻她都可以得到补偿，他知道必须抛开她，忘掉她，把她还给白人，还给她的兄弟"。③

二是他们之间有种族差异这道无法逾越的障碍。法国少女的母亲和哥哥们根本看不起作为黄色人种的中国青年。后者多次请他们在堤岸的中国大饭店吃饭，"几次晚饭请客的经过情况都是一样的。我的两个哥哥大吃大嚼，从不和他说话。他们根本看也不看他。……在他们眼中，他就好像是看不见的，好像他这个人密度不够，他们看不见，看不清，也听不出"。④ 家人尤其大哥根本无视中国青年，就是因为他是黄色人种。而中国青年也正是因为这一点，时时处处流露出深入骨髓的自卑感。这种自卑感在他们在渡船上第一次相遇时就流露出来了："那个风度翩翩的男人从小汽车上走下来，吸着英国纸烟。他慢慢地往她这边走过来。可以看得出来，他是胆怯的。开头他脸上没有笑容。一开始他就拿出一支烟请她吸。他的手直打战。这里有种族的差异，他不是白人，他必须克服这种差异，所以他直打战。她告诉他说她不吸烟，不要客气，谢谢。她没有对他说别的，她没有对他说不要啰唆，走开。因此他的畏惧之心有所减轻，所以他对她说，他以为自己是在做梦。"⑤ 仅仅因为法国少女没有呵斥自己，中国青年就觉得受到了礼遇，如同在做梦。当法国少女说准备把他介绍给自己家里人时，他竟想逃之夭夭。即使在跟法国少女做爱的时候，中国青年依然胆怯小心、毕恭毕敬。他受到女方的鼓舞，扯下她的连衣裙，拉下她的白布三角裤，把她赤身抱到床上后，"他转过身去，退到床的另一头，哭起来了"，当女孩脱

---

① ［法］玛格丽特·杜拉斯《情人》，王道乾译，《杜拉斯全集》第6册，上海：上海译文出版社，2018年，第49页。
② ［法］玛格丽特·杜拉斯《情人》，王道乾译，《杜拉斯全集》第6册，上海：上海译文出版社，2018年，第79页。
③ ［法］玛格丽特·杜拉斯《情人》，王道乾译，《杜拉斯全集》第6册，上海：上海译文出版社，2018年，第93页。
④ ［法］玛格丽特·杜拉斯《情人》，王道乾译，《杜拉斯全集》第6册，上海：上海译文出版社，2018年，第49-50页。
⑤ ［法］玛格丽特·杜拉斯《情人》，王道乾译，《杜拉斯全集》第6册，上海：上海译文出版社，2018年，第33页。

掉他的衣服，并说要他的时候，"他在床上移动身体，但是轻轻地、微微地，像是怕惊醒她"；"他呻吟着，他在哭泣。他沉浸在一种糟透了的爱情之中。他一面哭，一面做着那件事"。① 中国青年为什么老是哭泣？就是因为觉得自己没有资格爱对方，生怕自己一不小心就冒犯了对方。

而法国少女也在无形之中受到家人种族歧视态度的影响。作者以第一人称的视角写道，中国青年在中国大饭店请客的时候，"我的大哥不说话，对我的情人视若无睹，表现出来的态度，是那样自信，真称得上是典范。在我的情人面前，我们也以大哥为榜样，也按照那种态度行事。当着他们的面，我也不和他说话。有我家人在场，我是不应该和他说话的"。② 为什么不应该和中国情人说话？不是因为在家人面前女孩应该装出害羞的样子，而是因为他是低人一等的中国人，属于比法国白人低级的黄色人种。同时，因为心里认同这种偏见，法国少女才会认定对自己的情人视若无睹的大哥"真称得上是典范"。也因此，尽管法国少女明明感觉到自己在渡船上"就已经喜欢他了"，却又担心中国青年爱上自己，对他说："我宁可让你不要爱我。"③ 中国青年因为父亲拒绝自己与法国少女在一起的乞求而痛苦，她却告诉他不要懊悔："我对他说，我同意他父亲的主张。我说我拒绝和他留在一起。理由我没有讲。"④ 没有讲出来的理由就是两人属于不同的种族，最终无法结成婚姻。当法国少女离开印度支那的轮船发出第一声告别的汽笛声，她忍不住哭了。作者写道："她虽然在哭，但是没有流泪，因为他是中国人，也不应为这一类情人流泪哭泣。"⑤ "这一类"情人就是比白人情人低一等的有色人种情人。种族歧视观念也给予法国少女以出奇的理性，她清醒地认识到："在原则上，我不应该爱他，我和他在一起是为了他的钱，我也不可能爱他，那是不可能的，他或许可能承担我的一切，但这种爱情不会有结果。因为他是一个中国人，不是白人。"⑥ 因为一个是法国人，属白色

---

① ［法］玛格丽特·杜拉斯《情人》，王道乾译，《杜拉斯全集》第6册，上海：上海译文出版社，2018年，第38、39页。
② ［法］玛格丽特·杜拉斯《情人》，王道乾译，《杜拉斯全集》第6册，上海：上海译文出版社，2018年，第50页。
③ ［法］玛格丽特·杜拉斯《情人》，王道乾译，《杜拉斯全集》第6册，上海：上海译文出版社，2018年，第37页。
④ ［法］玛格丽特·杜拉斯《情人》，王道乾译，《杜拉斯全集》第6册，上海：上海译文出版社，2018年，第79页。
⑤ ［法］玛格丽特·杜拉斯《情人》，王道乾译，《杜拉斯全集》第6册，上海：上海译文出版社，2018年，第104页。
⑥ ［法］玛格丽特·杜拉斯《情人》，王道乾译，《杜拉斯全集》第6册，上海：上海译文出版社，2018年，第50页。

人种,哪怕穷愁潦倒,另一个是中国人,属黄色人种,哪怕家财万贯,无法跨越的种族差异这道屏障注定他们之间的爱情不可能开花结果。

延续《情人》的故事,玛格丽特·杜拉斯在长篇小说《中国北方的情人》同样写了一场跨国和跨种族的而最终没有结果的爱情。作者在小说的前言中感叹:"有人告诉我他已经死去多年。那是在九〇年(指一九九〇年)五月,也就是一年以前。我从未想到他已经死去。人家还告诉我,他葬在沙沥,那所蓝房子依然存在,归他家族和子女居住。……我放弃了手头正在做的工作。我写下中国北方的情人和那个女孩的故事:在《情人》里,这个故事还没有写进去,那时候时间不够。写现在这本书的时候,我感到写作带来的狂喜。我有一年工夫沉浸在这部小说里,全身心陷入中国人和女孩的爱情之中。"①

还是湄公河上的渡船。渡船上有搭载本地人的大客车,还有一辆黑色的莱昂-博来汽车。法国女孩化了妆,穿着白中发黄的本地绸袍子,戴一顶平檐带黑色宽饰带玫瑰木色的男帽,穿着一双鞋跟完全磨平、镶有假宝石图案的黑缎织金舞鞋,"瘦弱,放肆,难以捉摸,难以形容,其实没有看上去那么娇美,是穷人家的女儿,世代贫穷,祖先是种地的、做鞋的;不管在什么地方,她法文考试总拿第一名,厌恶法国,无从解脱远离童年故土而产生的乡愁,吃不惯带血的牛排,喜欢文弱的男人,浑身洋溢世上少见的那种性感。发疯似的喜欢读书、观看,傲慢不逊,我行我素"。这时,从黑色汽车上走下一个人,来自满洲,他是"一个高大的中国人。他有中国北方男人那种白皮肤。风度优雅。穿着米灰色绸子西服和红棕色英国皮鞋,那是西贡年轻银行家喜欢的打扮",同时,他比《情人》里的中国青年"更强壮一点,不那么懦弱,更大胆。他更漂亮,更健康","面对女孩,他也不那么腼腆"。② 他们对视,相互微笑。他抽着一支三五牌香烟,在给她敬烟时,他的手略微颤抖,显得有点胆怯。她盯着他看,目光凶狠且肆无忌惮,同时带着一种不知餍足的好奇心和一点点童心。他们互相打听情况。原来,女孩的母亲两年前调到沙沥工作,她在西贡一所中学准备高中毕业会考,而他在法国读了三年书,刚从巴黎回来。

后来两人日渐相爱,甚至到了谈婚论嫁的地步。中国情人反复对法国女孩表白:"除了对你,我此生不会有爱情了。""我这一辈子只爱你一个。""你是

---

① [法]玛格丽特·杜拉斯《中国北方的情人》,施康强译,《杜拉斯全集》第6册,上海:上海译文出版社,2018年,第119页。
② 均见:[法]玛格丽特·杜拉斯《中国北方的情人》,施康强译,《杜拉斯全集》第6册,上海:上海译文出版社,2018年,第143页。

我一生所爱。"① 对此，法国女孩的回应也相当明确："我一生所爱，那是你。"② 法国女孩告诉中国情人，虽然自己喜欢他有钱，但又不纯粹为了这个，在渡船上第一次相遇时就爱上了他："在渡船上，我看到你披金戴银，坐在金子打造的黑色汽车里，穿着金鞋。我想是因为这个，我才想要你，马上就要，就在渡船上，可是我知道，也不仅是为了这个。"③ 她说她永远爱他，她相信自己会终生爱他。她说他俩都走上绝路了，终生没救。④ 永远爱、终生爱，两人都走上了一条不可救药的不归路，即将爱情进行到底的路。法国女孩甚至对中国情人说："我真希望我们结婚。希望我们是有情人成了眷属。""我本愿意我们结婚，做一对结了婚的情人。"⑤ 事实上，他们彼此的确真心相爱，这在小说结尾关于两人通话的一段描述中反映得很清楚："后来她经历了战争、饥饿、亲人死亡、集中营、结婚、别离、离婚、写书、政治活动、共产主义运动，又过了几年之后，他打来一个电话。是我。一听到这声音，她就认出是他。是我。我只想听听您的声音。她说：你好。他跟以前一样害怕，害怕一切。他的声音颤抖了，这时候她辨认出中国北方的口音。……他说，对他来说这事情非常奇怪，说他对她的情意丝毫没变，说他还爱着她，说他终生不可能停止爱她。说他爱她至死不渝。……他在电话里听到她的哭声。……他努力侧耳细听。她走远了。她变得看不见，不可企及。于是他哭了。哭得很凶。用尽全力。"⑥ 一个电话，倾诉的是几十年时间里永不停歇的思念和爱恋。中国情人声音颤抖地诉说终生不可能停止爱她、思念她，现在只想听听她的声音，法国女孩听闻这一切就哭了，而他挂断电话后，也用尽全力地大哭了一场。

但他们的爱情又注定是没有结果的。相爱以后，中国情人总会下意识地想到日后的分别。他对法国女孩哀叹："你总有一天要回法国的——我受不了这

---

① ［法］玛格丽特·杜拉斯《中国北方的情人》，施康强译，《杜拉斯全集》第 6 册，上海：上海译文出版社，2018 年，第 246、330、330 页。
② ［法］玛格丽特·杜拉斯《中国北方的情人》，施康强译，《杜拉斯全集》第 6 册，上海：上海译文出版社，2018 年，第 331 页。
③ ［法］玛格丽特·杜拉斯《中国北方的情人》，施康强译，《杜拉斯全集》第 6 册，上海：上海译文出版社，2018 年，第 253-254 页。
④ ［法］玛格丽特·杜拉斯《中国北方的情人》，施康强译，《杜拉斯全集》第 6 册，上海：上海译文出版社，2018 年，第 248 页。
⑤ ［法］玛格丽特·杜拉斯《中国北方的情人》，施康强译，《杜拉斯全集》第 6 册，上海：上海译文出版社，2018 年，第 215、329 页。
⑥ ［法］玛格丽特·杜拉斯《中国北方的情人》，施康强译，《杜拉斯全集》第 6 册，上海：上海译文出版社，2018 年，第 349-350 页。

个。我总有一天要结婚。我受不了,但是我知道我会结婚的。"① 原来,他已经跟一位满洲姑娘订婚好多年了。他两次对法国女孩讲述这件事:"两家的父母从小就为我们定了亲。那一年我十七岁。她七岁。在中国总是这样做的,为了保全家族的财产,双方家庭应该门当户对……这是根深蒂固的习俗,谁也不能违背。""她六岁时,双方父母为我们订了婚。我从未跟她说过话。她家有钱,像我家。双方父母首先由于这个原因,才给我们订婚的,门当户对么。"② 虽然两处的说法略有出入,但关键的内容大体一致:中国情人已经有了门当户对的婚约。按照中国的礼俗,这种门当户对的婚约是不可更改的。中国情人曾经乞求父亲同意他和白人女孩的爱情,但父亲宁愿看着他死,也不同意毁约。中国情人向法国女孩转述:"我求他。我跟他说,他一辈子至少有过一次这样的爱情,说不可能不这么办。我要他让我跟你结婚一年,然后把你送回法国。因为要我放下对你的爱,我做不到。""我跟他说这事太新,来得太猛,说对我,就这样跟你分手太可怕了。"③ 但中国情人的父亲对一切全不理会。他在给儿子的信里陈述自己拒绝儿子跟法国女孩结婚一年的要求的理由:"你要求我给你一年时间,可是过了这一年,你更不可能离开她了。那时候你就会失去你的未婚妻和她的嫁妆。这以后她也不可能爱你。所以我不改变双方家长约定的婚期。"④

后来中国情人也接受了父亲的规劝,认同了父亲的看法。当父亲告诉儿子法国女孩一家非常贫困,他愿意补偿法国女孩一家后,他立刻去落实父亲的安排。父亲对儿子说:"我了解这个姑娘的母亲的处境。你必须打听清楚,她需要多少钱才能偿还她为修筑堤坝而欠下的债务。我了解这个女人。她是可尊敬的。柬埔寨地籍管理处的法国官员骗了她的钱。她有一个败家子。……过几天我将知道他们动身的日期。今天你就应该去见她母亲,谈钱的问题。再晚就来不及了。你对她应该彬彬有礼,要对她非常尊重,以免她不好意思收钱。"⑤ 法国女孩一家确实很贫困,她曾经告诉中国情人,自己一家背着的债务简直要把人逼

---

① [法]玛格丽特·杜拉斯《中国北方的情人》,施康强译,《杜拉斯全集》第6册,上海:上海译文出版社,2018年,第213页。
② [法]玛格丽特·杜拉斯《中国北方的情人》,施康强译,《杜拉斯全集》第6册,上海:上海译文出版社,2018年,第214、308页。
③ [法]玛格丽特·杜拉斯《中国北方的情人》,施康强译,《杜拉斯全集》第6册,上海:上海译文出版社,2018年,第233、234页。
④ [法]玛格丽特·杜拉斯《中国北方的情人》,施康强译,《杜拉斯全集》第6册,上海:上海译文出版社,2018年,第235页。
⑤ [法]玛格丽特·杜拉斯《中国北方的情人》,施康强译,《杜拉斯全集》第6册,上海:上海译文出版社,2018年,第235-236页。

疯了，母亲的薪水首先用来还债和债务的利息。他们借钱购买稻田，结果寸草不长，不能耕种，甚至白送给穷人也没人要。于是，中国情人赶忙见了法国女孩的母亲，对她说："假如我娶您女儿，我父亲会剥夺我的继承权，而您，夫人您未必乐意自己的女儿嫁给一个穷人，外加是个中国人。"① 获得法国女孩母亲的理解后，双方便名正言顺地商议起赔偿事宜来。

　　知道法国女孩一家最终要离开印度支那回法国，两人彼此都很痛苦和绝望。中国情人的绝望情绪甚至在做爱的时候都体现了出来。某次两人在堤岸的单身套间约会时，他对她说："我没劲儿了。我本以为自己还行。我不行了。""我死了。我没指望了。可能我永远不能做爱了。永远不能。""我的身体不爱你了，它不要那个要走的人。"② 离别的前夜，中国情人又对她说："我本想跟你做一次的。可我现在对你没有任何意思了。对于你，我好比死了。"③ 法国女孩同样陷于痛苦和绝望之中。她明明很爱中国情人，并愿意跟他结婚，但在中国情人请自己全家在中国饭店吃饭、在瀑布酒店跳舞的那晚，她却反复对他申明："今天晚上，我不爱你，我也永远不会爱你。""我其实更愿意你不爱我。愿意你对我，跟你平时对其他女人一样，我要的就是这样。犯不着另外还要爱我。"④ 绝望的情绪甚至让法国女孩不得不说出违心的话。

　　值得指出的是，作者在这部小说里似乎刻意要抹平两个相爱的人之间的种族差异，甚至在某种意义上，还有反转之势，即让白色人种的法国女孩倾慕黄色人种的中国情人。法国女孩告诉中国情人，学校里有些学生和家长敬畏中国人，因为在印度支那，"中国人没有被殖民化，他们在这里像他们在美国一样，到处流动。人家抓不住他们，没法叫他们归顺"。⑤ 法国女孩接受中国青年的邀请，搭乘他的小汽车去西贡。在车上，法国女孩完全听从中国青年的摆布，他要她闭上眼睛，她就闭上眼睛；他用手抚摩她的脸、嘴唇和眼睛，她默默地顺从和享受。小说两次写到法国女孩对中国青年的手的关注甚至崇拜。第一次，

---

① ［法］玛格丽特·杜拉斯《中国北方的情人》，施康强译，《杜拉斯全集》第 6 册，上海：上海译文出版社，2018 年，第 242 页。
② ［法］玛格丽特·杜拉斯《中国北方的情人》，施康强译，《杜拉斯全集》第 6 册，上海：上海译文出版社，2018 年，第 245、245、246 页。
③ ［法］玛格丽特·杜拉斯《中国北方的情人》，施康强译，《杜拉斯全集》第 6 册，上海：上海译文出版社，2018 年，第 309 页。
④ 均见：［法］玛格丽特·杜拉斯《中国北方的情人》，施康强译，《杜拉斯全集》第 6 册，上海：上海译文出版社，2018 年，第 282 页。
⑤ ［法］玛格丽特·杜拉斯《中国北方的情人》，施康强译，《杜拉斯全集》第 6 册，上海：上海译文出版社，2018 年，第 226 页。

看到他搁在座位扶手上的那只手,"突然,自己也不太知道为什么,她抓住那只手。她端详那只手。把它当作一件从未如此贴近打量过的东西:一只中国手,中国男人的手。……这只手令她惊叹不已"。第二次,中国青年抚摸法国少女,后者觉得"那只手是温柔的,从不唐突,总是那么审慎,带着累积百年的温柔,皮肤和灵魂的温柔"。① 法国女孩甚至向中国青年明确承认自己及家人深入骨髓的穷人心态:"我以为我们生来就是穷命。就算我有一天发了财,我还是那种下贱的穷人心态,穷人的身体和面孔,我一辈子都会是这副德性。像我母亲。她一副穷相,不过到她那个程度,简直难以相信。"② 为了表示对中国情人的无私之爱,法国女孩甚至想把自己最好的女友海伦·拉戈奈尔送给他。她说:"我很想这个事,要你拿下她,好比是我把她送给你的……""就好比她是你妻子……好比她属于我,是我把她送给你的。我喜欢怀着痛苦爱你。我跟你们在一起。""你可以像要我一样要了她,只要跟她说同样的话。后来,总有一天,你会分不清是她还是我了。"③ 但中国情人拒绝了她像妻子热心为丈夫纳妾式的安排。

作者抹平种族差异、颠倒种族歧视的努力,在小说浓墨重彩描写的中国情人在中国饭店请法国女孩一家吃饭的场景中得到了淋漓尽致的体现。与《抵挡太平洋的堤坝》和《情人》等小说里这一家人都不搭理女儿或妹妹的情人相反,在《中国北方的情人》里,"中国人如众星拱月位于中心"。④ 中国情人甚至主动出击。他先是反问法国女孩的大哥:"您什么也不做,是吗?"大哥不以为耻、反以为荣地回答:"我做点事:我是我家的灾难,这已经够多了。"中国情人追问:"要做成这样,首先需要具备什么?"大哥回答:"恶毒。不过要非常纯净。"⑤ 然后,中国情人主动为母亲夹菜,全家人开始狼吞虎咽地吃起来,后来还喝起酒来。此时中国情人怡然自得,他"看到女孩望着全家人的目光,那目光满含爱意和喜悦,因为这家人终于走出来了,离开沙沥的房子,离开那个居

---

① [法]玛格丽特·杜拉斯《中国北方的情人》,施康强译,《杜拉斯全集》第 6 册,上海:上海译文出版社,2018 年,第 149-150、156 页。
② [法]玛格丽特·杜拉斯《中国北方的情人》,施康强译,《杜拉斯全集》第 6 册,上海:上海译文出版社,2018 年,第 256 页。
③ [法]玛格丽特·杜拉斯《中国北方的情人》,施康强译,《杜拉斯全集》第 6 册,上海:上海译文出版社,2018 年,第 299、299、300 页。
④ [法]玛格丽特·杜拉斯《中国北方的情人》,施康强译,《杜拉斯全集》第 6 册,上海:上海译文出版社,2018 年,第 269 页。
⑤ [法]玛格丽特·杜拉斯《中国北方的情人》,施康强译,《杜拉斯全集》第 6 册,上海:上海译文出版社,2018 年,第 267 页。

民点,终于来到大街上,能够面对大庭广众品尝糖水荔枝"①,而这一切的背后都是自己的功劳。全家人吃完饭后,大哥皮埃尔主动提出还要去瀑布酒店跳舞狂欢。当中国情人和法国女孩跳舞的时候,大哥觉得两人"不相配",便发出"生硬、尖刻"的笑声,中国人放开女孩,穿过舞池,走向大哥,仔细打量他的面容,大哥顿时感到害怕,但还嘴硬地说如果要打架,自己随时奉陪,中国人开怀大笑,骗他说"我练过功夫",大哥越来越害怕。最后他问:"难道我没有权利笑吗?"中国情人笑着回答:"没有。"② 后来,母亲出面请女儿的中国情人原谅自己的儿子,并认为:"这孩子欠揍。""他以作恶为乐,这事情很神秘,还有他知道怎样作恶,这同样神秘,他对邪恶有种悟性。"最终中国情人才善罢甘休。③ 玛格丽特·杜拉斯在这部小说中颠覆传统的种族等级的用意何在值得进一步研究。

在20世纪20年代的印度支那,爱情与种族歧视的冲突似乎是一种普遍现象。劳拉·阿德莱尔曾经采访过玛格丽特·杜拉斯在西贡夏瑟鲁普-洛巴国立中学读书时的同班同学德尼斯·奥约,其述说了白人学生与有色人种恋爱的难堪:"我也有个安南追求者,他每天都写诗给我,弄得我很尴尬。像我们这样的感情是不会有所发展的。我们并不是在种族主义的氛围里长大的,但像这一类的感情却是不自然的。我属于从来不会蔑视安南人但出了学校门就再也不想和他们接触的一代。"④ 口头上说自己不是种族主义者,但出了校门却不愿意跟安南人接触,行动上乃是彻头彻尾的种族主义者。无独有偶,玛格丽特·杜拉斯本人也有类似心理。她曾在日记中写道:"我从来不同意在街上和他一道走一百米以上。如果一个人能够耗尽他的羞耻之心的话,我可能和雷奥在一起的时候就耗尽了。"⑤ "他"是杜拉斯当时的情人雷奥。为什么不愿意和自己的情人在街上一道行走?主要就是因为对方是当地人或安南人,属有色人种。

需要指出的是,玛格丽特·杜拉斯所描写的跨种族的爱情之所以是隔绝的、

---

① [法] 玛格丽特·杜拉斯《中国北方的情人》,施康强译,《杜拉斯全集》第6册,上海:上海译文出版社,2018年,第268页。
② [法] 玛格丽特·杜拉斯《中国北方的情人》,施康强译,《杜拉斯全集》第6册,上海:上海译文出版社,2018年,第272-273页。
③ [法] 玛格丽特·杜拉斯《中国北方的情人》,施康强译,《杜拉斯全集》第6册,上海:上海译文出版社,2018年,第275页。
④ [法] 劳拉·阿德莱尔《杜拉斯传》,袁筱一译,沈阳:春风文艺出版社,2000年,第77页。
⑤ [法] 劳拉·阿德莱尔《杜拉斯传》,袁筱一译,沈阳:春风文艺出版社,2000年,第97页。

绝望的，与她本人的种族偏见甚至种族歧视也有关系。作为白人女性的玛格丽特·杜拉斯很小的时候就认为作为黄色人种的中国人残忍，不珍惜生命。劳拉·阿德莱尔提到杜拉斯五岁时随父母去中国云南旅游时看到的一个处决犯通奸罪的女人的场景：让她跟情人面对面地躺在棺材里，一道活埋。小杜拉斯由此感受到中国人身上有"一种倒错的残忍"。① 关于这次云南之行的所见所闻所感以及对中国人的认知，玛格丽特·杜拉斯在写于1950年左右、未正式发表的文章《中国的小脚》中说得更详细。她先笼统地介绍自己了解到的信息："中国人很多，尤其在中国他们最为密集，他们不想要小女孩，在他们眼中，小女孩一钱不值，如果生的女儿太多，他们就把她们扔给小猪吃。……在中国因孩子的死亡而引起的悲恸要比在别处小得多，他们已经习以为常，有那么多的孩子死掉，又有那么多的孩子出生。"② 然后，她特别提到两件事：一是中国女人的小脚。中国女性从小时候到二十岁只穿同一双鞋子。杜拉斯写道："在中国，人们只喜ικ小脚。它们以一种病态的缓慢成长着，原本可以长很胖很大，却只能被装在我五岁的脚穿的鞋子里。她们迈的步子说实话不能叫步子，而是雀跃，像鸡一样，脚和腿连一弯都不弯。……难道她们的脚就没有权利，像她们、像小鸟一样，完全长到它们天然的大小？"二是旺鸡蛋。当蛋还在孵化的时候就被存放到石灰里，避免它孵出小鸡来，这种鸡蛋就叫旺鸡蛋。杜拉斯认为旺鸡蛋和小脚都是人为的限制和扼杀："把小姑娘扔去喂猪的故事对我的震动没那么大，可能是因为她们已经出生了，已经走出了夜，呼吸着，因此当她们被猪吃掉的时候，在我看来就没有被窒息的小脚和小鸡那么令人愤慨，这种如此完美、如此彻底的对生命的窃夺。不让长大比单纯不让活要严重得多，在我看来，不让呼吸、不让出去也比马上弄死要严重。"③ 五岁的杜拉斯过早地感受到了中国人的残忍和冷酷。

其实，玛格丽特·杜拉斯不只是认为中国人残忍、冷酷，还认为同为黄色人种、同为亚洲人的高丽人或朝鲜人也是残忍的。她在长篇小说《埃米莉·L》（*Emily L.*，1987）中讲到"我"即玛格丽特·杜拉斯的代言人在基依伯夫港口

---

① ［法］劳拉·阿德莱尔《杜拉斯传》，袁筱一译，沈阳：春风文艺出版社，2000年，第28页。
② ［法］玛格丽特·杜拉斯《中国的小脚》，载［法］贝尔拉·阿拉泽、克里斯蒂安娜·布洛-拉巴雷尔主编《解读杜拉斯》，黄荭等译，北京：作家出版社，2007年，第9页。
③ ［法］玛格丽特·杜拉斯《中国的小脚》，载［法］贝尔拉·阿拉泽、克里斯蒂安娜·布洛-拉巴雷尔主编《解读杜拉斯》，黄荭等译，北京：作家出版社，2007年，第10页。

散步时看见从轮渡上下来的一群人,立刻就认定他们是高丽人,说他们面带"一种含有残忍的微笑","这种微笑叫人害怕","那种恐惧我无法抵制"。① 后来"我"由高丽人扩展到亚洲人,反复诉说:"我了解亚洲人,他们是残忍的……在贡布平原上,他们开车轧死快死的狗取乐。""在贡布平原,他们用粗棒活活把狗打死,他们还笑得出,就好像小孩子似的。他们亲眼看着狗死去还笑得很得意,他们看那些成了一把骨头的狗龇牙咧嘴一口一口捯气取乐好玩。""亚洲人……残忍,喜欢赌纸牌,是偷东西的贼,伪善者,是疯人。"② 对亚洲人和黄色人种的偏见与歧视或许可以解释她在电影《广岛之恋》里认定法国女人和日本男人的爱情只能以分手告终的原因,因为玛格丽特·杜拉斯认定,植根心灵的爱情终究无法突破不同种族之间的森严界限。

除了跨种族的绝缘之爱以外,玛格丽特·杜拉斯在《琴声如诉》(*Moderato cantabile*,又译为《如歌的中板》,1958)、《埃米莉·L》和《副领事》(*Le Vice-Consul*,1966)等小说中还叙写了由于出身、阶层不同,因而生活经历、习惯爱好和文化素养等方面有差异导致的"不可能的爱情"。

《琴声如诉》的主题是法国批评家亨利·埃尔所说的"不可能的爱情"。杜拉斯小说翻译名家王道乾1979年在《琴声如诉》的"翻译后记"里引述了亨利·埃尔的一段话:"安娜在同他(指安娜的谈话对象肖万——引者)谈话当中,自己就变成了另一个女人,从她自己所属富有的资产阶级社会中逃出去了,从对她冷漠无情的丈夫那里挣脱出来了。从某种情况看,她'包法利夫人'化了。如果继续发展下去,她就将是由于爱而被杀死的女人(这种爱她是未曾经历过而又是她所希望的),而引诱她的,她也准备去爱的肖万就将是杀人的凶手。但是,在这样的情况还没有实现之前,她清醒过来了:她没有带孩子,又一次去看肖万,吻了他——他们都知道,仅此一吻即可,他们的爱情告终,从此永别。一场风魔到此结束。"③

小说是如何叙写这场不可能的爱情的呢?安娜·戴巴莱斯特目睹了咖啡馆里的凶杀现场,看到一个男人趴在那个被他杀死的女人身上,喊着:"我的亲人

---

① [法]玛格丽特·杜拉斯《埃米莉·L》,王道乾译,《杜拉斯全集》第10册,上海:上海译文出版社,2021年,第70页。

② [法]玛格丽特·杜拉斯《埃米莉·L》,王道乾译,《杜拉斯全集》第10册,上海:上海译文出版社,2021年,第93、97、105页。

③ 王道乾《琴声如诉·翻译后记》,载《杜拉斯全集》第4册,上海:上海译文出版社,2018年,第94-95页。

啊。我亲爱的人啊。"① 后来他又紧贴女尸而睡，两臂紧抱女人，脸贴着她的脸。出于对两人奇特爱情的好奇或羡慕，第二天，安娜带着孩子散步，信步走到这家咖啡馆，一边喝酒，一边和里面唯一一个男人谈起凶杀案。男人说凶手在兵工厂做工，在女人的心上打了一枪。咖啡馆老板娘补充说被杀的女人是结过婚的，有三个孩子，平时酗酒。男人说他们彼此相爱，安娜问："也许他们在闹别扭吧，就是因为那种叫作爱情的难题，才发生这种事？"男人随即附和。② 殊不知，这道"爱情的难题"很快就摆在了安娜和这个男人的面前。

安娜·戴巴莱斯特第二次在咖啡馆见到那个男人，"他很年轻，夕阳的光辉在他像孩子似的明澈的眼上闪着光。她透过他的视线细细审视他那一对蓝色的眸子"③，心底顿时泛上一种莫名的好感。此后，两人情愫暗生。安娜第三次带孩子来咖啡馆见年轻男人，两人开始喝酒。"他的脸靠近她，靠得相当近，他的手放在桌上，放在她的手上，她不笑了，和她一样，他也不笑了。……他自信而且知道她需要他，想要更好地看着他。她也正在看他。"④ 男人告诉安娜自己名叫肖万，曾是她丈夫冶炼厂的一名职工。他说死去的女人生前是一个酒鬼，某天晚上在兵工厂边的酒吧间喝得烂醉。听闻此言，安娜双手发抖，"这并不是因为害怕，也不是因为有关她的生活的种种暗示使她惊慌，而是因为别的原因"。"别的原因"是什么呢？谜底在安娜·戴巴莱斯特随后说的一句话里得到揭示："她死了，就是死了也还在笑，心里充满了欢乐。"⑤ 安娜认为，那个死去的女人是心甘情愿被情人杀死的，为爱而死，内心充满欢乐。两人第四次在咖啡馆见面，即使当晚丈夫要在家里宴请宾客，安娜也久久不愿离去，要求肖万再告诉自己一些什么事情。肖万随即告诉安娜：凶杀案中的两人住在海边上一处孤立隔绝的房子里，几天以后，他总是要赶她走。他要她什么时候走，她就什么时候走，尽管她很想留下来。肖万说那个女人就是"一个烂污货"，但随

---

① [法] 玛格丽特·杜拉斯《琴声如诉》，王道乾译，《杜拉斯全集》第 4 册，上海：上海译文出版社，2018 年，第 13 页。
② [法] 玛格丽特·杜拉斯《琴声如诉》，王道乾译，《杜拉斯全集》第 4 册，上海：上海译文出版社，2018 年，第 20 页。
③ [法] 玛格丽特·杜拉斯《琴声如诉》，王道乾译，《杜拉斯全集》第 4 册，上海：上海译文出版社，2018 年，第 36 页。
④ [法] 玛格丽特·杜拉斯《琴声如诉》，王道乾译，《杜拉斯全集》第 4 册，上海：上海译文出版社，2018 年，第 40 页。
⑤ [法] 玛格丽特·杜拉斯《琴声如诉》，王道乾译，《杜拉斯全集》第 4 册，上海：上海译文出版社，2018 年，第 46 页。

即表示:"我说的是谎话。"安娜却加以肯定:"您并没有说谎。"① 所谓烂污货,是指那个被杀死的女人顺从自己的感情、放纵自己的欲望。安娜认为肖万没有说谎,说明她赞同那个女人的做法,内心渴望能像那个女人一样。

安娜·戴巴莱斯特为什么渴望像那个女人一样顺从自己的感情、放纵自己的欲望呢?原来身为工厂主妻子的安娜一直受到丈夫的严格管控,连活动范围都被限定。小说交代:"她从市区另一头回来,那是在滨海大道的另一头,还要走过几道防波堤、几处油库,这个范围十年来一向是准许她去的。"② 作为家庭主妇,家宴却在她缺席的情况下按时举行,说明她在家里没有什么地位。因为长期的压抑,加上刚刚跟肖万谈话时提到的浪漫故事,家宴上的安娜陡然发现自己"正在经受另一种饥渴的煎熬"。③ 这"另一种饥渴"就是对肖万的爱情。家宴结束时,安娜似醒非醒地说:"我们要离开这里,住到海边上一座房子里去。天会很热的。在海边上,住在一座孤立隔绝的房子里。"④ 她已经将自己视为凶杀案中死于爱情的女人,将她和肖万的关系同凶杀案中那对情人的关系混为一谈了。

两人最后一次在咖啡馆见面,安娜请求肖万最后一次把所有知道的故事和想说的话都告诉自己。肖万说:"以前,在遇到她之前,他从来没有想到他终于也会有这一天,也会有这种愿望。"安娜问:"她是完全同意吗?"肖万答:"完全同意,简直令人惊奇。"⑤ 他们口中的"他"表面上是凶杀案中的杀人者,"她"是那个被杀死的女人,实际上是指肖万和安娜。"他"终于产生的愿望是什么呢?或者说,"她"完全同意的是什么呢?谜底在两人接吻后的对话中被揭示。肖万说:"我真希望您死。"⑥ 凶杀案中的男人希望女人死,女人也乐意被对方杀死。现在,爱上安娜的肖万也希望自己的情人死,那么安娜会像凶杀案中的女人一样"完全同意"去死吗?答案是否定的。虽然安娜主动凑近肖万,

---

① [法]玛格丽特·杜拉斯《琴声如诉》,王道乾译,《杜拉斯全集》第4册,上海:上海译文出版社,2018年,第68页。
② [法]玛格丽特·杜拉斯《琴声如诉》,王道乾译,《杜拉斯全集》第4册,上海:上海译文出版社,2018年,第75页。
③ [法]玛格丽特·杜拉斯《琴声如诉》,王道乾译,《杜拉斯全集》第4册,上海:上海译文出版社,2018年,第77页。
④ [法]玛格丽特·杜拉斯《琴声如诉》,王道乾译,《杜拉斯全集》第4册,上海:上海译文出版社,2018年,第81页。
⑤ [法]玛格丽特·杜拉斯《琴声如诉》,王道乾译,《杜拉斯全集》第4册,上海:上海译文出版社,2018年,第86页。
⑥ [法]玛格丽特·杜拉斯《琴声如诉》,王道乾译,《杜拉斯全集》第4册,上海:上海译文出版社,2018年,第89页。

两人热吻，但当肖万说："就在我们现在这样的处境下坚持下去吧，这样的事有时是必然要发生的。"安娜却回答："也许我不会走到那一步。""那不可能。"最后转身离开。① 一桩"不可能的爱情"至此谢幕。

两人之间的爱情为何不可能？正如王道乾引述亨利·埃尔的评论所指出的："埃尔说这种不可能的爱情有各种原因。肖万是安娜丈夫的工厂的工人，阶级不同，使他们的爱情成为不可能；在小城市里，搞得满城风雨，压力太大，是另一个原因；还有，安娜所爱的那个孩子，等等。埃尔认为他们的爱情的主要障碍在于所要求的那种'只有在死亡中才可以得到的绝对的爱情、疯狂的爱情'。这种所谓'绝对的爱情'的观念不论是对批评家、作家甚至作家笔下的人物来说，正因为它产生于空虚、可厌、人与人相隔绝的现代资本主义社会，所以是不可能的。小说所包含的悲剧性主题是有社会依据的，因此作品在很大的程度上是真实的。"② 可见，阻断安娜和肖万爱情最核心的一个原因是出身和阶层的不同。

《埃米莉·L》中的主人公埃米莉·L和船长是一对老年夫妻。他们是英国怀特岛人。船长在二十二岁时被埃米莉的父亲聘任负责监管航船，跟当时二十六岁的埃米莉恋爱。由于不门当户对，埃米莉的父亲反对他们的婚姻，他们只有等到老人死后才能举行婚礼。十年后老父亲去世，两人很快就举行婚礼，然后离开怀特岛，航游世界。虽然他们战胜了门当户对的观念，却始终没有克服因出身和阶层不同而带来的习惯爱好、文化素养方面的差异这道障碍。曾经发生过这样一件事：按照习惯，他们每次回家，只在怀特岛家屋前面停留一个小时，看看花园，站在门外往几个房间里面看一看。但某天早晨，在怀特岛首府新港的旅馆房间里，埃米莉却对船长丈夫说她不想再出海，并执意要在怀特岛上那座房子住下过夜。小说接着写船长的反应："对这样一个愿望，他不肯让步，他觉得太过分了，毫无道理。她一向是知礼的、可爱的，这一次竟是这样坚持，几乎可以说行事不妥了。"③

船长夫妇之间的鸿沟在埃米莉写诗一事上更为显豁。"她告诉船长说她在她写的诗里对船长倾注了全部热情，同时还注入对于每一个活在世上的人的失

---

① [法]玛格丽特·杜拉斯《琴声如诉》，王道乾译，《杜拉斯全集》第4册，上海：上海译文出版社，2018年，第89页。
② 王道乾《琴声如诉·翻译后记》，载《杜拉斯全集》第4册，上海：上海译文出版社，2018年，第95页。
③ [法]玛格丽特·杜拉斯《埃米莉·L》，王道乾译，《杜拉斯全集》第10册，上海：上海译文出版社，2021年，第111-112页。

望。……船长却认为容纳在这些诗中的并不是如她所说倾注于其中的那种东西。实际上她注入诗中的船长也并不理解。"① 面对妻子诗歌而产生的局外人感觉，"船长感到十分痛苦。真正是一种惩罚。这一切，就仿佛是她背叛了他，她过着一种与他认为的她的生活相平行的另一种生活……这无异是一种秘密的、隐匿的、不可理解的、甚至也许是可耻的生活，对船长来说，甚至比在肉体上对他不忠更加令人感到痛苦的一种生活"。② 船长濒临绝望之际找埃米莉的老父亲，诉说自己忐忑不安的心情和痛苦，但老父亲却高兴得很，要他把这些诗抄一份拿给他。船长把房子五斗橱上黑皮文件夹中的诗稿全部取出，仔细抄录一份，然后给埃米莉的老父亲送去。老父亲在船长面前读了这些诗作，潸然泪下。原来从女儿还是一个小女孩的时候起，老父亲就期望这样的事。此时的船长发现自己真正是孤单一个人。埃米莉还有一个梦想："她要写出穿越一切不同的语言、不同的文化的诗，她在追索那样一首诗。"③ 但在写了十九首诗之后，她停笔没有再写。原来，她曾经生下一个小女孩，但她生下来就死了。痛苦至极的她偷了父亲的一条船，离开了家乡。大半年后，精神恢复正常，她才又开始动笔。在阴冷的冬季某天午后，埃米莉写了一首关于光的诗，放在卧室五斗橱上那个黑色文件夹里。船长认为妻子年轻时期的许多矫情怪癖早就应该结束了，更何况，"这首诗中船长被抹煞无迹可寻。船长痛苦万分。他刻苦寻思那一天他可能做了什么以致在他女人心目中被贬黜到这等地步"。④ 痛苦的船长把这首诗抛在火炉里烧了。妻子到处寻找这首诗，没找到，最后绝望了。

这首诗"遗失"以后，埃米莉决心出海远行，在海上消磨一生，不再写诗，不再去爱。开始时，她亲自操舵航行，年老后则喜欢在甲板上保持半睡半醒的状态。船长对妻子的血统非常自豪，待妻子恭顺得略显过分。这一细节象征埃米莉和船长丈夫的爱情里面有一道尚未跨越并可能永远跨越不了的障碍，那就是他们的出身、血统和阶层的差异。玛格丽特·杜拉斯曾经说过："埃米莉·L写诗，对此她是闭口不谈的。她的欲望，就是写。……埃米莉·L曾经在学校读

---

① ［法］玛格丽特·杜拉斯《埃米莉·L》，王道乾译，《杜拉斯全集》第10册，上海：上海译文出版社，2021年，第114页。
② ［法］玛格丽特·杜拉斯《埃米莉·L》，王道乾译，《杜拉斯全集》第10册，上海：上海译文出版社，2021年，第115页。
③ ［法］玛格丽特·杜拉斯《埃米莉·L》，王道乾译，《杜拉斯全集》第10册，上海：上海译文出版社，2021年，第116页。
④ ［法］玛格丽特·杜拉斯《埃米莉·L》，王道乾译，《杜拉斯全集》第10册，上海：上海译文出版社，2021年，第118页。

书，受过古典教育，在南安普顿一所很好的学校学习过，是见多识广的。"① 埃米莉·L饱读诗书、受过系统的古典教育、喜欢写诗，这些都让船长感到格格不入。小说里有一段这样的话："船长耿耿于心的是不同的家世出身，依他看，在他们之间，这是确定无疑的巨大的差别。他想她的婚姻对于她是不光彩的，他一定为她深感痛苦，而且肯定还要痛苦下去。"② 虽然埃米莉·L和船长结成了夫妻，而且向父亲抗争过，但这些并不能否定他们之间横亘着一条无法逾越的障碍。在最深刻的心灵交流中，他们的爱情是绝缘不畅的。

玛格丽特·杜拉斯在长篇小说《副领事》中也描写了一场"不可能的爱情"，那就是副领事对大使夫人的爱。驻拉合尔副领事让-马克·德·H是一个三十五岁的独生子和独身男人，父母双亡。因为一天夜里在花园里向麻风病人和狗开枪，他被调离工作，现在暂时在法国大使馆整理档案。副领事爱上了大使夫人安娜-玛丽·斯特雷特，他跟在印度唯一的朋友、欧洲俱乐部酒鬼经理谈到自己邂逅大使夫人的事，说自己为她的忧郁入迷，对她触摸过的树、骑过的自行车入迷。在大使举行的招待晚会上，副领事克服重重心理障碍，邀请大使夫人共舞。他请求大使夫人能够认识到自己在拉合尔杀人具有"不可避免的那一面"，最后婉转地向大使夫人示爱："您认为，我们两个是否可以为我做些什么？"安娜-玛丽·斯特雷特马上回答："不能，什么都不能。你什么都不需要。"③ 西班牙领事夫人告诉副领事，大使招待会后，大使夫人会跟几个英国人去一家叫作"蓝月亮"的妓院喝酒作乐，副领事便打算再次邀请安娜-玛丽·斯特雷特夫人跳舞，后者说："如果接受您的邀请，就没完没了，并且我不想跳……""我知道您是什么人，我们不需要相互进一步了解。不要误会。"④ 遭到大使夫人的明确拒绝后，副领事连续喊叫："留下我！""今晚，我就留在这里，和你们在一起！""我要和你们在一起，让我和你们在一起一次。"⑤ 最后，副领事被年轻作家彼得·摩根半拉半牵着离开了使馆大院。事后，使馆一等秘

---

① [法] 玛格丽特·杜拉斯《婚礼弥撒——关于〈埃米莉·L〉》，王道乾译，《杜拉斯全集》第10册，上海：上海译文出版社，2021年，第170-171页。
② [法] 玛格丽特·杜拉斯《埃米莉·L》，王道乾译，《杜拉斯全集》第10册，上海：上海译文出版社，2021年，第130页。
③ [法] 玛格丽特·杜拉斯《副领事》，王东亮译，《杜拉斯全集》第5册，上海：上海译文出版社，2018年，第236页。
④ [法] 玛格丽特·杜拉斯《副领事》，王东亮译，《杜拉斯全集》第5册，上海：上海译文出版社，2018年，第246、247页。
⑤ [法] 玛格丽特·杜拉斯《副领事》，王东亮译，《杜拉斯全集》第5册，上海：上海译文出版社，2018年，第249、249、250页。

书夏尔·罗塞对大使夫人感叹当晚发生的事对副领事过于残酷,"从这里被彻底排斥……似乎成了他的心病……很久以来,他一直想着认识你……每天早晨,他都去网球场,似乎不为别的……"大使夫人冷冷地回答:"他是偶尔路过,随便寻找什么。""不用管他,我向你保证……"① 后来,副领事明确告诉夏尔·罗塞:"我对她有了感情,因此我不去孟买了。我之所以再三跟你谈她,那是因为,我平生头一回,爱上了一个女人。"② 夏尔·罗塞在下一次聚会时对大使夫人谈起副领事,认为他完全是孤家寡人,大使夫人是唯一一个能够接受他的人。后者回答:"你误会了,他不需要我。尽管他那么说,尽管昨晚他那样叫喊……那只是因为他喝多了。"③

安娜–玛丽·斯特雷特夫人为什么如此决绝地拒绝副领事的追求?并不是她洁身自好,实际上她有多个情人。小说里交代:"听说她的情人都是英国人,使馆圈的人不熟悉。又听说大使本人是知道的。"④ 她之所以不能接受副领事的爱情,主要还是因为她觉得两人生活在不同的世界里,无法沟通,没有必要拉扯。大使夫人曾经对夏尔·罗塞说过:"他应该像他那样生活,我们也应该继续像我们这样生活。""我只能做现在和你们在一起的这种女人……如此这般打发时光……"⑤ 前一句说明两人的生活方式不同,应该井水不犯河水,后一句说明她已经习惯醉生梦死、游戏人生的日子。大使夫人貌似凛然不可侵犯,而且神秘兮兮,实际上是一个不幸的女人。小说里多次提到她流泪的细节。和友人聚会时,喝多了酒的大使夫人目光闪烁狂乱,"有泪水从她眼里落下";那晚招待会开始的时候,大使夫人缥缈的目光中"就隐含着一些泪水"。⑥ 她十七岁时成为威尼斯音乐学院的学生,弹得一手好钢琴,后来随丈夫来到法属印度支那一个偏僻小哨站,丈夫是当地的行政长官,斯特雷特先生出差路过那里把她抢来了。十七年过去了,尽管曾经自杀过,但现在的她已经心如止水。早已得过且

---

① 均见:[法]玛格丽特·杜拉斯《副领事》,王东亮译,《杜拉斯全集》第5册,上海:上海译文出版社,2018年,第256页。
② [法]玛格丽特·杜拉斯《副领事》,王东亮译,《杜拉斯全集》第5册,上海:上海译文出版社,2018年,第269页。
③ [法]玛格丽特·杜拉斯《副领事》,王东亮译,《杜拉斯全集》第5册,上海:上海译文出版社,2018年,第284页。
④ [法]玛格丽特·杜拉斯《副领事》,王东亮译,《杜拉斯全集》第5册,上海:上海译文出版社,2018年,第212页。
⑤ [法]玛格丽特·杜拉斯《副领事》,王东亮译,《杜拉斯全集》第5册,上海:上海译文出版社,2018年,第284、285页。
⑥ [法]玛格丽特·杜拉斯《副领事》,王东亮译,《杜拉斯全集》第5册,上海:上海译文出版社,2018年,第263、264页。

过、逢场作戏的安娜-玛丽·斯特雷特夫人害怕副领事对自己那份认真执着的深情，命中注定两人之间有不可逾越的鸿沟。

第二节 纠缠的三角恋情

玛格丽特·杜拉斯小说中的爱情以三角恋甚至多角恋居多。而这种现象的出现与现实生活中她本人常常追求三角恋情甚至多角恋情相关。

1935年11月8日，玛格丽特·道纳迪厄即后来的玛格丽特·杜拉斯正式注册巴黎大学。进入大学不久，她与住在同一楼层的大学同学让·拉格罗莱相遇、相恋。后者比她小4岁，是一个举止优雅、知识渊博的英俊小伙子。拉格罗莱的母亲因为生他而难产去世，父亲因此对他充满敌意，他备感孤独，经常在夜里发出可怕的号叫。由于拉格罗莱经常陷于沮丧之中，玛格丽特无法帮助他，便开始在感情方面后退。1936年1月的某一天，拉格罗莱把玛格丽特介绍给自己的好友乔治·波尚和罗伯特·安泰尔姆。罗伯特优雅、深刻、慷慨，住在巴黎的杜班街。玛格丽特越来越厌倦不停号叫的拉格罗莱，最后决心和罗伯特开始新的爱情。也许为了不让拉格罗莱过分伤心，玛格丽特和罗伯特之间的感情更像一种志同道合的友谊。劳拉·阿德莱尔通过采访玛格丽特的女同学法郎士·布鲁奈尔，得知当时玛格丽特和许多杰出的大学生都发生了"荡气回肠的爱情"，而此时正在服兵役的男友罗伯特好几次从部队回到巴黎，都没能联系上女友，只好睡在她房前的门毡上。① 1938年6月9日，玛格丽特·杜拉斯进入殖民部的国际信息资料处做助理。罗伯特于1938年夏末应征入伍。1939年9月23日，玛格丽特·杜拉斯和罗伯特·安泰尔姆举行婚礼。1941年秋末，玛格丽特·杜拉斯怀孕，次年在一家教会诊所生产时非常不顺，婴儿生下来即已死亡。1942年7月，玛格丽特·杜拉斯进入维希政府属下的书籍组织委员会做雇员，管理出版证的发放。同年11月，二十八岁的杜拉斯遇到了替伽利玛出版社说情的二十四岁的迪奥尼斯·马斯科罗，此后两人开启了一段心醉神迷的生活。1944年，罗伯特被关进德军集中营。次年德军溃败，罗伯特被密特朗、迪奥尼斯等人营救回来。1946年初夏，玛格丽特·杜拉斯致信迪奥尼斯："我们三个人之间这种互相欣赏的感情的确非常美妙，但也非常可怕。上帝啊，我何时才能

---

① [法]劳拉·阿德莱尔《杜拉斯传》，袁筱一译，沈阳：春风文艺出版社，2000年，第141页。

得到安宁呢？……我只爱你。你们总是置我于不顾，让我一个人承受痛苦。没有办法。无论如何我们大家都被这个故事拖垮了。"① 由于和罗伯特的孩子生下来就死了，由于想和迪奥尼斯生一个孩子，1947年4月24日，玛格丽特·杜拉斯和罗伯特正式离婚。同年6月30日，杜拉斯与迪奥尼斯的儿子乌塔即让·马斯科罗出生。杜拉斯和罗伯特的友谊因1985年出版的日记体小说《痛苦》而最终破裂。该作品详细描述从集中营回来的丈夫一点点恢复生命的感觉，罗伯特对该书将自己的生活暴露在光天化日之下极为不满，甚至罗伯特·安泰尔姆于1990年10月25日去世，玛格丽特·杜拉斯也未出现在他妻子的身边，也没有去参加葬礼。

迪奥尼斯·马斯科罗和玛格丽特·杜拉斯的爱情也没有维持很久。1948年，迪奥尼斯甚至不愿参加儿子乌塔一周岁生日聚会。玛格丽特·杜拉斯写信给他："你显然是烦我了，你不停地弹钢琴，让我的神经几乎都要崩溃……我看出来了，你想压倒我，想整平我。"② 两人一直没有结婚，她觉得他拒绝爱的温柔，她为这种粗暴所伤，产生了独自生活的念头。1950年8月23日，杜拉斯写信给迪奥尼斯："我爱您，但是由于您始终不肯承认这份爱，我希望离开您，非常希望。……过了五年这样的生活，我累了。"③ 但迪奥尼斯拒绝分开。玛格丽特·杜拉斯试着通过引诱其他出入自己家的男人让迪奥尼斯尝尝嫉妒的滋味。在1951年12月底后的几个月里，她和作家、记者雅克-洛朗·博斯特交往。第一眼就让玛格丽特·杜拉斯觉得"很英俊""像上帝一样英俊"的迪奥尼斯·马斯科罗④，有一种传说中西班牙花花公子唐璜式的天赋。1956年夏，杜拉斯写了最后一封信给迪奥尼斯，要求断绝关系："我不想再继续以前的生活。我太累了，请您原谅。似乎我以前所有的巨大的善意已经被劫掠一空。"⑤ 最终，反复说自己心累的玛格丽特·杜拉斯得以脱身。

与迪奥尼斯正式断绝关系的第二年即1957年，四十三岁的玛格丽特·杜拉

---

① ［法］劳拉·阿德莱尔《杜拉斯传》，袁筱一译，沈阳：春风文艺出版社，2000年，第283页。
② ［法］劳拉·阿德莱尔《杜拉斯传》，袁筱一译，沈阳：春风文艺出版社，2000年，第313页。
③ ［法］劳拉·阿德莱尔《杜拉斯传》，袁筱一译，沈阳：春风文艺出版社，2000年，第337页。
④ ［法］劳拉·阿德莱尔《杜拉斯传》，袁筱一译，沈阳：春风文艺出版社，2000年，第178页。
⑤ ［法］劳拉·阿德莱尔《杜拉斯传》，袁筱一译，沈阳：春风文艺出版社，2000年，第372页。

斯疯狂地爱上了三十四岁的记者、作家热拉尔·雅尔罗。雅尔罗英俊、阴郁、迷人、学识渊博，已婚，有三个孩子。一段时间之内，杜拉斯和雅尔罗一起旅行、喝酒、接吻和做爱，从他这里尝到了前所未有的爱抚。但雅尔罗是个标准的唐璜、性游戏的好手，一直以自己征服的女人的质量和数量为傲。同时，他喜欢撒谎，嘲笑一切。1963年，在杜拉斯的帮助下，雅尔罗的小说《狂吠的猫》在伽利玛出版社出版，并于同年11月获得梅迪西斯奖。但杜拉斯无法接受他有各种情人，最终在1964年将雅尔罗赶走。

现实中的玛格丽特·杜拉斯亲身感受到了三角恋情带来的痛苦和失落。她在《无耻之徒》《平静的生活》《直布罗陀水手》(Le marin de Gibraltar, 1952)、《夏夜十点半钟》(Dix heures et demie du soir en été, 又译为《夏日夜晚十点半》, 1960)、《劳儿之劫》(Le Ravissement de Lol V. Stein, 又译为《劳儿的劫持》或《劳儿·V. 斯坦茵的迷狂》, 1964)、《副领事》、《爱》(L'amour, 1971)、《埃米莉·L》等多部中长篇小说中都讲述了一至两个三角恋甚至多角恋故事。这些爱情故事中的人物常常纠缠不休、欲罢不能，而这些爱情故事整体上呈现出凄美而绝望的色彩。

玛格丽特·杜拉斯的处女作《无耻之徒》就写到一场三角恋。小说里形成了两男争一女的格局，一女是随家人从巴黎来于德朗庄园度假的年轻女孩慕·格朗，两男一是于德朗庄园的邻居、当地富户之子让·佩克雷斯，一是来于德朗邻近的塞穆瓦克村度假的波尔多青年乔治·迪里厄。慕·格朗爱上了乔治·迪里厄，后者是"一位身材高大的青年，深褐色头发"，"那随随便便的衣着更突出了他天生的优雅气质，悠然自得的神情立即受到赞叹，他的举止像动物一般灵巧"。① 自从在于德朗庄园的晚宴上遇到乔治·迪里厄之后，慕·格朗一直暗中期盼再见到他，以致"表面上平凡的日子对慕来说却充满了艰难的等待"。② 但佩克雷斯一家极力想促成两家的联姻。一心想追求慕·格朗并想与她结良缘的让·佩克雷斯特别担心乔治·迪里厄的风头盖过自己。有一个场景很有代表性和象征性。某次他们一起聊天，"慕热情而专注地听乔治讲。……她的脸上有一种佩克雷斯朦胧感到难以抓住的美。这个发现扼杀了他的欲望，还使他绝望至极。……自这晚起，他就预先知道自己输了，但若让慕有所察觉会很危险。也许她并不残忍，但当他试图谈到自己时，她便两眼无神，仿佛迟钝得

---

① [法] 玛格丽特·杜拉斯《无耻之徒》，桂裕芳译，《杜拉斯全集》第1册，上海：上海译文出版社，2018年，第43页。
② [法] 玛格丽特·杜拉斯《无耻之徒》，桂裕芳译，《杜拉斯全集》第1册，上海：上海译文出版社，2018年，第46页。

无以复加。他觉得自己无法再忍受迪里厄的在场,便站了起来"。①

虽然慕·格朗与乔治·迪里厄的爱情最终获得了圆满的结局,但因为有让·佩克雷斯的存在,两人交往的过程还是充满猜忌、痛苦和绝望。有一段时间,他们每次见面,乔治·迪里厄似乎都故意避免和慕·格朗说话,"她也明白其实他想和她说话。他迟疑着不敢看她,仿佛这是正式禁止的事,而每当他的目光与慕的目光相遇时,他就转过眼去,不知所措"。② 正因为如此,慕见到乔治时并不感到快活,因为他始终很冷漠。她默默地使出全部毅力与他对抗,决心不惜一切代价来报复她甚至不知为何受到的拒绝。其实两人之间的别扭关系只是因为传言慕·格朗和让·佩克雷斯已经订婚,而雅克·格朗又故意编造并广泛传播妹妹已经订婚的消息,村民们也证实了雅克的话。于是,乔治·迪里厄"觉得这门婚姻很可恶,但他闪避开,因为慕并不是他的女人"。③ 直到在巴尔克旅馆,慕·格朗主动告诉乔治·迪里厄自己来此地就是为了见他,乔治也迅疾表示要送她回去,两人之间的僵局才终于被打破,"她看到他眼神中有与她为伴的强烈愿望,以致他失去了往常的沉着与坚定。突然间,在这个男人的脸上长久以来的拘束爆裂开了,因为在此以前他驾驭了这种拘束,他轻松地、轻巧地站在被抑制欲望的强大浪潮的巅峰之上。慕明白此时他强加于己的堤坝已被淹没,他突然失去了不真实的东西,全身投入欲望的那个深深的、苦涩的浪潮之中"。④

但事情并未就此一帆风顺。乔治·迪里厄尊重习俗,想先跟慕·格朗的母亲明确谈论她女儿的婚事,再和慕·格朗交往,所以他在与慕见面时说:"如果您同意,我以后不来得这么勤了。"但慕·格朗每天都盼着乔治的到来,"她想起他们头天晚上的约会,似乎猜到他在为他天真地强加给自己的苛刻约束而痛苦","她嘲笑他给自己定的约束,也满意地看到他日益为摆脱约束的欲望所苦",随后,慕"再也控制不了焦急情绪","急躁得发狂",决定前往乔治·迪

---

① [法]玛格丽特·杜拉斯《无耻之徒》,桂裕芳译,《杜拉斯全集》第1册,上海:上海译文出版社,2018年,第45页。
② [法]玛格丽特·杜拉斯《无耻之徒》,桂裕芳译,《杜拉斯全集》第1册,上海:上海译文出版社,2018年,第49页。
③ [法]玛格丽特·杜拉斯《无耻之徒》,桂裕芳译,《杜拉斯全集》第1册,上海:上海译文出版社,2018年,第65页。
④ [法]玛格丽特·杜拉斯《无耻之徒》,桂裕芳译,《杜拉斯全集》第1册,上海:上海译文出版社,2018年,第64页。

里厄的住处看个究竟。① 某天夜里，慕·格朗主动跑到乔治的住处，并在他家过夜。第二天夜里，慕·格朗在于德朗庄园突然碰到来此寻找自己的乔治·迪里厄。后者一方面喜出望外；另一方面又怀疑这么晚了她还在外面闲逛，是不是跟让·佩克雷斯在一起。乔治"想起头天晚上她大大方方地主动送上门来，便感到幻想破灭的痛苦"。② 乔治之所以感到幻想破灭的痛苦，是因为他觉得慕·格朗本性放荡，如同妓女。慕·格朗第二次在晚上去找乔治·迪里厄，此后在他家住了好长一段时间。这次，慕·格朗对乔治感到绝望，"因为他离她那么远，对她的存在漠不关心，仿佛生活在她无法进入的梦幻里"，但实际上，"他是爱她的。每天夜里他绝望而激烈地占有她，而不像男人们所乐意的那样享受廉价的快乐，这足以证明他爱她"。③ 乔治·迪里厄之所以对自己与慕的关系感到绝望，是因为他听说佩克雷斯一家开出最优厚的条件购买于德朗庄园的葡萄园，并且预先支付了五万法郎现金，而佩克雷斯家之所以如此，还是寄希望于联姻。甚至慕·格朗怀孕后，都犹豫着要不要告诉乔治·迪里厄，她担心告诉他，一来有逼婚的嫌疑，二来也证明自己翻来覆去、心思不定："如果她同意，他早娶了她。一切麻烦都来自她，来自她的缺乏诚意。她原先拒绝他，现在又同意，岂不太丢人？"④

　　玛格丽特·杜拉斯在《平静的生活》里描述了两场三角恋甚至多角恋。第一场三角恋发生在尼古拉、蒂耶纳和露丝·巴拉格之间。因为妻子克莱芒丝跟舅舅热罗姆有私情，尼古拉狠狠地痛打了舅舅一顿，以致对方重伤而亡，妻子也羞愧地回了娘家。在热罗姆下葬的当天晚上，一直暗恋尼古拉的邻村女孩露丝·巴拉格来找他。小说写道："她立即奔来了，毫不难为情。她如此冲动，抛开刚刚萌生的羞耻心，逼它羞愧地躲起来。她迫不及待地想要尼古拉，热罗姆死了，尼古拉精神焕发，克莱芒丝走了，重获自由的他显得笨手笨脚。"⑤ 露丝·巴拉格有一张白皙的脸、一双蓝色的眼睛，身材修长，肩膀圆润，俏丽标

---

① [法] 玛格丽特·杜拉斯《无耻之徒》，桂裕芳译，《杜拉斯全集》第1册，上海：上海译文出版社，2018年，第82页。
② [法] 玛格丽特·杜拉斯《无耻之徒》，桂裕芳译，《杜拉斯全集》第1册，上海：上海译文出版社，2018年，第102页。
③ [法] 玛格丽特·杜拉斯《无耻之徒》，桂裕芳译，《杜拉斯全集》第1册，上海：上海译文出版社，2018年，第122页。
④ [法] 玛格丽特·杜拉斯《无耻之徒》，桂裕芳译，《杜拉斯全集》第1册，上海：上海译文出版社，2018年，第131页。
⑤ [法] 玛格丽特·杜拉斯《平静的生活》，王文融译，《杜拉斯全集》第1册，上海：上海译文出版社，2018年，第188页。

致的脸蛋上始终荡漾着无声的微笑。多年来，露丝和尼古拉都渴望品尝亲吻对方的滋味，尼古拉结婚后，两人心里的疙瘩一直没有解开。现在两人终于和好。但好景不长，三周左右，露丝·巴拉格又移情别恋，迷恋上蒂耶纳。每次她来比格农庄，虽然假装对蒂耶纳不感兴趣，却只有他在的时候才乐意讲话，而且她总是挨到最后一分钟才肯走。尼古拉好像毫无察觉，既没有发觉吃饭时她故意避免注视蒂耶纳，也没看出自己一成不变和呆板的关心令她厌倦。有一次，蒂耶纳去佩里格住几天，露丝和往常一样来了，到了吃晚饭的钟点，她没见他回来，便掩饰不住内心的烦躁。小说描绘了一次游泳后休息时他们之间的三角恋场景：露丝把头枕在尼古拉的胸口，"她合上了眼睛，但透过睫毛望着蒂耶纳。她躺在他的对面，他无法不看见她，而尼古拉又发觉不了她在注视蒂耶纳。把头枕在尼古拉的胸口，她的确可以放心，她玩的把戏他绝对猜不出来。尼古拉眼里只有她，他把玩着她的潮湿的头发，轻轻抚摩小泳衣下的胸脯和裸露的腹部。她要蒂耶纳知道尼古拉多么宠爱她。她看上去幸福无比，想到蒂耶纳的目光将落到她的身上，她浑身酥软。微笑的脸上，吸引蒂耶纳注意的欲望表露无遗"。① 后来尼古拉终于发现露丝·巴拉格爱上蒂耶纳之后，选择了卧轨自杀。之后，每到掌灯时分，露丝·巴拉格便骑着牝马来找蒂耶纳，身子裹在一件带风帽的大斗篷里，风雨无阻。

  第二场三角恋发生在弗朗苏、蒂耶纳和露丝·巴拉格之间。弗朗苏先爱上蒂耶纳，之后发现弟弟的情人露丝·巴拉格也爱上了蒂耶纳。热罗姆因为与外甥尼古拉的妻子克莱芒丝偷情，被外甥痛打而亡。克莱芒丝留下她和尼古拉不足两岁的儿子诺埃尔离开了。弗朗苏无法照顾好诺埃尔，便把他送到四个月前投奔比格农庄的蒂耶纳的住处，问他拿小家伙怎么办。小说以弗朗苏的口吻写道："说着话的时候，蒂耶纳在床上半坐起来，我看见了他身体的轮廓。为什么他如此英俊，哪怕我生着气也忍不住要看他一眼？为什么他这样撩人心弦，这样令人不知所措？"② 因为觉得蒂耶纳魅力无穷，弗朗苏爱上了他，但同时又缺乏自信："蒂耶纳怎么可能爱我呢？我觉得自己一百岁了，我在不幸的年代出生，有什么东西属于我一个人，那是我不敢期望的，也永远不会有这个念头。……蒂耶纳的脸闻着有股早晨树木清新的气味，他怎么可能要我呢？我长

---

① ［法］玛格丽特·杜拉斯《平静的生活》，王文融译，《杜拉斯全集》第 1 册，上海：上海译文出版社，2018 年，第 212 页。

② ［法］玛格丽特·杜拉斯《平静的生活》，王文融译，《杜拉斯全集》第 1 册，上海：上海译文出版社，2018 年，第 184 页。

得丑,他干吗要强迫我微笑呢?"① 按照蒂耶纳的讲述,他之所以来比格庄园,是因为去年遇到尼古拉,后者向他介绍了农庄以及姐姐弗朗苏的情况,他被吸引住了。弗朗苏对蒂耶纳投奔此地的真实原因捉摸不透:"我想到他是因为犯了罪,因为好多的事躲到这儿来的。但任何推测与这位年轻人的古怪举止都不相符。""我清楚,促使他来比格过苦日子的不是我,而是另有原因。"② 还有一件事也让弗朗苏苦恼不已,那就是蒂耶纳从来不正面回答爱不爱她的问题:"他可以说我讨她喜欢。如果我得到这么一点点自信,我觉得可以更好地了解蒂耶纳,想象他一开始是被我的脸蛋吸引的。但他从不对我讲这句话,也从不说他爱我。"苦恼归苦恼,弗朗苏还是不时主动上楼去蒂耶纳的房间与其幽会,"他搂住我,我们在床上紧紧拥抱。这一刻我别无所求"。③ 小说另一处也提及类似的问题:"人家对任何一个女孩子说的话,他从来不对我说,不说他觉得我长得美。……所有的女孩都有权听到这句赞语——因为至少从某个角度来看她们都长得美——我却从来没有听到过。"④ 加上后来弗朗苏发现弟弟尼古拉的情人露丝·巴拉格移情别恋蒂耶纳,内心又起波澜,几乎咬牙切齿地说道:"我很高兴露丝的欲望如此不可遏制,竟然战胜了她的勇气。她被卑怯的勇气和愧疚所抛弃,只剩下欲望这件武器。就让露丝来比格吧。我很高兴有人对蒂耶纳怀有这样的欲望,高兴蒂耶纳是这种欲望的对象。"⑤ 但其实蒂耶纳始终爱着比格农庄唯一的女主人弗朗苏·维雷纳特。他对弗朗苏说,希望他们尽快结婚,因为冬天之前,他必须离开此地。蒂耶纳还向当晚十点准时来找他的露丝·巴拉格宣布他和弗朗苏的婚事。面对蒂耶纳的所言所行,弗朗苏顿时觉得:"我想跟他睡觉。他走过来,搂住我的头贴着他的脖子。他搂得非常紧,把我弄疼了。我什么都没问。他告诉我他碰都没碰过露丝·巴拉格,因为他要的是我。"⑥ 经历猜忌、痛苦和绝望折磨的一对有情人终成眷属。

---

① [法]玛格丽特·杜拉斯《平静的生活》,王文融译,《杜拉斯全集》第1册,上海:上海译文出版社,2018年,第184-185页。
② [法]玛格丽特·杜拉斯《平静的生活》,王文融译,《杜拉斯全集》第1册,上海:上海译文出版社,2018年,第199、200页。
③ [法]玛格丽特·杜拉斯《平静的生活》,王文融译,《杜拉斯全集》第1册,上海:上海译文出版社,2018年,第200页。
④ [法]玛格丽特·杜拉斯《平静的生活》,王文融译,《杜拉斯全集》第1册,上海:上海译文出版社,2018年,第247页。
⑤ [法]玛格丽特·杜拉斯《平静的生活》,王文融译,《杜拉斯全集》第1册,上海:上海译文出版社,2018年,第274页。
⑥ [法]玛格丽特·杜拉斯《平静的生活》,王文融译,《杜拉斯全集》第1册,上海:上海译文出版社,2018年,第277页。

长篇小说《直布罗陀水手》写到两组三角恋。第一组是主人公"我"、同居女友雅克琳和美国女人安娜，第二组是"我"、安娜和直布罗陀水手。

　　"我"跟雅克琳的关系很微妙。三十二岁的"我"和同事雅克琳已同居两年，现在来意大利旅游。"我"向偶遇的小卡车司机解释自己跟雅克琳相处的心理：因为她和自己在同一个办公室工作，她坚持要结婚，整天都在那里企盼结婚，"我终于不再想跳出泥潭，终于对自己说，既然没有别的，那么凑合一生也可以"。① 事实上，"我"与雅克琳认识的起因本是一个恶作剧，过程也有点荒诞。雅克琳刚来殖民部工作，"我"用眼角偷看她整整三天，然后产生一个邪恶的念头："六年了，我期待跳出这个鬼地方，可我太懦弱了，独自跳不出去，我去强奸这个女公文拟稿员，她一叫喊，别人听见，我就被撤职了。一个星期六下午，只有我俩值班，我就这样干了。可我干糟了。她大概正迫切等待一个男人。从此这成了星期六下午一个习惯。接着两年过去了。我对她再没有丝毫欲望。我从来没能做到喜欢她。"现在，"我"决定对她说："我留在罗卡，我受不了啦。这种分手是必要的，你跟我一样心里明白。我们组成了错误的一对。我们生活在丰盛的世界里，却会饿死。"② 后来在佛罗伦萨参观圣马可博物馆，看到《天使报喜》的画以后，"我"终于当着众人发出一声格外有力的吼叫："身份登记处，结束了。"③ "我"在殖民部的身份登记处工作了八年多，同雅克琳在一起两年多，现在决定摆脱这一切。

　　决定跟雅克琳分手之后，"我"产生了想见美国女人安娜的冲动。安娜很漂亮，用泥瓦工兼小卡车司机的话来说："Bellissima（美极了）"，"è sola（独一无二的女人）"。④ 同时，小渔港罗卡一家小饭店老板埃奥洛老人也告诉"我"安娜的情况："她很和蔼，而且非常富有。她单身一人，来这里休息。……她旅行不是为了取乐。据说她在找某个人。一个她以前认识的男人。一个奇怪的男子。一个奇怪的故事。"⑤ 正因为想欣赏安娜非凡的美、了解她奇怪的故事，

---

① ［法］玛格丽特·杜拉斯《直布罗陀水手》，金志平译，《杜拉斯全集》第 2 册，上海：上海译文出版社，2018 年，第 20 页。
② ［法］玛格丽特·杜拉斯《直布罗陀水手》，金志平译，《杜拉斯全集》第 2 册，上海：上海译文出版社，2018 年，第 56 页。
③ ［法］玛格丽特·杜拉斯《直布罗陀水手》，金志平译，《杜拉斯全集》第 2 册，上海：上海译文出版社，2018 年，第 39 页。
④ ［法］玛格丽特·杜拉斯《直布罗陀水手》，金志平译，《杜拉斯全集》第 2 册，上海：上海译文出版社，2018 年，第 13 页。
⑤ ［法］玛格丽特·杜拉斯《直布罗陀水手》，金志平译，《杜拉斯全集》第 2 册，上海：上海译文出版社，2018 年，第 54 页。

"我想见到她,一种朦胧的愿望,十天前我会试图克制它,但现在我再不愿这样做了。……激起我这种愿望的,与其说是因为别人曾对我夸她美,倒不如说是由于我听到的一点有关她生活方式的传闻"。① 安娜一年四季都在一艘游艇上生活。巧合的是,"我"在海滩上跟雅克琳谈分手一事时刚好被来此晒日光浴的安娜全都听见了。回到埃奥洛老人的小饭店时,"我"与安娜第一次正式碰面。她不断通过埃奥洛老人的小女儿、十六岁的卡拉跟"我"间接地沟通。第一组三角恋以雅克琳的离去和"我"决定登上"直布罗陀号"游艇,靠近安娜而结束。

第二组"我"、安娜和直布罗陀水手之间的三角恋随即开始。起先,"我"对安娜入迷,而安娜对直布罗陀水手入迷。雅克琳离开以后,"我"和安娜在乡村舞会上相遇。"我"要她告诉自己游艇取名直布罗陀的原因以及那个水手的故事。原来,当年安娜做酒吧女招待的"西普里斯号"游艇在直布罗陀海面航行时,遇到一只小船求救。被救上来的水手说自己三天前从法国军队逃出来,而当初他之所以应募入伍,是因涉嫌杀人而被追捕。因此,安娜第一次见到的直布罗陀水手是一个年仅二十岁的杀人犯和逃跑士兵。"我"登上"直布罗陀号"游艇后,安娜详细地告诉了"我"她的经历,以及和直布罗陀水手相遇相识的情况。安娜出生在西班牙边境的一个村庄里,十九岁去了巴黎,做过莎玛丽丹百货公司的售货员。一年后,她又去了马赛,应聘在"西普里斯号"游艇上做酒吧女招待。在一次环球旅行时,她遇到求救的直布罗陀水手,当晚就去了他睡觉的房舱。这次她提及直布罗陀水手当年在巴黎勒死美国滚珠轴承大王纳尔逊·纳尔逊而被追捕的事。安娜深信自己看到直布罗陀水手的第一眼就爱上了他:"他不觉得他的命运可怕。他对这些事毫无见解。他拿一切解闷儿,酣睡时像个孩子。……只要你感受过这种天真,只要你看过他在你身边酣睡的模样,你就绝不可能完全忘了他。"② 与此同时,安娜也坦承:"他不爱我。他可以没有我,他谁都不需要。""我们彼此从来没说过爱对方。只有第一天晚上,我去他房舱找他时,他说过。当然,那天晚上,他陶醉在欢乐中,是出于惊喜才说的,他也可以对一个妓女说这话。……我浑身孕育着爱的词汇,却难以启齿,

---

① [法] 玛格丽特·杜拉斯《直布罗陀水手》,金志平译,《杜拉斯全集》第 2 册,上海:上海译文出版社,2018 年,第 63-64 页。
② [法] 玛格丽特·杜拉斯《直布罗陀水手》,金志平译,《杜拉斯全集》第 2 册,上海:上海译文出版社,2018 年,第 124 页。

一个也讲不出。"① 六个月后一个晚上，游艇到达中国上海，直布罗陀水手下船去赌博，再没有回来。后来，安娜和游艇老板结婚，游艇改名"安娜号"，她顿时成了一个富婆。许久以后，她才明白自己是为了寻找直布罗陀水手才和游艇老板结婚的。三年之后一个冬天的凌晨五点，安娜和丈夫等人刚从马赛一家夜总会出来，迎面碰到正在兜售明信片的直布罗陀水手。安娜买下他所有的明信片，她的丈夫给了他一沓一千法郎面值的钞票，他拒绝接受，安娜当着丈夫的面对他说："你必须接受这些钱，因为我爱你。"② 安娜等了三天三夜，直布罗陀水手始终没有打来电话。安娜告诉"我"："他能允许自己拥有的，只是临时的爱情。我一直那样做，好使我们的爱情保持临时爱情的全部表象。"③ 马赛一别四年以后，安娜才再次见到直布罗陀水手。安娜和丈夫一直在伦敦过着百无聊赖的生活，直到二战结束，安娜决定回到巴黎。她给丈夫留下一封信，诉说对丈夫的友谊和自己失恋的痛苦。安娜出走的第三天，丈夫自杀了，报上说他是因为脆弱的神经禁不住战争太多的磨难而自杀的。丈夫自杀的消息见报的第二天，直布罗陀水手给安娜打来电话，两人重逢，并在一起生活了五个星期。他告诉安娜当初自己被纳尔逊·纳尔逊的劳斯莱斯汽车撞倒，对方仅取出四张面值一千法郎的钞票赔偿自己，于是自己便临时起意杀了对方，抢走钱夹里的钱。他还告诉安娜，那次在上海下船赌博以及后来马赛匆匆一面之后，他甚至不知道安娜在找他。五个星期后，直布罗陀水手搭乘"火枪手号"货船从马赛出发去马达加斯加。安娜离开巴黎在乡下住了三个月，从一座城市迁移到另一座城市，然后突然决定去寻找直布罗陀水手，争取过一种所谓的正常的生活。于是她去美国取回财产，修复游艇，去寻找他，至今已有三年。

"我"登上"直布罗陀号"游艇，一方面成了安娜新的临时情人；另一方面又心怀妒忌地帮助她寻找她以前的情人直布罗陀水手。不久，希腊水手、前"直布罗陀号"船员埃帕米农达斯传来信息，说在塞特和蒙彼利埃之间的国家公路上有一家加油站，老板皮埃罗酷似传说中的直布罗陀水手。安娜一行人狂奔而去，最后发现那人不是直布罗陀水手。然后埃帕米农达斯又建议安娜去非洲的达荷美（今贝宁共和国）找曾经在"直布罗陀号"游艇上干过的水手路易，

---

① [法] 玛格丽特·杜拉斯《直布罗陀水手》，金志平译，《杜拉斯全集》第 2 册，上海：上海译文出版社，2018 年，第 124、126 页。
② [法] 玛格丽特·杜拉斯《直布罗陀水手》，金志平译，《杜拉斯全集》第 2 册，上海：上海译文出版社，2018 年，第 169 页。
③ [法] 玛格丽特·杜拉斯《直布罗陀水手》，金志平译，《杜拉斯全集》第 2 册，上海：上海译文出版社，2018 年，第 173 页。

后者在那里认识一个名叫杰杰的人，此人很可能是直布罗陀水手。但杰杰也不是安娜要找的人。小说结尾写道，因为直布罗陀游艇失火，安娜新买了一艘旧游艇，请人装了一台接收机，两天后收到哈瓦那发来的信息，游艇又起航开往加勒比海。陪同寻找直布罗陀水手的一路上，安娜常常向"我"倾诉自己对直布罗陀水手的奇特爱情："我想我会一直喜欢他"；"即使在我忘了他的时候，我也没忘了寻找他"。① 与此同时，"我"从安娜追寻直布罗陀水手的故事中有了惊奇的发现："我还从来没有遇见过直布罗陀水手的女人。""我想，我需要的正是这样的女人。"安娜的回应是："你来了，我很高兴。"此时男主人公的感受是："每次我的嘴唇接触她的嘴唇时，我都幸福得要晕过去。"② 此后，"我"和安娜陷于热恋之中。安娜对"我"感叹："很奇怪，遇见了你，我这么高兴。""我"回应道："这是伟大的爱情。"③ 安娜去非洲寻找杰杰的途中，游艇在丹吉尔停靠。在市区马路的斑马线等待时，"我对她说我爱她。……我相信自从她失去直布罗陀水手以来，这是她第一回需要听一个人说这句话"。④ "我"决定鼎力帮助安娜，"为了好好寻找，就像对其他事一样，必须只做这个，不后悔放弃其他任何活动，从不怀疑寻找一个男人值得另一个男人为之奉献一生"。⑤ 为自己心爱的女人寻找她心中孜孜以求的情人的确是一个神奇的故事。理想的三角恋格局至此形成。

长篇小说《塔尔奎尼亚的小马》构筑了法国女子萨拉和她的伴侣雅克、汽艇主人让先生之间的三角关系。来意大利濒临地中海的一个小村子度假消夏的萨拉已经跟雅克生活了七年，她对生活现状既感到无味无聊，又无法改变。萨拉曾经明确对雅克说："我感到无聊。"而后者的回答是："我也是，我感到很无聊。"⑥ 因为觉得跟雅克在一起的生活单调枯燥而又百无聊赖，萨拉特别高兴上酒店，"她宁可在酒店，也不愿在这里，自己的家里。若能做到，她会住在酒店

---

① ［法］玛格丽特·杜拉斯《直布罗陀水手》，金志平译，《杜拉斯全集》第 2 册，上海：上海译文出版社，2018 年，第 111、112 页。
② ［法］玛格丽特·杜拉斯《直布罗陀水手》，金志平译，《杜拉斯全集》第 2 册，上海：上海译文出版社，2018 年，第 112 页。
③ ［法］玛格丽特·杜拉斯《直布罗陀水手》，金志平译，《杜拉斯全集》第 2 册，上海：上海译文出版社，2018 年，第 118 页。
④ ［法］玛格丽特·杜拉斯《直布罗陀水手》，金志平译，《杜拉斯全集》第 2 册，上海：上海译文出版社，2018 年，第 254 页。
⑤ ［法］玛格丽特·杜拉斯《直布罗陀水手》，金志平译，《杜拉斯全集》第 2 册，上海：上海译文出版社，2018 年，第 255 页。
⑥ ［法］玛格丽特·杜拉斯《塔尔奎尼亚的小马》，马振骋译，《杜拉斯全集》第 2 册，上海：上海译文出版社，2018 年，第 362 页。

的。因为萨拉不再想有自己的家、自己的公寓、跟一个男人共同生活"。同时,她也喜欢交朋友,表示:"我们宁可跟朋友吃得差,也不要在家里吃得好。"① 几个人在一起聊天,萨拉的朋友迪亚娜感叹:"这些朋友到底缺了什么?在这里大家都相爱,彼此相爱,我们缺了什么?"萨拉回答:"可能缺的是陌生感,在这个地方大家都奇怪地跟陌生感是隔绝的。"迪亚娜便笑着说:"幸而这里还有这个带了汽艇的人充满了陌生感,这个可怜的人独自承担了我们需要的陌生感。"② 所谓陌生感,就是一种新鲜感,一种开放的心态、新奇的视野。

萨拉对伴侣雅克感到"无聊",却跟"充满了陌生感"的汽艇主人让先生存在天然的默契。某天早晨,萨拉突然怀念大海,就驾车来到位于海边的酒店找迪亚娜去海里游泳,第一次在酒店前面的露天座正面见到让先生。萨拉这才发现汽艇主人是一个三十来岁的单身男人。他的身体线条是流动的,体格有点弱,棕色皮肤,跟海很相配。在雅克、吕迪、迪亚娜等人都在玩球的时候,萨拉和让先生独自散步聊天。他们相互表达了对对方的独特感觉。让对萨拉说:"您叫我那么喜欢,这真怪。"萨拉对让说:"我是一下子就注意到您了……这使我很开心。"③ 两人暧昧渐生。在夜晚舞会的《蓝月亮》乐曲中,萨拉终于醉倒在汽艇主人的怀抱里,"他把她紧紧抱住,两个人一起翻倒在游廊的地砖上"。小说这样叙述做爱后萨拉的感觉:"她成了他的欲望对象,感到很美好。她原本对于男人对她产生欲望总是感到很美好。"④ 后来,萨拉等人登上让先生的汽艇去海上兜风,趁着独处的机会,两人又开始互诉衷肠。萨拉说:"我很喜欢想到跟你睡过觉了。"让反复回答:"我要你。我愿意在这里马上要。""我可能爱上你了。""我多么想要你。""我应该再跟你睡觉。""我要再跟你睡觉。我要。""你怎么那么叫我喜欢。"⑤ 趁萨拉去杂货店买香烟的机会,让先生跟她约定当晚去河对岸的舞会见面,萨拉欣然接受。让先生还邀请萨拉去自己的房间,萨

---

① [法]玛格丽特·杜拉斯《塔尔奎尼亚的小马》,马振骋译,《杜拉斯全集》第2册,上海:上海译文出版社,2018年,第360、386页。
② [法]玛格丽特·杜拉斯《塔尔奎尼亚的小马》,马振骋译,《杜拉斯全集》第2册,上海:上海译文出版社,2018年,第386页。
③ [法]玛格丽特·杜拉斯《塔尔奎尼亚的小马》,马振骋译,《杜拉斯全集》第2册,上海:上海译文出版社,2018年,第402、405页。
④ [法]玛格丽特·杜拉斯《塔尔奎尼亚的小马》,马振骋译,《杜拉斯全集》第2册,上海:上海译文出版社,2018年,第405页。
⑤ [法]玛格丽特·杜拉斯《塔尔奎尼亚的小马》,马振骋译,《杜拉斯全集》第2册,上海:上海译文出版社,2018年,第424-425页。

拉遗憾地说:"房子都是玻璃的。""我恨这些玻璃房子。"① 因为跟让先生有了私情并有了当晚去舞会的约定,当雅克建议立刻去罗马等地做一次短程旅游,并在去罗马的路上去塔尔奎尼亚看看伊特鲁里亚小马时,萨拉以高温天气不想出门而拒绝了。

雅克发现妻子萨拉不愿意跟自己一起去做短途旅游,其实是因为她对让先生有了感情,便坦然接受,决定以退为进。他对萨拉说:"当我在帕埃斯图姆旅游时,我让你每天夜里跟他。""我不要你去帕埃斯图姆。我这一次要让事情起点儿作用。""这一次让事情弄出点名堂。""不这样大家永远不会有结果的。"②雅克所说的"让事情起作用""弄出点名堂",就是让萨拉和让先生单独相处一段时间,让她也体会到和雅克在一起久了的那种无聊。经过一番思忖,最后萨拉决定还是和雅克一起去做短途旅游,并在塔尔奎尼亚停一停,看一看伊特鲁尼亚墓地上那些英俊的小马雕像。她托朋友吕迪去河对岸的舞会取消跟让先生的约会。萨拉当着雅克的面说:"我原来要跟吕迪说个事。那个人在河对岸的咖啡馆里等我,让他去跟他说一声不用等我了。"吕迪说:"我不知道向他怎样解释。"并反问萨拉:"你不是很想再见他吗?"萨拉回答:"这不是那么重要,我对他毫不了解。"③ 三角恋最终回归传统的一男一女爱情模式。最后吕迪也富含深意地指出:"没什么爱情假期,这是不存在的。爱情,必须完全承受它的厌烦与一切。"④

长篇小说《夏夜十点半钟》中,法国女子玛利亚带着女儿朱迪特和丈夫皮埃尔、朋友克莱尔一起驾着一辆黑色罗孚牌小汽车来西班牙消夏度假,三个成年人形成了两女一男的三角恋架构。

玛利亚年届中年,酷爱喝酒,用手摸脸时才感觉到以前很美的自己现在开始憔悴了,而克莱尔又年轻又漂亮。玛利亚看到皮埃尔和克莱尔在旅馆办公室里靠近坐着闲聊,他们的手垂在相互靠近的身体一侧,正得体地彼此握着,顿时明白他们之间有私情。晚上十点半,玛利亚看到皮埃尔和克莱尔在旅馆走廊上亲吻,便假装平静无事地走向他们。玛利亚看到克莱尔起伏不定的胸脯,便

---

① [法]玛格丽特·杜拉斯《塔尔奎尼亚的小马》,马振骋译,《杜拉斯全集》第2册,上海:上海译文出版社,2018年,第448页。
② [法]玛格丽特·杜拉斯《塔尔奎尼亚的小马》,马振骋译,《杜拉斯全集》第2册,上海:上海译文出版社,2018年,第460-461页。
③ [法]玛格丽特·杜拉斯《塔尔奎尼亚的小马》,马振骋译,《杜拉斯全集》第2册,上海:上海译文出版社,2018年,第492-493页。
④ [法]玛格丽特·杜拉斯《塔尔奎尼亚的小马》,马振骋译,《杜拉斯全集》第2册,上海:上海译文出版社,2018年,第493页。

知道她和丈夫相爱，而今晚他们将躺在她身旁，受着欲火的折磨与煎熬。① 玛利亚认识到，"克莱尔是他们夫妻爱情缓慢弱化所产生的美丽果实"。② 不过，皮埃尔在爱克莱尔的同时依然爱着玛利亚。晚上，他和妻子躺下之后，主动对妻子提起他们在维罗纳经历的爱情之夜：多年以前的夏天的一个风暴之夜，也是旅馆客满，他们曾在维罗纳的一个浴室里整夜做爱。想到这些，他对玛利亚说："什么时候我会厌烦你呢？""我向你提起维罗纳，是因为我情不自禁。"③ 皮埃尔还像发表宣言一样反复对玛利亚说："玛利亚，我爱你。""玛利亚，玛利亚，你是我的爱。"④ 但玛利亚知道，在未来两天里，皮埃尔将会和克莱尔在一起，找到合适的地方交欢。在去马德里的路上，他们终于找到一家公路客店。事后，皮埃尔告诉克莱尔，玛利亚清楚他们之间的私情。克莱尔便问他："你不爱我？"皮埃尔回答："我爱你。我爱玛利亚。"克莱尔强调："你不再爱玛利亚了，记住，你不再爱玛利亚了。"皮埃尔还是回答："我不知道。"⑤ 显然，皮埃尔坚持对两人的对等爱情。在马德里的民族旅馆，等女儿朱迪特睡着后，皮埃尔回想起维罗纳之夜，便去敲妻子玛利亚的房门。小说接着写道："他突然对死去的爱情产生了迫切的兴趣。当他走进玛利亚的房间里，他处于哀悼之中，哀悼他对玛利亚的爱情。"⑥ 哀悼"死去的爱情"，既是对过往爱情的尊重，更是为了忘掉它，从而开启一段新的爱情。即使皮埃尔不无哀伤地对玛利亚说自己不能没有她，后者还是对两人爱情的结束坦然以对。

劳拉·阿德莱尔指出，玛格丽特·杜拉斯在采访中明确承认这部小说的主题是爱情的终结和一个女人面对爱情终结时所表现出的自尊。杜拉斯说："这并不能阻挡我们投身于爱情，因为这依然还是尘世间最美妙的事情，爱。"⑦

---

① [法] 玛格丽特·杜拉斯《夏夜十点半钟》，桂裕芳译，《杜拉斯全集》第 2 册，上海：上海译文出版社，2018 年，第 519 页。

② [法] 玛格丽特·杜拉斯《夏夜十点半钟》，桂裕芳译，《杜拉斯全集》第 2 册，上海：上海译文出版社，2018 年，第 532 页。

③ 均见：[法] 玛格丽特·杜拉斯《夏夜十点半钟》，桂裕芳译，《杜拉斯全集》第 2 册，上海：上海译文出版社，2018 年，第 522 页。

④ 均见：[法] 玛格丽特·杜拉斯《夏夜十点半钟》，桂裕芳译，《杜拉斯全集》第 2 册，上海：上海译文出版社，2018 年，第 523 页。

⑤ [法] 玛格丽特·杜拉斯《夏夜十点半钟》，桂裕芳译，《杜拉斯全集》第 2 册，上海：上海译文出版社，2018 年，第 579 页。

⑥ [法] 玛格丽特·杜拉斯《夏夜十点半钟》，桂裕芳译，《杜拉斯全集》第 2 册，上海：上海译文出版社，2018 年，第 584 页。

⑦ [法] 劳拉·阿德莱尔《杜拉斯传》，袁筱一译，沈阳：春风文艺出版社，2000 年，第 443 页。

长篇小说《劳儿之劫》的女主人公劳儿·瓦·斯泰因出生在沙塔拉,青少年时期也在此度过。她是一个被爱情的痛苦催眠的"睡美人"形象。小说围绕这个"睡美人",形成了两组三角恋。第一组三角恋发生在劳儿·瓦·斯泰因、她的未婚夫麦克·理查逊和法国驻加尔各答领事的妻子安娜-玛丽·斯特雷特之间,第二组三角恋发生在劳儿·瓦·斯泰因、她的中学女友塔佳娜·卡尔和后者的情人雅克·霍德之间。

第一组三角恋发端于一场舞会。劳儿在十九岁那年学校放假时在网球场遇到二十五岁的麦克·理查逊,后者是T滨城附近大地产主的独生子。征得双方家长的同意,两人订婚,计划在秋季举行婚礼。劳儿来T滨城度假,正赶上市立娱乐场举办本季的盛大舞会。舞会的最后两位来客是一对母女,两人都是高个子,举止优雅。惊呆了的劳儿看到"这个风姿绰约的女人带着死鸟般从容散漫的优雅走过来","她纤瘦的身上穿着一袭黑色连衣裙,配着同为黑色的绢纱紧身内衬,领口开得非常低","她身体与面部的奇妙轮廓令人想入非非","她的头发染成棕红色,燃烧的棕红色,似海上夏娃"。① 看到这个女人,劳儿的未婚夫麦克·理查逊比劳儿更为激动,"眼睛闪出光亮",脸上甚至"流露着痛苦,古老的、属于初世的痛苦"。② 他情绪激动地邀请安娜-玛丽·斯特雷特跳舞。第一支舞跳完的时候,麦克·理查逊像往常一样回到劳儿身边,第二首曲子跳完后,他再也没有回来找劳儿,和安娜-玛丽·斯特雷特再没有分开。舞会结束,他们低垂着眼睛从劳儿面前走出大门。劳儿眼睁睁地看着未婚夫被另外一个女人劫持而去。后来塔佳娜告诉劳儿,安娜-玛丽·斯特雷特是法国女人,是法国驻加尔各答领事的妻子。第一组三角恋的结局是:富有的麦克·理查逊卖掉所有资产去印度的加尔各答寻找安娜-玛丽·斯特雷特夫人,但他们之间的浪漫故事只持续了几个月,安娜从未离开她的丈夫;劳儿被母亲领回沙塔拉,之后与在一家飞机制造厂工作的音乐家若安·倍德福结婚,婚后离开沙塔拉,在U桥镇住了十年,生了三个女儿,被丈夫称为"站着的睡美人"。③

第二组三角恋始于婚后十年,劳儿随丈夫若安·倍德福重返沙塔拉。劳儿布置好沙塔拉的故居,料理好花园,养成了每天外出散步的习惯。一天,劳儿

---

① [法]玛格丽特·杜拉斯《劳儿之劫》,王东亮译,《杜拉斯全集》第5册,上海:上海译文出版社,2018年,第7-8页。
② [法]玛格丽特·杜拉斯《劳儿之劫》,王东亮译,《杜拉斯全集》第5册,上海:上海译文出版社,2018年,第9页。
③ [法]玛格丽特·杜拉斯《劳儿之劫》,王东亮译,《杜拉斯全集》第5册,上海:上海译文出版社,2018年,第20页。

看到一对男女经过自家的房子，女人看到新漆的房子之后说道："她也许已经死了。"① 走过花园时，男人把女人揽在怀里，悄悄地用力吻她。刚走过的女人便是劳儿的昔日女友塔佳娜，她所说的也许已经死了的"她"就是劳儿。看到两人接吻的场景，自己昔日和未婚夫拥抱亲吻的场景顿时出现在劳儿的脑海里，这样的幻觉也接踵而至："麦克·理查逊，每天下午，都开始为不是劳儿的另一个女人脱衣服，当另一个女人洁白的乳房在黑色的紧身衣下出现的时候，他待在那里，头晕目眩。"② 第二次见到那个男人，劳儿立刻认出了他，并将他与T滨城的未婚夫联系起来：虽然两人长得不像，但"在举止风度上有某些那个消失了的情人身上的东西"，尤其"在看女人的目光上"惊人地相似，"在他身上，从他那里发出的，是麦克·理查逊最早的目光，舞会之前劳儿所了解的目光"。③ 劳儿随即跟踪他，发现他和塔佳娜在森林大道尽头的森林旅馆秘密约会。劳儿溜进旅馆后面的黑麦田，全程观看了两人幽会的过程。事后劳儿心生一念，决定征服塔佳娜的情人。几经周折找到塔佳娜的住址后，劳儿登门拜访，正式认识塔佳娜的三十六岁情人雅克·霍德。此时雅克极度迷恋塔佳娜，宣称："塔佳娜成了我在沙塔拉的女人，成了供我糟蹋的绝妙美人，我再也离不开塔佳娜。"④ 也许正因为这一点，劳儿要劫持闺蜜的情人，这样才会有一种特殊的成就感和满足感。雅克·霍德似乎也乐意做他人的替身，"他将为永恒的麦克·理查逊、T滨城的男人尽责，与他相混，彼此不分地搅在一起合二为一"。⑤ 他甚至声称要离开塔佳娜，劳儿却阻止他这样做，因为她只想在精神上"劫持"雅克，让他爱上自己。在约好的某个星期二晚上，雅克·霍德和塔佳娜在森林旅馆见面，劳儿藏身在旅馆外面的黑麦田里看着他们的表演，听着他们之间的情话。这天，雅克·霍德的表现让塔佳娜惊讶，三人之间上演了一场唯独塔佳娜不知情的大戏。小说从雅克·霍德的视角描写了这场三角恋的象征性场景："我们三个在那儿大概有一个小时了，其间她看到我们轮流地在窗户的框架内出现，

---

① [法] 玛格丽特·杜拉斯《劳儿之劫》，王东亮译，《杜拉斯全集》第5册，上海：上海译文出版社，2018年，第22页。
② [法] 玛格丽特·杜拉斯《劳儿之劫》，王东亮译，《杜拉斯全集》第5册，上海：上海译文出版社，2018年，第30页。
③ [法] 玛格丽特·杜拉斯《劳儿之劫》，王东亮译，《杜拉斯全集》第5册，上海：上海译文出版社，2018年，第31页。
④ [法] 玛格丽特·杜拉斯《劳儿之劫》，王东亮译，《杜拉斯全集》第5册，上海：上海译文出版社，2018年，第54页。
⑤ [法] 玛格丽特·杜拉斯《劳儿之劫》，王东亮译，《杜拉斯全集》第5册，上海：上海译文出版社，2018年，第73页。

在这面什么都不映照的镜子面前,她有滋有味地品尝着她所希望的对她的排除。"① 雅克口中的"她"就是劳儿。在随后的一次约会中,雅克·霍德甚至没有尝试去占有塔佳娜。他自陈:"我无力这样做。我对麦田里的那个身形有太多的爱。"② 麦田里的身形就是劳儿。塔佳娜最终明白是劳儿夺走了自己的情人雅克·霍德的心。不久,劳儿又邀请雅克·霍德陪她去T滨城,参观了市立娱乐场的舞厅,游历了海滩。晚上,两人在T滨城过夜,交欢过程中,意乱情迷的劳儿完全将自己同雅克的情人塔佳娜融为一体,"唯一不同的是她的眼中没有愧疚之色,另外她有对自己的指称——塔佳娜不指称自己——并且用两个名字指称:塔佳娜·卡尔和劳儿·瓦·施泰因"。③ 显然,这组三角恋以雅克·霍德与麦克·理查逊融为一体、劳儿与塔佳娜融为一体而结束。

长篇小说《爱》的故事跟《劳儿之劫》有连续性,情节上更像一部象征主义戏剧。里面只有三个人即两男一女,构成一个典型的三角恋图景。一个男人站在沙滩的一条木板路上,看着沙滩和大海;另一个男人沿着海边走着,迈着一成不变的步伐,来回行走在同一段路程上;一个女人背靠城市和沙滩相接处的一堵墙,闭着眼睛坐着。三人无名无姓,根据此刻的最基本动作可以分别被称为"看着的男人""行走的男人"和"闭着眼睛的女人"。稍后,两个男人有了较为清晰的面目:"看着的男人"是"旅行者","行走的男人"被称为"疯子""囚犯"或"疯囚犯"。该小说的中文译者王东亮明确指出:"《爱》似乎是《劳儿之劫》的续篇,占据中心的是沙塔拉与T滨城的舞厅。一个疯女人(劳儿?)在海边不停地走着,跟在一个'疯囚犯后面'(劳儿的情人雅克?),而在她身后跟着旅行者(劳儿的未婚夫麦克?)。人们谈到舞会,旅行者与女人也来到T滨城的娱乐场,他走进'不再有舞会'的舞厅,而她则睡在海滩上。"④ 沙塔拉曾经有过刻骨铭心的爱,眼前荒芜的世界曾经演绎过爱与疯狂的故事。十七年前,十九岁女孩劳拉·瓦莱里·斯泰因与麦克·理查逊相恋、订婚,但她的未婚夫在一次舞会上爱上另一个女人,弃她而去,因失恋而发疯的劳拉从此改名劳儿,离开沙塔拉与另一个男人结婚生育,像一个站着的"睡美人"那样

---

① [法]玛格丽特·杜拉斯《劳儿之劫》,王东亮译,《杜拉斯全集》第5册,上海:上海译文出版社,2018年,第80页。
② [法]玛格丽特·杜拉斯《劳儿之劫》,王东亮译,《杜拉斯全集》第5册,上海:上海译文出版社,2018年,第107页。
③ [法]玛格丽特·杜拉斯《劳儿之劫》,王东亮译,《杜拉斯全集》第5册,上海:上海译文出版社,2018年,第126-127页。
④ 王东亮《有关劳儿的一些背景资料》,载[法]玛格丽特·杜拉斯《劳儿之劫》,王东亮译,《杜拉斯全集》第5册,上海:上海译文出版社,2018年,第139页。

生活。十年后回到故乡，一对男女的一吻把她唤醒，她开始了与女友塔佳娜的情人雅克·霍德的爱欲之旅。但是爱的伤痛没有治愈，劳儿又一次病倒，真正地睡去了，睡在观看情人与女友交欢场景的黑麦田里。过了七年，来到《爱》的世界，沙塔拉荒芜颓败，不断受着风暴和火灾的侵袭。"闭着眼睛的女人"劳儿经过两次情爱劫难已被彻底摧毁，她跟在一个疯子即雅克·霍德的后面绕着沙塔拉行走，常常睡在海滩或沙洲上，成了嗜睡的生物性存在，也成了谁都可以跟她交欢的绝对欲望的对象，一次又一次怀孕，生了孩子任人抱走。旅行者来了，他是劳儿曾经的未婚夫麦克·理查逊。但是这次"白马王子"不仅没能拯救"睡美人"，反而有自己的烦恼：原来舞会事件后，他跟着那个让他一见钟情的女人离开沙塔拉，来到印度，最终却不得不跟另一个女人结婚生子，现在他回到沙塔拉，打算抛弃一切，了却生命。他在海滩上碰到了曾经被自己抛弃的她，便在海边的旅馆住下来，开始走近她，也走近那个她一直跟着的、似乎护着她的"行走的男人"即疯子。他和他们一起看海看沙，一起观察光线的变化，一起倾听沙塔拉的乐曲。旅行者跟"闭着眼睛的女人"计划同返 T 滨城的旅行。在她又一次生出孩子送人、他也彻底抛弃前来寻找他的妻儿之后，他们出发了。她回忆起沙塔拉的风、沙塔拉的夏天，以及 T 滨城那场舞会，他还吟诵过去写给她的诗句。但一切都没有让她想起眼前的男人是谁，以及他们一起做过什么。旅行结束，她却以为没有旅行过，又睡去了。

这是一场永远没有结局的三角恋。围绕着那个虽生犹死的女人，两个男人走到了一起，一个是目光凄迷的旅行者，一个是在海边不停行走的疯子。来沙塔拉寻求自我毁灭的旅行者在看到已经被生活摧毁的她之后，便感到难以离开，不由自主地追随她、陪伴她。他为她遮挡强烈的日照，贴在她胸前倾听她睡梦中痛苦的呻吟和心里的愤怒。那个疯子也守护着她，每天领着她走，根据天气变化安排她那主要由漫步和睡眠组成的生活，她的一切似乎都任由这个疯子引领着。《爱》的后半部分，她和疯子放火烧沙塔拉，沙塔拉上空升起缕缕黑烟，警车的汽笛远近呼啸，火灾的警报响彻全城。开篇构成空间三角的三个人现在聚在了一起，他们沉默着，一起望着天外的太阳冉冉升起。①

长篇小说《副领事》比较隐蔽地叙写了一场三角恋或多角恋。这场恋爱的中心人物是安娜-玛丽·斯特雷特。在她的一端是追求她的前任拉合尔副领事，

---

① 此处关于《爱》的叙述参考了王东亮先生的说法。参见：王东亮《关于〈爱〉的话》，载［法］玛格丽特·杜拉斯《爱》，王东亮译，《杜拉斯全集》第 5 册，上海：上海译文出版社，2018 年，第 375—383 页。

另一端是她的情人麦克·理查以及她的丈夫等男人。

三十五岁的让-马克·德·H在拉合尔做了一年半的副领事,因为夜晚在夏利玛花园向麻风病人和狗群开枪而被调离,现在在印度首都加尔各答等待新的任命,暂时在法国大使馆做些档案整理分类的工作。副领事是独生子,父母双亡,性格孤僻,总是愿意独处,缺乏与女性交往的经验。现在他疯狂地爱上了大使夫人安娜-玛丽·斯特雷特,为她的忧郁入迷,对她触摸过的树、骑过的自行车入迷,但后者却认定他是"一个死人"和"一场灾难"。① 在大使举行的招待舞会上,第一次和大使夫人跳舞时,副领事婉转地向她示爱:"您认为,我们两个是否可以为我做些什么?"安娜-玛丽·斯特雷特明确回答:"不能,什么都不能。"而他第二次邀请大使夫人跳舞,遭到后者的拒绝,拒绝的理由是:"我知道您是什么人,我们不需要相互进一步了解。不要误会。"② 之前西班牙领事夫人告诉副领事,大使招待会结束以后,大使夫人会跟几个英国人去一家叫作"蓝月亮"的妓院厮混。遭到夫人的明确拒绝后,副领事便连续声嘶力竭地喊叫:"留下我!""今晚,我就留在这里,和你们在一起!""我要和你们在一起,让我和你们在一起一次。"③ 最后他被年轻作家彼得·摩根半拉半牵着离开了使馆大院。

大使招待会结束后,安娜-玛丽·斯特雷特在三十岁的情人麦克·理查、大使馆一等秘书夏尔·罗塞等人的陪伴下去了蓝月亮夜总会。当夏尔·罗塞为副领事的遭遇表示同情,感叹当晚发生的事对他太残酷了的时候,大使夫人的情人麦克·理查酸溜溜地说:"也许副领事也是对这个女人趋之若鹜的男人中的一员,他们认为和她在一起可以忘却一切。""他就以为自己对别人有了权利,要求得到别人的关心,要求得到斯特雷特夫人的爱情。"④ 后来夏尔·罗塞又在聚会时谈起拉合尔副领事,麦克·理查断然拒绝这个话题,说:"那个拉合尔副领事,我确信我们必须忘记他。……除了把他从我们的记忆中清除,别无他法。

---

① [法]玛格丽特·杜拉斯《副领事》,王东亮译,《杜拉斯全集》第5册,上海:上海译文出版社,2018年,第236页。
② [法]玛格丽特·杜拉斯《副领事》,王东亮译,《杜拉斯全集》第5册,上海:上海译文出版社,2018年,第236、247页。
③ [法]玛格丽特·杜拉斯《副领事》,王东亮译,《杜拉斯全集》第5册,上海:上海译文出版社,2018年,第249、249、250页。
④ [法]玛格丽特·杜拉斯《副领事》,王东亮译,《杜拉斯全集》第5册,上海:上海译文出版社,2018年,第260、261页。

否则，我们大家就面临着很大的危险……"① 稍后，安娜-玛丽·斯特雷特说出了自己拒绝副领事的爱情的真实原因："如果我强迫自己见他，麦克·理查不会原谅我，其他人也不会原谅……我只能做现在和你们在一起的这种女人……如此这般打发时光……"② 与其说大使夫人不怎么喜欢副领事的性格，倒不如说她更顾忌情人麦克·理查。安娜-玛丽·斯特雷特十七岁时是威尼斯音乐学院的高才生，擅长弹奏钢琴。正是这一点吸引了帅气的英国青年麦克·理查。麦克这样回顾自己认识并迷上大使夫人的经过："在认识安娜-玛丽之前，我在加尔各答先听到她弹钢琴，某天晚上，我正在路上走着。听到琴声，当下我就惊呆了，那时我还不知道她是谁，我是来加尔各答旅游的，我记得，当时我一点儿也受不了这里……刚一到达就想离开，是那首曲子，我当时听到的那首曲子，让我留了下来，让我在加尔各答一直留了下来"，在印度和乔治·克劳恩做起海运保险生意。③ 这场三角恋以副领事的彻底失败而告终。

《埃米莉·L》里也有一场三角恋，发生在埃米莉·L、船长和年轻看守人之间。船长夫妇是英国怀特岛人。早年船长被埃米莉的父亲聘任监管航船，与埃米莉相爱，但父亲反对他们结婚，直到十年后老父亲去世，两人才举行婚礼。虽然结成了夫妻，但因为出身、教育背景和兴趣爱好等方面的差异，船长实际上并不理解妻子，尤其不理解她写的诗，甚至把她最喜欢的一首诗偷偷烧掉。此后，埃米莉不再写诗，决定出海远行，在海上消磨一生，"他们的爱情原有其他可资利用的一切也全部割弃了。幸福也抛弃不要了。写作，废弃了"。④

放弃写诗的埃米莉并不幸福。老父亲将女儿创作的十九首诗以她未嫁时的名字出了单行本，临死前把女儿的事告诉新雇的别墅看守人。年轻的别墅看守人读了那本诗集，觉得那些诗非常美。有一年夏天，夫妻俩回来了，别墅看守人趁船长不在，怀着敬慕的心情把诗集拿给太太看，埃米莉这才知道父亲为自己所做的一切。两人在二楼的小客厅里谈起了那首消失的《冬日的午后》。埃米

---

① [法] 玛格丽特·杜拉斯《副领事》，王东亮译，《杜拉斯全集》第5册，上海：上海译文出版社，2018年，第284页。
② [法] 玛格丽特·杜拉斯《副领事》，王东亮译，《杜拉斯全集》第5册，上海：上海译文出版社，2018年，第285页。
③ [法] 玛格丽特·杜拉斯《副领事》，王东亮译，《杜拉斯全集》第5册，上海：上海译文出版社，2018年，第280页。
④ [法] 玛格丽特·杜拉斯《埃米莉·L》，王道乾译，《杜拉斯全集》第10册，上海：上海译文出版社，2021年，第122页。

莉对他感叹："有人和我谈我写的东西，这还是第一次。"① 然后，她严肃而深情地对年轻看守人说："我过去认为我在我二十四岁那天死了，但是不，没有，我错了，突然间，我非常想吻您的嘴，您就像是我的第一个爱人。"② 说完，"她靠近他，她把口唇伸到他闭着的眼睛上。她说：'我真想和您一起留在这里一直到夜里。'她又站起来，俯下身去，将她的嘴唇伸到他的嘴唇上，在那里停留很长时间。他们就这样凝止不动一直到取得永远相知那样的时间"。③ 后来玛格丽特·杜拉斯说："那一吻，审慎而克制的一吻，其端庄合礼，那种强烈性质如同地狱一般，在眼睛上和在闭着的口唇上的一吻，时间很长的一吻，这一吻是她发明的，她，作为一个女人，又是由她主动给予的，是奉献给支配他们整整一生直至死灭的那种爱情的。"④ 别墅的年轻看守人等了她三个夏天。第三个夏季结束之时，他离开怀特岛走了。埃米莉·L曾一再要求自家的公证人设法探听如何与年轻看守人取得联系。她曾经给他写过一封信，并要公证人寄给他。信里告诉他，他们在冬日客厅里一起度过那一小时，她就爱上他了，但她不知道他对她是怎样的感情。多年后的一天，年轻看守人来到公证人家里，看到那封信。他告诉公证人，八年前也刚好是埃米莉给他写信的那一年，他动身去马来亚海域各地追寻埃米莉·L的踪迹，想把她抢走，甚至想把她杀死。他包租了一条游船，和两个爪哇水手一起走遍各个港口。三个月之后，年轻看守人终于在一艘开往朝鲜的澳大利亚货船上看到正在跳舞的埃米莉·L。他打算等到一个港口上岸再去找她，但当年轻看守人从自己的小船上再出来时，那条货船已不知去向。他昏死多日，随身所带的文件和钱都被偷走。新加坡警方将他遣送回他在昏迷之中说出的一个拉丁美洲城市。他留在那里做买卖，然后结婚生子。作者不无伤感地写道："在他复苏以后，埃米莉·L对他来说约有一年多时间已成为死灭不存的了。那件往事，他全忘记变成无有了。"⑤ 最终这场三角恋被时间和世事无常彻底打败。

---

① [法]玛格丽特·杜拉斯《埃米莉·L》，王道乾译，《杜拉斯全集》第10册，上海：上海译文出版社，2021年，第140页。
② [法]玛格丽特·杜拉斯《埃米莉·L》，王道乾译，《杜拉斯全集》第10册，上海：上海译文出版社，2021年，第141页。
③ [法]玛格丽特·杜拉斯《埃米莉·L》，王道乾译，《杜拉斯全集》第10册，上海：上海译文出版社，2021年，第143页。
④ [法]玛格丽特·杜拉斯《婚礼弥撒——关于〈埃米莉·L〉》，王道乾译，《杜拉斯全集》第10册，上海：上海译文出版社，2021年，第170页。
⑤ [法]玛格丽特·杜拉斯《埃米莉·L》，王道乾译，《杜拉斯全集》第10册，上海：上海译文出版社，2021年，第163页。

第三节 痛苦的畸形之爱

玛格丽特·杜拉斯小说中涉及的畸形之爱主要包括两种情形：一种是同性恋，它之所以畸形，是因为违背了生物界的自然发展规律；另一种是兄妹之间的乱伦之爱，它之所以畸形，是因为它违背了社会道德和生育规律。而这两种畸形之爱都是杜拉斯本人亲身经历过的，她对蕴含其中的甜蜜、美妙、痛苦和绝望的情绪感同身受。

玛格丽特·杜拉斯生命中的最后一个情人扬·安德烈亚就是一个同性恋者。扬还是卡昂（又译为冈城）的一个大学生的时候，就给大作家杜拉斯写了几个月的信，然后他们于1980年9月在杜拉斯当时居住的特鲁维尔的黑岩公寓第一次见面。很快，玛格丽特·杜拉斯疯狂地爱上了这位比自己小三十九岁的年轻男子，即使发现他是一个同性恋者之后，也依然把他视为自己创作的力量源泉。劳拉·阿德莱尔认为，玛格丽特·杜拉斯对同性恋的态度非常矛盾。一方面，她不能忍受将同性恋看成另类，能够坦然接受同性恋。她说："他进入她，享受欢娱。他不是在和她做爱。他做的只是一件事情：对爱情的戏谑模仿。"① 另一方面，玛格丽特·杜拉斯又认为同性恋是一种变态和暴力现象。她在一次访谈中宣称："我认为同性恋是一种暴力，它一直在寻找自己施暴的对象，就像是在怀念对暴力的一种新配置……在同性恋温情脉脉的外表下正是这样一种对暴力的挑衅。""我只能觉得这份激情是变态的、可怕的、短暂的。"② 和同性恋者扬·安德烈亚的爱情令玛格丽特·杜拉斯十分痛苦，她有时骂他"肮脏的鸡奸者"。他在肉体之爱上的无能为力令她痛苦不堪，因为她太喜欢男人，太喜欢肉体之爱了。1982年7月，杜拉斯写信给扬·安德烈亚，不无痛苦和不满地倾诉："我们之间的激情会延续下去，我这一生剩下来的所有时光，还有您尚且漫长的一生。……您是个鸡奸者，而我们相爱……没有办法。"③

玛格丽特·杜拉斯在《大西洋人》（*L'homme atlantique*，又译为《大西洋男

---

① [法] 劳拉·阿德莱尔《杜拉斯传》，袁筱一译，沈阳：春风文艺出版社，2000年，第594页。
② 均见：[法] 劳拉·阿德莱尔《杜拉斯传》，袁筱一译，沈阳：春风文艺出版社，2000年，第595页。
③ [法] 劳拉·阿德莱尔《杜拉斯传》，袁筱一译，沈阳：春风文艺出版社，2000年，第596页。

人》,1982)、《死亡的疾病》(La maladie de la Mort,又译为《绝症》,1982)、《诺曼底海滨的娼妓》(La pute de la Côte Normande,又译为《诺曼底海岸的妓女》,1986)等短篇小说,以及《乌发碧眼》(Les yeux bleus, cheveux noirs,又译为《蓝眼睛黑头发》,1986)、《扬·安德烈亚·斯泰奈》(Yann Andréa Steiner, 1992)等长篇小说中,将自己对同性恋情人扬·安德烈亚深刻而痛苦、凄美而绝望的爱情反反复复地呈现出来。

《大西洋人》里描写了玛格丽特·杜拉斯对同性恋者扬·安德烈亚的痛苦爱情。标题"大西洋人"就是指扬·安德烈亚。小说中有这样一段如泣如诉的叙述:"昨天晚上,在你一去不复返之后,我走进了底楼那间朝向花园的客厅,就是那个悲哀的六月里我一直待着的地方——那一个月开启了冬季。我打扫了屋子,把一切都抹了一遍,仿佛接着要举行我的葬礼。……然后,我开始写作。为我的死亡一切准备停当,我开始写那个我恰好知道你不可能预知理由、窥测其形成的这件事。……我没有去死,而是走上了花园里的这座露台,我毫不动情地高声说出那天的日子,1981年6月15日星期一,那天你在酷热中永远离开了,我也相信这次确是永远不复返了。我相信我对你的离去没有难过。一切都像平时一样,树木、玫瑰、平台上旋转的房屋影子、钟点与日子,和你,虽则你是不在了。我那时不相信你应该回来。……我那时相信你对我来说已是一个游移不定的回忆。"① 玛格丽特·杜拉斯相信出走的扬·安德烈亚再也不会回来,他的出走对她来说无异于宣判死刑,但她决定以写作为路径,循着它而进入重生的境界。尽管看到他已经不在身边了,也相信他应该不会再回来,已注定成为回忆的对象,她还是咬着牙说"我对你的离去没有难过"。作者继续诉说对这个出走的负心汉的恨与爱,追问这份爱的发展和结局:"当我不再爱你时,我也不再爱什么、爱什么,除了你还是爱的。……我不再知道我们在哪里,到了什么样的爱情结局,有其他什么样的爱情的什么样开局,在什么样的故事中我们迷路了。""我不像第一天那么爱你了。我不再爱你了。……我已无事可做,除了在那边某个人身上去感受激情——某个人他不知道他活着,而我知道他活着。"② 一边说不再爱他了,一边又担心他是否还活着。事实上,玛格丽特·杜拉斯在心底里爱着扬·安德烈亚,并为他的出走而担忧。

玛格丽特·杜拉斯在短篇小说《死亡的疾病》里描写同性恋男人"你"对

---

① [法]玛格丽特·杜拉斯《大西洋人》,马振骋译,《杜拉斯全集》第10册,上海:上海译文出版社,2021年,第22-23页。
② [法]玛格丽特·杜拉斯《大西洋人》,马振骋译,《杜拉斯全集》第10册,上海:上海译文出版社,2021年,第26、27页。

一个收取度夜资的年轻女子"她"的爱情试验。"你"付给"她"钱,要求"她"每夜都要来,连续好几天。"她"问"你"这样做是要干什么,"你说你要试验、尝试这件事,尝试去认识这件事,习惯这件事,习惯这个身体、这对乳房、这个香味、这个娇丽、这个身体所代表生儿育女的这种危险、这个既无凹凸肌肉也无力量的无毛形体、这张脸、这身裸露的皮肤,这层皮肤与皮肤所包含的生命之间的这种巧合"。①"她"接着问:"试验什么?""你"回答:"试验爱。"② 小说描写了这场爱的试验中的男欢女爱:"一夜又一夜,你深入到她的阴暗处,你几乎不知道便走了这条盲道。有时你留在那里,你睡在那里,在她深处,整夜随时待命,趁着她一方或者你一方一个不由自主的动作,可以让你欲望又起,再占有她一次,再把她抱个满怀,再泪水模糊地快快活活享受。"③ 后来某一次,"你"问"她"是不是妓女,得到否定的回答后,"你"又问"她"为什么会接受度夜资的合同。"她"回答:"因为自从你跟我说话那时起,我看出你得上了死亡的疾病。……你问她:死亡的疾病在哪一点上致人死命呢?她回答:在这一点上,得了病的人不知道自己携带这种病、携带死亡。还有,他在死于此病之前还不知道自己会死于非命,就这样丢掉了性命。"④ 换言之,"她"之所以愿意接受"你"的试验,是因为"她"已经看出"你"患上了"死亡的疾病","她"出于爱而想拯救"你"。

但这份试验性的爱情带来的是痛苦甚至死亡的感受。某夜,"你"突然哭了,泪水把"她"弄醒了。"她"望着"你",问道:"你为什么哭?""你"说知道原因的应该是"她"。果然,"她"揭示了谜底:"因为你不爱。"然后"她"连珠炮似的逼问"你":"从来不爱?""差点要把一位情人杀死,要他为你留下来,为你一个人留下来,把他占有,不顾任何法律、不顾任何道德约束要把他掳去,这样的欲望你没有,你从来没有过?""你"一一做了肯定答复。最后"她"瞧着"你",重复说了一句:"死人真是怪得很。"⑤ 在"她"眼里,

---

① [法]玛格丽特·杜拉斯《死亡的疾病》,马振骋译,《杜拉斯全集》第10册,上海:上海译文出版社,2021年,第31页。
② [法]玛格丽特·杜拉斯《死亡的疾病》,马振骋译,《杜拉斯全集》第10册,上海:上海译文出版社,2021年,第32页。
③ [法]玛格丽特·杜拉斯《死亡的疾病》,马振骋译,《杜拉斯全集》第10册,上海:上海译文出版社,2021年,第36页。
④ [法]玛格丽特·杜拉斯《死亡的疾病》,马振骋译,《杜拉斯全集》第10册,上海:上海译文出版社,2021年,第38页。
⑤ [法]玛格丽特·杜拉斯《死亡的疾病》,马振骋译,《杜拉斯全集》第10册,上海:上海译文出版社,2021年,第46页。

"你"就是从来不爱、从来不会爱、从来不能爱的"死人",因为"你"已经患上了"死亡的疾病","你"缺乏"不顾任何法律、不顾任何道德约束"把一个心仪的人占有、掳去的欲望和力量。说白了,"你"的疾病就是同性恋,就是面对女人时的无能为力。"她"撑开两腿,要求"你"进入两腿之间的凹陷处。但"你"进去后还在哭。很明显,"你"在整个试验性的爱情中是迷惘的、被动的,丝毫享受不到爱的快乐。在做爱的过程中,"你"无奈又无助地"哭"了,但"这是对着你的孤独而哭的,不是为了跨过你与她的差距而去寻找她的这种美妙的不可能性而哭的。在整个故事中,你记得的只是她在睡眠中说的几句话,这些话说你患上的是死亡的疾病"。① 也就是说,因为已经患上同性恋这种"死亡的疾病",即使"你"生理上是一个男人,"你"也无法跨越与另一个女性之间的"差距",感受到作为女性的"她"身上所拥有的"美妙的不可能性"或美妙的陌生感。基于此,劳拉·阿德莱尔认为,《死亡的疾病》是玛格丽特·杜拉斯写给自己深爱的并选择与共同生活的男人扬·安德烈亚的一封信,是对同性恋的控诉。②

长篇小说《乌发碧眼》的题词是"致扬·安德烈亚"。在电台接受访问时,玛格丽特·杜拉斯提醒读者:"这是一个爱的故事,是我所写的最伟大的、最可怕的爱情故事。……这种爱没有名称。它是不能用词语来描绘的,迷失了。"③ 这种没有名称的爱就是同性恋,而这种爱之所以伟大而又可怕,就在于它是一种痛苦到绝望的情爱。

小说的主人公,一个是同性恋男人"他",一个是年轻女子"她",还有一个他们两人经常谈到的乌发碧眼的外国小伙子。"他"出现在黑岩旅馆大厅的窗户边,看到大厅里那个乌发碧眼的外国小伙子和年轻女子"她"见面,并走出面朝大海的门。"他"离开花园,顺着海滩走着,"像一个醉汉,步履踉跄,他喊叫着、哭泣着,犹如悲剧影片中那些痛苦绝望的人。这是一个风度高雅的男子,身材修长。尽管他这时候正遇上不幸,但仍保持着一副被纯洁的泪水所淹没的目光和一身过于奇特、过于昂贵、过于漂亮的衣服"。④ 此时"他"正遇上

---

① [法]玛格丽特·杜拉斯《死亡的疾病》,马振骋译,《杜拉斯全集》第10册,上海:上海译文出版社,2021年,第51页。
② [法]劳拉·阿德莱尔《杜拉斯传》,袁筱一译,沈阳:春风文艺出版社,2000年,第617页。
③ [法]劳拉·阿德莱尔《杜拉斯传》,袁筱一译,沈阳:春风文艺出版社,2000年,第663页。
④ [法]玛格丽特·杜拉斯《乌发碧眼》,南山译,《情人·乌发碧眼》,上海:上海译文出版社,1997年,第103页。

的不幸是什么呢？原来"他"爱上了那个外国小伙子，但后者已消失不见了。入夜，"他"走进海滨酒吧，在一张桌前坐下，因为孤独、漂亮，还在哭泣，"她"便走到"他"的桌前，问"他"什么地方不舒服，"他说他正在遭受一个巨大的痛苦的折磨，因为他还想见一个人，可是他失去了他的踪迹"；"他对她说，他在城里找一个人，想重新见到他，就是为了这个缘故他才哭的，这个人他并不认识，他今晚才偶尔见到的，这是他一直等候的人，他一定要再见到他，付出生命也在所不惜"。①"他"想见的、一直等候的人就是那个乌发碧眼的外国小伙子。现在，"他"害怕"她"也离开自己，而"她"第一眼就爱上了"他"："在刚见面的时候，她就知道自己开始爱上他了，正如人们知道自己开始死去那样。"② 于是，"她"忍不住哭了，"他吻了她的手，她把嘴凑上去让他吻。她叫这个素昧平生的人吻她"。③ 因为"他"只爱同性的男人，但又害怕孤独和发疯，便决定寻找一个愿意收费的年轻女人一起睡觉，因为"他没有什么爱情，只需要肉体"。④ 也就是说，"他"已经失去了爱的能力，只需要一具肉体来抱团取暖、排解孤独。由于此前已经爱上了"他"，"她"愿意做"他"寻找的那个女人，即奉献肉体帮"他"排解孤独的女人。某次"她"在睡觉的时候，"他"抚摸她的乳房和赤裸鲜嫩的臀部，然后猛地摇晃着"她"的全身，再顺手用力一推，使"她"翻了个身，脸朝地板。突然，"他"似乎清醒过来，惊奇自己怎么会如此粗暴。于是"她"问道："这事你从来没有干过？""他"说："从来没有。""她"问："你是说从来没有跟女人干过？""他"回答："是的，从来没有。"她又笑着说道："对我从来没有起过欲望。""他"说："从来没有。除了——他犹豫着——在酒吧间里，当你谈到那个你爱过的男人和他的眼睛，在说那些话的时候，我对你产生过欲望。"⑤ "他"不仅没有跟女人做过爱，甚至对女人连欲望也没有，只有当这个女人在谈论她所爱的男人时，才会对这个女人产生欲望。有一天晚上，"她"问"他"能否用手抚爱"她"，"他"

---

① [法] 玛格丽特·杜拉斯《乌发碧眼》，南山译，《情人·乌发碧眼》，上海：上海译文出版社，1997年，第105、106页。
② [法] 玛格丽特·杜拉斯《乌发碧眼》，南山译，《情人·乌发碧眼》，上海：上海译文出版社，1997年，第145页。
③ [法] 玛格丽特·杜拉斯《乌发碧眼》，南山译，《情人·乌发碧眼》，上海：上海译文出版社，1997年，第108页。
④ [法] 玛格丽特·杜拉斯《乌发碧眼》，南山译，《情人·乌发碧眼》，上海：上海译文出版社，1997年，第111页。
⑤ [法] 玛格丽特·杜拉斯《乌发碧眼》，南山译，《情人·乌发碧眼》，上海：上海译文出版社，1997年，第113页。

痛苦地回答:"我一靠近你,欲望就消失了。"① 又一个晚上,"她"说很想要"他",并说:"那是像天鹅绒一样舒服的事情,是令人飘飘欲仙的事情",而且"有朝一日,他必须去做,必须到这块老生常谈之地去翻弄",得到的回应是:"他哭了。"② 为什么哭?因为"他"没有这种欲望、没有这种能力。"她"感到万分惊讶:"这是一件可怕的事情。如果我不认识你,我永远不会相信。……令人可怕的事实是,人得无止境地面对自己。但是也许就是这样,人才能最好、最自在地经历绝望,那些没有后嗣的男人就是这样,失去了希望还蒙在鼓里。"③

爱上了"他",但"他"偏偏只爱男人而不爱女人,"她"该怎么办?"她"只好顺着"他"的喜好走:"她希望听他说他如何喜欢那位失去的情人。他说:超乎他的力量,超乎生命。"④ 也就是说,"她"假装和"他"一样,喜欢和欣赏那位让"他"觉得超乎自己的力量和生命的已经消失不见的男性情人。同时,"她"只好接受这一事实,说:"你对我厌恶,这与我无关。这种厌恶来自上帝,应当原封不动地接受,应当像尊重大自然和海洋那样尊重它。"⑤ 但理性无法控制爱情,更无法控制性欲。"她"邀请"他"一起做那件像天鹅绒一样舒服、令人飘飘欲仙的事情被拒之后,"她"对"他"已别无所求,只要"他"到平潮的性器上来。"他"在一种让人潸然泪下的顺从的状态下,双眼紧闭,在那平坦、令人厌恶的性器官上待了很久。但"他"对女人从来没有欲望,现在也没有欲望。于是"他"痛苦地说:"随我去吧,一切都不管用,我绝对不行。"而"她"也觉得他们要分手为时已晚,只好自我安慰地说:"也许爱情会在这样一种可怕的方式下存在。"⑥ 这种可怕的方式就是无性的方式。这种爱的方式的确有可怕的一面,所以两人常常以哭抒情。小说里有一段这样的描写:"他们哭了起来。呜咽声从他们的体内涌出。……他们沉浸在一种未曾感受过的幸福之

---

① [法] 玛格丽特·杜拉斯《乌发碧眼》,南山译,《情人·乌发碧眼》,上海:上海译文出版社,1997年,第124页。
② [法] 玛格丽特·杜拉斯《乌发碧眼》,南山译,《情人·乌发碧眼》,上海:上海译文出版社,1997年,第126-127页。
③ [法] 玛格丽特·杜拉斯《乌发碧眼》,南山译,《情人·乌发碧眼》,上海:上海译文出版社,1997年,第115页。
④ [法] 玛格丽特·杜拉斯《乌发碧眼》,南山译,《情人·乌发碧眼》,上海:上海译文出版社,1997年,第116页。
⑤ [法] 玛格丽特·杜拉斯《乌发碧眼》,南山译,《情人·乌发碧眼》,上海:上海译文出版社,1997年,第125页。
⑥ [法] 玛格丽特·杜拉斯《乌发碧眼》,南山译,《情人·乌发碧眼》,上海:上海译文出版社,1997年,第130页。

中。……他要她像他一样哭。他要他们的抽噎出自他们的体内而不知缘由。他哭着请求她这么做。他像喝过酒似的。她也哭了起来,并且和他一起取笑他的这个请求。他发觉他有生以来还未哭够。不管是否可能,他们应该相遇。"① 他们两人互相需要。"他"之所以需要"她",是因为"她"有助于"他"对那个遇到已消失的乌发碧眼的外国小伙子的夏夜的联想:"他为夏夜遥远的印象哭泣。他需要她,他需要她在房间里为黑头发蓝眼睛的外国小伙子哭泣。房间里没有她,印象就会贫枯乏味;她榨枯他的心、他的欲望。"② 而"她"之所以需要"他",是因为想到"他"有助于"她"跟别的男人交欢时的满足。某晚,"她怀着占有他的欲望恣情享用了那另外一个男人"。③ 最终两人接受了现实。当"他"问爱情是怎么回事、是怎么存在下来的时候,"她说,他们应该一如既往地生活,身处荒漠,但心里铭记着由一个吻、一句话、一道目光组成的全部爱情"。④ 最后两人终于知道,那个乌发碧眼的外国小伙子来自温哥华,是个二十岁的犹太人,而且是与"她"交欢过的众多男人中的一个。

  短篇小说《诺曼底海滨的娼妓》描述了"我"与年轻男子扬·安德烈亚之间奇特的生活状态与激情。1986年夏天,"我"在写一部书,书中的女主人公十九岁,爱上一个讨厌她的欲望和身体的男人。扬·安德烈亚在"我"的口授下打字,每天打书稿两小时。他是个同性恋者,常常去大酒店和高尔夫球场寻找英俊的男人,有时还找到了几个英俊的酒保。有时扬·安德烈亚叱骂"我":"你整天不停地写干什么?你已被大家抛弃。你是个疯子,你是个诺曼底海滨的娼妓,一个笨蛋,你让人烦。"⑤ "我"深爱着他,但对他四处寻找美男子的同性恋行为又极为不满:"他是完全不可阅读的、不可预测的。也可以说他是无限制的。"⑥ "我"不由得感喟:"在我的一生中还不曾有过像扬与我那样不合法的

---

① [法] 玛格丽特·杜拉斯《乌发碧眼》,南山译,《情人·乌发碧眼》,上海:上海译文出版社,1997年,第163页。
② [法] 玛格丽特·杜拉斯《乌发碧眼》,南山译,《情人·乌发碧眼》,上海:上海译文出版社,1997年,第134-135页。
③ [法] 玛格丽特·杜拉斯《乌发碧眼》,南山译,《情人·乌发碧眼》,上海:上海译文出版社,1997年,第142页。
④ [法] 玛格丽特·杜拉斯《乌发碧眼》,南山译,《情人·乌发碧眼》,上海:上海译文出版社,1997年,第148页。
⑤ [法] 玛格丽特·杜拉斯《诺曼底海滨的娼妓》,马振骋译,《杜拉斯全集》第10册,上海:上海译文出版社,2021年,第61页。
⑥ [法] 玛格丽特·杜拉斯《诺曼底海滨的娼妓》,马振骋译,《杜拉斯全集》第10册,上海:上海译文出版社,2021年,第62页。

故事。这个故事在我们所在的地方以外是不会发生的。"① 这里所说的不合法不是指不合乎人类社会的法律,而是指不符合异性恋这样的自然规律。

玛格丽特·杜拉斯在《扬·安德烈亚·斯泰奈》中再次回忆自己与同性恋情人扬·安德烈亚相识、相恋的过程,也写到自己对他的复杂心态。小说开篇回忆他们最初的接触。当时,电影《印度之歌》在扬·安德烈亚生活的那座大城市即卡昂的一家艺术实验影院放映,他参加了放映后的一场讨论会。玛格丽特·杜拉斯和参加哲学教师资格考试会考的年轻人去了一间酒吧,扬是他们中的一员。那时杜拉斯还开着 R.16,车开得很快。扬问她有没有情人、夜里车速是多少。这天晚上以后,扬开始给她写信,有时一天一封。虽然杜拉斯没有回复扬,但留着所有的信。有一阵,扬没有写信给她。于是,轮到杜拉斯给扬写信了。她在信里说:"你的信文辞优美,我觉得是我一辈子接到的最美的信,美得令人心痛。今天我很想和你谈谈。现在我开始康复了,但我在写作。"② 这封信寄出后两天,扬就往黑岩旅馆打电话,告诉她自己要来看她。玛格丽特·杜拉斯感叹:"在我生命的这一时刻,有人这样大老远来看我,是件了不得的事。我从未谈过,的确,从未谈过我生命中这一时刻的孤独。《劳儿之劫》后的孤独,《蓝月亮》《爱》《副领事》的孤独。这种孤独是我一生中最深沉也是最幸福的孤独。"③ 杜拉斯问扬来干什么,他说想和她谈谈泰奥朵拉·卡茨的事,因为她已经放弃了那本关于泰奥朵拉·卡茨的书。第二天上午十一点,扬准时到达。他是个又高又瘦的布列塔尼人,很优雅,带一把很大的木柄雨伞,好似中国的油布遮阳伞。这是 1980 年的夏天,年轻的扬·安德烈亚与一个写书的老女人开始了一场浪漫的爱情故事。两人初次见面就谈了好几个小时。从这天晚上起,玛格丽特·杜拉斯又开始喝酒。当晚,扬睡在面朝大海的房间里,没有任何动静,想必疲惫至极。第二天,扬发现了大浴室里的浴缸,说从未见过如此巨型的浴缸。杜拉斯特别以第一人称的口吻写到他们第一次做爱的情况:"你来我的房间找我。我们没说一句话。滋养我们的是泰奥朵拉·卡茨孩童般的躯体,那残疾的躯体,她的清亮的目光……事后你说我的躯体年轻得令人难以置信。……没有讲话,没有亲吻,欲望重新燃起。做爱后,你跟我提起泰奥朵

---

① [法]玛格丽特·杜拉斯《诺曼底海滨的娼妓》,马振骋译,《杜拉斯全集》第 10 册,上海:上海译文出版社,2021 年,第 61 页。
② [法]玛格丽特·杜拉斯《扬·安德烈亚·斯泰奈》,王文融译,《杜拉斯全集》第 10 册,上海:上海译文出版社,2021 年,第 313 页。
③ [法]玛格丽特·杜拉斯《扬·安德烈亚·斯泰奈》,王文融译,《杜拉斯全集》第 10 册,上海:上海译文出版社,2021 年,第 315 页。

拉·卡茨。"① 就在这天早上，杜拉斯对扬说自己已不知不觉地爱上了他，但是这种爱里包含着深深的担忧和恐惧。她对扬·安德烈亚说："你很可怕。我常常怕你。我们周围的人为我担心。我觉得你越来越有诚意，但对我而言这太晚了，我再也无法阻拦你。正如我从来无法不怕你，你不善于消除被你杀死的担忧。我的女友和熟人都对你的温柔着了迷。你是我最后的名片。你的温柔，它把我带向死亡，你一定毫无意识地渴望给我的死亡。……你和所有男人一样，变成女人的杀手。"②

这场惊世骇俗的老少恋既有浪漫而甜蜜的一面，也有痛苦甚至绝望的一面。作为男人的扬·安德烈亚只爱男性或偏爱男性，很难对女人产生欲望和冲动，酷爱肉体之爱的玛格丽特·杜拉斯对此大为光火，却束手无策。她在小说里一如既往地埋怨扬的同性恋行为，两次以调侃而又醋酸的语气写道："你正在蒙卡尼西各大旅馆的园子和酒吧里，寻找夏天聘用的布宜诺斯艾利斯和圣地亚哥的英俊男招待。而我呢，我迷失在《乌发碧眼》的性迷宫中。""有时候你沿着不同的路线，一站站欣赏山上各大饭店、被列为世上最奢侈饭店的那些不可言喻的酒吧间男招待，清晨五点才回来。看过这些妙不可言的人后回来，你很高兴。"③

在小说中，玛格丽特·杜拉斯不仅描写男同性恋以及女性爱上同性恋取向的男人之后的矛盾而痛苦的心情，而且偶尔描写女同性恋现象。《情人》和《中国北方的情人》里，法国少女与同宿舍女生海伦·拉戈奈尔之间就存在着同性恋倾向，而长篇小说《毁灭，她说》（*Détruire dit-elle*，又译为《摧毁吧，她说》，1969）里的两位女主人公也萌生了同性恋冲动。

《情人》里的海伦·拉戈奈尔从小在大叻高原地区长大，她的父亲是邮政局职员。她很胆怯，总是躲在一边，默默地坐在那里。她不明白为什么要到学校读书，她不爱学习，也学不下去。海伦听说法国政府要把她们培养成为医院的护士或孤儿院、麻风病院、精神病院的监护人员，并相信政府还要把她们派到霍乱和鼠疫检疫站去，而所有这些工作她都不愿意去做，所以总是哭哭啼啼，不停地说要从寄宿学校逃出去。小说的女主人公、法国少女对这位同寝女生心

---

① ［法］玛格丽特·杜拉斯《扬·安德烈亚·斯泰奈》，王文融译，《杜拉斯全集》第10册，上海：上海译文出版社，2021年，第323页。
② ［法］玛格丽特·杜拉斯《扬·安德烈亚·斯泰奈》，王文融译，《杜拉斯全集》第10册，上海：上海译文出版社，2021年，第349—350页。
③ ［法］玛格丽特·杜拉斯《扬·安德烈亚·斯泰奈》，王文融译，《杜拉斯全集》第10册，上海：上海译文出版社，2021年，第314、349页。

生同情，更对她的身体予以特别的关注。小说以第一人称的口吻写道："海伦·拉戈奈尔在长凳上靠着我躺着，她身体的美使我觉得酥软无力。这身体庄严华美，在衣衫下不受约束，可以信手取得。我从来没有见过这样的乳房。"① 看到海伦的身体就觉得酥软无力，看到她的双乳就备感神奇，显然就是一种同性恋性意识的萌生。

《中国北方的情人》里再次提及女主人公法国女孩对海伦·拉戈奈尔的同性恋激情。晚上，利奥泰寄宿学校的院子里坐着近五十位少女，一条长凳上躺着一个姑娘，她就是艳若天人的海伦·拉戈奈尔。接着小说交代海伦与法国女孩的关联："她是女孩另一个爱恋对象，永生难忘。"② 因为法国女孩当时与中国青年处于热恋之中，所以此处说海伦是她的另一个爱恋对象。这就明确交代了两个女生之间的同性恋关系。有一次，法国女孩问海伦："难道你不知道自己有多美？"海伦回答："我吗，我不知道……不过也许……是知道的，我长得美……我母亲，她非常美。那么我也漂亮，不是很正常吗？"③

《毁灭，她说》里的两位女主人公伊丽莎白·阿里奥纳和阿丽莎·托尔之间也萌生了同性恋激情。某次，两人聊天时，都出现在同一面镜子里。阿丽莎看着镜子里伊丽莎白·阿里奥纳穿着衣裳的身体，突然萌生了爱恋之情，忘情地说："我爱您，我要您。"伊丽莎白陶醉地闭上眼睛，口里却说："您疯了。"最终起身离去。④ 她们的同性恋激情赢得小说里两位男主人公马克斯·托尔和施泰因的关注，他们决定促成这桩"好事"。某次聊天时，马克斯·托尔问施泰因："她（指伊丽莎白——引者）会跟阿丽莎到森林里去吗？"后者回答："还必须多过上几天，她才会屈服于阿丽莎的欲望。"马克斯·托尔说："这种欲望本来很强烈。"施泰因说："不明显。到森林里阿丽莎就会知道了。"⑤ 然后，因为伊丽莎白的丈夫计划带她去海滨城市勒卡特疗养和旅游，施泰因便建议想办法促成两位女性在那里见面。

---

① ［法］玛格丽特·杜拉斯《情人》，王道乾译，《杜拉斯全集》第 6 册，上海：上海译文出版社，2018 年，第 68—69 页。
② ［法］玛格丽特·杜拉斯《中国北方的情人》，施康强译，《杜拉斯全集》第 6 册，上海：上海译文出版社，2018 年，第 161 页。
③ ［法］玛格丽特·杜拉斯《中国北方的情人》，施康强译，《杜拉斯全集》第 6 册，上海：上海译文出版社，2018 年，第 176 页。
④ ［法］玛格丽特·杜拉斯《毁灭，她说》，马振骋译，《杜拉斯全集》第 9 册，上海：上海译文出版社，2021 年，第 61 页。
⑤ ［法］玛格丽特·杜拉斯《毁灭，她说》，马振骋译，《杜拉斯全集》第 9 册，上海：上海译文出版社，2021 年，第 79 页。

除同性恋之外,玛格丽特·杜拉斯小说中的畸形之爱还有另外一种情况,那就是兄妹之间的乱伦之爱。这种至亲之间的爱情因为不符合文明进化以后的科学生育规律,往往被社会主流的和传统的观念、规则视为畸形的、病态的情爱。在玛格丽特·杜拉斯笔下,兄妹之间的乱伦之爱既是美好的、刻骨铭心的,又是凄凉、哀伤而绝望的。

劳拉·阿德莱尔特别提到玛格丽特·杜拉斯对乱伦之爱的独特看法。1980年10月,杜拉斯阅读奥地利作家罗伯特·穆齐尔的未竟之作《没有个性的人》(*Der Mann ohne Eigenschaften*),被深深震撼。小说男主人公乌尔里希接触到一系列形形色色的人物,其中就有同他一起经历乱伦之爱的胞妹阿加特。也许是为了延续罗伯特·穆齐尔的话题,杜拉斯在1981年创作了剧本《阿加莎》,讲的也是一个乱伦的故事,剧本的主体是一对相爱的兄妹在最后分离前纠缠而痛苦的对话。玛格丽特·杜拉斯认为血亲之间的乱伦之爱正是爱的本质。她说:"这是一种永远不会结束的爱,没有任何解决办法,无法体验,无法存活,被诅咒,却在诅咒的安全中坚持下来。"① 她讽刺那些批评乱伦的人,认为不了解乱伦的人根本无权做出评判。她越老,越觉得乱伦之爱是形式最完整的一种爱。玛格丽特·杜拉斯曾经多次提到自己和小哥哥之间那种乱伦的感情。她在《话语的痴迷》中说:"如果没有我和小哥哥之间的故事,我永远也不会写《阿加莎》。阅读穆齐尔以及和小哥哥共同度过的少女时代促成了这个故事。他那时还是个小男孩,不善言表,一点也不听话,非常英俊,可是在学习上似乎有一点迟缓,他很可爱。这是肯定的,如果我没有经历过这一切,没有过对死去的小哥哥这份深厚的爱情,我就不会写这本书。"② 她还说过:"我想,没有不带一点乱伦色彩的爱情,第一桩乱伦的爱情是母亲的。乱伦是看不出来的,它没有特别的表面形式。这是一场火灾,发生之后大地平平整整的,通道就打开了。"③ 玛格丽特·杜拉斯多少有些夸张且冒天下之大不韪地认定,那些童年时代未曾体验过乱伦之爱的人,不可能真正理解这种从最自然的血亲关系中发展起来的爱情。

玛格丽特·杜拉斯晚年在小说《情人》和《中国北方的情人》里,都通过女主人公之口回忆了与小哥哥的乱伦之爱。此外,她还在长篇小说《夏雨》(*La*

---

① [法]劳拉·阿德莱尔《杜拉斯传》,袁筱一译,沈阳:春风文艺出版社,2000年,第597页。
② [法]劳拉·阿德莱尔《杜拉斯传》,袁筱一译,沈阳:春风文艺出版社,2000年,第598页。
③ [法]劳拉·阿德莱尔《杜拉斯传》,袁筱一译,沈阳:春风文艺出版社,2000年,第598页。

pluie d'été，1990）里讲述了另外一场兄妹之爱的故事。

《情人》里写到法国少女跟中国情人在堤岸的单身公寓幽会的时候，有一段这样的文字："一个年轻的猎手的阴影大概也从这房间里走过，但这个幻影，是的，我认识他，他有时也在欢乐中出现，关于他，我对他说过，对堤岸的这个男人，我的情人，我对他说过，我对他讲过他的身体、他的性器官，也讲过那不可言喻的温柔，也讲过在森林和有黑豹出没的河口一带河流上他是何等勇猛。"①"年轻的猎手"就是法国女孩的小哥哥。她由面前的中国情人联想到自己的小哥哥，并联想到小哥哥的身体和性器官，暧昧之意相当明显。小哥哥在二十七岁时死去，法国女孩甚至觉得自己也死了。小说以多少有些玄虚的文字描写了她的满怀痛楚："在小哥哥死去的时刻，这一切本来也应该随之消失。而且是通过他。死就像是一条长链，是从他开始的，从小孩子开始的。……他二十七年生命，不死就隐藏于其中，它叫什么名目，他也不知道。……我的小哥哥的身体也就是我的身体，这样，我也就应该死了。我是死了。我的小哥哥已经把我和他聚合在一起，所以我是死了。""对于小哥哥来说，那是一种不带缺陷、没有传奇性、不带偶然性、纯一的、具有唯一内涵的不死。小哥哥在大沙漠中，没有呼叫，什么也没有说，在彼在此全一样，一句话也没有。"② 也就是说，死去或者消失的是小哥哥的肉体，不死的是小哥哥的精神，是他留给妹妹的思念。肉体之死像一条长链，由妹妹的同样在 1942 年一生下来就死去的孩子传递给妹妹本人。法国女孩还深情款款地说："我对他的爱是不可理喻的，这在我也是一个不可测度的秘密。我不知道我为什么爱他竟爱得甘愿为他的死而死。一别十年，事情真的发生了，过去我可是很少想到他。我爱他，也许永远这样爱他，这爱不可能再增加什么新的东西了。"③ 甘愿为他的死而死，甘愿代替他去死，妹妹对小哥哥的爱的确至诚至深。

在《中国北方的情人》里，玛格丽特·杜拉斯对自己与小哥哥保罗的乱伦之爱讲述得更详细。某次聊天时，法国女孩告诉海伦·拉戈奈尔自己与小哥哥之间乱伦爱情萌生和发展的过程："我们一起到河口边上的森林里去打猎。每次只有我们几个。然后，有一次这事情发生了。他上了我的床。我们是兄妹，但

---

① ［法］玛格丽特·杜拉斯《情人》，王道乾译，《杜拉斯全集》第 6 册，上海：上海译文出版社，2018 年，第 95 页。

② ［法］玛格丽特·杜拉斯《情人》，王道乾译，《杜拉斯全集》第 6 册，上海：上海译文出版社，2018 年，第 99、100 页。

③ ［法］玛格丽特·杜拉斯《情人》，王道乾译，《杜拉斯全集》第 6 册，上海：上海译文出版社，2018 年，第 100 页。

对彼此的身体是陌生人。那时候我们很小,也就七八岁,他上了我的床,然后每天夜里都来。有一次被我大哥看见了。他揍了他一顿。从那时起,我就害怕他会杀了他。这以后,我母亲让我睡在她的床上。不过我们还是照样做。在波雷诺的时候,我们到森林里去,或者晚上到船上去。在沙沥,我们到学校一间空教室里。……然后有一次,他爽了一把。于是他把一切都忘了,他感到那么幸福,他哭了,我也哭了。这就像过节一样,不过更深刻,你看,人们不笑,反而会哭。"① 母亲阻拦,大哥暴打,依然不能阻挡他们的爱情。她还对海伦说:"我要到死只爱保罗一个。"② 杜拉斯就是杜拉斯,令人瞠目结舌的场景想写就写,毫无顾忌。

长篇小说《夏雨》也讲述了一场兄妹之间的乱伦之爱,当事人中,哥哥名叫欧内斯托,妹妹叫冉娜。他们出生在移民家庭,居住在法国的山城维特里。父亲来自意大利,母亲来自波兰,两人都没有工作,靠领取家庭补助金和失业补助金过活。欧内斯托和冉娜是家里的大儿子和大女儿,一个十二岁,一个十一岁。他们之间的爱情起始于两人对父母有时突然在卧室里闭门不出的原因的猜测。小说写道:"欧内斯托有一次对冉娜说她和他也许弄错了,父母关在卧室里也许是为了爱。"③ 听过欧内斯托的话后,冉娜沉默不语。小说接着描写两人随后的表情和心理活动:"他久久地看着妹妹,她不得不闭上眼睛。而他呢,他的眼睛在颤抖,后来也闭上了。当他们能够重新对视时,他们却避免对视。在随后的几天里,他们没有说话。他们没有说出这件使他们惊诧得无法开口的新鲜事的名字。这天以后不久,欧内斯托给弟妹们朗读那本烧毁的书上的片段……欧内斯托停了下来。默默不语。他瞧着靠墙躺着的冉娜。冉娜睁开眼睛,也瞧着他。接着冉娜重新垂下眼睛。仿佛她再次离开欧内斯托。欧内斯托知道在冉娜的眼皮后面,她火辣辣地看到的是他。欧内斯托闭着眼睛念为的是同样地在心中拥有冉娜。"④ 使欧内斯托和冉娜惊诧得无法开口的新鲜事的名字就是"爱情"。最后,两人终于忍不住要走向对方,和对方融为一体:"这一夜,欧内斯托靠近冉娜身体周围,靠近她的嘴唇和眼睑上温和的表皮。他久久地注视

---

① [法] 玛格丽特·杜拉斯《中国北方的情人》,施康强译,《杜拉斯全集》第6册,上海:上海译文出版社,2018年,第164页。
② [法] 玛格丽特·杜拉斯《中国北方的情人》,施康强译,《杜拉斯全集》第6册,上海:上海译文出版社,2018年,第168页。
③ [法] 玛格丽特·杜拉斯《夏雨》,桂裕芳译,《杜拉斯全集》第10册,上海:上海译文出版社,2021年,第215页。
④ [法] 玛格丽特·杜拉斯《夏雨》,桂裕芳译,《杜拉斯全集》第10册,上海:上海译文出版社,2021年,第215-216页。

她。""正是在这天夜里,冉娜来到欧内斯托的床上,紧贴着哥哥的身体。她等着他醒过来。正是在这天夜里,他们抱在一起,一动不动。没有亲吻,没有话语。"① 冉娜小时对火十分着迷,医生检查她的血液,说她有纵火的倾向。小说写道:"小姑娘对欧内斯托的爱和对火的爱,在母亲看来,是出于同一种恐惧。因此,她认为冉娜生活在一个危险地区的中心。"② 纵火和放纵情感之间有某种象征性的联系,两者都让母亲感受到了冉娜身上潜在的危险倾向。但她和哥哥似乎要不管不顾,将乱伦之爱坚持下去,在危险地区的中心自由自在地生活。后来欧内斯托离开家乡去巴黎甚至美国的大城市寻求发挥自己天才的机会,妹妹冉娜对他说:"等你离开时,欧内斯托,如果我不和你一同走,我宁愿你死去。"欧内斯托则回答:"你与我分开,我们就像是死人。和死人一样。"③ 这对兄妹觉得,没有感情,没有精神生活,虽然活着,也是行尸走肉,与死人无异。

---

① [法] 玛格丽特·杜拉斯《夏雨》,桂裕芳译,《杜拉斯全集》第10册,上海:上海译文出版社,2021年,第266、267-268页。

② [法] 玛格丽特·杜拉斯《夏雨》,桂裕芳译,《杜拉斯全集》第10册,上海:上海译文出版社,2021年,第197页。

③ [法] 玛格丽特·杜拉斯《夏雨》,桂裕芳译,《杜拉斯全集》第10册,上海:上海译文出版社,2021年,第288页。

第三章

汪洋恣肆的欲望

首先需要说明的是，本章标题所说的欲望是指性欲望、性冲动或情欲。玛格丽特·杜拉斯除了被称为爱情小说家之外，还往往被视为色情小说家。的确，曾经宣称不做作家便做妓女的杜拉斯，在自己的小说中丝毫不避讳描写男女交欢的场景和过程，也毫无顾忌地描绘男女的身体甚至生殖器。玛格丽特·杜拉斯试图剥离出爱的原欲，将爱情最原始的快乐交还给人类。在她看来，这种没有道德和习俗束缚的原欲才是爱情最核心的本质。人们常常将恶赋予性欲，因而谈性色变，玛格丽特·杜拉斯却要写出性欲的原始本真和纯洁无辜，揭示它赋予生命的力量和美。人首先是具有肉身实在的人，生命首先是且一直是肉身的存在，一味地控制肉欲之放纵只会让生命枯萎甚至消亡。

玛格丽特·杜拉斯的欲望书写同她的女权主义（又称女性主义）倾向有着密切联系。杜拉斯可能不是女权主义理论家，也可能不是典型的女权主义作家，但她确实在小说中从女人的视角来看待一切，因而渗透着强烈的女性意识。法国历史学家、记者、杜拉斯传记作者劳拉·阿德莱尔在《杜拉斯传》(Marguerite Duras)的序言中曾经谈论过玛格丽特·杜拉斯的欲望书写同女权意识之间的关联："她自然是个关于爱情的作家，但是她也是个为了女性事业而奋斗的战士，她充满激情地捍卫女性的乐趣。她一直要求享有肉体欢娱的权力，并且终其一生都是一个伟大的情人。她喜欢做爱，并且善于激起爱的力量，她喜欢肉体的欢娱，喜欢背弃，喜欢爱的极致。她探寻着极限，要吸干所有的能量；她在肉体的欢娱中追寻绝对。"① 玛格丽特·杜拉斯之所以敢明目张胆地书写人的尤其女人的性欲望、性冲动或情欲，主要缘于她对女权主义的坚定信念。她曾经勇敢地在争取女性堕胎合法化的"343名婊子宣言"上签名。所谓"343名婊子宣言"，是指1971年法国343位各界女性名人发表宣言，要求政府修改

---

① [法]劳拉·阿德莱尔《杜拉斯传》，袁筱一译，沈阳：春风文艺出版社，2000年，第7页。

法律，使堕胎合法化。她还曾大胆喊出："阴茎阶级是我们最坏的敌人。必须等到这个时代过去。"① 也就是说，她认为必须等到男人（"阴茎阶级"）主宰的时代过去，女人才能喘上一口气。也因此，部分女权主义者把玛格丽特·杜拉斯视为自己的教母。

玛格丽特·杜拉斯在文艺创作中明确表达了女权主义思想。一般认为她的电影剧本《马克斯特，薇拉·巴克斯特》（Baxter, Vera Baxter, 1976）就是一曲女权主义的颂歌。她的女权主义思想在一些小说所描写的性爱活动中得到鲜明的体现。劳拉·阿德莱尔就此现象总结道："在玛格丽特笔下，总是女孩子在领舞，是她们首先走进利穆新轿车的，是她们拿起他们的手，让他们等待，是她们释放出某些鼓励性的手势、专注的眼神、骤然温柔的语调、极具魅惑的身体姿态。总是女孩决定故事的开始，然后划分好各个阶段。"② 杜拉斯在长篇小说《抵挡太平洋的堤坝》中插述一个欧洲中年男人让·巴尔奈与十七岁女孩苏珊相亲的故事，借以嘲讽男权主义思想。让·巴尔奈四十来岁，是印度加尔各答某棉纱厂的推销员，常年出门巡游，每次经过法属殖民地印度支那，都想物色一个十八妙龄的法国少女（最好是处女）做妻子。他理直气壮地声称："如果在她们年轻时娶她们，就可以把她们培养成最忠诚的伴侣、最可靠的合作者。""十八岁是绝妙的年龄。人们可以雕琢她们，把她们造就成可爱的小玩意儿。"③ 苏珊表示宁愿嫁给当地的狩猎者，也不愿意跟着倡导男权的男人到处奔波，相亲一事无疾而终。

本章集中考察玛格丽特·杜拉斯小说中的欲望书写。先按年龄标准，依次讨论杜拉斯小说中对青少年时代的情欲体验、中老年时期不息的性欲望的描绘，再集中分析其小说里几个作为情欲的化身或符号的女性形象。

第一节　青少年的情欲体验

玛格丽特·杜拉斯在小说里描绘过人物在青少年时代性欲的苏醒和体验。

---

① ［法］劳拉·阿德莱尔《杜拉斯传》，袁筱一译，沈阳：春风文艺出版社，2000年，第544页。
② ［法］劳拉·阿德莱尔《杜拉斯传》，袁筱一译，沈阳：春风文艺出版社，2000年，第83页。
③ 均见：［法］玛格丽特·杜拉斯《抵挡太平洋的堤坝》，谭立德译，《杜拉斯全集》第1册，上海：上海译文出版社，2018年，第422页。

这方面的描绘主要是在早期的小说里,中期和晚期的小说里偶尔也会涉及这方面的题材和主题。

玛格丽特·杜拉斯本人的性启蒙很早。她三岁时,父亲成了印度支那东京地区的首都河内的小学教育系统的领导。母亲买下一座房子,将它改造为私立学校。玛格丽特·杜拉斯正是在这座房子里有了第一次性体验。一个越南男孩让她跟自己去一个隐秘的藏身之所,掏出他的性器官让她抚摩。后来她回忆说:"他碰了我,我被玷污了。我四岁,他十一岁半,他还没有发育。"① 1929年,十五岁的玛格丽特·杜拉斯进入西贡的夏瑟鲁普-洛巴国立中学读书,情窦初开,沉睡着的情欲开始苏醒。劳拉·阿德莱尔写道:"睡午觉的时候她就回到了自己寄宿的地方,把自己关在房间里。不睡觉。看着自己的乳房。……玛格丽特和很多少女一样喜欢自我欣赏,很多日子都是在镜子前流逝的。"② 1935年11月,二十一岁的玛格丽特·杜拉斯进入巴黎大学学习,不久便与住在同一楼层、比她小四岁的大学同学让·拉格罗莱相遇并相恋,次年又通过他认识罗伯特·安泰尔姆。据杜拉斯的女同学法郎士·布鲁奈尔回忆,当时玛格丽特和许多杰出的大学生都发生过"荡气回肠的爱情"。③ 1939年9月23日,玛格丽特·杜拉斯和罗伯特·安泰尔姆结婚。1942年11月,二十八岁的她第一次遇到一生中最重要的情人、当时二十四岁的迪奥尼斯·马斯科罗。后来后者回忆说:"她非常喜欢肉体之爱,她对我说。我们彼此之间都存在着欲望。"④

玛格丽特·杜拉斯在收入短篇小说集《成天上树的日子》(*Des journées entières dans les arbres*,又译为《树上的岁月》,1954)中的《蟒蛇》和长篇小说《情人》(*L'amant*, 1984)、《中国北方的情人》(*L'amant de la Chine du Nord*,又译为《来自中国北方的情人》《华北情人》,1991)、《抵挡太平洋的堤坝》中,依次描写了十三岁、十五岁半、十六岁和十七岁少女的性欲觉醒和体验的过程。通常认为,玛格丽特·杜拉斯对少女性欲望觉醒与体验的描写最为轰动,也最惹人争议。

《蟒蛇》描写了年仅十三岁的女中学生性欲觉醒的过程。小说主人公"我"

---

① [法]劳拉·阿德莱尔《杜拉斯传》,袁筱一译,沈阳:春风文艺出版社,2000年,第27页。
② [法]劳拉·阿德莱尔《杜拉斯传》,袁筱一译,沈阳:春风文艺出版社,2000年,第75页。
③ [法]劳拉·阿德莱尔《杜拉斯传》,袁筱一译,沈阳:春风文艺出版社,2000年,第141页。
④ [法]劳拉·阿德莱尔《杜拉斯传》,袁筱一译,沈阳:春风文艺出版社,2000年,第178页。

当时寄宿在巴尔贝寄宿学校，每个礼拜天都会跟巴尔贝小姐去动物园游玩，观赏蟒蛇吞吃小鸡的场景。礼拜天的另外一个保留节目是观看七十五岁老处女巴尔贝小姐的裸体。观看两个不同的场景尤其第二个场景，让这位女中学生"处在一种负面的兴奋状态"，并推动了她性意识的觉醒。小说以第一人称的口吻写道："一进入我的房间，我就把门关上。我脱掉紧身内衣，在镜子前面看自己。我的乳房干净、白皙。在校舍里，这是我生活中唯一让我看着高兴的东西。在校外，有蟒蛇，在这里，有我的乳房。"① 因为有了性意识的觉醒，当看到街上有殖民军士兵走过，"我朝他们微笑，希望他们当中有谁打招呼让我下去，并让我跟着他走。我在那里待了很久。时不时也有士兵朝我微笑，但没有一个对我打招呼。……真可怕。还没有一个男人向我打招呼。真让人受不了。我已经十三岁了，我认为现在还走不出这幢房屋，已经太晚了"② 女孩只有十三岁，却开始顾忌还没有男人朝自己打招呼、跟自己调情，这显然是性意识觉醒的标志。后来，"我"还由巴尔贝小姐强迫"我"观看她衰老丑陋的裸体想到一件往事："在我八岁的时候，我的哥哥，当时十岁，有一天，他让我给他看那是'怎么'长的。我拒绝了。气疯了的哥哥便对我宣称说，女孩子'不用那东西会死，把它藏起来会闷坏它，还会病得很厉害'。"③ "我"没有听从哥哥的话，一直没有让任何人看自己的隐私部位，但好多年都生活在一种痛苦的疑虑里，现在，"当巴尔贝小姐让我观看她时，我倒从其中证实了我哥哥所说的话。我确信巴尔贝小姐就是因此才变得衰老的，她从未用它们奶过孩子，也从未暴露给男人看过。显然，人们是因为想避免受孤单的折磨才去让人观看自己的身体。……乳房一旦为某个男人所用，哪怕只准他看一看，看清楚它的形状，它的丰满、坚挺，这乳房一定能够引起男人的性欲，它就会躲过那样的衰退"。④ 认为女性的乳房要被人观看和欣赏，要被人抚摩或者用来喂养孩子，才不会衰老、衰退，而永远丰满、坚挺，这是对人类动物性身体的发现和感知，当然也是一种性意识的觉醒。

长篇小说《情人》里，年仅十五岁半的法国中学女生大胆承认自己身上的

---

① ［法］玛格丽特·杜拉斯《蟒蛇》，刘方译，《杜拉斯全集》第3册，上海：上海译文出版社，2018年，第88-89页。
② ［法］玛格丽特·杜拉斯《蟒蛇》，刘方译，《杜拉斯全集》第3册，上海：上海译文出版社，2018年，第88页。
③ ［法］玛格丽特·杜拉斯《蟒蛇》，刘方译，《杜拉斯全集》第3册，上海：上海译文出版社，2018年，第92-93页。
④ ［法］玛格丽特·杜拉斯《蟒蛇》，刘方译，《杜拉斯全集》第3册，上海：上海译文出版社，2018年，第93页。

"欲念"即性欲冲动："我在十五岁就有了一副耽于逸乐的面目,尽管我还不懂什么叫逸乐。这样一副面貌是十分触目的。……对我来说,一切一切就是这样开始的,都是从这光艳夺目又疲惫憔悴的面容开始的,从这一双过早就围上黑眼圈的眼睛开始的。"① 这位法国少女关于人的性欲或欲望发表过这样的看法:"欲念就在把它引发出来的人身上,要么根本就不存在。只要那么看一眼,它就会出现,要么是它根本不存在。它是性关系的直接媒介,要么就什么也不是。"②

　　法国少女和中国情人第一次来到城南的一个单间公寓,因为自己在潜意识里还接受不了一个跟自己肤色、种族不一样的中国情人,担心对方真正爱上自己,便直白地要求他"像和那些女人习惯做的那样做起来",要求"他带女人到他公寓来习惯上怎么办就怎么办",意即只是做爱,追求肉体的狂欢和性欲的满足。③ 小说细致地描写了两人交欢之前的准备。受到法国少女的鼓舞,这个情人"把她的连衣裙扯下来,丢到一边去,他把她的白布三角裤拉下,就这样把她赤身抱到床上。然后,他转过身去,退到床的另一头,哭起来了。她不慌不忙,既耐心又坚决,把他拉到身前,伸手给他脱衣服。她这么做着,两眼闭起来不去看。不慌不忙。他有意伸出手想帮她一下。她求他不要动。让我来。她说她要自己来,让她来。她这样做着。她把他的衣服都脱下来了。这时,她要他,他在床上移动身体,但是轻轻地、微微地,像是怕惊醒她"。④ 当中国情人转过身去哭泣,不敢进行下一步动作时,法国少女却主动帮他脱衣服,并主动说"要"他。这不仅说明女主人公大胆、不知羞耻,更是女性能动意识的觉醒和彰显。小说接着描写两人交欢的过程和性高潮到来时的感受:"她触摩他。她抚弄那柔软的生殖器,抚摩那柔软的皮肤,摩挲那黄金一样的色彩,不曾认识的新奇。他呻吟着,他在哭泣。他沉浸在一种糟透了的爱情之中。他一面哭,一面做着那件事。开始是痛苦的。痛苦过后,转入沉迷,她为之一变,渐渐被紧紧

---

① ［法］玛格丽特·杜拉斯《情人》,王道乾译,《杜拉斯全集》第6册,上海:上海译文出版社,2018年,第11页。
② ［法］玛格丽特·杜拉斯《情人》,王道乾译,《杜拉斯全集》第6册,上海:上海译文出版社,2018年,第21页。
③ ［法］玛格丽特·杜拉斯《情人》,王道乾译,《杜拉斯全集》第6册,上海:上海译文出版社,2018年,第38页。
④ ［法］玛格丽特·杜拉斯《情人》,王道乾译,《杜拉斯全集》第6册,上海:上海译文出版社,2018年,第38页。

吸住，慢慢地被抓紧，被引向极乐之境，沉浸在快乐之中。"① 小说还细腻地描写了女主人公眼中中国情人男性身体的特质："肌肤有一种五色缤纷的温馨。肉体。那身体是瘦瘦的，绵软无力，没有肌肉……他没有胡髭，缺乏男性的刚劲，只有生殖器是强有力的，人很柔弱，看来经受不起那种使人痛苦的折磨。"② 显然，中国情人的身体是柔弱的，缺乏男性应有的刚劲。像赞叹中国情人强有力的生殖器一样，法国女孩也很欣赏他那双魅力无穷的手："他那一双手，出色极了，真实内行极了。我真是太幸运了，很明显，那就好比是一种技艺，他的确有那种技艺，该怎么做、怎么说，他不自知，但行之无误，十分准确。他把我当作妓女、下流货，他说我是他唯一的爱。他当然应该那么说……就让他照他所说的去做，就让肉体按照他的意愿那样去做，去寻求，去找，去拿，去取，很好，都好，没有多余的渣滓，一切渣滓都经过重新包装，一切都随着急水湍流裹挟而去，一切都在欲望的威力下被冲决。"③ 实际上，中国情人不仅身体柔弱，面对白人女孩，他的内心也特别虚弱，时时陷在恐惧中。女主人公看出他大概和女人做爱不在少数，但又总是胆小害怕，便用多和女人做爱的办法来制服恐惧。有鉴于此，法国女孩便主动出击，要求中国情人必须再抱紧自己。在法国女孩的引导和鼓舞下，"他变得十分粗鲁，他怀着绝望的心情，扑到我身上，咬我的胸，咬我不成形的孩子那样的乳房，他叫着、骂着。强烈的快乐使我闭上了眼睛"。④ 两人终于一同到达欲望的巅峰。

《情人》里还写到法国少女对女同学海伦·拉戈奈尔的性冲动。海伦从小在大叻高原地区长大，她的父亲是邮政局职员，她很胆怯，总是躲在一边，默默地坐在那里，总是哭哭啼啼。法国少女对这位同寝女生心生同情，更对她的身体予以特别的关注。小说以第一人称的口吻写道："海伦·拉戈奈尔在长凳上靠着我躺着，她身体的美使我觉得酥软无力。这身体庄严华美，在衣衫下不受约束，可以信手取得。我从来没有见过这样的乳房。我从来没有接触过。她对什么都不在意，她在寝室里裸露身体来来去去全不放在心上，海伦·拉戈奈尔是不知羞的。万物之中上帝拿出来最美的东西，就是海伦·拉戈奈尔的身体，上

---

① ［法］玛格丽特·杜拉斯《情人》，王道乾译，《杜拉斯全集》第6册，上海：上海译文出版社，2018年，第39页。
② ［法］玛格丽特·杜拉斯《情人》，王道乾译，《杜拉斯全集》第6册，上海：上海译文出版社，2018年，第38-39页。
③ ［法］玛格丽特·杜拉斯《情人》，王道乾译，《杜拉斯全集》第6册，上海：上海译文出版社，2018年，第43页。
④ ［法］玛格丽特·杜拉斯《情人》，王道乾译，《杜拉斯全集》第6册，上海：上海译文出版社，2018年，第42页。

体附有双乳仿佛分离在体外，它们的姿形意态与身材高度既相对应又调和一致，这种平衡是不可比拟的。胸前双乳外部浑圆，这种流向手掌的外形奇异极了，没有比它更神奇的了。"① 看到海伦的身体就觉得酥软无力、看到她的双乳就备感神奇，这显然就是一种性欲望的萌生。后来，法国少女又对海伦的身体、皮肤赞叹不已，并再次关注她的乳房："海伦·拉戈奈尔身体略为滞重，还在无邪的年纪，她的皮肤就柔腴得如同某类果实表皮那样，几乎是看不见的，若有若无……她有粉团一样的形态竟不自知，她呈现出这一切，就为的是在不注意、不知道、不明白它们神奇威力的情况下让手去揉捏团搓，让嘴去啮咬吞食。海伦·拉戈奈尔的乳房我真想嚼食吞吃下去，就像在中国城区公寓房间里我的双乳被吞食一样。在那个房间里，每天夜晚，我都去加深对上帝的认识。这一对可吞吃的粉琢似的乳房，就是她的乳房。"② 恨不得让手去揉捏团搓、让嘴去啮咬吞食海伦粉团一样的身体，嚼食吞吃她粉琢似的乳房，这些动作都是性冲动的外露。

在《中国北方的情人》里，玛格丽特·杜拉斯对性欲的书写更加肆无忌惮。十六岁法国女孩的性欲毫无保留地大爆发。在和中国情人第一次去中国城的单身套间的路上，她紧贴在他身上说："我又想要你了。你不能想象，我要你有多厉害……"快到中国城的时候，女孩又对中国人说："我很想要你。"③ 他们第一次做爱的时候，虽然中国情人已不再显得猥琐，但法国女孩依然是主动的一方。小说写道："她站着，他坐在她对面。她垂下眼睛。他从下端抄起她的连衣裙，为她脱掉。然后他拉下女孩的白棉布内裤。他把连衣裙和内裤扔到扶手椅上。他移开她的手臂，以便看她的身体。……他轻轻爱抚她依然瘦弱的身体。未发育成熟的乳房，腹部。"④ 中国情人似乎很主动，但接下来的动作则显示出他的顾虑和胆怯。他闭着眼睛抚摸女孩的身体，突然，"他停下来。他把手缩回去。他睁开眼睛。压低了声音，他说：'你不到十六岁。这怎么行呢。'女孩不回答。他说：这事有点吓人。他不等待她的回答。他微笑，然后哭了。……怀着某种担心，就像她是一件易碎的物品，也带着持续的粗暴，他把她抱起，放

---

① [法] 玛格丽特·杜拉斯《情人》，王道乾译，《杜拉斯全集》第6册，上海：上海译文出版社，2018年，第68-69页。
② [法] 玛格丽特·杜拉斯《情人》，王道乾译，《杜拉斯全集》第6册，上海：上海译文出版社，2018年，第70页。
③ 均见：[法] 玛格丽特·杜拉斯《中国北方的情人》，施康强译，《杜拉斯全集》第6册，上海：上海译文出版社，2018年，第178页。
④ [法] 玛格丽特·杜拉斯《中国北方的情人》，施康强译，《杜拉斯全集》第6册，上海：上海译文出版社，2018年，第185页。

在床上。一等她被平放在床上,听凭摆布,他还是望着她,此时重又感到害怕。他闭上眼睛,他不说话,他不想要她了"。① 中国情人为什么会哭泣,而且会害怕?除了担心女孩年龄太小,有强奸未成年少女的罪名之嫌,主要还是因为他觉得自己是黄色人种。眼看无法继续下去,最后还是法国女孩主动出手:"于是她采取主动了。她闭着眼睛为他脱衣服。……她在看,看他赤裸的身体……她一遍又一遍看着他,而他听之任之,他让她看个够。她低声说:'中国人挺漂亮的。'……她抓住那双手,把它们贴在她自己的身上。"直到这时,中国情人终于动弹了,"他把她搂进怀抱,他在她瘦小的处女之身的上方温柔地扭动"。② 紧接着,玛格丽特·杜拉斯细致而露骨地描绘了两人交欢过程中感受的变化:"她闭着眼睛感受他的温存,她感受那金黄色的肌肤,那嗓音,那怀有惧意的心脏,那悬在她身体上方、准备为她开窍的整个身躯。她成了他的孩子,那个中国男人的孩子了。他不吭气,他在哭,他怀着如此猛烈的爱情做这件事情,不由得泪流满面。女孩体内一阵疼痛。开头剧烈。然后变得可怕。……正在疼痛变得无法忍受的时候,它开始远去。疼痛变了性质,现在它让人直想呻吟、想喊叫,它占据整个身体,头脑,身体与头脑的全部力量,以及思想的力量,被打倒的思想。痛苦离开瘦小的身体,离开头脑。身体仍向外部敞开。它被跨越了,它在流血,它不再痛苦。这已经不叫痛苦,也许这就叫死去。然后,这个痛苦离开身体,离开头脑,不知不觉离开身体的全部表面,消失在一种陌生的幸福感里。幸福来自爱而不自知。"③ 两人的交欢越来越放肆,小说的描绘也越来越没有顾忌。一次,法国女孩被中国情人的司机接到单身套间,穿着黑色睡袍的中国情人取下她的书包,把它扔在地上,迅速脱去她的衣服。两人躺在地板上,"他进入女孩体内的黑夜。停留在那里。因疯狂的欲念而呻吟,静止不动,低声说:'再等会儿……等着。'她变成属于他的物体,伺候他一个人的秘密娼妓。没有别的称呼。作为物体交付出去,由于他而成为物体,被强暴。被他一人占有、使用、插入。"④

法国女孩有一种奇特甚至变态的喜好:喜欢中国情人有其他的情人。"她说

---

① [法]玛格丽特·杜拉斯《中国北方的情人》,施康强译,《杜拉斯全集》第6册,上海:上海译文出版社,2018年,第186页。
② [法]玛格丽特·杜拉斯《中国北方的情人》,施康强译,《杜拉斯全集》第6册,上海:上海译文出版社,2018年,第186页。
③ [法]玛格丽特·杜拉斯《中国北方的情人》,施康强译,《杜拉斯全集》第6册,上海:上海译文出版社,2018年,第188页。
④ [法]玛格丽特·杜拉斯《中国北方的情人》,施康强译,《杜拉斯全集》第6册,上海:上海译文出版社,2018年,第207页。

她对那种男人有欲望,他们爱着一个女人,却不为这个女人所爱。"① 换言之,法国女孩对自己不爱的男人倒容易产生性冲动和性欲望。显然,她是将爱情和性欲望明显地区分开来,认定越缺乏精神之爱,就越能够激发生理之欲。这种区分在小说的另一个情节里也体现出来了。当中国情人因为想到法国女孩最终要离开、两人最终无法结合而失去做爱的冲动和能力时,他请求她自己做,让他看着,于是她自己做。在获得快感时,她用中国话喊他的名字,并平生第一次说出那句约定俗成的话,也是书里、电影里、生活里所有情人都会说的话:"我爱你。"他低声回应:"我相信我们真是这样的。"② 在他们这里,是性欲带来情爱,而非爱情引发性欲。

《中国北方的情人》里还写到法国女孩在童年时期跟小哥哥的乱伦之爱,并两次描绘他们交欢的场景。一次是概括性的叙述:"那时候我们很小,也就七八岁,他上了我的床,然后每天夜里都来。……在波雷诺的时候,我们到森林里去,或者晚上到船上去。在沙沥,我们到学校一间空教室里。……然后有一次,他爽了一把。于是他把一切都忘了,他感到那么幸福,他哭了。我也哭了。"③ 另一次是特写镜头,详细地描绘那次让小哥哥"爽了一把"的交欢的情形:"女孩走进浴室。她照镜子。……镜子里掠过小哥哥的身影,他正穿过院子。女孩低声呼唤他:保罗。保罗从河那边的小门走进浴室。他们久久拥抱。然后她脱光衣服,在他身边躺下,提示他应该爬到她身上来。他照办了。她再次拥抱他,然后帮了他一把。当他叫出声来,她转过脸来面对他的脸,用自己的嘴堵住他的嘴,以免母亲听到自己儿子畅快的喊叫。他们一生中,只在那里有过唯一一次结合。小哥哥以前不知道能有这样的快感。"④

此外,小说还提及法国女孩对女同学海伦·拉戈奈尔的性欲冲动。某次,法国女孩告诉海伦,自己第一次欲念的对象是她:"第一天,你刚来。那是早晨,你洗完淋浴回屋,一丝不挂……我简直不能相信自己的眼睛,还以为你是……"海伦说自己早就知道法国女孩的这份心事。法国女孩笑了,"她把嘴贴

---

① [法] 玛格丽特·杜拉斯《中国北方的情人》,施康强译,《杜拉斯全集》第 6 册,上海:上海译文出版社,2018 年,第 181 页。
② [法] 玛格丽特·杜拉斯《中国北方的情人》,施康强译,《杜拉斯全集》第 6 册,上海:上海译文出版社,2018 年,第 310 页。
③ [法] 玛格丽特·杜拉斯《中国北方的情人》,施康强译,《杜拉斯全集》第 6 册,上海:上海译文出版社,2018 年,第 164 页。
④ [法] 玛格丽特·杜拉斯《中国北方的情人》,施康强译,《杜拉斯全集》第 6 册,上海:上海译文出版社,2018 年,第 317 页。

到海伦嘴上。她们接吻"。①

除了小说女主人公的性欲觉醒和体验，小说还写到她的同学、十七岁少女海伦·拉戈奈尔的性欲觉醒，并通过她间接提到另外一个女同学阿丽丝的情欲觉醒和露水情欢的情况。海伦·拉戈奈尔把自己的性冲动一股脑儿地向法国女孩诉说。她除了告诉法国女孩自己从假期起就开始想对方的小哥哥，想他的皮肤和手，半夜里喊他的名字，还说自己有一次很想跟那些与阿丽丝在一起的男人走。阿丽丝是她们的同学，一个混血女孩，据传言，她每天晚上都出去卖淫，她跟谁都干，不管是来往的行人，还是开着车从远处来的，她都跟他们走，到学校宿舍背后的壕沟里去交欢和交易。海伦·拉戈奈尔明确说："我想说我也跟阿丽丝一样。她喜欢那种生活。我也会喜欢上的。我确信。你就看我吧，宁可当妓女，也不去照料麻风病人……"② 海伦想跟那些与阿丽丝在一起的男人走，意思就是她也想去与那些人做爱，满足肉欲。海伦甚至说："我想要所有的校工。也要那个放唱片的。要老师们。要中国人。"女孩回答海伦："真是这样的，是全身着了魔……你只想那个事。"③ 着魔的海伦说起"那个事"来，说起自己的性欲望来，的确无遮无拦、恬不知耻。

直到晚年，玛格丽特·杜拉斯还不忘描写女中学生的露水情欢。在长篇小说《乌发碧眼》中，杜拉斯通过女主人公"她"的视角回忆道："她很年轻的时候，曾听人说起过露水情欢的事。班上的女孩谈起过那一堆堆的石头和夜里到那儿去的人。有些女孩去那儿让男人触摸。更多的女孩因为害怕而不敢去。那些去过那儿的女孩，一旦从那儿回来，便同那些不明此事的女孩不一样了。她十三岁那年的一天夜里，也去了那儿。那儿的人彼此都不说话，事情都是在默默无语中进行的。紧靠着那些石堆，有一些浴场的更衣室。他们面对面靠在更衣室的板壁上。此事进行得非常缓慢，他先是用手指伸了进去，继而便用了他的生殖器。情欲炽热，他说起了上帝。她挣扎反抗。他把她搂在怀里。他对她说不用害怕。"④

《抵挡太平洋的堤坝》中描写了十七岁少女苏珊性欲苏醒和性体验的情形。

---

① [法] 玛格丽特·杜拉斯《中国北方的情人》，施康强译，《杜拉斯全集》第6册，上海：上海译文出版社，2018年，第176页。
② [法] 玛格丽特·杜拉斯《中国北方的情人》，施康强译，《杜拉斯全集》第6册，上海：上海译文出版社，2018年，第166页。
③ [法] 玛格丽特·杜拉斯《中国北方的情人》，施康强译，《杜拉斯全集》第6册，上海：上海译文出版社，2018年，第176页。
④ [法] 玛格丽特·杜拉斯《乌发碧眼》，南山译，《情人·乌发碧眼》，上海：上海译文出版社，1997年，第158页。

母亲带着一双儿女来城里兑换若先生送给女儿的戒指,苏珊最喜欢做的事就是看电影。城里共有五家电影院,上映的影片常常变换,吃完早餐后,苏珊便离开旅店去上城区的电影院,一家一家地进去看。中心旅店女老板嘉尔曼一语中的地道出苏珊喜欢看电影的秘密。她微笑着说:"在真正做爱之前,人们先从电影学着做。电影的最大功绩就是使少女少男产生爱的欲望,使他们急切地逃离家庭的束缚。"① 小说通过苏珊的经历和感受揭示了电影院的环境与人的欲望放纵之间的关系。有一次在电影院里,苏珊遇到一个男人,影片放映时,他们默默相视,他们的胳膊肘在椅子扶手上紧紧相靠,陌生男人的胳膊向她传递过来一种热情。但电影散场后,陌生男人和另一个男人一起消失在人群中,苏珊又变成孑然一人。"从那以后,她更加深信只有在电影院里,在电影院那浓重的黑暗中,才能遇见男人们。……只有在那儿,在银幕前,这才变得简单。面对同样的画面,与一个陌生人在一起,会使你产生对这个陌生人的欲念。不可能的变成了唾手可得的东西,一切障碍都自行排除。"② 也许正因为如此,等再次偶遇此前已被母亲一家赶走的若先生并和他一起看电影的时候,苏珊便大致能够接受原来根本看不上眼的若先生了。整个影片放映期间,若先生注视着苏珊,"时不时地拉苏珊的手,紧紧地握住,俯身亲吻,而在这电影院的黑暗中是可以接受的"。③ 看完电影后,若先生说要开车送苏珊回家,她欣然同意。登上若先生的车,她感觉坐在车里真舒服。"夜色已浓,若先生挨近苏珊,搂抱住她。小轿车一直在城市的明暗相间的混沌中行驶,若先生的手在颤抖。苏珊看不见他的脸。若先生已经不易觉察地贴在她身上,苏珊随他这样。她已经为这城市的夜色而陶醉。……有时,若先生的双手碰到苏珊的胸脯。有一次,他说道:'你的乳房很美。'……这是第一次。而且手是直接放在赤裸的乳房上。在这令人恐怖的城市之上,苏珊看到了自己的乳房,她看见自己挺立的乳房比所有竖立在这座城市的东西都要高,是它们将制服这城市。她莞尔而笑。然后,她仿佛必须立刻知道似的,狂热地拿起若先生的双手,把它们放在自己的腰上。……'我的身材怎么样?''很美。'他非常认真地就近看着苏珊。而她,一边瞧着城市,一边只看着自己。孤单单地注视着她的王国,她的乳房,她的腰肢,她的

---

① [法]玛格丽特·杜拉斯《抵挡太平洋的堤坝》,谭立德译,《杜拉斯全集》第1册,上海:上海译文出版社,2018年,第418—419页。
② [法]玛格丽特·杜拉斯《抵挡太平洋的堤坝》,谭立德译,《杜拉斯全集》第1册,上海:上海译文出版社,2018年,第435—436页。
③ [法]玛格丽特·杜拉斯《抵挡太平洋的堤坝》,谭立德译,《杜拉斯全集》第1册,上海:上海译文出版社,2018年,第436页。

双腿统治着这王国。"① 苏珊不仅接受若先生抚摩自己乳房的举动，而且邀请他拥抱自己的腰肢，不难想象这应该是十七岁少女性欲望的苏醒，而她正陶醉在性欲望原始而天然的快乐之中。只是此时若先生的一句"我爱你"让苏珊从性迷幻中清醒过来，因为"很久以来，她都认为说这句话比说完之后委身于人要严重得多，她认为，这句话一生只能说一次"，而现在若先生却"在情海欲火中，出于本能说出这句话，甚至会对妓女说"，便推开他下车了。② 苏珊清醒地知道自己根本不爱若先生，而若先生也只是贪图自己的肉体。

如果说苏珊对若先生一直是厌恶的，那么她对白人青年阿哥斯迪曾经是在意的、认真的。一年前，他们在巴尔老爹餐厅跳舞时，伴着《拉莫娜》乐曲忘情地互相拥吻。有一阵，这个居住在朗镇的二十二岁小伙子天天来平原地区看望苏珊。苏珊每天躺在桥下，热切地想着阿哥斯迪，等着他的到来。后来，两人在阿哥斯迪包租的房间里第一次交欢。阿哥斯迪掀开苏珊的上衣，看到一对赫然在目的乳房，然后脱光她的衣服，把它铺在她身下，让她面朝天躺下。在触摸她的身体之前，阿哥斯迪特地抬起身看着她，她陶醉地闭上眼睛。"从那时起，她在他的怀抱里，随着世界一起漂浮，任凭他随心所欲，想要怎么样就怎么样，该怎么样就怎么样。"③ 第一次做爱后，苏珊完全沉迷在全新的快感中，是阿哥斯迪帮她穿上衣服，因为苏珊根本不想起身离去。初次尝到做爱的甜头后，好一段时间，苏珊一直乐此不疲。第二天和以后每天的午休时间，小阿哥斯迪都开着雷诺牌汽车来苏珊家的吊脚楼，接她去朗镇租用的那个房间。母亲临死之前的八天，他们每天下午都在一起做爱。每次在朗镇餐厅幽会之后，阿哥斯迪开车送苏珊回家。到了苏珊家的房子旁边，他们又常常躺在林中空地的一棵树下做两次爱，一次是他们刚到那里时，一次是在要离开时。如此热衷做爱的少女苏珊，最后却对阿哥斯迪说："我永远也不会嫁给像你这样的人，我向你发誓，以后我们永远别提这个。"④ 显然，苏珊从阿哥斯迪这里最终追求的并不是爱情，只是一种性欲望的发泄和满足。

玛格丽特·杜拉斯在长篇小说《无耻之徒》《平静的生活》中浓墨重彩地

---

① [法] 玛格丽特·杜拉斯《抵挡太平洋的堤坝》，谭立德译，《杜拉斯全集》第 1 册，上海：上海译文出版社，2018 年，第 437-438 页。
② [法] 玛格丽特·杜拉斯《抵挡太平洋的堤坝》，谭立德译，《杜拉斯全集》第 1 册，上海：上海译文出版社，2018 年，第 438 页。
③ [法] 玛格丽特·杜拉斯《抵挡太平洋的堤坝》，谭立德译，《杜拉斯全集》第 1 册，上海：上海译文出版社，2018 年，第 514 页。
④ [法] 玛格丽特·杜拉斯《抵挡太平洋的堤坝》，谭立德译，《杜拉斯全集》第 1 册，上海：上海译文出版社，2018 年，第 524 页。

描绘了未婚青年女子性意识的苏醒、对性快乐的渴望以及对性快感的陶醉。

《无耻之徒》里，因为传言二十岁女孩慕·格朗已经与邻居之子让·佩克雷斯订婚，已经爱上她的波尔多青年乔治·迪里厄便有意避免拜访她。慕·格朗等候多日之后，在一天夜里主动跑到他的住处。虽然慕·格朗觉得有点不好意思，却惊奇地发现"无限风光明晰地展现在她面前，什么也不能阻止她的追逐。宽大的自由仿佛是一种劝诱"。① 所谓追逐，就是性欲望苏醒，促使她去找心仪的男人。两人在一起过夜，第二天清早醒来，"她感觉被褥之间自己赤裸的身体，她不再害羞，这身体像她的面孔一样成了活生生的形式。在此以前她一直不快乐……但这天早上，她的呆滞的肉体与精神处于深深的和谐之中"。② 获得了性满足的她一洗此前的不快乐，第一次感到肉体与精神的和谐融合。某一天，慕·格朗在帕达尔大路上漫无目的地游走，路遇乔治·迪里厄，便邀请他去于德朗庄园。小说接着详细描写两人相互试探、慕·格朗的性欲望爆发的过程与情状。当她去厨房拿饮料时，乔治·迪里厄大叫一声"慕！""她很灵敏，猜到他想与她做爱，让她马上靠近"。等到慕·格朗端着一个放满玻璃杯的托盘出来时，"他从她手中接过托盘，随便放在一个地方，然后两手抱着她的双肩，使她倒在他面前的一张椅子上。她一言不发。她的灰色瞳孔里闪烁着某种好奇心，一种明亮的灰色，不是无生气的金属的灰色，而是即将流动的水银的灰色，这种灰色使灰色成为情欲本身的颜色。她带着自然的、动物的柔顺任他摆布，好比是雌性一时依顺雄性的情欲游戏，而这种情欲她本人是不能自发感受的"。③ 乔治·迪里厄因为听闻佩克雷斯一家以最优厚的条件购买于德朗庄园的葡萄园，且已预先支付五万法郎现金，便流露出既渴望爱情，又深感绝望的矛盾心理。慕·格朗不管不顾地跳起来，攀住他的肩，嘴唇凑了上去，乔治·迪里厄却摆脱她，叫道："你要我做什么？我无能为力，就像此刻我无法再占有你。"④ 但她仍溜进他的两臂间、两腿间，头贴着他的颈部。

《平静的生活》描写了女主人公——二十五岁青年女子弗朗苏·维雷纳特的性欲苏醒过程。因为弟弟尼古拉失手重伤与自己妻子有私情的舅舅热罗姆，后

---

① ［法］玛格丽特·杜拉斯《无耻之徒》，桂裕芳译，《杜拉斯全集》第1册，上海：上海译文出版社，2018年，第84页。
② ［法］玛格丽特·杜拉斯《无耻之徒》，桂裕芳译，《杜拉斯全集》第1册，上海：上海译文出版社，2018年，第86—87页。
③ ［法］玛格丽特·杜拉斯《无耻之徒》，桂裕芳译，《杜拉斯全集》第1册，上海：上海译文出版社，2018年，第128页。
④ ［法］玛格丽特·杜拉斯《无耻之徒》，桂裕芳译，《杜拉斯全集》第1册，上海：上海译文出版社，2018年，第129页。

者痛苦不堪,奄奄一息。晚饭后,维雷纳特先生要女儿去齐耶斯请医生来救治热罗姆。弗朗苏骑着名叫"玛"的马,走到半路,她让马歇一会儿。这时,小说以第一人称的口吻写道:"在我撩起的连衣裙下,抵着我光着的大腿,我感到它湿漉漉的、结实的两肋在一起一伏。……我身子发懒,歪头躺在马脖子上。田野里静悄悄的。我眼前浮现出蒂耶纳吃饭时的样子,平静、英俊。……我清楚地记得玛的两肋顶着我的皮肤,还记得对蒂耶纳的思念和玛一样温热。"① 马湿漉漉的、结实的两肋一起一伏,抵着弗朗苏光着的大腿,让她获得一种身体的快感,也让她想起英俊的蒂耶纳。这是弗朗苏性欲望苏醒的前奏和征兆。弟弟尼古拉狠揍舅舅一顿,导致舅舅死亡。后来弟弟钟爱的女友露丝·巴拉格移情蒂耶纳,弟弟又卧轨自杀。因为家里一连串的死亡事件,弗朗苏便搭乘火车去大西洋边的T市散心。在这里,弗朗苏常常会涌起情欲和性冲动。小说描写她的心理:"每当海滩上那些半裸的男人经过我面前时,我便想起蒂耶纳的身体。那一刻,我感到自己是个女人。我作为一个女人活着,不是随便什么,仅仅是个女人。"② 小说还径直写到女性的生殖器,描写它的特征和它所引发的对男人的欲望。弗朗苏发出这样的感叹:"人们根本看不见我两腿之间的那个深洞。发现它的那个人会以为是他把它压在身下打开的。这个洞既阴险,又天真。它一直等待来者,它不过是另一件事的结果。而这个洞的洞底同时也是庇护所,抗拒上天的唯一的庇护所,世界的最后一堵墙。我无能为力。与它相比,我微不足道。但它就在我体内,缠住我不放,从我脸上就能看出它的存在。"就是这个洞,让弗朗苏不停地想起蒂耶纳:"我很容易忘记它,但对蒂耶纳的思念一直与它相连。蒂耶纳是我爱的男人,也许是今生我唯一可以献上这清凉之井的男人。世上当然有我永远不会认识的其他男人,但只有想起蒂耶纳,我才发现它属于我,它可以属于我,属于蒂耶纳。认识它之前,我隐约感到它在我身体的深处,像个空的东西,或者说被无知填满的东西,从中传出空洞的、不呼唤任何人的呐喊。随后,有一股我遏制不住的力量在那儿生长壮大,渴求一个身体的念头不顾我的反对,在我心里生了根,总是同一个念头,渴望蒂耶纳的身体的念头。……时至今日,我以为心中最珍贵的东西已经逝去,但对蒂耶纳的欲望始终存在。某种比我更聪明的智慧被拦阻在我的两胯之间,它比我更清楚我

---

① [法]玛格丽特·杜拉斯《平静的生活》,王文融译,《杜拉斯全集》第1册,上海:上海译文出版社,2018年,第172页。

② [法]玛格丽特·杜拉斯《平静的生活》,王文融译,《杜拉斯全集》第1册,上海:上海译文出版社,2018年,第228页。

要什么。"① 从那个洞里发出的空洞的呐喊实际上就是渴求一个男人身体的念头，或者说得更明白一些，就是渴求蒂耶纳的身体的念头。比弗朗苏更聪明的智慧其实就是生命的原始欲望，就是对男人的性冲动，就是放纵的肉体之爱。性意识被唤醒的弗朗苏开始特别留意自己的身体。小说写道："我有时也照照镜子……面对匀称的身材感到激动。这个身体是真实的，它真的存在。我是一个真正的女人，可以成为一个男人的妻子。我可以怀孕、生孩子，因为我的体内有个地方是专门为此准备的。我强壮、高大，身子重。……我迷恋着我赤裸的肌肤，它凉爽，摸着舒服，时刻准备迎接阳光雨露的滋润。……我的美从未用来取悦于人，但它存在着，我是不可能搞错的。当我注视我丰满高耸的乳房，我知道我是不会错的。它们在衣衫的遮蔽下继续等待，等着孩子嗷嗷待哺的嘴，等着人们追随的目光。"②

除了描写青少年女子的性欲望和性冲动之外，玛格丽特·杜拉斯在长篇小说《无耻之徒》和收入中短篇小说集《成天上树的日子》中的《工地》中，还描绘了青年男子性欲苏醒的过程。有意思的是，与对青年女子性欲望的苏醒和体验过程做抽丝剥茧般的细致描绘相比，杜拉斯对青年男子性欲望苏醒过程的描绘显得相当粗糙，而且多是外部的概略性描述。

《无耻之徒》描绘了于德朗庄园的邻居佩克雷斯家的独生子让的情欲苏醒过程。让起先过着贞洁而孤独的生活，直到快三十岁时才被一个姑娘唤醒抑制多年的情欲。小说生动而详细地描述了这一过程。某个夏日黄昏，迪奥尔河边，让看到一个年轻的陌生女子，突然产生异样的感觉，"他立刻感到自己像个罪人，在长途跋涉以后，某天精疲力竭地来到一个不知道他罪行的村庄。那姑娘正在用一把闪亮的柴刀割灯芯草。两根黑色的长辫沿着面颊一直垂到草中。褪色的红衣裙在深绿色河水的陪衬下，像树叶中的水果一样鲜艳夺目"。当姑娘直起身，挺起胸，亲热地与他打招呼时，"让在那一刻的感受是难以忘怀的，仿佛他初次感受到无比美丽的爱"。姑娘接着又干起活来，"让走开去，但激动地一步一回头，仿佛害怕被人尾随。他在一个桤木桩上坐下来，继续盯着她，眼神看上去很傻，其实人类的各种感情在其中交错，但没有任何一种感情能稳定下来占统治地位。他既惊恐又感动，动弹不了"。过了一会儿，姑娘唱起歌来，

---

① [法]玛格丽特·杜拉斯《平静的生活》，王文融译，《杜拉斯全集》第1册，上海：上海译文出版社，2018年，第228、229页。

② [法]玛格丽特·杜拉斯《平静的生活》，王文融译，《杜拉斯全集》第1册，上海：上海译文出版社，2018年，第247页。

"他简直不相信自己的耳朵。歌声像毒液一样流入他血液里。每一个乐句,无论是婉约的还是高亢的,都使他全身震撼,身体变成了具有痛苦的敏感性的材料。他像一个刚刚苏醒的孩子,不太清楚发生了什么事。他的生活的景象在脑中闪过,变得难以理解,但他明显地感到自己开始了一种从未有过的状态。他厌恶地想到自己的贞洁。这贞洁使他瘫痪,他在这种重压下跟跟跄跄"。① 第二天傍晚,让又来到这个地方,坐在椪木桩上。虽然头天晚上以来他没有吃饭、没有睡觉,现在因困倦和饥饿而感到乏力,"但是他的神经像缰绳一样仍然拉住他,不让他完成男人走向女人的曲折行程。当她再次平静地唱着歌出现在回塞穆瓦克的路上时,他害怕了。也许她不会再来。他突然摆脱了梦想和恐惧,绝望地猛然站了起来",大胆走向她。② 一个星期以后,割草女子终于委身于他,地点就在他们相识的地方。

短篇小说《工地》里从男主人公的角度描绘了一对青年男女春心萌动、相互试探的心路历程。某天快到晚餐的时刻,一个青年男子躺在宾馆和树林之间林荫道上的一张长椅上,一个姑娘从他身边经过去树林,长时间没有返回。他很好奇,决定一探究竟。他走上林荫道。看见姑娘从林子里走出来时,他正好接近那片工地,而她也刚好停在工地旁边。青年男子立即意识到自己无意间在她一生中最隐秘的时刻撞见了她,便生发了想让她看见自己的欲望。一连五天,男人每天上午和中午都去工地等她,但她没有再出现。春心萌动的男子开始回忆姑娘的容貌:"对他来说,她已经比她认为美丽的女人当中最美丽的更美丽。她究竟怎么样呢?个子很高。有一头黑发。她眼睛明亮,步履稍嫌沉重,她身体强壮,甚至有些粗壮。她永远穿浅色的连衣裙。"③ 接下来一天的午餐后,他紧随姑娘走进宾馆的吸烟室,不经意之间看到她弄脏内衣的头发和脖颈,"这一看便让他重温了那天晚上他们初次在工地前邂逅时的情景。这就像是他们两人同时生活在她个人的体内……显然,他从第一天起,从第一刻起就想占有她,就在他俩单独站在黑黢黢的林荫道上那一刻。但现在这种欲念立即变得如此之强烈,他最终竟祝愿她比过去更对自己的生活心不在焉。这样,时候一到,他就能够更全面地乘其不备而抓住她,就能更充分地利用她,更彻底地支配她的

---

① [法]玛格丽特·杜拉斯《无耻之徒》,桂裕芳译,《杜拉斯全集》第1册,上海:上海译文出版社,2018年,第28页。
② [法]玛格丽特·杜拉斯《无耻之徒》,桂裕芳译,《杜拉斯全集》第1册,上海:上海译文出版社,2018年,第29页。
③ [法]玛格丽特·杜拉斯《工地》,刘方译,《杜拉斯全集》第3册,上海:上海译文出版社,2018年,第159页。

肉体";"这一夜,他很难入睡。他仔细观察自己欲火中烧的肉体。看自己的肉体,这就好像已经在看她的肉体,好像她的双臂已经融入了他的双臂"。① 在吸烟室第二次见面之后的第三天,男人跟着姑娘走进大湖的一个被芦苇丛掩盖的小湾。这里有黄色的、紫中透红的野花,还有墨黑色的芦苇花,"这种花朵之间的匹配使男人身体的各个部位都猛烈涌动起来"。② 走出芦苇地时,青年男人看见姑娘站在小湾的对岸,两人即将会合,性欲望即将得到释放和满足。

第二节 中老年不息的情欲

从1942年二十八岁时初遇迪奥尼斯·马斯科罗到1956年四十二岁时两人断绝关系,玛格丽特·杜拉斯由青年时代步入人生的中年。1957年,四十三岁的玛格丽特·杜拉斯又疯狂地爱上了记者、作家热拉尔·雅尔罗。后者三十四岁,已婚,有三个孩子。据说雅尔罗第一次遇到名声大噪的女作家时,就发誓一定要让她成为自己的情人,然后连续八天在某家咖啡馆等候玛格丽特·杜拉斯的到来。后来杜拉斯回忆说:"我抵抗住了他的进攻,我每天都出门,但不到咖啡馆那一带。我非常渴望新的爱情。第八天,我走进了咖啡馆,就像走上绞架一样。"③ 一段时间之内,玛格丽特·杜拉斯和热拉尔·雅尔罗分享了自己所有的生活,从他那里尝到了前所未有的爱抚。周围很多人都知道雅尔罗是个标准的唐璜、性游戏的好手,他一直以自己征服的女人的质量和数量为傲。在玛格丽特·杜拉斯的帮助下,雅尔罗的小说《狂吠的猫》于1963年获得梅迪西斯奖。但玛格丽特·杜拉斯嫉妒雅尔罗有其他情人,1964年,两人最终分手。

玛格丽特·杜拉斯在中年时代先后同迪奥尼斯·马斯科罗、热拉尔·雅尔罗热恋,因而对中年女子性欲望泛滥的情状了如指掌。她在小说中描写中年女子性欲泛滥的情状,并持肯定甚至歌颂的态度。值得一提的是,杜拉斯小说中关于中年女子性欲望爆发的具体过程和情状的描写反而不如对青少年女子性欲望觉醒和体验的描写那么详细,只是常常让当事人直接倾诉自己的性欲望,或

---

① [法] 玛格丽特·杜拉斯《工地》,刘方译,《杜拉斯全集》第3册,上海:上海译文出版社,2018年,第165页。
② [法] 玛格丽特·杜拉斯《工地》,刘方译,《杜拉斯全集》第3册,上海:上海译文出版社,2018年,第178页。
③ [法] 劳拉·阿德莱尔《杜拉斯传》,袁筱一译,沈阳:春风文艺出版社,2000年,第379页。

者发表关于性欲望的看法，表达对性欲望的态度。玛格丽特·杜拉斯描写中年女子性欲望的长篇小说有《塔尔奎尼亚的小马》《琴声如诉》《乌发碧眼》，短篇小说有《坐在走廊里的男人》(*L'homme assis dans le couloir*, 1980)、《死亡的疾病》等。

《塔尔奎尼亚的小马》的女主人公、法国女子萨拉已届中年，跟雅克结婚已有七年。她在性观念方面极为开放，认为只要有欲望，就应该得到满足。萨拉近乎恬不知耻地宣称："我觉得我能跟五十个男人干。"① 她不仅劝比自己年纪更大一点、特别喜欢做爱的意大利女子吉娜"尽可以跟其他人干"，而且调侃性道德极为保守的吉娜："要是你只喜欢跟一个男人做爱，那么，这是你不喜欢做爱。"② 正因为持开放的性观念，萨拉发现自己与三十来岁的汽艇主人让先生之间存在天然的默契感，在互相表达对对方的独特感觉之后，在舞会的《蓝月亮》乐曲中，烂醉如泥的她就醉倒在他的怀抱里，任由自己在阳台的石板上和他做爱。作品写道："他把她紧紧抱住，两个人一起翻倒在游廊的地砖上。"事后萨拉觉得自己"成了他的欲望对象，感到很美好。她原本对于男人对她产生欲望总是感到很美好"。③ 后来，搭乘让的汽艇去海里兜风，趁着独处的机会，两人又开始互诉衷肠。萨拉说："我很喜欢想到跟你睡过觉了。"④ 当让先生跟她约定当晚去河对岸的舞会见面，萨拉立刻答应："我会这样做的。""今天晚上我想去河对岸的那个舞会。"⑤ 让先生随即又邀请萨拉去自己的房间幽会，萨拉很高兴，但又因为旅馆的房子都是玻璃的，隐私会暴露，便遗憾地说："我恨这些玻璃房子。"⑥

小说里另一个中年女子吉娜比萨拉年纪更大，和丈夫吕迪几乎天天吵架。让吉娜苦恼的是自己性欲望旺盛，离不开丈夫，而性道德又极为保守，只愿意跟丈夫做爱。所以她对友人迪亚娜说："问题是，我还是喜欢做爱。""肯定有什

---

① ［法］玛格丽特·杜拉斯《塔尔奎尼亚的小马》，马振骋译，《杜拉斯全集》第 2 册，上海：上海译文出版社，2018 年，第 345 页。
② ［法］玛格丽特·杜拉斯《塔尔奎尼亚的小马》，马振骋译，《杜拉斯全集》第 2 册，上海：上海译文出版社，2018 年，第 345 页。
③ ［法］玛格丽特·杜拉斯《塔尔奎尼亚的小马》，马振骋译，《杜拉斯全集》第 2 册，上海：上海译文出版社，2018 年，第 405 页。
④ ［法］玛格丽特·杜拉斯《塔尔奎尼亚的小马》，马振骋译，《杜拉斯全集》第 2 册，上海：上海译文出版社，2018 年，第 424 页。
⑤ ［法］玛格丽特·杜拉斯《塔尔奎尼亚的小马》，马振骋译，《杜拉斯全集》第 2 册，上海：上海译文出版社，2018 年，第 439、447 页。
⑥ ［法］玛格丽特·杜拉斯《塔尔奎尼亚的小马》，马振骋译，《杜拉斯全集》第 2 册，上海：上海译文出版社，2018 年，第 448 页。

么办法，有什么药……可以解除这些欲望"；"我知道，当这个欲望过去了，我再也不喜欢做爱时，我就会很安生的"。① 旺盛的性欲望让吉娜不得安生，离不开天天吵架的丈夫。

《琴声如诉》的女主人公安娜·戴巴莱斯特在一家咖啡馆目睹了一场奇特的凶杀案，杀人的男人不仅没跑，反而趴在被杀的女人身上，抓住她的两肩，动情地呼喊她。后来他又紧抱女尸而睡。受到某种触动，安娜接连几天带着孩子散步，信步走到那家咖啡馆，向一个年轻男子了解凶杀案的具体情况。伴随着聊天和喝酒，安娜对名叫肖万、曾是她丈夫冶炼厂里职工的年轻男人逐渐产生了性冲动和性欲望。正如劳拉·阿德莱尔所言，《琴声如诉》把说不出来的都写出来了：生活中淫欲的蠢蠢欲动，一个女人对肉体欢娱的渴求。② 小说逐步展示了安娜·戴巴莱斯特蠢蠢欲动的淫欲和对肉体欢娱的渴求。

第二次见面时，安娜·戴巴莱斯特特别注意到跟自己聊天的男人的年龄与外貌："他很年轻，夕阳的光辉在他像孩子似的明澈的眼上闪着光。她透过他的视线细细审视他那一对蓝色的眸子。"③ 第三次见面时，两人喝酒途中就有了肢体接触，肖万脸靠近她，"他的手放在桌上，放在她的手上，她不笑了……他自信而且知道她需要他，想要更好地看着他。她也正在看他"。④ 肖万把手放在安娜的手上，安娜"不笑"，说明她心有所动，随后肖万猜想她需要他、想看他，而事实上她也正在看他。第四次见面时，肖万告诉安娜，凶杀案的那对情人曾经住在海边一处孤立隔绝的房子里，在那里，那个女人完全是"一个烂污货"，随即他又不好意思地承认自己"说的是谎话"，安娜却肯定："您并没有说谎。"⑤ 所谓烂污货，就是指他们谈论的那个女人像一个妓女，不顾尊严，放纵情欲。安娜肯定肖万没有说谎，实际上就是肯定那个女子的"烂污货"行为。在当晚的家宴上，平时受到丈夫严格管控的安娜因为刚刚跟肖万谈到凶杀案当事人的浪漫情事，欲望顿时被释放出来。小说在两处描写了安娜此时的身体和

---

① 均见：[法]玛格丽特·杜拉斯《塔尔奎尼亚的小马》，马振骋译，《杜拉斯全集》第2册，上海：上海译文出版社，2018年，第345页。
② [法]劳拉·阿德莱尔《杜拉斯传》，袁筱一译，沈阳：春风文艺出版社，2000年，第390页。
③ [法]玛格丽特·杜拉斯《琴声如诉》，王道乾译，《杜拉斯全集》第4册，上海：上海译文出版社，2018年，第36页。
④ [法]玛格丽特·杜拉斯《琴声如诉》，王道乾译，《杜拉斯全集》第4册，上海：上海译文出版社，2018年，第40页。
⑤ [法]玛格丽特·杜拉斯《琴声如诉》，王道乾译，《杜拉斯全集》第4册，上海：上海译文出版社，2018年，第68页。

表情。第一处写道："她的一对乳房仍然半露在胸前"，"有一朵花凋谢在两个乳房之间"，"她张得大大的、放荡的眼睛里，有明澈清醒的光芒闪过"。第二处写道："她已经醉了，她脸上现出显然可见的放荡表情"，"她除了不停地喝酒以外，其他的事她都无能为力。她发现喝酒就是对她直到如今还是暧昧不明的欲望的证实"。① 安娜对美食无动于衷，因为她"正在经受另一种饥渴的煎熬，只有酒可以勉强平息这种饥渴，这种饥渴是无法解除的"。② "另一种饥渴"就是对肉体之欢的渴求。最后一次见面时，安娜和肖万终于接吻了，是安娜主动的："她向他凑近去，往前靠拢，让他们的嘴唇接合在一起。他们的嘴唇叠在一起，互相紧紧压在一起。"③ 性欲望终于外显为动作了。

虽然短篇小说《坐在走廊里的男人》发表于1980年，但初稿创写于玛格丽特·杜拉斯和热拉尔·雅尔罗热恋着的1962年。据说杜拉斯和雅尔罗常常通过暴力行为来满足性欲望，这种交欢模式在这篇小说里也有所体现。该小说对男女的身体、性交过程和性快感的描写比比皆是，称它为色情小说毫不为过。

小说开篇写一个男人坐在走廊阴影下，观看一个躺在石子路上的女人的身体："她穿着一件浅色衣衫，浅颜色的绸衣，前身撕裂开来，可以看到她全身。在绸衣下面，身体是赤裸着的。"④ 接下来，小说以第一人称视角，两次描写这个女人自慰的过程，以及男人进入女人身体的过程。因为女人在呼唤自己，坐在走廊里的男人便走到她面前，"她的眼睛一直闭着没有睁开，她把身上的衣衫褪下，她的两臂顺着身体伸到髋骨弧线那里，她的张开的两腿也略有变动，倾身对准他，让他进一步看她……同时让他看到她身上别的东西，从她体内流出的脏腑"。⑤

小说展示了两人性爱过程中的暴力行为："那个男人用他的脚推她的身体在石子路上滚动。……他以一种无法控制的粗暴把那个肉体踢得滚来滚去。他又停了几秒钟，平一平气，再来。他把那个身体远远推开又拉回，拉回到他身边，

---

① [法] 玛格丽特·杜拉斯《琴声如诉》，王道乾译，《杜拉斯全集》第4册，上海：上海译文出版社，2018年，第72、77页。
② [法] 玛格丽特·杜拉斯《琴声如诉》，王道乾译，《杜拉斯全集》第4册，上海：上海译文出版社，2018年，第77页。
③ [法] 玛格丽特·杜拉斯《琴声如诉》，王道乾译，《杜拉斯全集》第4册，上海：上海译文出版社，2018年，第88页。
④ [法] 玛格丽特·杜拉斯《坐在走廊里的男人》，王道乾译，《杜拉斯全集》第10册，上海：上海译文出版社，2021年，第3页。
⑤ [法] 玛格丽特·杜拉斯《坐在走廊里的男人》，王道乾译，《杜拉斯全集》第10册，上海：上海译文出版社，2021年，第6页。

充满着温情。那肉体绵软柔顺如水一般……这时，他就把他的脚一下踩在她身上不动了。……大概他那赤着的脚踩在她身上靠近心脏那个地方，偶然踩到那个地方就那样踩住不动了。……那形体已不成形，绵软，像是碎裂了、僵滞萎缩了，十分可怕。脚还是踩在身上。还在往下踩，已经踩到骨骼上，还在踩。她叫出声来。"① 虐待完女人后，男人回到走廊阴影下，跌坐在扶手椅上。

小说接着淋漓尽致地描写女人玩弄坐在走廊里的男人的生殖器并进行口交的过程。作者先浓墨重彩地描写男人的生殖器，然后，小说不厌其烦地描写女人替男人口交的场景以及男人的反应，尽管这样的描写难免让读者感到恶心，但玛格丽特·杜拉斯写得津津有味，她确实敢冒天下之大不韪，肆无忌惮地描写病态的交欢方式。

短篇小说《死亡的疾病》里再次淋漓尽致地描写了中年女子以及中年男人的性欲望。男人"你"付钱给女人"她"，让"她"陪自己睡觉，一起试验爱。"试验"的具体内容，首先是对女性身体的了解，即"习惯这个身体、这对乳房、这个香味、这个娇丽、这个身体所代表生儿育女的这种危险、这个既无凹凸肌肉也无力量的无毛形体、这张脸、这身裸露的皮肤，这层皮肤与皮肤所包含的生命之间的这种巧合"。② 其次是体验做爱的过程和乐趣。连续两天夜里，"她"都剥得一丝不挂，躺在床上"你"指定的位置，"你"望着"她"，然后做爱。"一夜又一夜，你深入到她的阴暗处，你几乎不知道便走了这条盲道。有时你留在那里，你睡在那里，在她深处，整夜随时待命，趁着她一方或者你一方一个不由自主的动作，可以让你欲望又起，再占有她一次，再把她抱个满怀，再泪水模糊地快快活活享受。"③ "她"的身体极其性感，不仅"身材修长""亭亭玉立，妖娆柔软，像由上帝亲手一次浇铸而成"，而且"从头到脚细嫩丝滑"，总之，"它诱人紧抱、强暴、虐待、侮辱、恨恨地叫喊、全身的与致死的热情一发不可收拾"。④ 小说颇有诗意地将女性汹涌的性欲望比喻为黑色海浪或黑夜。"你"离开房间，来到面对大海的露台上，"黑水继续上涨，正在接近。它在涌动。它不停地涌动。……你忽然想到黑水在代替某样东西、代替你、代

---

① ［法］玛格丽特·杜拉斯《坐在走廊里的男人》，王道乾译，《杜拉斯全集》第10册，上海：上海译文出版社，2021年，第7—8页。
② ［法］玛格丽特·杜拉斯《死亡的疾病》，马振骋译，《杜拉斯全集》第10册，上海：上海译文出版社，2021年，第31页。
③ ［法］玛格丽特·杜拉斯《死亡的疾病》，马振骋译，《杜拉斯全集》第10册，上海：上海译文出版社，2021年，第36页。
④ ［法］玛格丽特·杜拉斯《死亡的疾病》，马振骋译，《杜拉斯全集》第10册，上海：上海译文出版社，2021年，第37页。

替床上的这个昏暗的形体在涌动。"①

长篇小说《乌发碧眼》的男主人公"他"是一个同性恋男子，对于女主人公"她"的具体年龄，小说中并未交代，但鉴于"她"对性事的精通，将"她"归在中年女性一类也许较为合理。小说里有时让两人讨论性欲望等话题，有时直接描写他们的身体，有时描述他们做爱或自慰的场景。两人第一次在酒吧相遇，喝酒途中，"他"情不自禁地吻了"她"的手，女子的反应更激烈，"她把嘴凑上去让他吻。她叫他这个素昧平生的人吻她。她说：你吻她赤裸的身子，她的嘴，她的肌肤，她的眼睛"。②"他"告诉"她"，因为害怕单独待着会发疯，自己愿意付钱请一个年轻女人一起睡觉。"她"愿意做这个女人。因为是同性恋者，"他"对女人没有性欲望。有一次，"他"想试着眼睛不看，只是用手抱抱"她"的身体。"他说干就干，盲目地将手放在她的身上。他抚摸她的乳房，又摸摸赤裸鲜嫩的臀部，他猛地摇晃着她的全身，然后像顺手似的用力一推，使她翻了个身，让她脸朝地板。他停住了，惊奇自己怎么会如此粗暴。"③从"他"不会怜香惜玉、粗鲁无比的动作，"她"意识到"他"从来没有跟女人做过爱。有一天晚上，"她"问"他"能否光用手跟"她"交欢，"他"说自己跟一个女人根本不能做这样的事情，并表示："我一靠近你，欲望就消失了。"④另一次，"她"对"他"说"我今天很想要你"，并说做爱"是像天鹅绒一样舒服的事情，是令人飘飘欲仙的事情"，但得到的回应是："他哭了。"⑤"他"为什么哭？为自己对女人产生不了性欲望而哭。于是，"她"退而求其次，"只要他到平潮的性器上来。"最终，忍无可忍的"他"对此时欲火中烧的"她"说："随我去吧，一切都不管用，我绝对不行。"⑥

玛格丽特·杜拉斯在收入短篇小说集《成天上树的日子》里的《蟒蛇》和长篇小说《埃米莉·L》中，还偶尔描述了老年女人不停歇的性欲望。社会舆论

---

① [法]玛格丽特·杜拉斯《死亡的疾病》，马振骋译，《杜拉斯全集》第10册，上海：上海译文出版社，2021年，第41页。
② [法]玛格丽特·杜拉斯《乌发碧眼》，南山译，《情人·乌发碧眼》，上海：上海译文出版社，1997年，第108页。
③ [法]玛格丽特·杜拉斯《乌发碧眼》，南山译，《情人·乌发碧眼》，上海：上海译文出版社，1997年，第113页。
④ [法]玛格丽特·杜拉斯《乌发碧眼》，南山译，《情人·乌发碧眼》，上海：上海译文出版社，1997年，第124页。
⑤ [法]玛格丽特·杜拉斯《乌发碧眼》，南山译，《情人·乌发碧眼》，上海：上海译文出版社，1997年，第126-127页。
⑥ [法]玛格丽特·杜拉斯《乌发碧眼》，南山译，《情人·乌发碧眼》，上海：上海译文出版社，1997年，第129-130页。

常常认为老年人有性欲望、性冲动是老不正经、老不死,但杜拉斯却毫不避讳这一点。她对老年女人性欲望的大胆描写最具杜拉斯式特色。

《蟒蛇》中有个老处女,名叫巴尔贝小姐。据劳拉·阿德莱尔查证,这个老处女确有其人,是玛格丽特·杜拉斯在西贡夏瑟鲁普-洛巴国立中学读书时寄宿的主人 C 小姐,而《蟒蛇》中的可怕场面在杜拉斯的私人日记里也有,几乎完全相同:每个星期天下午,参观完植物园后,C 小姐便在她的卧室里半裸着身子,等待年轻姑娘的到来。① 小说中,巴尔贝小姐叫"我"欣赏她的身体,"她老站在同一个地方,她窗前。笑眯眯的,穿一件粉红色的连衣睡裙,双肩袒露"。② 小说这样描写巴尔贝小姐赤裸着身子让"我"观看的情形:"她站得直挺挺的,好让我欣赏她,一副多情种子的样子。半裸着。除了我,她从来没有对任何人如此这般暴露过自己。太晚了。过了七十五岁,她永远也不可能在我以外的任何人面前这样显露自己。在这幢校舍里,她只在我面前这样出现,而且永远是礼拜天午后,当其余的学生全都出门,我们也参观过动物园之后。我必须在她定下的那段时间观看她。'我能喜欢的也就是这个,'她老说,'我宁可不吃饭……'"③ 其状可悲,其情可怜。但"我"观看完巴尔贝小姐的赤裸身体后却感到恶心:"从巴尔贝小姐身上散发出一种令人难以忍受的气味。""整个校舍都充满死亡的气味。那是巴尔贝小姐老之将死的处女味。"④

《埃米莉·L》中的女主人公埃米莉·L 和船长是一对已届老年的夫妻。小说有一处直接描写她尤其船长丈夫的性欲望:船长"依然以其全部性欲力量在爱着她。……她没有足够的力量去为自己选择一个男人。每天夜里任他所为。随他在她腹中胡乱翻搅折腾,并且和岛上那些妖冶的姑娘寻欢作乐。他在新加坡港口买了各种杂志画报"。⑤ 这些杂志画报刊登的多是色情文字和春宫图,船长沉迷那些内容本身就是性欲望的外显。

---

① [法] 劳拉·阿德莱尔《杜拉斯传》,袁筱一译,沈阳:春风文艺出版社,2000 年,第 72 页。
② [法] 玛格丽特·杜拉斯《蟒蛇》,刘方译,《杜拉斯全集》第 3 册,上海:上海译文出版社,2018 年,第 85 页。
③ [法] 玛格丽特·杜拉斯《蟒蛇》,刘方译,《杜拉斯全集》第 3 册,上海:上海译文出版社,2018 年,第 86 页。
④ [法] 玛格丽特·杜拉斯《蟒蛇》,刘方译,《杜拉斯全集》第 3 册,上海:上海译文出版社,2018 年,第 86、87 页。
⑤ [法] 玛格丽特·杜拉斯《埃米莉·L》,王道乾译,《杜拉斯全集》第 10 册,上海:上海译文出版社,2021 年,第 127-128 页。

第三节　情欲的化身或符号

劳拉·阿德莱尔认为《直布罗陀水手》中的安娜、《劳儿之劫》中的劳儿，加上在杜拉斯多部小说中出现的安娜·玛丽·斯特雷泰尔（又译安娜·玛丽·斯特雷特），都是深为贪婪的爱、迷途的激情所折磨的人。① 本书将沉溺性欲望和激情的女人称作欲女，将她们视为性欲望的化身或符号。在玛格丽特·杜拉斯笔下，《直布罗陀水手》中的安娜，《劳儿之劫》中的劳儿，《劳儿之劫》《副领事》以及《情人》《中国北方的情人》中反复出现的安娜·玛丽·斯特雷特，以及《抵挡太平洋的堤坝》中的丽娜、嘉尔曼等多位女性都堪称欲女的代表，都是性欲望的化身或符号。

《直布罗陀水手》中的女主人公、美国女人安娜最醒目的标志就是出奇的美丽。小卡车司机因为经常载着朋友们去地中海边的小渔港罗卡度周末，碰到过安娜。他向男主人公"我"介绍，安娜有一艘华丽的游艇，长时间停泊在海滩前。她给他的第一印象就是："这是个极美的女人。"以前他一直相信人家说的美国女人不如意大利女人美的话，但安娜这位美国女人是那样美丽，以至于他记不起曾遇见过比她更美的女人。他用意大利语评价安娜："Bellissima（美极了）。""èsola（独一无二的女人）。"② 一般认为，"漂亮"这个词单纯用来形容外貌，而"美丽"这个词的内涵更丰富。罗卡一家小饭店的老板埃奥洛老人也向"我"谈起安娜，说到更多的内容。"他告诉我，她很和蔼，而且非常富有。她单身一人，来这里休息。他还告诉我，她有一艘游艇停靠在海滩这边。……艇上有七名船员。她旅行不是为了取乐。据说她在找某个人。一个她以前认识的男人。"③

为什么说安娜是欲女和性欲望的化身或符号呢？原来在小说中，她几乎就是一个准妓女的形象。当"我"问既然安娜在寻找某个男人，就不可能有别的男人时，埃奥洛老人回答："她身边没有一个男人，我的意思是，没有一个固定

---

① ［法］劳拉·阿德莱尔《杜拉斯传》，袁筱一译，沈阳：春风文艺出版社，2000年，第343页。
② ［法］玛格丽特·杜拉斯《直布罗陀水手》，金志平译，《杜拉斯全集》第2册，上海：上海译文出版社，2018年，第12-13页。
③ ［法］玛格丽特·杜拉斯《直布罗陀水手》，金志平译，《杜拉斯全集》第2册，上海：上海译文出版社，2018年，第54页。

的男人，这是肯定的。不过我妻子，您知道女人是怎么样的，她说那个美国女人不是没有男人，她时不时有男人。……她说，一眼就能看出，这是个少不了男人的女人。她说这话没有恶意，相反，她很喜欢这个美国女人，即使她穷也会照样喜欢她。"① 埃奥洛妻子的话很有意思，她没有根据道德标准认定喜欢不同男人的女人是水性杨花，反而认为女人少不了男人再正常不过，女人为满足自己的性欲而跟不同男人交欢无可厚非。小说里反复提到或暗示安娜在性事方面的强烈需要。如埃奥洛说过，在茫茫大海上，她船上那七八个水手应该能够满足她的性需要。② 登上安娜的游艇之前，"我"一直认定她"是一个同男人过一夜第二天就离开的女人"，也就是妓女。③ 事实上，在寻找直布罗陀水手的航行过程中，安娜经常带各种男人上船，有携带《巴尔扎克全集》、使用雅德雷牌特级薰衣草香精的文学爱好者，也有一上船就制订作息时间表、每天早晨都在前甲板上做节奏体操的男子，还有喜欢读黑格尔哲学著作的贫穷而英俊的小伙子。男主人公"我"径直对安娜说："你收集各种男人。""你是个漂亮的妓女。"④ 对此，安娜"一点也不觉得受到冒犯"，只是淡淡地说："你爱这么说也可以。"她反问"我"："一个妓女就是这样的吗？"当"我"说是这样的，她便说："那我很愿意。"⑤ 安娜确实很愿意做妓女，后来她在跟"我"聊天时，就大大方方地承认自己目前是"在海上做妓女"。⑥ 此外，小说里多处暗示安娜是一个性欲旺盛、性需求特别强烈的女人。小说语言干脆利索，常常点到为止，在呈现安娜的性活动和性需求方面也是如此。小说写到安娜迫不及待地要跟"我"做爱："我认识她才两天，事情发展得真快。我已经知道她衣服下隐藏的身体，我已有机会看她睡觉。"⑦ 作品还多处交代两人性事的频繁，暗示安娜性

---

① ［法］玛格丽特·杜拉斯《直布罗陀水手》，金志平译，《杜拉斯全集》第 2 册，上海：上海译文出版社，2018 年，第 54 页。
② ［法］玛格丽特·杜拉斯《直布罗陀水手》，金志平译，《杜拉斯全集》第 2 册，上海：上海译文出版社，2018 年，第 100 页。
③ ［法］玛格丽特·杜拉斯《直布罗陀水手》，金志平译，《杜拉斯全集》第 2 册，上海：上海译文出版社，2018 年，第 102 页。
④ ［法］玛格丽特·杜拉斯《直布罗陀水手》，金志平译，《杜拉斯全集》第 2 册，上海：上海译文出版社，2018 年，第 154、155 页。
⑤ ［法］玛格丽特·杜拉斯《直布罗陀水手》，金志平译，《杜拉斯全集》第 2 册，上海：上海译文出版社，2018 年，第 156 页。
⑥ ［法］玛格丽特·杜拉斯《直布罗陀水手》，金志平译，《杜拉斯全集》第 2 册，上海：上海译文出版社，2018 年，第 224 页。
⑦ ［法］玛格丽特·杜拉斯《直布罗陀水手》，金志平译，《杜拉斯全集》第 2 册，上海：上海译文出版社，2018 年，第 133 页。

欲望的旺盛："将近中午，我们走出房舱。我们几乎没睡，很疲倦。""我们回到船上用午餐。接着，又一次，我们进了她的房舱。我们在舱内待了很久。""她从裤兜里掏出一支铅笔，在纸桌布上写道：'你来。'我笑了。我压低声音对她说，每天晚上不行，做不到。"① 几乎没睡觉，一直在寻欢作乐，所以很疲倦；在房舱里待很久，也是在交欢；她还要求每晚都要交欢。这些都体现了安娜极端地贪欢。

《劳儿之劫》中的劳儿·瓦·施泰因是三个孩子的妈妈，小说详细地展现了她在爱情和性欲望沉睡多年之后被激活，最后成为一个以偷窥情人跟别的女人做爱为最大乐事的窥淫癖患者和极度放荡的欲女的过程。劳儿早年在一场舞会上被未婚夫麦克·理查逊抛弃，痛苦几个星期后，跟若安·倍德福结婚，离开家乡沙塔拉，在 U 桥镇安静地生活了十年，被丈夫视为"站着的睡美人"。十年后，因为丈夫的工作关系，她又回到沙塔拉。某次，劳儿遇到一个眼神极像未婚夫的男人在亲吻一个女子，便决定跟踪他，最后发现他跟那个以前被他吻的女子在森林旅馆幽会。劳儿认出那个女子是她中学时候最好的女友塔佳娜，随即溜进旅馆旁边的黑麦田，全程观看他们的表演。小说特别描写劳儿眼中塔佳娜的身体："与她的清秀苗条相比，她的乳房是沉重的，已经相当松塌，是塔佳娜全部身体上唯一处于这种状态的部位。劳儿应该记得从前它们是多么挺拔高耸。"② 劳儿征服塔佳娜的情人雅克·霍德之后，跟他约定要观看他和塔佳娜的床戏，听他们的情话。如此这般，劳儿的性欲望终于被激活。小说以雅克·霍德的视角描写他和劳儿（"她"）在 T 滨城宾馆过夜时的香艳场景："她现在赤身裸体。……我在她身边、在她紧闭的身体旁边躺下。我闻到了她的气味。我抚摸着她，眼睛没有看她。'哎，您把我弄疼了。'我继续。在触摸中，我辨识出一个女人的身体的冈峦起伏。我在上面画了一些花。她不再抱怨。她不再动，大概记起她是和塔佳娜·卡尔的情人在一起。……然后，在喊叫之中，她辱骂起来，她同时请求、乞求再要她或饶了她，被围捕的她试图逃离房间，逃离床，却又赶过来为了被捕获，乖乖地被捕获。"③ 既辱骂性伙伴，又乞求他再要她；既试图逃离床铺逃离被围捕，又渴望乖乖地被捕获，这段文字将劳儿做爱过程

---

① ［法］玛格丽特·杜拉斯《直布罗陀水手》，金志平译，《杜拉斯全集》第 2 册，上海：上海译文出版社，2018 年，第 113、115、195 页。
② ［法］玛格丽特·杜拉斯《劳儿之劫》，王东亮译，《杜拉斯全集》第 5 册，上海：上海译文出版社，2018 年，第 39 页。
③ ［法］玛格丽特·杜拉斯《劳儿之劫》，王东亮译，《杜拉斯全集》第 5 册，上海：上海译文出版社，2018 年，第 126-127 页。

中的迷醉、疯狂和矛盾心理表现得淋漓尽致。

《劳儿之劫》中的另一个女人安娜-玛丽·斯特雷特是玛格丽特·杜拉斯笔下最有名的欲女，也是最具代表性的性欲望的化身或符号。后来这一形象在杜拉斯的多部小说中反复出现。玛格丽特·杜拉斯说安娜-玛丽·斯特雷特是现实中两个女人的综合：一个是大使的女人，隐居在暹罗湾一角，童年时代曾经在那里度假的杜拉斯和母亲拜访过她，她的美貌令人惊诧；另一个是杜拉斯在西贡夏瑟鲁普-洛巴国立中学读书时一对姐妹同学的母亲伊丽莎白·斯特雷泰尔，此人既是个美丽的母亲，又是个完美的音乐家。①

在《劳儿之劫》中，安娜-玛丽·斯特雷特是女主人公劳儿的情敌，正是她在十九年前 T 滨城市立娱乐场举行的一场盛大舞会上抢走了劳儿的未婚夫。安娜-玛丽·斯特雷特夫人和女儿是那场舞会的最后一对来客。母女俩都是高个子，一样的身材，"如果说那年轻姑娘在适应自己的高挑身材和有些坚硬的骨架上还略显笨拙的话，这缺陷到了那母亲身上却成了对造物隐晦否定的标志。她那在举手投足一动一静中的优雅……令人不安"。② 劳儿眼中的安娜-玛丽·斯特雷特夫人"风姿绰约"，带着"从容散漫的优雅"，"纤瘦的身上穿着一袭黑色连衣裙，配着同为黑色的绢纱紧身内衬，领口开得非常低"，"她身体与面部的奇妙轮廓令人想入非非""令人欲火中烧"，她的脸上"带着快乐且耀眼的悲观厌世，轻如一粒灰尘的、不易觉察的慵懒微笑"，她的目光"驻落在眼睛的整个平面，很难接收到它"，"她的头发染成棕红色，燃烧的棕红色，似海上夏娃"，总之，这就是一个浑身散发出性的吸引力的、无比性感的尤物。③

安娜-玛丽·斯特雷特因为漂亮、性感，魅力非同一般，发出的冲击波特别强烈。一见到刚进舞厅大门的她，劳儿的未婚夫麦克·理查逊"眼睛闪出光亮。他的面部在满溢的成熟中抽紧。上面流露着痛苦，古老的、属于初世的痛苦"。④ 接着，麦克·理查逊情绪异常激动地邀请安娜-玛丽·斯特雷特跳舞。后者颇感意外，"微微张开嘴唇，什么也没说，惊奇地看到上午见过一面的这个男人的新面孔。待她投入到他的臂弯中，看到她突然变得举止笨拙，因事件的

---

① ［法］劳拉·阿德莱尔《杜拉斯传》，袁筱一译，沈阳：春风文艺出版社，2000 年，第 486 页。
② ［法］玛格丽特·杜拉斯《劳儿之劫》，王东亮译，《杜拉斯全集》第 5 册，上海：上海译文出版社，2018 年，第 7 页。
③ ［法］玛格丽特·杜拉斯《劳儿之劫》，王东亮译，《杜拉斯全集》第 5 册，上海：上海译文出版社，2018 年，第 8 页。
④ ［法］玛格丽特·杜拉斯《劳儿之劫》，王东亮译，《杜拉斯全集》第 5 册，上海：上海译文出版社，2018 年，第 9 页。

促发而表情愚钝、凝滞"。① 第一支舞跳完，麦克·理查逊像往常一样走到劳儿身边，但接着的一首曲子跳完时，他没有回来找劳儿。此后在舞会上，安娜-玛丽·斯特雷特与麦克·理查逊再也没有分开过。舞会结束，两人一前一后都低垂着眼睛从劳儿面前走过。劳儿用目光追随着他们穿过花园，等到看不见他们时，摔倒在地，昏了过去。后来中学好友塔佳娜告诉劳儿，安娜-玛丽·斯特雷特是一个法国女人，是法国驻加尔各答领事的妻子，夏天有时会来T滨城待几天。她和麦克·理查逊之间的浪漫爱情只持续了短短的几个月，她从来没有离开她的丈夫。②

安娜-玛丽·斯特雷特这一形象在《副领事》中再次出现，而且得到更为全面而细致的刻画。她不仅是驻拉合尔副领事心目中的女神，也是性欲望的化身或符号。在大使先生的招待晚会上，身为大使夫人，"安娜-玛丽·斯特雷特夫人站在冷餐桌前，面带微笑，一袭黑色双层罗纱紧身长裙，手中擎着一杯香槟酒。她擎着酒杯，四下望去。随着年老将至，她多了一份消瘦，衬托出肢体的细致、身材的修长。目光深邃明亮，双眼清癯秀逸，透着雕塑般的质感。她四下望去，目光辽远缥缈，就像是一位容光焕发的统帅站在观礼台上，胸前的红饰带在阳光下熠熠生辉"。③ 这位性感、忧郁的中年女人的生活特别神秘，让人琢磨不透，"没有人清楚地知道她是如何打发时间的，她主要在这里接待宾客，绝少在家里，在恒河边的官邸里，那还是当年法国在印度首开商行时建的。但她还是忙着什么事情。是否排出她的其他日常活动，人们才发现她在读书？是的。那么，打网球和散步之后，她把自己关在家里还会做什么呢？成包成包的书籍从法国寄来，都写着她的名字。还有呢？她每天都花很多时间，和那两个长得很像她的女儿在一起，据说。……每天早晨，她们母女三人都身着白色的运动短裤，一起穿过使馆的花园，去网球场，或者去散步。"④ 人们看到的只是这个女人全部生活的冰山一角。同时，大家都知道她有不少情人，"听说她的情

---

① ［法］玛格丽特·杜拉斯《劳儿之劫》，王东亮译，《杜拉斯全集》第5册，上海：上海译文出版社，2018年，第9—10页。
② ［法］玛格丽特·杜拉斯《劳儿之劫》，王东亮译，《杜拉斯全集》第5册，上海：上海译文出版社，2018年，第65页。
③ ［法］玛格丽特·杜拉斯《副领事》，王东亮译，《杜拉斯全集》第5册，上海：上海译文出版社，2018年，第210页。
④ ［法］玛格丽特·杜拉斯《副领事》，王东亮译，《杜拉斯全集》第5册，上海：上海译文出版社，2018年，第211页。

人都是英国人，使馆圈的人不熟悉。又听说大使本人是知道的"。①

安娜-玛丽·斯特雷特的身份和来历更加神秘。这方面有很多传闻。大使先生比安娜-玛丽·斯特雷特的年龄大许多，据说他是在法属印度支那老挝边境一个偏僻的小哨站，从当地一个行政长官手里把她抢过来的，事情发生在十七年前。据说年轻的妻子并不爱大使先生，却一直追随着他，十七年来，他们携手走过亚洲的各大都市。有一段时间，人们总是看到在老挝沙湾拿吉湄公河岸的滨河大道，卫兵持枪立正，为斯特雷特先生看守着她。据说斯特雷特先生在考虑把她送回法国去，她不习惯此处的气候和生活方式。也有人说直到今天，人们也不知道斯特雷特先生在沙湾拿吉找到她时，她是否正因为羞耻和悲痛而被打入冷宫。后来她跟随斯特雷特先生来到印度首都，人们不知道头一年底究竟发生了什么事，只知道："她曾一度消失，却没有谁知道为什么。某一天天刚亮，就看见一辆救护车停在大使官邸前。企图自杀？后来在尼泊尔的山区待了一段时间，也是没人知道个中原因。她回来时瘦得惊人。"② 大使先生第一次碰到安娜-玛丽·斯特雷特的时候，她只有二十二岁，如今三十九岁的她已经心如止水，大使先生似乎也完全放纵和宽容她的行为。"有人说在很远的地方，在恒河尽头，在那个半明半暗的房间里，她在那里和她的情人睡在一起，有时，她会陷入某种颓丧。……在这座噩梦般的城市里，她自得其乐。"③

小说也正面描绘了安娜-玛丽·斯特雷特的颓丧和忧郁。大使招待会结束后，她在三十岁左右、风度翩翩的情人麦克·理查和三十二岁的使馆一等秘书夏尔·罗塞等人的陪伴下去了蓝月亮夜总会。清晨六点，小圈子聚会结束，夏尔·罗塞陪大使夫人回家，"他注意到她白皙皮肤上的太阳斑，注意到她喝多了酒，注意到她明亮的目光闪烁狂乱。突然，他又注意到，有泪水从她眼里落下"。"他仿佛想起，在大使夫人缥缈的目光中，昨晚招待会开始的时候，就隐含着一些泪水，这泪水直到今天清晨才流了出来。"④ 安娜-玛丽·斯特雷特流眼泪当然暗示她有沉沉的心事。实际上，她的父亲是法国人，但她从小在母亲的家乡威尼斯长大，七岁开始学钢琴，来到加尔各答后，几乎每个晚上都弹钢

---

① ［法］玛格丽特·杜拉斯《副领事》，王东亮译，《杜拉斯全集》第5册，上海：上海译文出版社，2018年，第212页。
② ［法］玛格丽特·杜拉斯《副领事》，王东亮译，《杜拉斯全集》第5册，上海：上海译文出版社，2018年，第222页。
③ ［法］玛格丽特·杜拉斯《副领事》，王东亮译，《杜拉斯全集》第5册，上海：上海译文出版社，2018年，第222页。
④ ［法］玛格丽特·杜拉斯《副领事》，王东亮译，《杜拉斯全集》第5册，上海：上海译文出版社，2018年，第263、264页。

琴。小说写道，听着安娜-玛丽·斯特雷特弹奏钢琴，年长的英国商人乔治·克劳恩眼前仿佛出现了一道白色的亮光："安娜-玛丽·X，十七岁，身材修长，威尼斯音乐学院学生，适逢毕业考试，正在演奏乔治·克劳恩喜爱的舒伯特的作品。她是西方音乐的一颗希望之星。掌声雷动。身着盛装的听众纷纷祝贺她，祝贺这个威尼斯的宠儿。"① 当时肯定没人想到她的命运有朝一日会和远方的印度相连。麦克·理查则回顾了自己认识并迷上大使夫人的经过："某天晚上，我正在路上走着。听到琴声，当下我就惊呆了，那时我还不知道她是谁，我是来加尔各答旅游的，我记得，当时我一点儿也受不了这里……刚一到达就想离开，是那首曲子，我当时听到的那首曲子，让我留了下来，让我在加尔各答一直留了下来。"② 两人的回忆和想象凸显了安娜-玛丽·斯特雷特的才华和风流，以及她作为女人的性魅力。

　　安娜-玛丽·斯特雷特的形象在《情人》中隐隐约约得到再现。法国女孩与中国情人交往之后，再也没有一个人和她说话，她备感孤独，便想起自己十岁时在永隆遇到的那位三十八岁夫人的往事，因为两人处境相似。小说写道："有一位有地位的夫人，人们都称她夫人，是从沙湾拿吉来的。她的丈夫奉命调到永隆。在永隆足有一年光景，人们不曾见她身影。原因出在这个年轻人，沙湾拿吉行政长官帮办，她的丈夫。他们的爱情维持不下去了。他拿起左轮手枪开枪自杀。这一事件传到永隆新职位所在地。他在离开沙湾拿吉来到永隆赴任的那天，就在这一天，对准心脏打了一枪。就在任所所在的大广场上，在光天化日之下。为了她几个还幼小的女儿，也由于丈夫被派到永隆，她对他说：事情就到这里结束吧。"③ "那位夫人在这类官方招待会上再次露面，以为事情已成过去，沙湾拿吉的年轻男人已经进入遗忘之境，人们早已把他忘了。所以这位夫人又在她负有义务不能不出面的晚会上再度出现。"④ 小说将这位不得不在丈夫举行的招待会上频频露面的永隆夫人和法国女孩归为一类，即都是被孤立的性感尤物和性欲望的化身："她们是同一类人。她们两个人都是被隔离出来的，孤立的。……她们两人都因自身肉体所赋予的本性而身败名裂。她们的肉体经

---

① ［法］玛格丽特·杜拉斯《副领事》，王东亮译，《杜拉斯全集》第 5 册，上海：上海译文出版社，2018 年，第 280 页。
② ［法］玛格丽特·杜拉斯《副领事》，王东亮译，《杜拉斯全集》第 5 册，上海：上海译文出版社，2018 年，第 280 页。
③ ［法］玛格丽特·杜拉斯《情人》，王道乾译，《杜拉斯全集》第 6 册，上海：上海译文出版社，2018 年，第 84-85 页。
④ ［法］玛格丽特·杜拉斯《情人》，王道乾译，《杜拉斯全集》第 6 册，上海：上海译文出版社，2018 年，第 86 页。

受情人爱抚，让他们的口唇吻过，也曾委身于如她们所说可以为之一死的极欢大乐。"① 只要能够满足性欲望，享受到那份"可以为之一死的极欢大乐"，身败名裂又何妨？永隆夫人俨然是性欲望的化身或符号。

安娜-玛丽·斯特雷特最后一次现身是在《中国北方的情人》中。法国女孩和中国情人搭乘渡船时，看到一辆黑色敞篷的朗西雅汽车，是圆舞曲之夜那个红裙女人开的车。中国情人问红裙女人是谁，法国女孩像中了魔法，背书一样地说出了一连串名字和称呼："是斯特雷特夫人，安娜-玛丽·斯特雷特。行政长官的妻子。在永隆人们都叫她安玛斯……"法国女孩还告诉中国情人："她有许多情人"；"有个情人很年轻，为了她可以不顾自己的性命"。中国情人回答："她很美……我本以为她还要年轻一点……听说她有精神病"。② 关于安娜-玛丽·斯特雷特的传闻，法国女孩兴趣极大，而且似乎了如指掌。她告诉中国情人："她跟自己的司机，也跟来访问印度支那的王子们做爱，有老挝的，也有柬埔寨的王子。"③ 显然，安娜-玛丽·斯特雷特不仅美丽，而且极端放肆地追求情欲的满足。法国女孩还以自己英俊的小哥哥保罗的亲身遭遇印证安娜-玛丽·斯特雷特性欲望之旺盛与强烈："有一次，她把我小哥哥带走了。有天晚上她在俱乐部见到他，她请他打网球。他就去了。然后他们一起去花园里的游泳池。那里有一所有游廊的房子，带淋浴间和健身房"，但后来小哥哥再也不肯跟她去打网球了，因为"他害怕"。④ 小哥哥害怕什么？害怕自己招架不住，应付和满足不了安娜-玛丽·斯特雷特超强的性欲望。

长篇小说《抵挡太平洋的堤坝》里塑造了多位堪称欲女的女性形象，其中最有名的是丽娜和嘉尔曼。她们或为人妻，或是未嫁之女，但性观念都很开放，性生活都极为随便。母亲一家来到朗镇，在一家餐厅晚餐后开始跳舞，20岁的约瑟夫邀请某海关职员的妻子跳舞。小说交代："他曾同她睡过觉，为时好几个月，但是，现在，对她已经厌倦了。这是一个棕发、瘦削的女人。从那以后，

---

① [法]玛格丽特·杜拉斯《情人》，王道乾译，《杜拉斯全集》第6册，上海：上海译文出版社，2018年，第86页。
② 均见：[法]玛格丽特·杜拉斯《中国北方的情人》，施康强译，《杜拉斯全集》第6册，上海：上海译文出版社，2018年，第147页。
③ [法]玛格丽特·杜拉斯《中国北方的情人》，施康强译，《杜拉斯全集》第6册，上海：上海译文出版社，2018年，第158页。
④ [法]玛格丽特·杜拉斯《中国北方的情人》，施康强译，《杜拉斯全集》第6册，上海：上海译文出版社，2018年，第158-159页。

她就跟阿哥斯迪睡觉。"① 这个不具名的海关职员的妻子不停地跟不同的男人交欢，与妓女无异。

丽娜是一个情欲炎炎的中年女人，玛格丽特·杜拉斯用了很多笔墨描述约瑟夫在电影院和她相遇并最终与她交欢的过程。在杜拉斯所描写的艳情故事中，约瑟夫和丽娜碰撞的故事无疑是最香艳而火辣的。约瑟夫告诉妹妹苏珊，因为已经腻烦嘉尔曼，自己决定去电影院找个女人。果然，他遇到了和丈夫皮埃尔一起来看电影的丽娜。看电影过程中，皮埃尔睡着了，丽娜有意无意地对坐在自己旁边的约瑟夫微笑着说了一句："他总是这样。"后来约瑟夫对妹妹说："她微笑时，我发觉她长得很俏丽，不过她的声音尤其美。但我听见她说'总是这样'时，我立刻就想同她上床。"② 然后，丽娜递给约瑟夫一支三五牌香烟，向他要火。老练的约瑟夫立刻断定："她之所以问我要火，是为了借火柴的微光看我看得更清楚些。她也一样，她立刻就有同我上床的想法。我不用看她，她一问我要火，我就猜到她比我年纪大得多，是一个不会为自己同某个家伙睡觉而感到羞耻的女人。"③ 看完电影后，约瑟夫搭乘皮埃尔和丽娜夫妇的美轮美奂的德拉奇牌轿车出城。约瑟夫说自己在刚出城那会儿就开始渴望得到她，而丽娜恰好是性感尤物，而且与自己有同样的冲动。约瑟夫说："我感觉到她绷紧的身体紧挨着我。她双臂交叉在胸前，一只手臂环抱自己的肩头，另一只手臂则搂住我的肩。劲风吹得裙子紧贴她的身体，我大概能辨别出她乳房的形状，几乎和她裸露时一样清楚。她的确显得很结实。她拥有美丽的乳房，硕大、挺拔。"④

看完电影后，他们三人一共逛了四家夜总会或酒吧。离开第一家夜总会时，丽娜欲火中烧地凝视着约瑟夫。走出第二家酒吧的时候，丽娜则悄声对约瑟夫说："我们可不能再喝了。尽管让他喝去吧。"丽娜口中的"他"就是她的丈夫皮埃尔。让丈夫尽管喝酒，无非是要他喝醉，自己方便做别的事，所以约瑟夫

---

① ［法］玛格丽特·杜拉斯《抵挡太平洋的堤坝》，谭立德译，《杜拉斯全集》第1册，上海：上海译文出版社，2018年，第318页。
② ［法］玛格丽特·杜拉斯《抵挡太平洋的堤坝》，谭立德译，《杜拉斯全集》第1册，上海：上海译文出版社，2018年，第459页。
③ ［法］玛格丽特·杜拉斯《抵挡太平洋的堤坝》，谭立德译，《杜拉斯全集》第1册，上海：上海译文出版社，2018年，第460页。
④ ［法］玛格丽特·杜拉斯《抵挡太平洋的堤坝》，谭立德译，《杜拉斯全集》第1册，上海：上海译文出版社，2018年，第463页。

心里明白:"想必她越来越渴望同我睡觉。"① 走出第三家酒吧,丽娜给已有醉意仍在开车的丈夫指路,约瑟夫却在一边把她的裙子撩起来,开始慢慢地抚摩她全身,她则听之任之。最后他们到了第四家夜总会。看到灯光下的丽娜形容憔悴、疲惫不堪,约瑟夫大发感慨:"我知道个中缘由,那是因为她很想同我睡觉,是因为我在车上对她所做的举动。……我们离开第三家酒吧已经三刻钟了。整个这段时间里,我都在抚摩她,没完没了。……从伊甸影院出来后的两个小时里,我就一直在一条隧道里寻找她,她站在隧道的尽头,用她的双眸、她的乳房、她的嘴巴呼唤我,而我则无法触及她。"② 夜总会舞厅奏起名为《拉莫娜》的乐曲,很想跳舞的约瑟夫邀请在那儿第一眼见到的一个娇小漂亮的女子跳舞。丽娜见状,醋意大发,下定决心要做某件事情,约瑟夫明白他们融为一体的时刻即将到来。小说描写此时的丽娜:"猛然间,她的眼睛睁得大大的,她的双手开始轻微地颤抖。她站起来,在桌子上方探过头来,那家伙(指丽娜的丈夫——引者)的脑袋就搁在桌子上,我们互相拥吻。当她挺直身体时,她的嘴唇发白,而我则觉得在我嘴里有她口红的杏仁香味。……只要他在睡觉,我们就嘴对嘴地互相亲吻,无法分离。只有我们的嘴碰触在一起,没有任何别的。而她一直在颤抖,甚至含在我嘴里的她的嘴也在发抖。……每次当他试图清醒过来时,她就给他的酒杯里斟满香槟。……他又睡倒了。她探过身来,我们又拥吻在一起。她不再颤抖。她的头发完全被弄乱了,嘴唇苍白。她的美只对我一个人而言,我吃了她嘴唇上的口红,我弄乱了她的秀发。她心花怒放,欣喜若狂,她手足无措,显得肆无忌惮。"③ 最后,丽娜把丈夫放倒在长凳上睡觉,然后花钱包了一张酒桌一整夜,把钱和一张名片交给侍者,要他在丈夫醒来后送他回家。约瑟夫和丽娜离开夜总会,开车来到丽娜指明的一家旅馆,在那儿连续待了八天,每天疯狂地做爱。

丽娜是如此有魅力,她身上散发出来的性欲望是如此具有魔力,以致从此以后,约瑟夫再也离不开她,下定决心要离开母亲,离开平原,"因为他无法抗拒要谈论那个女人的欲望。几乎总是围绕着她。他从来都不相信和一个女人在一起能够这么幸福。他说,在她之前自己所结识的女人都微不足道。他确信自

---

① [法]玛格丽特·杜拉斯《抵挡太平洋的堤坝》,谭立德译,《杜拉斯全集》第1册,上海:上海译文出版社,2018年,第465页。
② [法]玛格丽特·杜拉斯《抵挡太平洋的堤坝》,谭立德译,《杜拉斯全集》第1册,上海:上海译文出版社,2018年,第466页。
③ [法]玛格丽特·杜拉斯《抵挡太平洋的堤坝》,谭立德译,《杜拉斯全集》第1册,上海:上海译文出版社,2018年,第468-469页。

己可以和这个女人一起待在床上好多好多天。他们曾经整整三天,几乎不吃不喝,就是做爱,把其他所有的事情都置于脑后"。① 约瑟夫和苏珊的母亲去世之后,丽娜陪约瑟夫回到吊脚楼。小说再一次从苏珊的视角描写了丽娜的美丽和性感:"她的确很美,很优雅。她那不施粉黛的脸庞,因舟车劳顿和忐忑不安而显得憔悴,但依然非常美。她的双眼正如约瑟夫曾经说过的那样,那么明亮,简直可以说因耀眼的光线而目眩。"②

嘉尔曼是小说中的又一个欲女。她是城里中心旅店的女老板。她的母亲马尔特太太属于早年从欧洲移居印度支那的老移民,年轻时做过妓女,现在将中心旅店的经营业务传给了女儿。作为性欲望的化身或符号,嘉尔曼有着不一般的外貌,尤其有一双美腿。现年三十五岁的她,"身材高大,衣着考究,小小的蓝眼睛,清纯明朗","有一口又大又好的牙齿","使嘉尔曼之所以成为嘉尔曼,使她这个人本身成为无法取代的,使她的经营魅力成为无法取代的,是她的双腿。嘉尔曼的确具有两条无与伦比的美腿",为了发挥这双腿的优势,"嘉尔曼总是穿着如此短的裙子,连整个膝盖都能看到。她的膝盖无懈可击,光洁滑润,像连接杆那样浑圆、灵活、精巧。人们仅仅为了这双腿就可能向嘉尔曼求爱"。③ 小说接着写道:"正因为这双腿和她使用的那种具有说服力的方式,嘉尔曼有足够的情人,根本不屑于去上城区寻找情夫。她的殷勤体贴与她对自己拥有如此一双美腿的满意颇有关联,但是她的亲切是如此诚心诚意,始终不渝,以至她的情人后来都成了她忠实的顾客,有时,他们在太平洋浪游两年之后,总是又回到中心旅店来。旅店生意兴隆。嘉尔曼自有她并不苦涩的人生哲学,她轻易地安于命运的安排……她顽强地禁止自己陷入任何可能败坏情绪的恋情。这是个十足的娼妓,生来就习惯于她那些伴侣来来去去。"④ 嘉尔曼名义上是旅店老板,实际上遵循"并不苦涩的人生哲学"即享乐主义人生哲学,最终成为"十足的娼妓"。

嘉尔曼的确对男女性事有独到的爱好,且乐此不疲。她的旅店里专门有六间按小时提供给海军军官和妓女的房间,并取得了许可证。她声称"她不是为

---

① [法] 玛格丽特·杜拉斯《抵挡太平洋的堤坝》,谭立德译,《杜拉斯全集》第1册,上海:上海译文出版社,2018年,第474页。
② [法] 玛格丽特·杜拉斯《抵挡太平洋的堤坝》,谭立德译,《杜拉斯全集》第1册,上海:上海译文出版社,2018年,第530页。
③ [法] 玛格丽特·杜拉斯《抵挡太平洋的堤坝》,谭立德译,《杜拉斯全集》第1册,上海:上海译文出版社,2018年,第400-401页。
④ [法] 玛格丽特·杜拉斯《抵挡太平洋的堤坝》,谭立德译,《杜拉斯全集》第1册,上海:上海译文出版社,2018年,第401页。

了赚钱才申请这许可证，而是出于某种真正的爱好。她自称，在一个名声很好的旅店里，她会感到无聊的"。① 所谓某种真正的爱好，就是对男女性事的嗜好。两年前，在一阵感情冲动下，"嘉尔曼使约瑟夫失去了童贞。从那时起，每当约瑟夫路过此地短住，她就一连几夜同他共度良宵。在这种情况下，她很体贴而又巧妙地不收他房费，她就这样以她从约瑟夫那儿获取的愉悦来掩盖她的慷慨和宽厚"。② 从约瑟夫那儿获取的肉体愉悦居然在生意人嘉尔曼这里比房费还重要，说明她对性欲望是多么迷醉和贪求。

在玛格丽特·杜拉斯的小说中，妓女无疑是最具代表性的欲望化身或符号。劳拉·阿德莱尔认为，杜拉斯常常在小说中赞颂妓女，因为妓女是真正为爱所迷失的女人，可以对所有人开放自己的身体，却在等待有朝一日能够只奉献给某一个人。③

---

① [法] 玛格丽特·杜拉斯《抵挡太平洋的堤坝》，谭立德译，《杜拉斯全集》第1册，上海：上海译文出版社，2018年，第417页。
② [法] 玛格丽特·杜拉斯《抵挡太平洋的堤坝》，谭立德译，《杜拉斯全集》第1册，上海：上海译文出版社，2018年，第402页。
③ [法] 劳拉·阿德莱尔《杜拉斯传》，袁筱一译，沈阳：春风文艺出版社，2000年，第343页。

第四章

纷繁隐晦的心绪

西方文学批评家一般会将玛格丽特·杜拉斯在20世纪五六十年代创作的小说归为新小说派作品,尽管杜拉斯本人并不认可。其实,不只是20世纪五六十年代创作的小说,杜拉斯几乎所有的小说都具有浓郁的现代主义或后现代主义色彩。单就小说主题这一方面而言,情况更是如此。法国文学尤其杜拉斯作品的中文翻译名家王道乾早在1979年翻译玛格丽特·杜拉斯的《琴声如诉》之后写了一篇"翻译后记",对杜拉斯的创作主题做了一个大致的梳理,然后指出:"玛格丽特·杜拉斯小说中展现的世界,概括来说,就是西方现代人的生活苦闷、内心空虚,人与人难以沟通,处在茫然的等待之中,找不到一个生活目标,爱情似乎可以唤起生活下去的欲望,但是爱情也无法让人得到满足,潜伏着的精神危机一触即发,死亡的阴影时隐时现。"① 简而言之,在王道乾看来,表现西方现代人的苦闷、空虚、隔膜、迷茫等心理就是玛格丽特·杜拉斯小说最重要的主题。

的确,玛格丽特·杜拉斯在诸多小说中描绘了西方尤其法国现代社会中现代人多种多样的心绪,既有深入骨髓的孤独意识,又有扭曲畸形的变态甚至病态心理,还有稀奇古怪的犯罪冲动。这些心绪共同构成杜拉斯笔下那幅纷繁隐晦的现代心理图景,使她的小说呈现出浓郁的现代或后现代色彩,从而让她当之无愧地跻身20世纪现代主义或后现代主义作家的阵营之中。本章将结合相关作品,集中剖析玛格丽特·杜拉斯小说中所描绘的人物的多种纷繁而隐晦的现代心理。

---

① 王道乾《琴声如诉·翻译后记》,载《杜拉斯全集》第4册,上海:上海译文出版社,2018年,第92页。

第一节　刻骨的孤独意识

　　作为群体性动物的人，当感受到孤独时，第一反应和表现就是不假思索地逃避、逃脱。玛格丽特·杜拉斯直面作为个体的人面对孤独时的恐慌，抓住了人面对孤独时那种急欲规避和逃脱的心理，对孤独意识及其回避方式进行了细致而夸张的展现。杜拉斯小说中的人物在面对无法克服的孤独时常常表现得异常极端，这些极端的方式有自我封闭、茫然等待、极端厌世，等等。不过，虽然玛格丽特·杜拉斯认可人类孤独的宿命，但又认为孤独是一种存在已久的心理状态，只要积极乐观地面对它，便可将它转换成积极主动的生命体验。她在小说中常常让一群身处孤独中的人在精神上颠覆孤独，使得那被认为是压抑性、负能量的孤独感转变成积极主动感知生命的内驱力，从而让人们在孤独中变得富有生命力和战斗力，换言之，使孤独变成兴奋剂，刺激人们努力寻求和接近生命的本质。

　　在玛格丽特·杜拉斯的小说中，似乎每个人都是孤独的，都与他人无法沟通。具体来说，她在长篇小说《无耻之徒》《平静的生活》《抵挡太平洋的堤坝》《直布罗陀水手》《塔尔奎尼亚的小马》《广场》《昂代斯玛先生的午后》《乌发碧眼》，以及短篇小说《成天上树的日子》中，都不同程度地揭示和描绘了人物的孤独意识以及与之相伴的自我封闭、厌倦感或等待心理。

　　玛格丽特·杜拉斯的第一部长篇小说《无耻之徒》讲述了一个偶合家庭的故事。父亲塔内朗先生在奥什中学讲授自然科学，后来娶了居住在同一座城市的格朗太太即后来的塔内朗太太，生了儿子亨利·塔内朗，塔内朗太太带过来一子一女，即雅克·格朗和慕·格朗。小说描绘了塔内朗夫妇身上深入骨髓的孤独感。

　　塔内朗家在多尔多涅省的乡下有一个于德朗庄园，塔内朗太太和塔内朗先生结婚后曾在那里住了七年。虽然土地收入少得可怜，但是当政治事件如第二次世界大战爆发使人生前途显得暗淡时，塔内朗太太还是会想到于德朗庄园，并感叹幸亏有了于德朗。离开奥什在于德朗居住的七年里，塔内朗太太和家人全心全意地想振兴庄园，但他们不知道如何经营，因此庄园十分破败，塔内朗太太不久就气馁了，骤然之间失去了工作的热情。以前她的热情总能克服一切阻力，但在于德朗庄园这里却失败了，一切努力都付之东流。小说这样描写经营庄园失败后塔内朗太太的失落感和孤独感："作为母亲，她有那个老儿子，那个忘恩负义和肯定心怀叵测的女儿,那个邪恶的小男孩;作为妻子,丈夫之所以没有离去,大概是因为这里饭菜可口,还以为他在这个松动的土地上建成了一座冷漠的堡垒;她为这所有的人献身。有一刻,她希望成为一位平静的老妇人,任务已完成,她可以轻松地死去或随兴所致地生活。一段时间以来,她梦想过平静的生活。为什么把孩子们,尤其把大儿子留在身边呢?为什么一直紧紧地监护他呢?为什么让他始终依赖自己,反常地延长她的母爱呢?是的,她本该尽早摆脱雅克。有时这个想法在她脑中一闪,她感到害怕……应该提防那些在肉体上和财务上掠夺你的子女们。"① 塔内朗太太的"老儿子"是四十岁的雅克·格朗。从这段文字可以看出,塔内朗太太的孤独感主要体现在两个方面:一是和家人之间没有沟通和交流,对三个子女和现在的丈夫完全不理解,感觉自己生活在"一座冷漠的堡垒"之中;二是没有获得感和成就感,甚至怀疑自己的母爱是不是付出得值当,内心里渴望摆脱和提防在肉体上和财务上掠夺自己的子女们。

　　塔内朗先生同样处于极端的孤独之中。小说写道:"塔内朗从公共教育部回来,他六十多岁还不得不去那里再干点工作以贴补家用。自他结婚以来,沉重的负担完全耗尽了他个人的财产。说实话,他周围的人对他的牺牲感到泰然。此外,自从他工作以来,他稍稍摆脱了家人的专横,觉得更自在。他的确不习惯于家庭生活所带来的不可避免的束缚,何况他时时对妻子前夫的儿子雅克·格朗感到恐惧。当初,尽管格朗太太已有两个孩子,他仍然毫不犹豫地娶她为妻,因为他认为大男孩多半很快就会独立谋生。他有了个儿子,叫亨利。他在暗中深深地爱着亨利,但很快就不得不接受这个想法:他得不到任何回应。因此,看起来塔内朗生活在极端的孤独之中。"② 跟塔内朗太太的感受一样的是,塔内朗先生也没有获得感和成就感,即使他为这个家庭耗尽了所有财产,子女和妻子也觉得理所当然,同时跟子女无法沟通和交流,不仅害怕妻子带过来的儿子,而且从自己深爱的亲生儿子那里也无法获得任何回应。与塔内朗太太的感受不一样的是,他觉得退休以后继续工作虽然辛苦,但反而可以摆脱家人的专横和家庭生活不可避免的束缚,获得一点点自在感和自由感。塔内朗先生"极端的孤独"感的确名副其实。

　　玛格丽特·杜拉斯第二部长篇小说《平静的生活》的女主人公弗朗苏·维

---

① [法] 玛格丽特·杜拉斯《无耻之徒》,桂裕芳译,《杜拉斯全集》第1册,上海:上海译文出版社,2018年,第17页。
② [法] 玛格丽特·杜拉斯《无耻之徒》,桂裕芳译,《杜拉斯全集》第1册,上海:上海译文出版社,2018年,第7-8页。

雷纳特虽然年仅二十五岁，却有着年老的塔内朗夫妇那样的孤独感，甚至因而生发了厌倦感和渴求死亡的冲动。因为接连发生家人死亡事件，舅舅热罗姆被弟弟尼古拉狠揍一顿而重伤致死，弟弟因为女友移情别恋而卧轨自杀，弗朗苏便搭乘火车去大西洋边的 T 市散心。在旅馆的房间里，无人与她说话，她只能望着穿衣镜里的自己顾影自怜。后来，她甚至刻意避免看见镜子里的自己，虽然有时不自觉地会瞥见自己在镜中的动作。弗朗苏在镜子里看到自己的唯一收获就是知道自己还活着。此时弗朗苏的心理活动很丰富，既有对自己和一切的莫名厌倦，也感觉到一种死亡意识一直纠缠着自己，而这种死亡意识却并不怎么恐怖。小说在三处反复描写弗朗苏这种愈演愈烈的死亡意识："我已活了二十五年。我曾经是个小姑娘，后来长大了，长到现在这样高，今后再也不会长个儿。我原本可以成千上万种死法中的一种死去，可我成功地走过了二十五个年头，如今依然活着，还没有死。我在呼吸。从鼻孔里呼出的气息真实、微湿、温热。我终于活下来，虽非出自本意。""我不仅老了，我生不如死。太晚了。因为现在我知道这是真的，我确实存在，死其实并不比死不掉可怕。""每天我都可能死去，但我总也不死。每天我都以为比头天更清楚怎么才能死。我忘了头天我也是这样想的。我总也不死。……我发现我没有任何死去的原因，也许正因为如此，我的生活是一片沼泽，无论我怎样挣扎，也只能发出厌倦的汩汩声。"①

弗朗苏的厌倦感和死亡意识的根基就是孤独感。她本想暂时逃避家庭，去大西洋边的 T 市散散心，却不想在那里感觉更孤独。小说以第一人称的口吻讲述弗朗苏在罕见人迹的海滨浴场时的感受："经历了多少个日子，多少个朝朝暮暮，才等到了这个下午。我无事可干，身边别无他物，只有始终一模一样的大海。我每天都以为这是我最孤独的一天，可是我错了，我一天比一天孤独。每个早晨我都对自己说，在这块领地上我不可能再往前走一步，到了晚上，我却发觉我又走过了一片孤独的处女地。"② 换言之，弗朗苏发现，没有最孤独，只有更孤独；孤独没有止境，一片又一片孤独的处女地在等着自己去发掘。小说这样描写弗朗苏在宾馆房间里的感受："窗户关上后，房间的四堵墙从四面围住我，活像四个问题，总是那几个问题：尼古拉死了，蒂耶纳（弗朗苏的情人——引者）将离去，父母老了，那么我呢，我呢？我想到了自己。自然，我

---

① ［法］玛格丽特·杜拉斯《平静的生活》，王文融译，《杜拉斯全集》第 1 册，上海：上海译文出版社，2018 年，第 226、250、251 页。
② ［法］玛格丽特·杜拉斯《平静的生活》，王文融译，《杜拉斯全集》第 1 册，上海：上海译文出版社，2018 年，第 244 页。

感到震惊。……每次都一样,我辛辛苦苦构筑我的孤独,人们从未见过的最大、最壮观的孤独之宫。它既令我害怕,又令我惊叹。"① 弗朗苏生活在由千千万万的孤独构筑的最大、最壮观的孤独之宫里。孤独之宫里除了孤独,还有什么?小说继续写道:"厌倦还在。只有厌倦不时会袭来。我每次都以为厌倦到了头,可是这不对,厌倦的尽头总是另一个厌倦的源头。人可以靠厌倦活着。……我将把自己关在我的孤独之宫,有厌倦与我做伴。在窗玻璃后面,我的生命将一点一滴地逝去,我将久久地保存它。我说:明天,因为总是在明天我才会进入孤独帮会,才会有合乎时宜的表情和举止。"② 在弗朗苏的孤独之宫里,还有厌倦陪伴着。弗朗苏发现,厌倦感像孤独感一样,也没有尽头,它甚至成了她的伙伴和她生命的滋养品。

因为感到孤独,因为厌倦一切,弗朗苏身上有一种强烈的事不关己的局外人感觉。她在海滩上晒太阳,一个名叫亨利·卡罗的糖果厂推销员曾经与她套近乎,她也与他聊了起来,后来那人就在她的面前淹死在大海里,她完全无动于衷,一点也没有掀起情绪的波澜。别人指责她:"为什么你什么都不说,什么都不做,也不呼救?"弗朗苏的解释是:"喊人没用,海滩上没有人,一个都没有,而我又不大会游泳。"③ 旅馆老板娘发现弗朗苏冷漠至极,不愿意再留下她。此时的弗朗苏却发出这样的感慨:"我盼着某天早上发生一件事,把我从可笑的等待中彻底解脱出来;自T市开始,等待便是我的生活。但来此地已半个月,什么事都没有发生。"④ 明明有人死了,而且就死在自己的眼前,却认为什么事都没有发生,弗朗苏像极了法国存在主义作家加缪的小说《局外人》中的"局外人"默尔索,后者对一切事情包括母亲之死都完全无动于衷。此外,弗朗苏一直在等待着什么的心理状态,跟法籍爱尔兰裔戏剧家贝克特的荒诞派戏剧《等待戈多》中的主人公始终在等待戈多却一直等不到的心理状态如出一辙。从这个角度来看,玛格丽特·杜拉斯笔下的弗朗苏形象及其心理状态是非常典型的现代人形象和现代人心理。

玛格丽特·杜拉斯在第三部小说《抵挡太平洋的堤坝》中描述了母亲、约

---

① [法]玛格丽特·杜拉斯《平静的生活》,王文融译,《杜拉斯全集》第1册,上海:上海译文出版社,2018年,第250页。
② [法]玛格丽特·杜拉斯《平静的生活》,王文融译,《杜拉斯全集》第1册,上海:上海译文出版社,2018年,第250-251页。
③ [法]玛格丽特·杜拉斯《平静的生活》,王文融译,《杜拉斯全集》第1册,上海:上海译文出版社,2018年,第259页。
④ [法]玛格丽特·杜拉斯《平静的生活》,王文融译,《杜拉斯全集》第1册,上海:上海译文出版社,2018年,第260页。

瑟夫和苏珊一家无法摆脱的孤独感。他们一家住在偏远而闭塞的平原地区，离市镇很远，离大城市更远。小说交代他们住处的地理位置和交通状况："在这平原上，只有一条从朗镇途经康镇到城里的路"，"路的一侧通向朗镇，另一侧通向康镇"，朗镇"离此地有六十公里远"，而"殖民地最大的城市，即首都，离这里有八百公里之遥"，"那条路上，除了客车，很少有汽车经过，白天最多不过两三辆"。① 于是，他们花两百法郎购买了马、车和鞍辔等全套行头，一方面让约瑟夫搞运输业务赚点钱；另一方面，"他们感觉不那么孤单了，通过这匹马，他们同外部世界联系起来了，他们仍然能够从这个世界汲取某种东西"。但那匹马太老了，仅干了八天活就死了，"他们为此而感到厌烦，在这一小片平原上，没有了马匹，他们就重新回到孤独和永远的贫乏之中"。② 正是在这种背景下，苏珊和约瑟夫兄妹几乎不约而同地产生了同样的梦幻。和哥哥带着孩子们在河里游泳时，苏珊不时地离开水面，坐在河岸上，凝视着这里唯一一条公路，然后产生了这样的幻想："也许会有那么一天，一辆小汽车终于停在吊脚楼前。一个男人或一个女人从车上下来向约瑟夫或苏珊问路，或者要帮个什么忙。她并不很清楚人家可能向她打听什么情况，在这平原上，只有一条从朗镇途经康镇到城里的路。因此，不可能迷路。但我们无法预料一切，苏珊满怀着希望。某一天，也许一个男人停下来，为什么不呢？因为他可能发现她在桥边。他也许会喜欢上她，然后提议要把她带到城里去。"③ 就在苏珊做梦的同时，"约瑟夫也在等待一辆可能停靠在吊脚楼前的汽车。那辆车也许是由一位淡金黄色头发的女子驾驶，她抽着三五牌香烟，而且涂脂抹粉的。她，也许会请约瑟夫去帮她修一下轮胎呢"。④ 妹妹梦想一个男人开车经过此地，然后喜欢上她，再带她到城里去。而哥哥想象某位驾车的女子在自家的吊脚楼前停下，并请他帮她修理轮胎，然后看中他，再带他离开。显然，两人的梦想都是孤独和封闭逼出来的幻觉。

玛格丽特·杜拉斯第四部长篇小说《直布罗陀水手》中的男主人公"我"一出场，就处在孤独无助的状态。"我"本来想做个自行车运动员或者探险家，

---

① ［法］玛格丽特·杜拉斯《抵挡太平洋的堤坝》，谭立德译，《杜拉斯全集》第1册，上海：上海译文出版社，2018年，第290页。
② ［法］玛格丽特·杜拉斯《抵挡太平洋的堤坝》，谭立德译，《杜拉斯全集》第1册，上海：上海译文出版社，2018年，第285页。
③ ［法］玛格丽特·杜拉斯《抵挡太平洋的堤坝》，谭立德译，《杜拉斯全集》第1册，上海：上海译文出版社，2018年，第290页。
④ ［法］玛格丽特·杜拉斯《抵挡太平洋的堤坝》，谭立德译，《杜拉斯全集》第1册，上海：上海译文出版社，2018年，第291页。

但门儿都没有,最后因为父亲是殖民地官员,自己轻而易举地进了殖民部工作。至今"我"已在法国殖民部的身份登记处工作了八年多,每天机械地抄写出生证和死亡证,对这份工作早已讨厌至极。于是,"我"上班经常迟到,为了掩饰,又因为"我终究不能说讨厌我的工作",只好对所有人撒谎,"就捏造说我有肝病"。① 既然讨厌这份工作,为什么不辞职走人呢?"我"这样解释自己长期忍受这份让人讨厌的工作的原因:"我试过要做别的事,却从没找到。""总是担心失业,再就是怕丢脸,我说不清。"② 也因为讨厌现在的工作,"我"便觉得即使在战火纷飞、危险迭起的年代都比现在快活:"战争期间,我很快活。我在一个报务连里。我学会了爬电线杆,那很危险,因为有可能触电摔下来,可我还是很快活。星期天我没法儿停下来,就去爬树。"③ 现在的"我"不仅讨厌自己的工作,而且厌倦政治:以前上大学时热心政治,现在完全不搞了,因为"我过早开始搞,厌倦了……"④ 同时,"我"对女友雅克琳也不怎么满意,却也准备凑合着过下去。当初,"我"因为没有胆量离开殖民部,想通过强奸新来的职员雅克琳的恶作剧达到被开除的目的,却不承想对方正在迫切等待一个男人,从此每周六下午两人在办公室做爱倒成了一个惯例。两年过去了,"我"对雅克琳再没有丝毫欲望,也从来没能做到真正喜欢她,却没有勇气与她分手。"我"陪雅克琳从法国来意大利旅游消夏,但在佛罗伦萨待着的五天里,都是在一家相对凉爽的咖啡馆里度过的。"我"忍不住调侃自己,却又一语中的:"我是旅游业的耻辱。我丢人现眼。……我不配是个游客。""确切地说,我是个对生活感到厌倦的男人。"⑤

"我"的这种厌倦情绪植根彻骨的孤独感。"我"只有一些大学的旧伙伴,但都不再见面了。"二战"期间,"我"有过不少战友,但现在很难找到。"我"在殖民部工作时倍感孤独,完全"没有伙伴",几乎是孤家寡人一个,而且"我"求之不得,"我不能总去拜访部里的同事"求得热闹。部里的同事彼此之

---

① [法]玛格丽特·杜拉斯《直布罗陀水手》,金志平译,《杜拉斯全集》第 2 册,上海:上海译文出版社,2018 年,第 16 页。
② 均见:[法]玛格丽特·杜拉斯《直布罗陀水手》,金志平译,《杜拉斯全集》第 2 册,上海:上海译文出版社,2018 年,第 15 页。
③ [法]玛格丽特·杜拉斯《直布罗陀水手》,金志平译,《杜拉斯全集》第 2 册,上海:上海译文出版社,2018 年,第 15 页。
④ [法]玛格丽特·杜拉斯《直布罗陀水手》,金志平译,《杜拉斯全集》第 2 册,上海:上海译文出版社,2018 年,第 17 页。
⑤ [法]玛格丽特·杜拉斯《直布罗陀水手》,金志平译,《杜拉斯全集》第 2 册,上海:上海译文出版社,2018 年,第 23、26 页。

间都玩客套,"人们互称先生。赶到抄写时,对谁都不能说话"。总之,"我那些同事,我真想杀了他们,而不是和他们说话"。① 现在来到意大利旅游,"我"的孤独感不仅没有消除,似乎变得更强烈。到小渔港罗卡的当天夜里,离开熟睡的女友,"我"起床站在河岸上望着河对面热闹非凡、灯火辉煌的舞会。小说这样描述"我"此时的感受:"当人在乐声中和灯光下感到孤独时,他就渴望遇到某个同他一样孤独的人。这是很难受的。我发现我的心绷紧了。我对此觉得惊奇。不,我并不特别渴望要一个女人。……那么,是想碰见某个人?想和某个人说话?是对遇不上一个人感到失望?我肯定了这种解释。"② 渴望碰见一个人,跟他说说话,却遇不上,所以备感孤独。幸运的是,"我"稍后就遇到了此地唯一一家小饭店的老板埃奥洛。孤独是一样的,但年龄是不一样的,"我"三十二岁,埃奥洛是老人。在老人的鼓励下,"我"在一个夜晚去了舞会现场,邀请一个姑娘跳舞,开口就说:"我很高兴碰见您。我很孤独。"对方很得意,因为她觉得自己猜中了"我"的心思:"您一进来,我马上看出您在找一个年轻姑娘,想同她过一个晚上。"③ 不过这个叫康迪达的意大利女子没猜到的是,也许找女人可以寻找一下刺激,但实际上并不能驱除"我"深入骨髓的孤独感。直到在参观佛罗伦萨的圣马可博物馆时,"我"看到《天使报喜》画中的天使像后,终于发出"一声沉闷的呻吟",然后当着众人发出一声"格外有力"的吼叫:"身份登记处,结束了。"此时的"我"只有一个想法:"留在身份登记处,同她在一起——我分不开这两件事——是不诚实的,我既不能再留在身份登记处,也不能同她在一起了。"④ 这声吼叫最终让"我"宣泄了对工作和女友的厌倦情绪,挥之不去的孤独感也得以消失。

  玛格丽特·杜拉斯在第五部长篇小说《塔尔奎尼亚的小马》里揭示了一位老年杂货商的孤独心理。一个年仅二十三岁的扫雷员踩到村子里山上的一枚地雷,被炸得粉碎。事故发生的第二天,扫雷员的父母就从河对岸的山那边过来了。小村子的杂货商一直陪伴着他们。杂货商六十来岁,两年前成了鳏夫。他只出售一些蔬菜,以及肉、粮食。"他又老又孤独,在空荡荡的货架中间搓着手

---

① [法]玛格丽特·杜拉斯《直布罗陀水手》,金志平译,《杜拉斯全集》第2册,上海:上海译文出版社,2018年,第18-19页。
② [法]玛格丽特·杜拉斯《直布罗陀水手》,金志平译,《杜拉斯全集》第2册,上海:上海译文出版社,2018年,第48-49页。
③ [法]玛格丽特·杜拉斯《直布罗陀水手》,金志平译,《杜拉斯全集》第2册,上海:上海译文出版社,2018年,第57页。
④ [法]玛格丽特·杜拉斯《直布罗陀水手》,金志平译,《杜拉斯全集》第2册,上海:上海译文出版社,2018年,第39页。

儿乐。这是他一生中最清闲的工作。他从未想过有朝一日竟会落到这个地步。"① 杂货商为什么这么热心地陪着扫雷员的父母呢？除了心生同情外，一个重要原因就是他太孤单、太孤独。他不只是现在陪着扫雷员的父母，还打算等他们料理好孩子的后事离开后也常去看看他们。杂货商对萨拉和让先生解释他打算这样做的原因："我总是没有要去走动看看的朋友，这也是旅行的借口吧。""我把我倒霉的一生说给他们听，散散他们的心，不但我的生活，还把我没有过过的生活、我想要过的生活也说。从前还没有人这样听我说过。"② 没有能够走动的朋友，所以要把扫雷员的父母认作朋友；从前没有人听他说自己的事，从来没人倾听自己的心里话，现在渴望找到听众，这个年老杂货商的孤独由此可见一斑。此外，这个年老杂货商还一直处在一种等待的状态。他身怀绝技，一直在等待做好事甚至做大好事的时机，但这种时机就是不来。他说："我只是愿意用自己的力量来做好事，不是别的。总之，我等待什么时候有了做大好事的机会就会用上我的力量。机会一直没来过。""我身怀柔道二十年。我空自容忍了不少事情，但是我不愿意使出来，有我这样的绝技要深藏不露。我对自己说做大好事的时机会来的，别着急，使用的时机会来的。它就是不来。"③ 老杂货商的等待心理跟前面说到的弗朗苏的等待心理是一模一样的。

　　玛格丽特·杜拉斯在短篇小说《成天上树的日子》里塑造了一个非常富有却很孤独的母亲形象。她如此孤独，渴望在死前见自己喜欢的小儿子一面。母亲介绍自己在印度支那的住房和生活状况："那座房子，它也是孤零零的，上了锁，再也派不了用场……孤零零的……"儿子雅克的同居女友玛塞尔由此深有感触地对母亲说："您在生活中也特别孤独。"④ 一次，母亲和玛塞尔聊天。玛塞尔是个孤儿，曾经做过妓女，现在一家舞厅做舞女。因为雅克每隔一天就要把她赶出门，而她无他处可去，最终每次都像一条狗一样可怜兮兮地乞求着回来。虽然母亲很同情她，但还是说："在那座住宅里，或者不如说在那个工厂

---

① ［法］玛格丽特·杜拉斯《塔尔奎尼亚的小马》，马振骋译，《杜拉斯全集》第2册，上海：上海译文出版社，2018年，第348页。
② 均见：［法］玛格丽特·杜拉斯《塔尔奎尼亚的小马》，马振骋译，《杜拉斯全集》第2册，上海：上海译文出版社，2018年，第400页。
③ ［法］玛格丽特·杜拉斯《塔尔奎尼亚的小马》，马振骋译，《杜拉斯全集》第2册，上海：上海译文出版社，2018年，第429、430页。
④ ［法］玛格丽特·杜拉斯《成天上树的日子》，刘方译，《杜拉斯全集》第3册，上海：上海译文出版社，2018年，第56页。

里，我哪怕再孤独十倍，嘿，我也永远不会叫您去那里。"① 母亲不愿意把自己的孤独"传染"给他人。此前，母亲曾经几次劝小儿子雅克去帮自己管理工厂，并最终将工厂留给儿子，但遭到拒绝，现在她终于认同了儿子的态度，说："临终时，我哪怕孤独得像条狗，我也不会对任何人再提去我那里的事！"② 巧合的是，玛塞尔和母亲都不约而同地把自己比喻为孤独的狗。

小说《广场》中，一个中年旅行推销员和一个年轻女佣在街心花园相遇后，开始有一搭没一搭地闲聊。前者说自己有时无比孤独，便特别想找人说话。他对女佣说："有的时候，我来到广场，经常是已经有好几天没有说话了……我没有机会说话，除非和买我的东西的人说上几句，那些人总是匆匆忙忙，又是那么多疑。不相信人，甚至除开兜售我的纱线讲几句，其他一句话也没有。"女佣回应说，自己也有过这种情况，那时"除了想说说话，别的都不想干"。③ 然后，两人就提到自己打发孤独的办法：或者和自己说话，或者和自己虚构出来的人说话。人们要么因为忙，没有时间跟推销员聊天，要么因为多疑、不信任，不愿意跟推销员聊天说话，所以推销员常常是连续好几天不说话，口都闭得发臭了。推销员的孤独由此可见一斑，而什么事都不想干，只想找人说说话的女佣也同样孤独。

此外，女佣还谈到自己伺候过的主人虽然有钱，却跟穷人同样有烦恼，因为他们厌倦一切，内心极为孤独。她说："我所伺候的那位先生，说他幸福，人们也许会相信。他是一个做大生意的人，钱多得很，可是人恍恍惚惚，是啊，是一个很苦恼的人。我相信他从来没有看过我一眼，我相信他看到我也不会认识我。……他什么人也不看，可以说，他根本不知道使用他的眼睛。所以，有时我觉得他不像人们相信的那样幸福。他好像对什么都感到厌倦，包括看一看也厌倦。"女佣接着说女主人也一样，"人们也许会说她是幸福的。可是我，我知道，并不是那么一回事儿。……在晚上，她常到厨房来，闲得没事儿干似的，那是谁也瞒不过的，她那样子是找我来做伴儿的"。④ 男主人钱多得很，却对什么都感到厌倦，恍恍惚惚，无疑是孤独的，而女主人只能跑到厨房来找女佣做

---

① ［法］玛格丽特·杜拉斯《成天上树的日子》，刘方译，《杜拉斯全集》第3册，上海：上海译文出版社，2018年，第57页。
② ［法］玛格丽特·杜拉斯《成天上树的日子》，刘方译，《杜拉斯全集》第3册，上海：上海译文出版社，2018年，第57页。
③ ［法］玛格丽特·杜拉斯《广场》，王道乾译，《杜拉斯全集》第3册，上海：上海译文出版社，2018年，第233页。
④ 均见：［法］玛格丽特·杜拉斯《广场》，王道乾译，《杜拉斯全集》第3册，上海：上海译文出版社，2018年，第236页。

伴，当然也是孤独到了极点的表现。物质生活丰裕，精神生活贫乏，这是典型的现代社会里现代人的境遇。

《昂代斯玛先生的午后》里的老父亲昂代斯玛先生又是一个像《广场》里的女佣所说的那种有钱却孤独寂寞冷的人。关于该小说的主题，杜拉斯传记作者劳拉·阿德莱尔曾经从现代出版档案馆找到玛格丽特·杜拉斯一篇未发表的文献，在那篇文章里，杜拉斯说："生命中有很长一段时间，我都被四周的寂静压得喘不过气来，我知道成千上万的人都和我一样陷在这寂静里，我觉得作家的职责就在于让大家意识到这种寂静，想象一下这寂静源于什么。"① 长时间感觉到四周的寂静的人当然是孤独的人。小说中，七十八岁的昂代斯玛先生的"寂静"首先在于他的孤单，在于他永远在等待，却永远等不到。他被十七岁的女儿瓦莱丽带到山上，从下午四点开始，一直坐在自家房子前的柳条椅上，等待女儿替他约好的工程承包人米歇尔·阿尔克。这座房子位于上坡上的树林中，虽然面朝大海和村子，但离那些地方都有一段距离，因而"是孤立的、隔绝的"。② 他购买此处房产，以及现在打算修建露台，都是为了满足女儿的愿望。昂代斯玛先生对女儿的爱永远灿烂发光、不可言传。就是这样一位充满爱心的父亲，却被女儿以及女儿约好的包工头所抛弃。小说写道："他被撇在等待之中，已经有很长的时间了，久久的等待，长久地等下去，他完全可以说是空等一场，这就是失望！"③

其次，昂代斯玛先生的"寂静"更在于内心的孤独。昂代斯玛先生很有钱，但又很不幸。现在他只有女儿瓦莱丽一个亲人，是最后一次结婚时老来得女，后来孩子的母亲离开了他。米歇尔·阿尔克的妻子冷静地提醒他："您也该明白，哪怕您千阻万挡，也挡不住她很快就到了离开您的那个年纪。""瓦莱丽·昂代斯玛一天天很快就接近离开您过独立生活的年纪。您明白吗？"④ 意思是女儿总要长大，总有一天要嫁人，要离开老父亲。她还劝慰老人："您对瓦莱丽的

---

① [法]劳拉·阿德莱尔《杜拉斯传》，袁筱一译，沈阳：春风文艺出版社，2000年，第446页。
② [法]玛格丽特·杜拉斯《昂代斯玛先生的午后》，王道乾译，《杜拉斯全集》第3册，上海：上海译文出版社，2018年，第339页。
③ [法]玛格丽特·杜拉斯《昂代斯玛先生的午后》，王道乾译，《杜拉斯全集》第3册，上海：上海译文出版社，2018年，第302页。
④ [法]玛格丽特·杜拉斯《昂代斯玛先生的午后》，王道乾译，《杜拉斯全集》第3册，上海：上海译文出版社，2018年，第352、354页。

一片爱心，同她的幸福，这两方面不能互相结合而必须两两分开，必须适应它。"① 也就是说，父亲对女儿的爱与女儿自身的幸福不是同一回事，甚至不一定成正比，所以昂代斯玛先生要在理智上将两者分开。小说描写了这样一个极富象征意义的场景："昂代斯玛先生剩下孤零零一个人。孤零零一个人等待一个没有确定时间来的人。在大树林中，只有他孤零零的一个人。"② 其实，孤零零的不只是老人外在的身体，更是他的内心世界，也就是那种孤独无依、怅然若失的感受。

玛格丽特·杜拉斯的长篇小说《乌发碧眼》中的男主人公"他"极端孤独，也极端厌世和迷惘。关于该小说的主题，杜拉斯作品中文译者王道乾曾经指出：它"写的是厌世，对虚实不定的世事所怀有的莫名焦虑，同时又从较为独特的视角揭示了现代人对性爱的感悟和反思"。③ 小说这样描写刚刚走进酒吧的"他"的相貌和表情："他孤独、漂亮，孤独得心力交瘁，孤独、漂亮得犹如任何死亡在即的人。"④ 女主人公、年轻女子"她"见状，走到"他"的桌前，问"他"待在酒吧里是不是为了不回家、家里是不是只有他一个人，"他"都给予了肯定的回答。然后"他"反客为主，对年轻女子说自己正在寻找一个愿意收费的年轻女人，为的是跟她一起睡觉，免得自己发疯。"他"特别说到像自己这类人在夏天里常有的那种刻骨铭心的孤独感："当夏季海滨浴场挤满了一对对情侣、女人和孩子，但他们在游艺场、赌场和街上处处受人鄙视的时候，他们感到无比孤独。"⑤ 换言之，别人成双成对地出入，或者有孩子陪伴，而他孑然一身，无比孤独。年轻女子之所以愿意跟"他"交往，正是因为后者的厌倦情绪。一天夜里，"他"问"她"为何来到海滨酒吧间自己的桌边，并接受一起过夜的合同，"她"说："当你提出要我收钱时，我仔细地观察了你。我注意到你那小丑式的装束和眼睛周围的蓝色眉墨。于是我确信我没有弄错，我爱上了你，因为与人们教育我的恰恰相反，你既不是流氓，也不是杀人犯，你是个

---

① ［法］玛格丽特·杜拉斯《昂代斯玛先生的午后》，王道乾译，《杜拉斯全集》第3册，上海：上海译文出版社，2018年，第363页。
② ［法］玛格丽特·杜拉斯《昂代斯玛先生的午后》，王道乾译，《杜拉斯全集》第3册，上海：上海译文出版社，2018年，第311页。
③ 王道乾《〈情人·乌发碧眼〉前言》，载［法］玛格丽特·杜拉斯《情人·乌发碧眼》，上海：上海译文出版社，1997年，第4页。
④ ［法］玛格丽特·杜拉斯《乌发碧眼》，南山译，《情人·乌发碧眼》，上海：上海译文出版社，1997年，第104页。
⑤ ［法］玛格丽特·杜拉斯《乌发碧眼》，南山译，《情人·乌发碧眼》，上海：上海译文出版社，1997年，第111页。

厌世者。""我不了解你。没人能了解你,没人能设身处地地站在你的位置上,你没有位置,你不知道在哪里找到一个位置。正是由于这一点,我爱上了你,而你陷入了迷途。"① 因为"他"是厌世者,更因为没有人能够了解"他","他"在世界上找不到自己的位置,陷入了迷途,所以"她"爱上了"他"。"他"的确很痛苦。小说里有这样的交代:"她在他的手腕上发现了不少剃须刀的细痕。"② 这说明"他"曾经试图用剃须刀割腕自杀,却没有下定决心,或者还没有胆量结束自己的生命。

第二节 扭曲的病态心理

玛格丽特·杜拉斯在小说中常常描写各种人物扭曲而畸形的变态或病态心理。这些病态心理主要有三种:一是以劳儿·瓦·施泰因和副领事让-马克·德·H为代表的疯子式的扭曲心态,二是以扬·安德烈亚为典型的不正常性取向者的扭曲心态,三是以施泰因、马克斯·托尔和阿巴恩等犹太人为中心的渴望破坏或毁灭一切的扭曲心态。

《劳儿之劫》中的劳儿·瓦·施泰因和《副领事》中的副领事让-马克·德·H是玛格丽特·杜拉斯笔下两个著名的疯子形象。

《劳儿之劫》中的劳儿·瓦·施泰因是个疯子。据劳拉·阿德莱尔查证,小说初稿中的女主人公名叫曼侬,是巴黎郊区一家精神病院的病人,很美,很安详,但目光空茫。③ 小说终稿中,劳儿在十九岁那年遇到二十五岁的富商之子麦克·理查逊,与他相恋并订婚。她从家乡沙塔拉来到T滨城度假,正赶上市立娱乐场举办一场盛大舞会。在舞会上,劳儿的未婚夫麦克·理查逊邀请法国驻加尔各答领事的妻子安娜-玛丽·斯特雷特跳舞,舞会结束后跟着她跑了。劳儿眼睁睁地看着他们从自己面前消失,但她似乎并不痛苦,"好像是痛苦没有在她身上找到滑入的地方,好像她忘记了爱之痛的古老代数"。④ 此后,劳儿不仅嗜

---

① 均见:[法]玛格丽特·杜拉斯《乌发碧眼》,南山译,《情人·乌发碧眼》,上海:上海译文出版社,1997年,第144页。
② [法]玛格丽特·杜拉斯《乌发碧眼》,南山译,《情人·乌发碧眼》,上海:上海译文出版社,1997年,第136页。
③ [法]劳拉·阿德莱尔《杜拉斯传》,袁筱一译,沈阳:春风文艺出版社,2000年,第462页。
④ [法]玛格丽特·杜拉斯《劳儿之劫》,王东亮译,《杜拉斯全集》第5册,上海:上海译文出版社,2018年,第10页。

睡，总是一副睡不醒的样子，而且孤独、忧郁，完全沉浸在自己的心灵世界之中，成了丈夫若安·倍德福眼中的"站着的睡美人"。结婚十年后，劳儿又随丈夫重返沙塔拉，住在已经亡故的父母的房子里。一天，一对男女经过她的房子，那个女人看到劳儿新漆的房子后说道："她也许已经死了。"① 走过劳儿家的花园时，那个男人把女人揽在怀里，悄悄地用力吻她。其实，刚刚走过的女人就是劳儿中学时代的好友塔佳娜，而塔佳娜所说的也许已经死了的"她"正是劳儿。与塔佳娜拥吻的男人是她的情人。看到两人接吻的场景，劳儿立即想起自己昔日和未婚夫拥抱亲吻的画面，并产生这样的幻觉："麦克·理查逊，每天下午，都开始为不是劳儿的另一个女人脱衣服，当另一个女人洁白的乳房在黑色的紧身衣下出现的时候，他待在那里，头晕目眩"。② 第二次见到塔佳娜的情人，劳儿立刻将他与自己的未婚夫麦克·理查逊联系起来：虽然两人长得不像，但"在举止风度上有某些那个消失了的情人身上的东西"，尤其"在看女人的目光上"惊人地相似。③ 劳儿随即跟踪他，发现他跟塔佳娜在森林大道尽头的森林旅馆秘密约会。劳儿溜进旅馆后面的黑麦田，全程观看了两人幽会的过程。劳儿突然心生一念，决定征服和勾引塔佳娜那个举止风度和看女人的眼光跟自己未婚夫有几分神似的情人。劳儿登门拜访塔佳娜，得知后者的情人名叫雅克·霍德。此后劳儿便利用自己的美貌和性感成功吸引住雅克，并要他继续保持和情人的亲密关系，而劳儿只负责观看他们的床戏，听他对塔佳娜说的情话。劳儿之所以如此，就是把雅克·霍德当作自己以前的未婚夫麦克·理查逊的替身，雅克跟塔佳娜做的事、对塔佳娜说的话等同于麦克·理查逊对劳儿做的事、说的话，劳儿用这种方式变相地获得心理上和情感上的满足。

一般人认为劳儿成为疯子的原因是舞会上被抢走了未婚夫。后现代哲学家、心理学家拉康就持这种看法。他在《向写了〈劳儿之劫〉的杜拉斯致敬》一文中着力考察"舞会事件"对劳儿的影响。"在拉康看来，构成场景即所谓'原始场景'的，是舞会中两个一见钟情的男女跳舞时的忘我与沉醉，众目睽睽之下，劳儿成了被排除在外的第三者；一个女人突然出现，就'劫持'了她的未婚夫。整部小说可以说是这一场景的不断回闪与重现，它与另一个幻象中的场

---

① ［法］玛格丽特·杜拉斯《劳儿之劫》，王东亮译，《杜拉斯全集》第5册，上海：上海译文出版社，2018年，第22页。
② ［法］玛格丽特·杜拉斯《劳儿之劫》，王东亮译，《杜拉斯全集》第5册，上海：上海译文出版社，2018年，第30页。
③ ［法］玛格丽特·杜拉斯《劳儿之劫》，王东亮译，《杜拉斯全集》第5册，上海：上海译文出版社，2018年，第31页。

景一起不断缠绕着劳儿：她的未婚夫在他们去过的旅馆房间里'为另一个女人、一个不是她劳儿的女人脱下衣服'。劳儿走向了沉默与沉睡，十年一梦的婚姻生活，却在自己的家门口被另一对情人的亲吻唤醒。她走进这个二人世界，'劫持'了女友的情人，以欲望的主体身份重演了'原始场景'的三人剧。"① 但劳儿的中学好友塔佳娜则将劳儿的病因追溯得更早。小说里两处写到她的发现和感觉。一处写道：塔佳娜觉得早在学校里，劳儿就常常心不在焉，"她给人的印象是勉为其难地要做出某种样子却又随时会忘记该这样去做，而面对这样的烦恼，她又能泰然处之。温柔与冷漠兼而有之……她从来没有表现出痛苦或伤心，从来没有看到她流出过一滴少女的泪"。另一处交代："在中学里，劳儿就缺少某些东西，她已经奇怪得有些心智不全，她以要求自己做什么样的人却没有能变成这样一个人的方式度过了她的青春期。在学校里，她是温柔与冷漠的奇迹，她变换着女友，她从不与烦恼抗争，从来没有流过一滴少女的泪。"② 不管是哪一种看法，都没有否定劳儿疯子式的病态心理。

长篇小说《副领事》中的主人公、驻拉合尔副领事让-马克·德·H 也是一个疯子。据劳拉·阿德莱尔查证，小说中的副领事有一个真实的原型，他是玛格丽特·杜拉斯的一个大学同学，名叫弗莱蒂，后来做了外交官，被调到孟买。但副领事喜欢号叫的习惯则取自玛格丽特·杜拉斯在巴黎大学读书时的第一个情人让·拉格罗莱。此人的母亲因为生他时难产而去世，父亲对他充满敌意，于是他便备感孤独，经常在夜里发出可怕的号叫。③

副领事的疯狂集中体现在他对大使夫人安娜-玛丽·斯特雷特无望的追求一事上。副领事是一个三十五岁左右的独身男人，父母双亡，只有一个姨母住在巴黎。他在拉合尔做了一年半的副领事，起初"只是爱开玩笑，爱摆弄手枪，可后来他开始在三更半夜喊叫"，再后来，有一天夜里向麻风病人和狗开枪，"有人在夏利玛的花园里发现了死尸"。④ 因为此事，他被调离拉合尔，暂时在加尔各答的法国大使馆做些整理档案的工作。在此期间，副领事疯狂地爱上了大使夫人。某个晚上，副领事告诉欧洲俱乐部经理，自己从未经历过爱情，还

---

① 王东亮《有关劳儿的一些背景资料》，载［法］玛格丽特·杜拉斯《劳儿之劫》，王东亮译，《杜拉斯全集》第 5 册，上海：上海译文出版社，2018 年，第 135 页。
② ［法］玛格丽特·杜拉斯《劳儿之劫》，王东亮译，《杜拉斯全集》第 5 册，上海：上海译文出版社，2018 年，第 6、49 页。
③ ［法］劳拉·阿德莱尔《杜拉斯传》，袁筱一译，沈阳：春风文艺出版社，2000 年，第 478 页。
④ ［法］玛格丽特·杜拉斯《副领事》，王东亮译，《杜拉斯全集》第 5 册，上海：上海译文出版社，2018 年，第 176 页。

是个童男，虽然曾经好几次努力去爱不同的女人，但总是功亏一篑。紧接着，副领事跟欧洲俱乐部经理谈到自己为大使夫人的忧郁着迷，对她触摸过的树、骑过的自行车着迷的事。在俱乐部经理看来，"副领事有时候就是在说疯话"。①但副领事仍然执迷不悟，一疯到底。在大使举行的招待晚会上，副领事克服重重心理障碍，邀请大使夫人跳舞，并婉转地向她示爱，希望她和自己一起为改变自己的性格和处境做些什么，大使夫人明确回答："不能，什么都不能。"②事后，她对使馆一等秘书夏尔·罗塞说副领事是"一个死人""一场灾难"。③西班牙领事夫人告诉副领事，大使招待会结束以后，大使夫人会跟几个英国人去一家叫作"蓝月亮"的妓院厮混。副领事便第二次邀请安娜-玛丽·斯特雷特跳舞，遭到拒绝后，他连续声嘶力竭地喊叫："留下我！""今晚，我就留在这里，和你们在一起！""我要和你们在一起，让我和你们在一起一次。"④年轻的彼得·摩根半拉半牵着副领事离开了使馆大院。几次遭拒后，副领事仍不死心。某次，他对夏尔·罗塞说，大使夫人面容姣好，非常吸引人，"我对她有了感情，因此我不去孟买了。……我平生头一回，爱上了一个女人"。⑤

　　副领事为什么会有如此疯狂的行为？大使馆新任一等秘书夏尔·罗塞受法国大使之邀，一起查阅副领事的档案。上面这样记载："独生子。父亲是小银行家。父亲去世后，母亲嫁给了布雷斯特的一个唱片商，两年后也去世了。让-马克·德·H继承了讷伊的私宅，假期他便回到那里小住。十三至十四岁时，在塞纳-瓦兹省蒙福尔市的一所中学做过一年寄宿生，寄宿的原因是体质较弱，宜多在室外活动。在去蒙福尔之前，学业中等。自蒙福尔中学后，成绩优异。因品行不良被校方开除，具体情况没有记录。之后回到巴黎，进入另一所中学。一直到学业结束，乃至后来——根据他本人志愿——进入中央政府部门工作的最初几年，没有任何意外。随后，让-马克·德·H三次提交了停职申请，离开巴黎将近四年。没有人知道为什么，没有人知道他的去向。对他的评语很一般。

---

① ［法］玛格丽特·杜拉斯《副领事》，王东亮译，《杜拉斯全集》第5册，上海：上海译文出版社，2018年，第201页。

② ［法］玛格丽特·杜拉斯《副领事》，王东亮译，《杜拉斯全集》第5册，上海：上海译文出版社，2018年，第236页。

③ ［法］玛格丽特·杜拉斯《副领事》，王东亮译，《杜拉斯全集》第5册，上海：上海译文出版社，2018年，第236页。

④ ［法］玛格丽特·杜拉斯《副领事》，王东亮译，《杜拉斯全集》第5册，上海：上海译文出版社，2018年，第249、249、250页。

⑤ ［法］玛格丽特·杜拉斯《副领事》，王东亮译，《杜拉斯全集》第5册，上海：上海译文出版社，2018年，第269页。

好像让-马克·德·H 期待着来印度,就是为了暴露自己的本性。有一件事非同寻常:似乎缺乏与女性交往的经历。"① 大使曾经给副领事唯一的亲人、他的姨母写过信,后者在回信里写道:"(他)只是神经官能性抑郁症。尽管发作的时候人们习惯说:他神经错乱了。""他总是愿意独处,尽管我们做了努力,但他还是一直独处着。"② 副领事的姨母还请求大使宽大为怀:"我的外甥在拉合尔失去理智的行为,难道不证明着他的某种隐秘的精神状态?"③ 神经官能性抑郁症就是精神病,这种隐秘的精神状态就是精神失常。有人议论副领事之所以会在拉合尔无缘无故喊叫甚至杀人,是因为:"在拉合尔,他感到烦闷,也许这是根源所在。"而这种烦闷的情绪乃是"彻底自暴自弃的感觉","与印度本身很相宜,这个国家为此定下了调子"。④ 烦闷就是郁郁不得志,心里话没人倾听,欲望得不到满足,志向和目标无法实现。

由此可见,副领事让-马克·德·H 完全生活在自己虚拟的世界里,一厢情愿地构筑自己的爱情神话。他向大使夫人发出的"留下我!""今晚,我就留在这里"的呼喊深刻地表述了他的病态心理,以及爱而不得的痛苦。玛格丽特·杜拉斯笔下副领事的号叫,表面上宣泄的是一种爱而不得的痛苦,实际上宣泄的是一种居住在东方殖民地上的白人复杂、痛苦而矛盾的心绪。这种心绪也是一种典型的现代人的心理,很容易让人联想到20世纪五六十年代美国"垮掉的一代"诗人金斯伯格长诗《嚎叫》所描述的"嚎叫"现象。

在玛格丽特·杜拉斯的小说中,她晚年的年轻情人扬·安德烈亚·斯泰奈莫名其妙的号叫以及无休无止的哭泣同样折射出一种变态或病态心理,并表达了爱而不能的痛苦。她在短篇小说《诺曼底海滨的娼妓》和长篇小说《扬·安德烈亚·斯泰奈》中集中描绘了扬·安德烈亚的这种病态心理。

《诺曼底海滨的娼妓》交代,1986年夏天,"我"即玛格丽特·杜拉斯每天夜以继日地写一部书,而同居情人、年轻男子扬·安德烈亚则进入了一个鬼哭狼嚎的时期。小说反复描写扬·安德烈亚的吼叫。他每天在"我"的口授下打字两小时。打完字,"他冲着我吼叫。他变成了一个要东西但是又不知道要什么

---

① [法] 玛格丽特·杜拉斯《副领事》,王东亮译,《杜拉斯全集》第5册,上海:上海译文出版社,2018年,第175页。
② [法] 玛格丽特·杜拉斯《副领事》,王东亮译,《杜拉斯全集》第5册,上海:上海译文出版社,2018年,第175、176页。
③ [法] 玛格丽特·杜拉斯《副领事》,王东亮译,《杜拉斯全集》第5册,上海:上海译文出版社,2018年,第176页。
④ [法] 玛格丽特·杜拉斯《副领事》,王东亮译,《杜拉斯全集》第5册,上海:上海译文出版社,2018年,第227页。

东西的男人。他要,但是不知道要什么。这时他吼叫,是在说他不知道他在要什么。他吼叫也是为了知道,为了在他滔滔不绝的话中自动迸出他要的什么信息"。① 要东西又不知道要什么东西,所以吼叫,但吼叫过后还是不知道自己究竟要什么东西,这是一种非常难受同时又难以表达的心理状态。扬·安德烈亚经常去大酒店和高尔夫球场寻找英俊的男人,如酒保一类,"当他回来时,他大叫,冲着我吼,我继续写作。不管我说什么,'你好''怎么样?''你吃过晚饭啦?''你累了吗?'他就是吼叫"。② 让"我"更无法接受的是,"他对自己、对自己的怒气跟畜生一样所知甚少,他甚至不知道自己在吼叫"。③ 有时,扬·安德烈亚的情绪坏到极点,甚至直接指斥"我":"你整天不停地写干什么?你已被大家抛弃。你是个疯子,你是个诺曼底海滨的娼妓,一个笨蛋,你让人烦。"④ 扬·安德烈亚不停地吼叫,却不知道自己为什么吼叫,甚至不知道自己在吼叫,表现出一种彻底的非理性冲动和病态心理。

玛格丽特·杜拉斯在一生中最后一部小说《扬·安德烈亚·斯泰奈》中再次描写年轻的情人扬·安德烈亚的吼叫。小说写道:"你对我说:你以为你在做什么?这是什么意思?活着就是一整天一刻不停地写?你将被所有的人抛弃,因为你疯了,叫人吃不消。一个蠢女人……你甚至看不出每张桌子上都摆满了你的草稿,一叠一叠的……"⑤ "我"即玛格丽特·杜拉斯,对扬·安德烈亚的吼叫持什么样的态度?一方面,"偶尔我们一起笑你的狂怒";另一方面,"我"为此常常感到害怕。小说写道:"我从来无法不怕你,你不善于消除被你杀死的担忧。我的女友和熟人都对你的温柔着了迷。你是我最后的名片。你的温柔,它把我带向死亡,你一定毫无意识地渴望给我的死亡。每夜。有时候,你一觉醒来我就害怕。每天,哪怕仅仅几秒钟,你和所有男人一样,变成女人的杀手。"⑥

---

① [法]玛格丽特·杜拉斯《诺曼底海滨的娼妓》,马振骋译,《杜拉斯全集》第10册,上海:上海译文出版社,2021年,第59页。
② [法]玛格丽特·杜拉斯《诺曼底海滨的娼妓》,马振骋译,《杜拉斯全集》第10册,上海:上海译文出版社,2021年,第59页。
③ [法]玛格丽特·杜拉斯《诺曼底海滨的娼妓》,马振骋译,《杜拉斯全集》第10册,上海:上海译文出版社,2021年,第60页。
④ [法]玛格丽特·杜拉斯《诺曼底海滨的娼妓》,马振骋译,《杜拉斯全集》第10册,上海:上海译文出版社,2021年,第61页。
⑤ [法]玛格丽特·杜拉斯《扬·安德烈亚·斯泰奈》,王文融译,《杜拉斯全集》第10册,上海:上海译文出版社,2021年,第349页。
⑥ [法]玛格丽特·杜拉斯《扬·安德烈亚·斯泰奈》,王文融译,《杜拉斯全集》第10册,上海:上海译文出版社,2021年,第350页。

扬·安德烈亚为什么如此频繁地吼叫？杜拉斯传记作者劳拉·阿德莱尔指出，玛格丽特·杜拉斯对扬·安德烈亚的爱是矛盾的。一方面，扬·安德烈亚出现在她晚年的生命里，给予她写作的欲望，保护她、照顾她，默默地陪着她，并忍受她的辱骂和殴打，所以玛格丽特·杜拉斯曾经对《法兰西晚报》宣称："我对扬的激情日日常新。"① 另一方面，同性恋者扬·安德烈亚在肉体之爱上的无能为力又令玛格丽特·杜拉斯痛苦不堪，因为她太喜欢男人，太喜欢肉体之爱了，因为她对拒绝繁衍后裔的男人有一种与生俱来的憎恨。最终，爱恨交织的玛格丽特·杜拉斯无法离开扬·安德烈亚。正如她在1982年7月写信给他时所说："我们之间的激情会延续下去，我这一生剩下来的所有时光，还有您尚且漫长的一生。……您是个鸡奸者，而我们相爱……没有办法。"② 因此，作为当事人之一的扬·安德烈亚便用无休止的吼叫来宣泄自己爱而不能的痛苦，来抗议玛格丽特·杜拉斯对自己的精神折磨。

玛格丽特·杜拉斯小说中人物身上扭曲的病态心理还有一种形态，那就是渴望摧毁或毁灭一切的欲望。这种病态心理集中体现在历史上尤其二战期间饱受欺凌和屠杀的犹太人身上。它的具体内容是非理性地、无目的地渴望摧毁或毁灭一切，为摧毁而摧毁，为毁灭而毁灭。体现这一主题的主要是两部长篇小说，一是《毁灭，她说》，二是《阿巴恩，萨巴娜，大卫》（*Abahn Sabana David*，又译为《阿巴恩 沙巴纳 戴维》，1970）。

玛格丽特·杜拉斯这两部小说中所表现的毁灭欲望与她本人在1968年"五月风暴"的兴起与平息过程中的经历有关。1968年5月5日，玛格丽特·杜拉斯和其他知识分子在法国广播电视剧的抵制中心会合，在请愿书上签字。她从来没有落下一次游行的机会，歇斯底里地唱歌，在警察面前奔跑。她加入攻占巴黎大学的人群，每夜都去听大学生演讲，呼吁市民不要屈服，相信政府也许会让出政权。他们还建立大学生作家行动委员会，在政治上和思想上都表现出一种拒绝，致力于反抗一切。玛格丽特·杜拉斯还发明了一些口号，如："我们不知道我们会到哪一步，但这不是不前进的理由。" "禁止本身才是被禁止的。"③ "五月风暴"平息之后，玛格丽特·杜拉斯足足有一年时间陷于幻灭和

---

① ［法］劳拉·阿德莱尔《杜拉斯传》，袁筱一译，沈阳：春风文艺出版社，2000年，第695页。

② ［法］劳拉·阿德莱尔《杜拉斯传》，袁筱一译，沈阳：春风文艺出版社，2000年，第596页。

③ ［法］劳拉·阿德莱尔《杜拉斯传》，袁筱一译，沈阳：春风文艺出版社，2000年，第503页。

黑暗之中。是写作尤其《毁灭,她说》和《阿巴恩,萨巴娜,大卫》让她从幻灭和黑暗中走出来。杜拉斯明确地对传记作者阿兰·维尔贡德莱说,《毁灭,她说》正是从虚无和脆弱之中诞生的,"它出自我的内心,是绝望的产物"。① 关于小说标题的含义,玛格丽特·杜拉斯说得很清楚:"我想应该毁灭。我想能摧毁一切注视,一切好奇心,滑向无知和黑暗的深渊。"② 也就是说,毁灭是为毁灭而毁灭,不再是为了重建。摧毁一切的目的是让世界成为无知的世界和黑暗的世界。作家应该成为毁灭资产阶级和旧的社会准则的动力。

关于这两部小说的主题,杜拉斯传记作者克里斯蒂安娜·布洛-拉巴雷尔做过系统的分析。她指出,玛格丽特·杜拉斯在1969年和1970年发表的两部作品即《摧毁吧,她说》和《阿巴恩,沙巴纳,戴维》揭示了犹太人的性格。③ 她将这两部小说的主题具体概括为如下几个方面:第一,将犹太人民的破坏能力放在首要地位,认为这是犹太人最突出的性格特点和主要主张;第二,犹太人的性格和主张对其他人产生了重大影响;第三,犹太人是牺牲品,但为人类指出了未来。他们身上蕴藏的力量同一种悲剧意识不可分离,这种意识使他们先后怀疑和希望、害怕和行动、痛苦和反抗。死亡的威胁同他们的生存密切相关,这就是犹太人聚居区存在的原因和理由。他们就这样走遍全世界。离开家乡是为了在某个Auschaadt(奥斯施塔特)中重逢,建立新的家园。④ 由此克里斯蒂安娜认为,玛格丽特·杜拉斯的作品是分担人类悲剧的一种方式,非犹太人作家中只有少数人能像她那样实现这种分担。⑤

《毁灭,她说》的女主人公、小企业主的妻子伊丽莎白·阿里奥娜太太住在一家旅馆里,沉浸在深深的忧伤之中,成日在游廊上、公园里和旅馆里游荡,对任何事情都没有兴趣。原来,伊丽莎白是在这里疗养,因为此前经过一次难产,孩子生下来就死了。她痛苦至极,晚上噩梦连连,现在每天服药就是为了睡觉,以致每天都睡不醒。后来遇到两个男人和一个女人,受他们的影响,伊

---

① [法]劳拉·阿德莱尔《杜拉斯传》,袁筱一译,沈阳:春风文艺出版社,2000年,第506页。
② [法]劳拉·阿德莱尔《杜拉斯传》,袁筱一译,沈阳:春风文艺出版社,2000年,第508页。
③ [法]克里斯蒂安娜·布洛-拉巴雷尔《杜拉斯传》,徐和瑾译,桂林:漓江出版社,1999年,第60页。
④ [法]克里斯蒂安娜·布洛-拉巴雷尔《杜拉斯传》,徐和瑾译,桂林:漓江出版社,1999年,第60、第61、第61-62页。
⑤ [法]克里斯蒂安娜·布洛-拉巴雷尔《杜拉斯传》,徐和瑾译,桂林:漓江出版社,1999年,第64页。

丽莎白·阿里奥娜的性格和思想主张、人生态度都发生了重大转变。伊丽莎白和他们玩起了根本不会玩的牌，此前不想住在这座森林中的旅馆疗养，现在接到丈夫次日来接自己回去的电话，却不想回去，对他们说："自从认识你们以后，我在这家旅馆就不像以前那么无聊了。"此前她害怕去旅馆周围的森林里散步，现在却主动邀请他们："我们现在可以去散步？大家可以到森林里去……"①

为什么伊丽莎白·阿里奥娜的性格、主张和态度会发生这么大的转变？她遇到的两男一女是什么人？他们凭什么给伊丽莎白以这么大的影响？原来，伊丽莎白·阿里奥娜太太碰到的施泰因和马克斯·托尔以及后者的妻子阿丽莎都是犹太人。伊丽莎白的丈夫贝尔纳·阿里奥纳来接妻子回去时，发现妻子发生了重大变化，不仅不再感到无聊，反而非常留恋这家旅馆。得知是她遇到了阿丽莎等人，便好奇地问阿丽莎："你们是些什么人？"后者回答："德国犹太人。"② 那么这几个犹太人是什么样的人？他们都有什么主张？

伊丽莎白·阿里奥娜最先遇到的是马克斯·托尔，因为此时她昏昏欲睡，把他跟另一个犹太人施泰因弄混了。他向伊丽莎白介绍自己是犹太人，然后说到自己对婚姻形式的反感和拒斥态度："我和不同的女人生活过，我们差不多都同岁，那时我有时间跟女人过，但是没有跟其中一人结过婚，虽然我也曾准备演一出婚姻喜剧，要接受时心里就响起一种拒绝的叫声。"③ 马克斯的友人施泰因则对"致命的毁灭"这一主张特别有兴趣。④ 的确，在现实生活中，马克斯和施泰因这两个犹太男人都是毁灭者和反传统者。他们在恋爱和婚姻方面完全逆传统的观念和规则而行。马克斯和施泰因都爱着阿丽莎，完全不顾传统的一对一的恋爱和婚姻规则。阿丽莎的丈夫马克斯明确告诉伊丽莎白："我们都是阿丽莎的情人。"⑤ "我们"指马克斯和施泰因。小说至少有两处交代了马克斯的友人施泰因爱着阿丽莎的情节或细节。第一处，在一次晚餐后，阿丽莎坐在餐

---

① 均见：［法］玛格丽特·杜拉斯《毁灭，她说》，马振骋译，《杜拉斯全集》第9册，上海：上海译文出版社，2021年，第54页。
② ［法］玛格丽特·杜拉斯《毁灭，她说》，马振骋译，《杜拉斯全集》第9册，上海：上海译文出版社，2021年，第67页。
③ ［法］玛格丽特·杜拉斯《毁灭，她说》，马振骋译，《杜拉斯全集》第9册，上海：上海译文出版社，2021年，第11页。
④ ［法］玛格丽特·杜拉斯《毁灭，她说》，马振骋译，《杜拉斯全集》第9册，上海：上海译文出版社，2021年，第42页。
⑤ ［法］玛格丽特·杜拉斯《毁灭，她说》，马振骋译，《杜拉斯全集》第9册，上海：上海译文出版社，2021年，第55页。

厅的椅子上,施泰因身子滑到地上,把头放在阿丽莎的膝盖上,把手放在阿丽莎身上,对她说:"你是我的一部分,阿丽莎。"第二处,某次聊天时,施泰因搂住阿丽莎说:"爱,我的爱。"并告诉她自己昨夜在睡梦中呼唤她的名字:"你的名字把我惊醒了。"① 更不可思议的是,阿丽莎的丈夫马克斯也坦然认可施泰因对自己妻子的爱。小说中同样有两处涉及这个内容:第一处,阿丽莎告诉施泰因自己和丈夫天天夜里做爱,施泰因回答:"我知道,你们让窗子开着,我看见你们了。"阿丽莎便透露丈夫开着窗子的真实原因:"他是因为你才让窗子开着的。好看见我们。"说完,阿丽莎把娇嫩的嘴放在施泰因结实的嘴上。第二处,阿丽莎跳舞似的跟着施泰因往花园角落走,看着他们这样的举动,伊丽莎白·阿里奥娜不解地问马克斯:"他们去哪儿?"后者回答:"肯定去森林。"② 也就是说,马克斯知道施泰因是跟自己的妻子去幽会。而散步归来的施泰因则当着阿丽莎的丈夫马克斯说:"我在这里找了好久的女人,是阿丽莎。"③ 还有一件事证明他们对传统的恋爱和婚姻形式完全不在乎。马克斯和施泰因发现阿丽莎对伊丽莎白萌生了同性恋情后,便极力主张要成全她们。因为伊丽莎白已经被丈夫接去海滨城市勒卡特疗养和旅游,施泰因便建议要想方设法促成她们在那里见面:"我们可以说我们往西班牙的途中,在勒卡特停一停,这地方叫我们很喜欢,我们决定留下来。"④

两个男人共同的情人阿丽莎又是一个什么样的人呢?她也是一个反传统、完全不遵守规则的人。实际上,阿丽莎也像施泰因一样,主张致命的毁灭。一次聊天时,施泰因问马克斯:"致命的毁灭后来是由于阿丽莎一手造成的,您同意这个看法吗?"马克斯回答:"同意。"施泰因说:"我同意对阿丽莎的这个看法。"并强调:"她看着空中,这就是她唯一看着的东西。"⑤ 所谓看空中,不是说阿丽莎闲极无聊,而是象征她视一切为虚无,推崇虚无主义。小说还写到这样两件事:有一次,伊丽莎白·阿里奥娜告诉阿丽莎,给自己看病的两位医生,

---

① [法]玛格丽特·杜拉斯《毁灭,她说》,马振骋译,《杜拉斯全集》第9册,上海:上海译文出版社,2021年,第29、62页。
② [法]玛格丽特·杜拉斯《毁灭,她说》,马振骋译,《杜拉斯全集》第9册,上海:上海译文出版社,2021年,第31、55页。
③ [法]玛格丽特·杜拉斯《毁灭,她说》,马振骋译,《杜拉斯全集》第9册,上海:上海译文出版社,2021年,第57页。
④ [法]玛格丽特·杜拉斯《毁灭,她说》,马振骋译,《杜拉斯全集》第9册,上海:上海译文出版社,2021年,第79页。
⑤ [法]玛格丽特·杜拉斯《毁灭,她说》,马振骋译,《杜拉斯全集》第9册,上海:上海译文出版社,2021年,第34-35页。

第一位主张自己应该单独一个人过，第二位医生则要自己跟大家在一起。阿丽莎明确建议："您可以谁的话都不听，照自己的意思去做。"① 这显然是否定一切、无视一切的主张。后来，阿丽莎还大胆地向伊丽莎白·阿里奥娜示爱："我爱您，我要您。"同性恋在那时还是一件相当另类的事情，所以后者赶忙回答："您疯了。"② 正是在阿丽莎和施泰因、马克斯三个犹太的以"致命的毁灭"为核心内容的人生观和世界观的影响下，伊丽莎白·阿里奥娜也部分改变了自己的主张和态度。

《阿巴恩，萨巴娜，大卫》比《毁灭，她说》更为详细而全面地提出和讨论了犹太人的性格和命运问题，不过写得相当繁复与晦涩。小说写施塔特村的中年女人萨巴娜和青年男子、泥瓦匠大卫奉该村统治者格林戈的命令，持枪看管、逮捕和处决犹太人阿巴恩。在看管犹太人阿巴恩的晚上，他们又遇到来找犹太人阿巴恩的另一个也叫阿巴恩的犹太人。小说的主体就是犹太人阿巴恩、阿巴恩和萨巴娜、大卫等人之间围绕现状和历史展开的对话。

夜幕降临，在施塔特村，有两个人走进一幢房子，确认房子的主人即又高又瘦、两鬓灰白的男人就是阿巴恩，也就是被"大伙儿叫犹太人的那个人"。③ 犹太人阿巴恩被萨巴娜和大卫看管起来后，不仅不害怕，反而指着现在加入了格林戈党的大卫对萨巴娜感叹："他变成瞎子了。""他变成聋子了。"④ 在犹太人阿巴恩看来，此前的大卫曾经是一个有情感、有想法、有主见的年轻人，现在则完全变成了一个不会用眼睛观察、用耳朵听清、用头脑思考，只会奉命行事的机器人。大卫曾经喜欢甚至崇拜过犹太人阿巴恩，过去后者专门从事写作，热心同别人谈话，传播自己的思想。那时，犹太人阿巴恩逢人便宣传："再也别相信任何事情。""快乐地对待一切，快乐地反对一切吧。"⑤ 有一次，犹太人阿巴恩跟大卫谈话时，格林戈认出了他，便当众宣布他为叛徒，并对大卫说："禁

---

① ［法］玛格丽特·杜拉斯《毁灭，她说》，马振骋译，《杜拉斯全集》第9册，上海：上海译文出版社，2021年，第38页。
② ［法］玛格丽特·杜拉斯《毁灭，她说》，马振骋译，《杜拉斯全集》第9册，上海：上海译文出版社，2021年，第61页。
③ ［法］玛格丽特·杜拉斯《阿巴恩，萨巴娜，大卫》，刘方译，《杜拉斯全集》第8册，上海：上海译文出版社，2021年，第128页。
④ 均见：［法］玛格丽特·杜拉斯《阿巴恩，萨巴娜，大卫》，刘方译，《杜拉斯全集》第8册，上海：上海译文出版社，2021年，第130页。
⑤ 均见：［法］玛格丽特·杜拉斯《阿巴恩，萨巴娜，大卫》，刘方译，《杜拉斯全集》第8册，上海：上海译文出版社，2021年，第143页。

止同叛徒说话，禁止看见他，他曾经属于格林戈党，他叛党了。"① 但是格林戈刚下完禁令，大卫充耳不闻，像往常一样，同犹太人阿巴恩一道去了咖啡馆。正是在那个晚上，犹太人阿巴恩跟大卫谈到了人的自由、痛苦、快乐、疯狂、爱情等话题，并对大卫说："你的手不是别人的手，只是大卫的手。"② 意在提醒大卫要有主见，不要成为别人的帮凶和打手。正因为说了这些话，犹太人阿巴恩马上就招来杀身之祸。其实，犹太人阿巴恩当初也是格林戈的信徒和追随者，后来怀疑和脱离了他的思想与控制，便被格林戈视为叛徒。过去，犹太人阿巴恩对一切充满着信心，具体来说，他曾经"对等待过后才能找到的东西，以及只有等待才能引导人得到的东西"很有信心，他曾经相信"没完没了的等待是合理的"，但现在却认为"这样的等待是无用的"。③ 萨巴娜告诉犹太人阿巴恩，在施塔特村，格林戈很厉害、很有影响，格林戈是3号工地的头，因为3号工地给党增了光，他便向政府请愿，并替大家写请愿书，让大家都加入了工会。格林戈常常在人民之家讲话做指示。但犹太人阿巴恩却轻蔑地告诉萨巴娜：在施塔特村，买卖人不怕格林戈，买卖人怕的是犹太人，格林戈也同样怕犹太人。④

犹太人阿巴恩为什么说格林戈怕犹太人呢？犹太人在历史上不是饱受屈辱、多次被驱逐被屠戮吗？正如萨巴娜告诉阿巴恩的，在二战期间，纳粹分子抓捕犹太人，把他们关进集中营，成批地屠杀，"他们杀掉的那些人都被埋在平原的边界上"，"那些他们没有杀掉的人都乘着军用货车去北方的盐矿了"，成了苦役犯。⑤ 而在现实中，犹太人的处境也不妙。阿巴恩颇有深意地对萨巴娜说：施塔特村之外的地方，"仍然是施塔特，仍然是别的犹地亚地区"。⑥ 犹地亚地区泛指犹太人居住区，意味着犹太人到处被管制。萨巴娜问犹太人阿巴恩：犹太人

---

① ［法］玛格丽特·杜拉斯《阿巴恩，萨巴娜，大卫》，刘方译，《杜拉斯全集》第8册，上海：上海译文出版社，2021年，第213页。
② ［法］玛格丽特·杜拉斯《阿巴恩，萨巴娜，大卫》，刘方译，载《杜拉斯全集》第8册，上海：上海译文出版社，2021年，第215页。
③ ［法］玛格丽特·杜拉斯《阿巴恩，萨巴娜，大卫》，刘方译，《杜拉斯全集》第8册，上海：上海译文出版社，2021年，第189-190页。
④ ［法］玛格丽特·杜拉斯《阿巴恩，萨巴娜，大卫》，刘方译，《杜拉斯全集》第8册，上海：上海译文出版社，2021年，第133页。
⑤ ［法］玛格丽特·杜拉斯《阿巴恩，萨巴娜，大卫》，刘方译，《杜拉斯全集》第8册，上海：上海译文出版社，2021年，第138页。
⑥ ［法］玛格丽特·杜拉斯《阿巴恩，萨巴娜，大卫》，刘方译，《杜拉斯全集》第8册，上海：上海译文出版社，2021年，第144页。

是不是"老被赶走？被杀？"后者回答："是的。""我们怕。""怕死。""怕活。"① 也就是说，犹太人到处被驱赶、被杀绝，犹太人既怕死去，也怕活着，因为活着也痛苦。阿巴恩感叹："所有的犹太人在痛苦时未必都能避免做蠢事。""有时候，他们感到很难活下去。"② 做蠢事就是自杀，感到难以活下去，觉得生不如死，自然就很可能自杀。因此，犹太人被迫流浪，散居在世界各地。萨巴娜曾经两次问犹太人阿巴恩来自何处。一次问他："你们都从哪里来？"犹太人阿巴恩回答："从各处。"另一次问他："你们所有人都是从世界的首都来的吗？"犹太人阿巴恩回答："从各处，是的。"③ 那么今天，在施塔特村，犹太人的命运又如何呢？在格林戈的控制下，喜欢狗的犹太人常常被视为与狗等同。所以有一次，萨巴娜问犹太人阿巴恩说："你就是犹太人阿巴恩，狗阿巴恩？"④ 萨巴娜告诉阿巴恩和犹太人阿巴恩，他们都是格林戈的敌人。一次，她指着正在哭泣的犹太人阿巴恩："他应该在破晓时被杀掉。"另一次，当犹太人阿巴恩宣称"我就是种族主义者"时，萨巴娜便说："种族主义者就在这里被处决。"⑤ 今天，在施塔特村，依然容不下种族意识强盛的犹太人。

　　犹太人既然在历史上和现实中饱受屈辱和屠戮，为什么还能够让格林戈害怕？这与犹太人的性格、处事方式尤其思想主张密切相关。当萨巴娜问犹太人阿巴恩："你是敌人吗？"后者毫不含糊地回答："是。"后者还强调自己当初追随格林戈的时候"什么都不想要"，"什么都想要"，今天夜里依然如此"什么都想要。什么都不想要"。⑥ 这是一种含糊、圆融而又辩证的态度和处事方式。犹太人的主张更具有杀伤力和吸引人的魅力。萨巴娜问犹太人阿巴恩："你们来是为了破坏团结？""是为了引进混乱破坏团结？""在团结一致中制造分裂、动乱？""为了分裂？破坏？"后者一一给予了肯定性的回答。最后萨巴娜问：破

---

① ［法］玛格丽特·杜拉斯《阿巴恩，萨巴娜，大卫》，刘方译，《杜拉斯全集》第 8 册，上海：上海译文出版社，2021 年，第 159 页。
② ［法］玛格丽特·杜拉斯《阿巴恩，萨巴娜，大卫》，刘方译，《杜拉斯全集》第 8 册，上海：上海译文出版社，2021 年，第 182 页。
③ ［法］玛格丽特·杜拉斯《阿巴恩，萨巴娜，大卫》，刘方译，《杜拉斯全集》第 8 册，上海：上海译文出版社，2021 年，第 151、158 页。
④ ［法］玛格丽特·杜拉斯《阿巴恩，萨巴娜，大卫》，刘方译，《杜拉斯全集》第 8 册，上海：上海译文出版社，2021 年，第 150 页。
⑤ ［法］玛格丽特·杜拉斯《阿巴恩，萨巴娜，大卫》，刘方译，《杜拉斯全集》第 8 册，上海：上海译文出版社，2021 年，第 137、150 页。
⑥ ［法］玛格丽特·杜拉斯《阿巴恩，萨巴娜，大卫》，刘方译，《杜拉斯全集》第 8 册，上海：上海译文出版社，2021 年，第 134 页。

坏、分裂之后,"用什么代替?"犹太人阿巴恩回答:"不用什么。"① 也就是说,犹太人主张为分裂而分裂,为破坏而破坏,不用建设什么。此前,犹太人阿巴恩还对大卫说过这些话:"抛弃一切吧!""好好看看,抛弃一切吧,你们是在腐朽上建设。"② 同样也是否定一切、摧毁或毁灭一切的主张。虽然犹太人阿巴恩曾经劝大卫"往共产主义走",但当大卫问他那是"什么样的共产主义"时,犹太人阿巴恩却说:"什么样的共产主义我们不知道,你也不知道。"最后才说出自己的真实主张:"试试到森林里去。"而且是到原始森林里去,即回归原始社会。大卫突然醒悟,对方是反对格林戈的政治主张的,所以问:"你们是为破坏团结而来?""分裂?制造混乱、破坏团结?""在思想上播撒怀疑?"犹太人阿巴恩一一给予肯定的回答。大卫接着问他:"要达到什么目的?"犹太人阿巴恩说:"没有人知道。"萨巴娜则揭示犹太人阿巴恩诸如此类的话的核心内容:"打碎,摧毁。"③ 小说最后,萨巴娜告诉格林戈的追随者让娜,自己之所以认同并决定跟从犹太人,是因为犹太人实际上"爱一切",犹太人"希望世界末日到来",主张摧毁一切。④

小说里还写到犹太人"爱一切"、为他人和未来担心的事。那个自称也叫阿巴恩的犹太人对萨巴娜说,自己是听到犹太人阿巴恩在哭泣,便过来看看究竟,然后告诉萨巴娜:"他没有为他自己哭,让他为别人而哭的动力很强大。"⑤ 意思是,犹太人阿巴恩不是为自己和自己的种族而哭,乃是为全人类的命运和未来担心。他们发现"这里没有毒气室""任何地方都再不会有了"⑥ 时,便由衷地舒了一口气,二战期间,德国纳粹分子囚禁和屠杀战俘尤其犹太人的集中营里的毒气室终于在世界上消失了。

正因为犹太人的主张和他们为全人类担忧的良心吸引和感化了萨巴娜和大卫,他们由最初奉命抓捕犹太人阿巴恩的格林戈信徒摇身一变,成了两个犹太

---

① 均见:[法]玛格丽特·杜拉斯《阿巴恩,萨巴娜,大卫》,刘方译,《杜拉斯全集》第8册,上海:上海译文出版社,2021年,第151页。
② [法]玛格丽特·杜拉斯《阿巴恩,萨巴娜,大卫》,刘方译,《杜拉斯全集》第8册,上海:上海译文出版社,2021年,第211页。
③ [法]玛格丽特·杜拉斯《阿巴恩,萨巴娜,大卫》,刘方译,《杜拉斯全集》第8册,上海:上海译文出版社,2021年,第196页。
④ [法]玛格丽特·杜拉斯《阿巴恩,萨巴娜,大卫》,刘方译,载《杜拉斯全集》第8册,上海:上海译文出版社,2021年,第226页。
⑤ [法]玛格丽特·杜拉斯《阿巴恩,萨巴娜,大卫》,刘方译,《杜拉斯全集》第8册,上海:上海译文出版社,2021年,第136页。
⑥ [法]玛格丽特·杜拉斯《阿巴恩,萨巴娜,大卫》,刘方译,《杜拉斯全集》第8册,上海:上海译文出版社,2021年,第137页。

人所宣布的思想主张的追随者。萨巴娜对两个犹太人说："我想要毒气室。我想死。""带我去吧。我想出去。"① 前一句的意思是萨巴娜接受了犹太人摧毁或毁灭一切的思想，后一句的意思是萨巴娜希望跟犹太人一起走。由此，阿巴恩感叹萨巴娜对犹太人的态度发生了巨大的转变："今天夜里，她对大卫的爱已经变成了对犹太人的爱。"萨巴娜则说："我就要同犹太人一起被杀。"② 萨巴娜认识到自己完全站在犹太人一边了。萨巴娜为什么这么容易改变立场呢？大卫向两个犹太人透露："有人说她是犹太人，说她从远处来。"犹太人阿巴恩说道："从德国的犹太人居住区来，从奥斯施塔特城。"而阿巴恩则说："我们全都是从奥斯施塔特城来。"③ "奥斯施塔特"一词是"奥斯（维辛）"和"施塔特"两个词组合而成的。萨巴娜说在犹太人阿巴恩的胳膊上有一些字，阿巴恩补充说："是'不'字。"大卫说："对犹太人，对想杀犹太人的那些人来说，都是这个字。"阿巴恩说："一样的，是犹太人的字，也是反犹太人的字。"④ "不"字的含义就是对一切说"不"，就是否定一切、摧毁或毁灭一切。萨巴娜告诉赶来劝阻他们跟犹太人走的让娜："大卫不会回来了。""不管发生什么情况，现在，我都会跟犹太人在一起。"⑤ "猴子大哥"即格林戈在犹太人阿巴恩的住宅外面开枪，并威胁说："臭犹太人，你赶快退还大卫！""卑鄙的叛徒，你赶快退还大卫！"⑥ 但大卫不愿意再追随格林戈。最后格林戈发了狠话："臭犹太人！肮脏的狗！我要告诉你，革命者不应该对任何人绝望！"⑦ 说完，外强中干的格林戈气急败坏地走了。

玛格丽特·杜拉斯的《毁灭，她说》《阿巴恩，萨巴娜，大卫》这两部小说中的犹太人是不是现实生活中真实的犹太人、能不能代表现实生活中的犹太

---

① 均见：[法]玛格丽特·杜拉斯《阿巴恩，萨巴娜，大卫》，刘方译，《杜拉斯全集》第8册，上海：上海译文出版社，2021年，第172页。
② [法]玛格丽特·杜拉斯《阿巴恩，萨巴娜，大卫》，刘方译，《杜拉斯全集》第8册，上海：上海译文出版社，2021年，第193页。
③ [法]玛格丽特·杜拉斯《阿巴恩，萨巴娜，大卫》，刘方译，《杜拉斯全集》第8册，上海：上海译文出版社，2021年，第194-195页。
④ [法]玛格丽特·杜拉斯《阿巴恩，萨巴娜，大卫》，刘方译，《杜拉斯全集》第8册，上海：上海译文出版社，2021年，第209页。
⑤ [法]玛格丽特·杜拉斯《阿巴恩，萨巴娜，大卫》，刘方译，载《杜拉斯全集》第8册，上海：上海译文出版社，2021年，第226页。
⑥ 均见：[法]玛格丽特·杜拉斯《阿巴恩，萨巴娜，大卫》，刘方译，载《杜拉斯全集》第8册，上海：上海译文出版社，2021年，第222页。
⑦ [法]玛格丽特·杜拉斯《阿巴恩，萨巴娜，大卫》，刘方译，载《杜拉斯全集》第8册，上海：上海译文出版社，2021年，第224页。

人，姑且存疑。但是，应该说，她赋予的这些犹太人反叛一切传统、消解现存秩序、怀疑一切、否定一切、为破坏而破坏、为毁灭而毁灭的心理与欲望，本身不仅是非理性的，而且是邪恶的、负面的。只不过，这种破坏甚至毁灭一切的心理和欲望在一定程度上反映了现代社会里部分现代人的心理状态，却又是不容置疑的。在科学技术高度发达、物质生活日益富裕的现代社会里，人们的精神生活并未成正比地变得丰富和升华，部分现代人往往会感觉到莫名的拘束和无形的压力，相应地便会产生一种要突破和逾越这种拘束以及各种传统习俗、社会规则的心理和冲动，当无法突破和逾越这些条条框框时，他们又会滋生一种鱼死网破、不管不顾地摧毁或毁灭一切的心理和冲动。

第三节　奇特的犯罪冲动

通常人们认为犯罪分子总是罪大恶极、十恶不赦的，但玛格丽特·杜拉斯却对他们持一种截然相反的态度。杜拉斯传记作者劳拉·阿德莱尔指出，杜拉斯对犯罪这个领域一直很有激情，她对那些敢于走到社会边缘的男女如持枪抢劫犯、夜里犯罪的人以及风尘女子等总是持欣赏的态度。① 玛格丽特·杜拉斯在收入短篇小说集《成天上树的日子》里的《蟒蛇》一文里将谋杀犯和妓女视为同一类人，对他们深表同情和赞赏："妓女跟谋杀犯一样引起我的赞赏，而且我也为她们感到痛苦，因为她们也遭到同样的漠视。"② 当然这里首先赞赏的是妓女，但因为将谋杀犯和妓女相提并论，当然就有了肯定谋杀犯的意思。她在长篇小说《直布罗陀水手》里则对杀人犯表示同情，借女主人公安娜之口发问："一个杀人犯就该孤零零地消失在这个世界上？"③ 玛格丽特·杜拉斯的意思是，难道杀人犯一次犯错就终生有错，不能获得他人和社会的原谅和关心吗？

玛格丽特·杜拉斯在《直布罗陀水手》《琴声如诉》《夏夜十点半钟》《英国情妇》（*L'amante anglaise*，又译为《英国情人》，1967）四部长篇小说中，都或详或略地讲述过凶杀案，塑造了杀人犯形象，并详细地揭示了这些杀人犯奇

---

① ［法］劳拉·阿德莱尔《杜拉斯传》，袁筱一译，沈阳：春风文艺出版社，2000年，第398页。
② ［法］玛格丽特·杜拉斯《蟒蛇》，刘方译，《杜拉斯全集》第3册，上海：上海译文出版社，2018年，第92页。
③ ［法］玛格丽特·杜拉斯《直布罗陀水手》，金志平译，《杜拉斯全集》第2册，上海：上海译文出版社，2018年，第181页。

特的犯罪心理或冲动。

《直布罗陀水手》中的杀人犯就是标题中的直布罗陀水手。他杀人的故事是女主人公安娜分两次讲给男主人公"我"听的。第一次,安娜告诉"我"的有关直布罗陀水手二十岁时杀人的事是这样的:"一天晚上,在巴黎的蒙马特尔,他勒死了一个美国人。我直到很久以后才知道是谁。他拿了那人的钱,去赌博,打扑克,又都输掉了。他不是为了拿那个美国人的钱而勒死他的,他不是由于需要钱而铤而走险。不是的,二十岁的人做这种事没有明确的理由。他几乎无心地这样做了。受害人是滚珠轴承大王,名叫纳尔逊·纳尔逊。"① 为了拿钱而勒死对方、由于需要钱而铤而走险,那是正常的心理,是有计划的行动,但直布罗陀水手杀人却是"几乎无心地这样做了",他"做这种事没有明确的理由",也就是一种下意识的冲动。第二次安娜对"我"转述了直布罗陀水手和她聊天时告诉她那宗杀人案的具体经过。他是被一个胖老头儿的汽车撞倒,对方让他上车要把他送往医院,问他痛不痛,他回答说不痛,然后上了对方的车。这个胖老头儿就是美国滚珠轴承大王纳尔逊·纳尔逊。这件事的结局是这样的:"那美国人说他头上还在流很多血,他觉得那人望着他的神情很怪。由于是头一次坐这样的轿车,他问是什么牌子的。美国人微笑着告诉他这是一辆劳斯莱斯轿车。紧接着那人解开大衣,从背心里取出一个很大的钱夹。他打开钱夹。轿车里有煤气灯,看得很清楚。那美国人取出一沓一千法郎面值的钞票,他看见钱夹里至少还有四沓。美国人从手里的那沓钞票上取掉别针,慢条斯理地数起来。他流了很多血,看不太清,但他看见那人数钱,只有这个,他一目了然。一千法郎。……两千法郎。那人又瞥了他一眼。接着他犹豫了,拿出第三张票子。然后更加犹豫地取出第四张。于是就终止在第四张,把那沓钞票折起来,放回钱夹。也就是在那时,他杀了他。"② 显然,后面一次叙述跟前面一次叙述一样,都说明直布罗陀水手杀人不是经过理性的思考甚至周密的计划,要么是觉得对方小气、计较,要么是觉得对方犹犹豫豫的样子很不爽,便临时起意或者一时冲动而杀了他。

直布罗陀水手杀人的直接后果就是被警察追捕。为了躲避警察的追捕,他应募加入法国军队的外籍军团。由于在军队里待得难受,他偷了一只小船开小差,在大西洋靠近直布罗陀海峡的海面上向安娜所在的"西普里斯号"游艇呼

---

① [法] 玛格丽特·杜拉斯《直布罗陀水手》,金志平译,《杜拉斯全集》第 2 册,上海:上海译文出版社,2018 年,第 123 页。

② [法] 玛格丽特·杜拉斯《直布罗陀水手》,金志平译,《杜拉斯全集》第 2 册,上海:上海译文出版社,2018 年,第 179 页。

救。所以，安娜第一次见到直布罗陀水手的时候，对方是一个年仅二十岁的杀人犯和逃跑士兵。那次他在游艇上待了六个月，然后在中国的上海港下船去赌博，没有按时上船而与安娜分开。几年以后，直布罗陀水手跟安娜再次相遇，两人同居了五个星期，然后他又离开了。离开的一个重要原因是杀人犯身份使他无法安稳地过日子："他说警察至少还要追捕他两年……自从离开"西普里斯号"以后，他已环绕地球三周。"① 安娜对这个杀人犯颇为同情，对"我"说："这个男人被视为世间的耻辱，他却以一双儿童的眼睛看待这个世界，我觉得所有人都应该能爱他……"② 安娜认为二十岁的直布罗陀水手并非老谋深算的罪犯，只是临时起意、一时冲动而犯错，他天性单纯，"以一双儿童的眼睛看待这个世界"，人们应该能够原谅他、宽恕他、爱他。所以，当"我"对她兴师动众、满世界去寻找只是跟她同居了几个月的直布罗陀水手表示大惑不解时，安娜反问："一个杀人犯就该孤零零地消失在这个世界上？永远不该有人寻找他？"③ 安娜不仅不以有一个杀人犯的情人为耻，反而同情心泛滥，旗帜鲜明地向世人宣示自己对这个杀人犯的"伟大的爱情"。

《琴声如诉》开篇就描述了一桩杀人案。女主人公安娜·戴巴莱斯特带着孩子去吉罗小姐那里上钢琴课，上课时听到楼下传来一声大叫。课后她立即跑到楼下咖啡馆的凶杀案现场，看到这样一个离奇的场景："在咖啡馆尽里面，在后厅半明半暗的地方，有一个女人直僵僵躺在地上。还有一个男人，趴在那个女人的身上，抓住她的两肩，在静静地喊着那个女人。'我的亲人啊。我亲爱的人啊。'他脸转过来，看看这边正在看热闹的人，这时大家才看清他那两个眼睛。他的眼睛，除了表现出对这个世界、对他的欲望被粉碎但又不可能被毁灭、完全反常的表情以外，没有任何其他表情。"④ 按常理说，杀了人，杀人者肯定会想方设法逃跑，但这个杀人犯显然没有逃跑的意思，完全沉浸在失去至亲至爱的悲痛和哀伤之中。接下来，安娜·戴巴莱斯特看到了杀人犯的一连串举动。起先，"那个男人在神志不清的状态下，就在那个直挺挺躺在那里的女人身上滚来滚去。一个警官抓住他的手臂，一把把他拉起来。他也听任人家就这样把他

---

① ［法］玛格丽特·杜拉斯《直布罗陀水手》，金志平译，《杜拉斯全集》第 2 册，上海：上海译文出版社，2018 年，第 182 页。
② ［法］玛格丽特·杜拉斯《直布罗陀水手》，金志平译，《杜拉斯全集》第 2 册，上海：上海译文出版社，2018 年，第 181 页。
③ ［法］玛格丽特·杜拉斯《直布罗陀水手》，金志平译，《杜拉斯全集》第 2 册，上海：上海译文出版社，2018 年，第 181 页。
④ ［法］玛格丽特·杜拉斯《琴声如诉》，王道乾译，《杜拉斯全集》第 4 册，上海：上海译文出版社，2018 年，第 13 页。

拉起来"。稍后,"那个男人坐到死去的女人的身旁,抚摩她的头发,对她微笑。……那女人年纪很轻,在她嘴上还有几条混乱交错的细细的血流,血还在往下流,那个男人吻过她,所以他脸上也有血迹"。接着,"那男人紧挨着女人又侧身躺下去,不过他只躺了一下,很快又坐起来,好像这样就已经把他弄得筋疲力尽了。……他两臂又紧紧抱住女人,脸紧贴着她的脸,把脸埋在女人嘴里涔涔流出的血污之中"。最后,杀人犯被警官拉出咖啡馆,"那个男人顺从地一直走到运尸车前面。但是,就在运尸车前,他不声不响地反抗了一次,他从警官身边逃走,转身就往咖啡馆里拼命跑去。当他快要跑到咖啡馆的时候,咖啡馆已经关灯打烊。他马上收住脚步,又跟着警官折回,来到运尸车这里,爬上车去"。①

这个凶杀案的场景如此奇特,杀人犯的表现如此反常,深深地打动了安娜·戴巴莱斯特,也彻底激活了她的好奇心。第二天,她带着孩子散步,有意无意就走进了这家咖啡馆,里面只有一个男人。她向老板娘要了两杯酒,便开始和那个男人谈论前一天发生的凶杀案。那个名叫肖万的男人告诉安娜·戴巴莱斯特:"据我所知,他在她心上打了一枪。"② "他"就是那个杀人的男人,"她"就是那个被杀死的女人。关于两个当事人的身份,肖万说:"他在兵工厂做工。"老板娘补充说: "她是结过婚的,有三个孩子,平时酗酒,可想而知。"③ 为什么那个男人要开枪打死那个女人呢?这是安娜·戴巴莱斯特特别想一探究竟的。当肖万说"他们是彼此相爱的"时,安娜发问:"也许他们在闹别扭吧,就是因为那种叫作爱情的难题,才发生这种事?"肖万表示认同。④ 根据前面提供的信息,杀人的男人是一个做工的工人,女人是有三个孩子的已婚母亲,可以推测两人之间的恋爱不仅是一场婚外恋,也是一场贫穷的底层青年男人和富有的中产阶级中年女子之间的激情之恋。身份、地位和年龄的差距等问题让他们两个遇到了"爱情的难题"。后来肖万告诉安娜:凶杀案的两个当事人曾经住在海边一处孤立隔绝的房子里,"几天以后,好像他就不得不把她赶走,总是要赶她走。事情发生得太快了,他不得不把她赶出去,叫她远远地离开

---

① [法] 玛格丽特·杜拉斯《琴声如诉》,王道乾译,《杜拉斯全集》第4册,上海:上海译文出版社,2018年,第13-15页。
② [法] 玛格丽特·杜拉斯《琴声如诉》,王道乾译,《杜拉斯全集》第4册,上海:上海译文出版社,2018年,第19页。
③ [法] 玛格丽特·杜拉斯《琴声如诉》,王道乾译,《杜拉斯全集》第4册,上海:上海译文出版社,2018年,第20页。
④ [法] 玛格丽特·杜拉斯《琴声如诉》,王道乾译,《杜拉斯全集》第4册,上海:上海译文出版社,2018年,第20页。

他",而那个女人完全听从那个男人的话,"他要她什么时候走,她就什么时候走,尽管她很想留下来"。① 紧接着肖万告诉安娜,在那间房子里,那个女人表现得就像"一个烂污货"。似乎觉得自己说得不妥,他随即又否认自己的说法:"我说的是谎话。"② 安娜·戴巴莱斯特从肖万的讲述中发现一个事实:"他叫她回来,她就回来。同样,他赶她走,她就走。顺从到这种地步,表示她心里还存着希望,她这样做不过是她特有的表达方式。甚至她脚已经跨出门槛,心里还在期望他叫她回去。"针对肖万承认自己说那个女人是"烂污货"的话是谎话,安娜明确肯定:"您并没有说谎。"③ 所谓烂污货,就是指他们在谈论的那个女人像个妓女一样,放弃尊严,顺从感情,放纵欲望,追求肉体之欢。安娜认可那个女人在海边房子里的表现,便认为肖万没有说谎。

显然,这宗杀人案的起因是罪犯与死者或青年男子与已婚女人之间欲爱不能、欲罢难休的激情。前面已经交代,杀人的男子抱着被自己杀死的女人打滚儿、大喊,脸上露出"欲望被粉碎但又不可能被毁灭、完全反常的表情"。心爱的女人死了,再也见不到了,欲望被粉碎,但这份爱、这份激情将永远保存在心里,不可能从根本上被毁灭、被连根拔除。而安娜也猜测到,那个被杀死的女人是心甘情愿死在情人的枪下的,甚至是她主动要求他打死自己的。安娜问肖万:"上次您告诉我:因为她要他那样做,所以他才把她打死,一句话,是为了满足她,是不是?"他用不做回答的方式表示肯定。④ 安娜接着又追问肖万:"我求您告诉我:她所期望于他的,她究竟是怎么发现的?她又怎么知道这恰恰正是她所期求于他的?"肖万仿佛身临其境、故作神秘地回答:"我想是有一天,天刚刚亮,期求于他的究竟是什么,她突然知道了。她恍然大悟,对她来说,一切的一切她都明白了,所以,她就把她的欲念给他说了。对这一类发现,我相信是不需要解释的,也不需要任何说明。"⑤ 肖万想说的是,那个女人希望恋人杀死自己的欲念在理性上是没法儿解释的,也无须说明,只有处于激情当中

---

① [法] 玛格丽特·杜拉斯《琴声如诉》,王道乾译,《杜拉斯全集》第4册,上海:上海译文出版社,2018年,第67页。
② [法] 玛格丽特·杜拉斯《琴声如诉》,王道乾译,《杜拉斯全集》第4册,上海:上海译文出版社,2018年,第68页。
③ [法] 玛格丽特·杜拉斯《琴声如诉》,王道乾译,《杜拉斯全集》第4册,上海:上海译文出版社,2018年,第68页。
④ [法] 玛格丽特·杜拉斯《琴声如诉》,王道乾译,《杜拉斯全集》第4册,上海:上海译文出版社,2018年,第31页。
⑤ [法] 玛格丽特·杜拉斯《琴声如诉》,王道乾译,《杜拉斯全集》第4册,上海:上海译文出版社,2018年,第32页。

的人才会有这样的非理性冲动。如此看来,那个男人杀死自己的恋人,既是听从恋人的要求,也是出于一种恋爱中的激情。

《夏夜十点半钟》写法国中年女子玛利亚和丈夫皮埃尔带着女儿朱迪特、他们的女性朋友克莱尔一起,驾着一辆黑色罗孚牌小汽车来西班牙消夏度假。小说开篇就交代他们被暴风雨困在一个村镇的宾馆,碰到一宗凶杀案。不过这宗凶杀案并未得到正面描写,都是通过咖啡馆或宾馆里的客人、附近村民相互谈论而从侧面得以呈现的。凶杀案大概发生在当天下午。案情很简单。一个名叫罗德里戈·帕斯特拉的男人杀死了两个人,一个是他新婚六个月的年仅十九岁的妻子,另一个是和他的妻子有私情的托尼·佩雷斯。

罗德里戈·帕斯特拉为何杀人?小说里交代:当时罗德里戈·帕斯特拉在佩雷斯的车库里,"发现了妻子在与佩雷斯做爱后赤身露体地睡在佩雷斯身旁",所以气愤地杀了他们。① 也就是说,因妻子背叛自己而杀人,罗德里戈是一个因爱情而犯下杀人罪的罪犯。在宾馆的餐厅吃晚饭时,人们讨论罗德里戈的罪行。作者直接发表议论:"和罗德里戈·帕斯特拉一样,谁在生活中不遇到这种简单干脆地杀人的处境呢?"② 意即在现实生活中,碰到一个放荡的妻子和他人私通,哪个男人能够忍受,而不杀死她呢?在宾馆里,克莱尔和侍者关于罗德里戈的妻子和佩雷斯的关系有一段对话。克莱尔问侍者:"她爱佩雷斯吗?"侍者回答:"不可能爱佩雷斯。"克莱尔接着问:"要是她爱佩雷斯呢?"侍者没有就此作答,而是反问:"怎么能要求罗德里戈·帕斯特拉明白呢?"③ 克莱尔的意思是,如果罗德里戈的妻子和佩雷斯是真心相爱,他们被杀死就是值得同情的。而侍者认为,即使如此,也不可能要求罗德里戈在那种情况下理智对待那两个人的行为,而不杀死他们。总之,正如玛利亚所判定的:"这是情杀,偶然的罪犯。"④ 后来玛利亚将罗德里戈救到自己车上时,"目不转睛地看着这伸手可及的奇人,今晚从混乱的爱情中生长的黑色花朵"。⑤ 玛利亚将因为感情受伤而杀

---

① [法] 玛格丽特·杜拉斯《夏夜十点半钟》,桂裕芳译,《杜拉斯全集》第 2 册,上海:上海译文出版社,2018 年,第 514 页。
② [法] 玛格丽特·杜拉斯《夏夜十点半钟》,桂裕芳译,《杜拉斯全集》第 2 册,上海:上海译文出版社,2018 年,第 505 页。
③ [法] 玛格丽特·杜拉斯《夏夜十点半钟》,桂裕芳译,《杜拉斯全集》第 2 册,上海:上海译文出版社,2018 年,第 507 页。
④ [法] 玛格丽特·杜拉斯《夏夜十点半钟》,桂裕芳译,《杜拉斯全集》第 2 册,上海:上海译文出版社,2018 年,第 532 页。
⑤ [法] 玛格丽特·杜拉斯《夏夜十点半钟》,桂裕芳译,《杜拉斯全集》第 2 册,上海:上海译文出版社,2018 年,第 542 页。

人的人视为"奇人",并把他比喻为象征悲痛、哀伤而美丽的黑色花朵。在她看来,罗德里戈杀人的动机乃是不幸陷入"混乱的爱情"之中,因而充满着"对佩雷斯的嫉妒心理",最终出手杀人。①

在咖啡馆和宾馆里,人们讨论这宗罪案时,对三个当事人的态度有分歧。对杀人犯罗德里戈,同情的居多。他们都觉得,他和妻子结婚才六个月,便"发现她和佩雷斯在一起。谁不会这么干呢?"② 人们对佩雷斯的行为也从人性的角度表示理解:"罗德里戈·帕斯特拉的妻子是自己投入佩雷斯怀抱的,能怪佩雷斯吗?一个女人这样向你扑来,你推得开吗?"③ 而人们对罗德里戈的妻子的态度则比较复杂。有人表示谴责,说她去年秋天才从马德里来当地村子结婚,结婚以后,勾引村里所有的男人,杀了她难道有什么不对吗?④ 也有人表示同情。小说里写道:"几个女人谈到十九岁就被杀是多么可怕的事,罗德里戈·帕斯特拉的妻子落到这个地步,今晚独自一人,独自一人待在市政厅里多可怕,她只是个孩子。"⑤

罗德里戈因为妻子背叛自己而杀人,让刚刚发现丈夫背叛自己和克莱尔有私情的玛利亚对他充满了同情。玛利亚听警察通报说罗德里戈有可能躲在城里某处房屋的屋顶上,便在阳台上走过时特别留意酒店的房顶。果然,晚上十点以后,当闪电照亮这个城镇时,玛利亚在灰白的光线中看到了罗德里戈凝定不动的身影,他湿漉漉的,紧紧抱住阴暗的石头烟囱。晚上十点半,阵雨来了,她不禁为他担心:"雨点落在罗德里戈·帕斯特拉因痛苦而死、因爱而死的死亡形体上,如同落在田野里。"⑥ 玛利亚决定帮助罗德里戈逃跑。凌晨一点钟,她探出身子到阳台外,哼着这个夏天流行的曲调,向罗德里戈示意自己要帮助他。经过一番周折,罗德里戈终于坐进玛利亚的小汽车。玛利亚将车开上通往马德里的道路。直到这时,玛利亚才看清楚杀人犯是一个又高又壮的三十岁左右的

---

① [法] 玛格丽特·杜拉斯《夏夜十点半钟》,桂裕芳译,《杜拉斯全集》第 2 册,上海:上海译文出版社,2018 年,第 552 页。
② [法] 玛格丽特·杜拉斯《夏夜十点半钟》,桂裕芳译,《杜拉斯全集》第 2 册,上海:上海译文出版社,2018 年,第 500 页。
③ [法] 玛格丽特·杜拉斯《夏夜十点半钟》,桂裕芳译,《杜拉斯全集》第 2 册,上海:上海译文出版社,2018 年,第 500 页。
④ [法] 玛格丽特·杜拉斯《夏夜十点半钟》,桂裕芳译,《杜拉斯全集》第 2 册,上海:上海译文出版社,2018 年,第 501 页。
⑤ [法] 玛格丽特·杜拉斯《夏夜十点半钟》,桂裕芳译,《杜拉斯全集》第 2 册,上海:上海译文出版社,2018 年,第 507 页。
⑥ [法] 玛格丽特·杜拉斯《夏夜十点半钟》,桂裕芳译,《杜拉斯全集》第 2 册,上海:上海译文出版社,2018 年,第 517 页。

男人。罗德里戈在玛利亚的小汽车上睡着了,她仔仔细细地看着他:"在这里,他睡得很安稳,他张开鸟的翅膀越过一切混乱。……罗德里戈·帕斯特拉睡觉时,玛利亚就看不到他那完全茫然的眼神。他刚刚在睡眠中微笑。她敢发誓,在他半张半闭的嘴上出现了一个战栗的微笑,它酷似生活满意的微笑。……她想起了一个孩子,想起了孩子。"① 此时,玛利亚看到的罗德里戈非但不是罪大恶极的罪犯,反而是一个满面微笑、安稳入睡的孩子。孩子就是单纯、无辜而又容易冲动的代名词。最后,玛利亚让罗德里戈在一片麦田里下车,并约好中午12点来接他。事后,玛利亚又怀疑自己的做法是否可取:"如果罗德里戈·帕斯特拉获救,那最终获救的是谁呢?""如果将罗德里戈·帕斯特拉带往法国,最终能拯救什么呢?"② 最终她决定放弃营救罗德里戈,她的理由是:"首先,我们没办法将他藏起来,他个子很大,是巨人。即使我们办到了,他也会满不在乎,我们的努力会徒劳无功,甚至可以说滑稽可笑。只能救罗德里戈·帕斯特拉一条命。"③ 换言之,即使能够救罗德里戈一条命,也不能改变他被判刑的命运,更不能使他免除失去爱情和妻子的痛苦。不过小说交代,等他们一行人找到罗德里戈时,后者已经开枪自杀了。

《英国情妇》是一篇典型的侦探小说。不过它的重心不是系统地讲述一桩凶杀案发生的过程,而是从不同人的视角探寻凶犯杀人的动机,细腻地描绘人物的犯罪心理。标题"英国情妇"指女主人公克莱尔·拉纳在给凡尔赛报社写信咨询冬天如何养护家里的英国薄荷时,把"薄荷"(La menthe)写成了"情妇"(amante),"英国薄荷"因而被写成了"英国情妇"。④ 所以,"英国情妇"这个词暗指克莱尔文化水平不高。这一点从克莱尔的丈夫皮埃尔·拉纳的说法中得到印证:"她任何东西都学不进去。她丝毫不感到需要学习。"⑤ 小说开篇就安排乡村警察第三次宣读维奥纳市镇警察总队发布的告居民书,交代凶杀案的基本情况:"不久前在法国不少地方的货车车厢里发现碎尸。经巴黎警察局法医科

---

① [法]玛格丽特·杜拉斯《夏夜十点半钟》,桂裕芳译,《杜拉斯全集》第2册,上海:上海译文出版社,2018年,第543页。
② [法]玛格丽特·杜拉斯《夏夜十点半钟》,桂裕芳译,《杜拉斯全集》第2册,上海:上海译文出版社,2018年,第551、552页。
③ [法]玛格丽特·杜拉斯《夏夜十点半钟》,桂裕芳译,《杜拉斯全集》第2册,上海:上海译文出版社,2018年,第559页。
④ [法]玛格丽特·杜拉斯《英国情妇》,徐和瑾译,载《杜拉斯全集》第8册,上海:上海译文出版社,2021年,第77页。
⑤ [法]玛格丽特·杜拉斯《英国情妇》,徐和瑾译,载《杜拉斯全集》第8册,上海:上海译文出版社,2021年,第55页。

证实，这些不同的碎尸属于同一人体。……铁路线的交会状况使我们发现，载有这些碎尸的列车，不管终点为何地，都经过同一地点，即维奥纳高架桥。鉴于这些碎尸系从这高架桥的栏杆被扔进车厢，因此凶杀案很可能发生在我们市镇。……如有任何女性失踪，且身材中等，身体肥胖，年龄在三十五至四十岁，请立即报告警察总队。"① 据警察侦查，最终断定死者名叫玛丽-泰蕾丝·布斯凯，是克莱尔·拉纳和皮埃尔·拉纳夫妇的聋哑表妹，她在某天凌晨四点被杀死在一个地窖里。之后，凶手将尸体肢解，在三个夜晚分十次去高架桥抛弃。案情披露后，大家认为凶手一定是一个疯子。

但凶手并不是疯子，而是死者的表姐克莱尔·拉纳。罪行是克莱尔自己在巴尔托咖啡馆明明白白招认的。她为什么要杀人？准备以此案情为题材写一部书的作家先后采访巴尔托咖啡馆老板罗贝尔·拉米、克莱尔的丈夫皮埃尔·拉纳和克莱尔·拉纳本人，试图找到答案。

咖啡馆老板罗贝尔·拉米说，要自己说克莱尔疯了还是没疯，一时还真说不准，但可以确定的是："她没有任何理由要进行这次凶杀。"② 丈夫皮埃尔则介绍，克莱尔和表妹都能容忍对方，而且表妹非常喜欢表姐，克莱尔没有理由杀死她。不仅咖啡馆老板和克莱尔丈夫弄不懂克莱尔为什么要杀人，就连克莱尔本人也说不清自己为什么要杀死表妹。一般来说，杀人要么是为财，要么是为色为情，但这些动机克莱尔都不具备。她承认自己衣食无忧，非常空闲："我有的是时间，我丈夫的工资已经够用，而我也有卡奥尔一幢房子的收入。"③ 她跟又聋又哑的表妹之间更没有情感纠葛、争风吃醋一类的事情。所以，当作家问她为什么要杀死表妹时，她两次说了差不多同样的话："我要是知道该怎么回答，我是会回答的。我不能把自己的想法理清楚，使您和法官把发生的事情弄明白。""我要是知道怎么说，审问早就结束，您也不会在这儿问我了。"④ 但克莱尔有一段话透露了一个信息。她说："我曾在梦中杀死跟我一起生活过的所有人，其中有卡奥尔那个警察，我第一个男人，也是我一生中最喜欢的人。每个人都给杀死好几次。因此，总有一天，我会真的做出这种事。现在事情已经干

---

① ［法］玛格丽特·杜拉斯《英国情妇》，徐和瑾译，载《杜拉斯全集》第 8 册，上海：上海译文出版社，2021 年，第 6 页。
② ［法］玛格丽特·杜拉斯《英国情妇》，徐和瑾译，载《杜拉斯全集》第 8 册，上海：上海译文出版社，2021 年，第 36 页。
③ ［法］玛格丽特·杜拉斯《英国情妇》，徐和瑾译，载《杜拉斯全集》第 8 册，上海：上海译文出版社，2021 年，第 89 页。
④ ［法］玛格丽特·杜拉斯《英国情妇》，徐和瑾译，载《杜拉斯全集》第 8 册，上海：上海译文出版社，2021 年，第 87、102 页。

了，我知道我真的会这样干一次。"① 原来克莱尔杀人的动机或动力之一源于一个梦或一种心理暗示。

如果进一步细察，可以找到克莱尔杀死表妹的动机的一些蛛丝马迹。比如克莱尔·拉纳曾经这样说自己的表妹："她很胖，每天晚上都睡得很好，而且吃得很多。……我有一种性格，无法容忍别人吃得香、睡得好。就是这样。要是另一个女人跟她一样吃得香、睡得好，我也一样会感到无法忍受。因此，并不是因为是她我才不能忍受。而是因为任何人这样我都不能忍受。"② 因为无法忍受吃得香、睡得好的人，刚好自己身边的表妹就是这样一个人，所以克莱尔动了杀机。表妹身上还有让克莱尔不喜欢的地方。克莱尔说过："我总是无法肯定她是否会突然来吻我，我不喜欢她吻我。"③ 表妹偷吻表姐也成了克莱尔讨厌表妹的原因之一。其实，凶杀案发生的那天晚上，有一个细节直接激起了克莱尔的杀心。她交代："凶杀那天夜里，她发出叫喊声，我以为她不让我睡觉。我心里在想。阿尔丰索是否就在附近逗她高兴。您要知道，阿尔丰索，他还需要女人。我年纪比他大。这年龄上的差别，一直是我们之间的问题。……于是我就在想，他是否已看中了玛丽-泰蕾丝·布斯凯。"④ 虽然克莱尔对贫穷年轻的劈柴工阿尔丰索颇有几分好感，但并没有升级到爱情的高度，所以即使他看中了表妹，克莱尔也不会为此起杀心，直接激起她一时不满并动手杀死表妹的乃是表妹那打扰了表姐睡觉的叫喊声。总之，如果是上述三个方面的原因促使克莱尔对表妹下手，那这些原因又是多么无厘头。看来，丈夫皮埃尔对克莱尔的定位还是有几分道理的：她是那种"大家不大防备"的、"很安静"的、"在家里的一种疯子"。⑤

玛格丽特·杜拉斯像自己欣赏的侦探小说家阿加莎·克里斯蒂一样，为罪恶中正常的一面和罪犯的平庸所迷醉。劳拉·阿德莱尔曾经指出，《英国情妇》中杀死自己哑巴表妹的克莱尔·拉纳跟每个人一样，也有阴暗的一面，也是潜

---

① [法] 玛格丽特·杜拉斯《英国情妇》，徐和瑾译，载《杜拉斯全集》第 8 册，上海：上海译文出版社，2021 年，第 87 页。
② [法] 玛格丽特·杜拉斯《英国情妇》，徐和瑾译，载《杜拉斯全集》第 8 册，上海：上海译文出版社，2021 年，第 91 页。
③ [法] 玛格丽特·杜拉斯《英国情妇》，徐和瑾译，载《杜拉斯全集》第 8 册，上海：上海译文出版社，2021 年，第 92 页。
④ [法] 玛格丽特·杜拉斯《英国情妇》，徐和瑾译，载《杜拉斯全集》第 8 册，上海：上海译文出版社，2021 年，第 116 页。
⑤ [法] 玛格丽特·杜拉斯《英国情妇》，徐和瑾译，载《杜拉斯全集》第 8 册，上海：上海译文出版社，2021 年，第 48 页。

在的罪犯，因为倒错、肉欲、谋杀欲望等是彼此相通的。① 难怪有评论家认为玛格丽特·杜拉斯在这部小说中描写罪犯的心理时"触及了一个属于我们的受伤区域"。② 换言之，克莱尔的杀人动机折射出每个人身上都潜藏着自己说不清道不明的犯罪冲动。

  虽然克莱尔的杀人动机很奇葩，但并不能说明她已经完全失去了正常人的心理。杀人后的克莱尔在作家面前就吐露了自己的后悔心情："这个家，完了。维持了二十二年，但现在全完了。"③ 她曾经对作家感叹："我过的生活糟透了，没有一点开心的事，而在当初，生活是那么美好，跟卡奥尔的警察在一起。"④ 原来克莱尔和丈夫皮埃尔的感情一直很冷淡。皮埃尔·拉纳的话也证实了这一点。他说他们过的是一种"冷若冰霜"的生活，"几年以来，她不再看我们一眼"。⑤ 克莱尔甚至对丈夫找别的女人也完全不在乎。而两人的关系之所以如此，而且没有分手，一是因为克莱尔一直没有忘记初恋情人即卡奥尔的那个警察，她曾经为那个警察跳池塘自杀，二是因为皮埃尔后来去找其他女人，妻子的冷淡反而给他提供了便利，使他陶醉。皮埃尔还说，克莱尔相信人与人之间终究是隔膜的、无法沟通的，"她可能觉得其他人无法用一般的方法来了解，如通过谈话，感情交流"。⑥ 这些都说明克莱尔的心理有正常的一面。

  克莱尔不仅心理有正常的一面，而且在杀人后内心非常坦荡，勇敢地承认自己的所作所为，绝不抹黑或栽赃他人。她承认杀害表妹是她独自一人干的，丈夫完全不知情："我搬运被害人的碎尸是在夜里，他当时在睡觉。他睡着时从不醒来。"⑦ 她还对作家说了一段颇有意味的话："我有时吃英国薄荷，清洗肠

---

① ［法］劳拉·阿德莱尔《杜拉斯传》，袁筱一译，沈阳：春风文艺出版社，2000 年，第 400 页。
② ［法］劳拉·阿德莱尔《杜拉斯传》，袁筱一译，沈阳：春风文艺出版社，2000 年，第 499 页。
③ ［法］玛格丽特·杜拉斯《英国情妇》，徐和瑾译，载《杜拉斯全集》第 8 册，上海：上海译文出版社，2021 年，第 97 页。
④ ［法］玛格丽特·杜拉斯《英国情妇》，徐和瑾译，载《杜拉斯全集》第 8 册，上海：上海译文出版社，2021 年，第 118 页。
⑤ ［法］玛格丽特·杜拉斯《英国情妇》，徐和瑾译，载《杜拉斯全集》第 8 册，上海：上海译文出版社，2021 年，第 48 页。
⑥ ［法］玛格丽特·杜拉斯《英国情妇》，徐和瑾译，载《杜拉斯全集》第 8 册，上海：上海译文出版社，2021 年，第 56 页。
⑦ ［法］玛格丽特·杜拉斯《英国情妇》，徐和瑾译，载《杜拉斯全集》第 8 册，上海：上海译文出版社，2021 年，第 81 页。

胃。……在杀人之前,我比阴沟更脏。现在嘛,反倒一点点好起来了。"① 小说里交代过,英国薄荷是克莱尔最喜欢的一种植物。她为什么喜欢它?因为它可以清洗人的肠胃,有利于排除人体内脏污的东西。杀人之前的克莱尔把所有的不满、愤懑和痛苦都郁积在体内,杀人之举似乎让她像吃了英国薄荷一样得到清洗,反倒一点点好起来,神清气爽了。正如劳拉·阿德莱尔所言,在玛格丽特·杜拉斯笔下,克莱尔的罪恶洗清了她原来的肮脏,从而变得轻盈。克莱尔本是众人眼中的疯子,杜拉斯却把她写成了一位英雄。②

---

① [法]玛格丽特·杜拉斯《英国情妇》,徐和瑾译,载《杜拉斯全集》第8册,上海:上海译文出版社,2021年,第119页。
② [法]劳拉·阿德莱尔《杜拉斯传》,袁筱一译,沈阳:春风文艺出版社,2000年,第498页。

第五章

介入社会的诉求

玛格丽特·杜拉斯是一个眼观六路耳听八方、具有强烈社会责任感的作家，绝非从书本到书本、躲在象牙塔里闭门造车的写手。从早年在法国政府的殖民部工作时奉命与人合著《法兰西帝国》、德军入侵期间参加抵抗运动、加入法国共产党，到后来积极投身反对阿尔及利亚战争的运动、1968年"五月风暴"、为早年战友密特朗竞选总统造势，杜拉斯一直在向世人证明自己介入社会、参与政治活动的巨大热情。很长一段时间，玛格丽特·杜拉斯定期为《法兰西观察家》《解放报》等报刊写随笔和时事评论，后来这些文章以"外面的世界"为题结集出版。在1980年特别为该书撰写的前言中，她这样解释自己关注"外面的世界"、热心写作时评文章的原因："那就是我为各种运动所席卷，难以抗拒：法国的抵抗运动、阿尔及利亚的独立运动、反政府运动、反军国主义运动以及反选举运动；或者，和你们一样，和所有人一样，想要揭露某一阶层、某一群人或某一个人所忍受的不公正——不论什么阶层。"①

所以，那种认为玛格丽特·杜拉斯只是一位擅长描写爱情和色欲的女作家的观点其实是对她的误解，至少是对她的片面性了解。在自己的小说中，玛格丽特·杜拉斯表现出极强的社会关注意识与政治参与热情。法国殖民政策与制度的邪恶、种族偏见与歧视、贫富悬殊与阶层分化阶级对抗、底层人的喜怒哀乐、法西斯战争的罪恶、犹太民族的悲剧等一系列社会和政治问题一直是玛格丽特·杜拉斯在小说中书写的重要主题。也因此，她的部分小说完全可以被称为政治小说。从这个角度来看，如果杜拉斯的小说不能直接被称为萨特所命名的"介入文学"的话，那至少常常流露出强烈而鲜明的介入社会的诉求。本章将结合具体小说，集中考察玛格丽特·杜拉斯在其中所传达的介入社会的诸种诉求。

---

① [法]玛格丽特·杜拉斯《外面的世界》，袁筱一，黄荭译，桂林：漓江出版社，1999年，第8页。

第一节 揭露殖民制度的邪恶

玛格丽特·杜拉斯出生在法属殖民地印度支那，从童年时代起，她就深切感受到那里的异国情调。法国历史学家、记者、杜拉斯传记作者劳拉·阿德莱尔在《杜拉斯传》中写道："玛格丽特是个印度支那的孩子。一直到生命的尽头，她还在不断地追忆印度支那的风景，那里的阳光，那里的味道。如果没有印度支那，玛格丽特又会是什么样子呢？这才是养育她的土地，是她写作的摇篮，她不断地培养这份异样的感觉，从中汲取素材，直至死去。她甚至在外表上也长成为东方少女，暗色的皮肤，后来又成了个高颧骨的妇人，长长的眼睛，别人也许都会把她当成越南女人。印度支那的土地浸润了玛格丽特的外表，而越南的语言更是以某种方式萦绕着她。"① 但是，"印度支那的孩子"玛格丽特·杜拉斯对"养育她的土地"和"写作摇篮"的印度支那不只是留恋和感恩，内心还蕴蓄着一种愤怒、痛恨甚至憎恶之情。而后面这种否定性的情绪和认知同样源于她的亲身经历与切身感受。

具体来说，印度支那作为法属殖民地，至少有三个方面引起玛格丽特·杜拉斯的不满和厌恶。首先是官员腐败、体制黑暗。当时印度支那的法国移民中弥漫着一种冒险的气氛，"白人觉得自己属于那一类与旧世界切断一切联系的精英，他们在冒险——经济上和体格上的双重冒险……他们得到了殖民当局的鼓励，新的侨民很快得到了新的土地。交趾支那成了新的'远西'，在那个时代，只要你开垦了一块地，你就能成为它的业主"。② 玛格丽特·杜拉斯的母亲玛丽·道纳迪厄正是受这种冒险风气的影响，决心购买土地，大发其财。劳拉·阿德莱尔写道：玛丽·道纳迪厄将好不容易申请到的寡妇抚恤金、卖掉河内那幢小房子的钱和所有的积蓄购买了一块特许经营土地，"她要成为太平洋稻米女王"。③ 这种地是法国殖民当局从越南农民手里抢过来的，然后转让给梦想成为地主的法国白人移民。母亲得到了当时政府法令鼓励的三百公顷好地，但她嫌

---

① [法] 劳拉·阿德莱尔《外面的世界》，袁筱一，黄荭译．桂林：漓江出版社，2000年，第14页。
② [法] 劳拉·阿德莱尔《外面的世界》，袁筱一，黄荭译．桂林：漓江出版社，2000年，第16页。
③ [法] 劳拉·阿德莱尔《外面的世界》，袁筱一，黄荭译．桂林：漓江出版社，2000年，第48页。

太小，又在柬埔寨靠太平洋的地方争取到了另外三百公顷土地。在1977年同米歇尔·波尔特的对谈中，玛格丽特·杜拉斯谈及母亲的这次买地行为及其后果：她是一个寡妇，没有保护人，只身去了地籍总署，把钱交给了他们，他们随便给了她一块无法耕种的土地，每年有六个月浸泡在海水里，她将二十年的积蓄全都打了水漂。她种植种水稻，但太平洋涨潮，一切化为泡影，她差点儿昏死过去，特别是修筑的堤坝塌陷后，她的怒气越来越大，"她到处抱怨和抗争，可那时候贪污腐化现象很严重，大家都发现从地籍署到殖民地政府部门的所有办事人员都收黑钱，也就是说公务员从上到下都收佣金，因此这些抱怨被搁置在一旁，石沉大海。她直到逝世，也没有能找回公道，确实如此，不公正行为比比皆是"。① 劳拉·阿德莱尔从现代出版档案馆找到玛格丽特·杜拉斯当时所写的一篇没有发表的文章来证明殖民当局管理者贪婪的嘴脸。杜拉斯以给沙沥行政长官巴尔托里写信的方式说道："一万个交趾支那的农民在他们湄公河的小船上等着给您交税。确切的数字应该是三个皮阿斯特，不过，您还强迫他们多交一个皮阿斯特，交了这一个皮阿斯特，他们才有权向您交税。这些农民中的大多数都没有三个皮阿斯特。他们在湄公河上等了好几个星期，等着您有朝一日能够心软下来，不像传说中那么不事通融。很多人为了向您交税，卖了自己跑船时需要用的食品和生活用品。还有很多人卖了船。您巨额的财产为您带来了作为殖民地官员所应受到的尊敬。"②

其次是白人内部等级森严，底层白人倍受歧视。在印度支那，"白人群体分成很多等级：非常富有的大庄园主，他们在相当快的时间里便靠'绿色黄金'发了财，比如说种橡胶的，接下来是有一定财产、不怎么认真的企业主，然后是做贸易的，当然还有殖民地行政机构的高级官员，再往下是中等收入的白人、商人、教师，最底层的是穷白人，他们组成了'流氓无产者'这个阶层"。③ 玛格丽特·杜拉斯的母亲长期担任小学教师，本来属于中等阶层，但父亲在杜拉斯七岁的那一年去世，母亲独自抚养三个孩子，又因为购买特许经营租让地和修筑堤坝搭进去一大笔钱，他们一家实际上属于穷白人或流氓无产者阶层，因而在白人圈子里备受嘲笑和歧视。

---

① ［法］让·瓦里尔《这就是杜拉斯》，户思社等译，北京：作家出版社，2010年，第223页。
② ［法］劳拉·阿德莱尔《杜拉斯传》，袁筱一译，沈阳：春风文艺出版社，2000年，第52页。
③ ［法］劳拉·阿德莱尔《杜拉斯传》，袁筱一译，沈阳：春风文艺出版社，2000年，第18页。

最后是法国白人移民歧视当地人，殖民当局残酷地剥削和压迫当地人。在印度支那，当地人跟法国白人移民之间有明显的等级区隔。正如劳拉·阿德莱尔所言："到印度支那的法国人都享有一种精神上的特权，因为他们是法国人。每个法国人都是精英的代表，是在'智力、精力、学历和仁慈之心上都高出一等的精英'。移民是高人一等的人，比起本地居民来，他们的头脑更发达，四肢更强壮。这是'充分发展'的人。对先进的民族来说，他们应该建好殖民地，逐渐培训当地居民是他们应负的责任。"① 劳拉·阿德莱尔还查实，杜拉斯的父亲到达嘉定时，那里住着八对白人夫妇、二十个单身白人和十二个白人孩子，而非白人则没有明确的统计数字。安南人、中国人以及其他亚洲人都混居在一起，只有白人是作为个人而存在的。② 换言之，白人殖民者才是独立的个体，非白人只能作为沉默的群体而存在。虽然玛格丽特·杜拉斯早年也认同白人殖民者比当地土著优秀这一观点，如她在殖民部国际信息资料处工作时与上司菲利普·罗可合著《法兰西帝国》（1940）一书，认为白人是理所当然的精英和征服者，人种之间有差异，并不平等。③ 但后来，面对白人殖民者的霸权行为，以及他们对当地人的残酷剥削和压迫，玛格丽特·杜拉斯越来越同情、理解并支持当地人对法国殖民者的反抗活动。20世纪二三十年代的印度支那，不少当地年轻人追求平等，要求国家独立。1927年和1930年，越南国民党和越南共产党先后成立。两者的宗旨就是要把越南从白人殖民者手中解放出来。劳拉·阿德莱尔认为，此时的玛格丽特·杜拉斯虽然不是一个熟谙政治的年轻姑娘，但一定读过安德烈·维奥里在1935年出版的名为《救救印度支那》的书。书中披露当时有一千五百个政治犯在西贡中心监狱的囚室中腐烂了，在那里，殖民主义者用的都是闻所未闻的酷刑，有时还拿年轻人做试验；同时安南饥馑遍地。④ 二战结束以后，1946年至1954年7月，越南、老挝、柬埔寨三国的抗法战争即第一次印度支那战争爆发，最终，越南北方以及老挝、柬埔寨在1954年5月8日获得独立。受此影响，法国在北非的殖民地阿尔及利亚也在1954年到1962年兴起民族解放斗争，最终，民族解放阵线在1962年7月3日迫使法国政府承认阿

---

① ［法］劳拉·阿德莱尔《杜拉斯传》，袁筱一译，沈阳：春风文艺出版社，2000年，第17页。
② ［法］劳拉·阿德莱尔《杜拉斯传》，袁筱一译，沈阳：春风文艺出版社，2000年，第15页。
③ ［法］劳拉·阿德莱尔《杜拉斯传》，袁筱一译，沈阳：春风文艺出版社，2000年，第150页。
④ ［法］劳拉·阿德莱尔《杜拉斯传》，袁筱一译，沈阳：春风文艺出版社，2000年，第117页。

尔及利亚的独立。玛格丽特·杜拉斯从一开始就反对法国政府在阿尔及利亚的殖民政策和暴力镇压行为。1955年3月，她和其他三百名知识分子第一批在反北非战争请愿书上签字。玛格丽特·杜拉斯还具体参加过阿尔及利亚的独立解放事业，曾经在圣伯努瓦街五号自家的壁炉里藏过阿尔及利亚民族解放阵线的经费、给阿尔及利亚人送过箱子、藏过被法国政府追捕的人。1960年6月，她在《不服从阿尔及利亚战争权力宣言》上签名，并宣称："我将阿尔及利亚人民的解放事业看成是所有自由人的事业，因为他们为摧毁殖民体系做出了决定性的贡献。"① 玛格丽特·杜拉斯在《法兰西观察家报》上发表的第一篇专栏文章《阿尔及利亚人的鲜花》（1957），就对法国两个警察抓捕一个正在巴黎圣日耳曼-德-普雷区卖花的衣衫褴褛的阿尔及利亚青年表示同情，并通过描写路过的市民一朵一朵拾起鲜花、一一把钱付给被警察夹在中间的阿尔及利亚小伙子的举动，无声地嘲笑两位法兰西秩序的代言者。②

与前述对法国殖民政策与制度、白人移民圈等级森严、殖民者残酷剥削和压迫当地人三个方面的揭露与抨击相一致，玛格丽特·杜拉斯在自己的小说中也表达了这些主题。

首先，玛格丽特·杜拉斯在《抵挡太平洋的堤坝》《情人》和《中国北方的情人》等小说里，着重通过揭露殖民地官员收受贿赂时的贪婪和无耻，抨击殖民制度与体系的黑暗腐朽。这些小说写到的中心事件是母亲用十年积蓄购买一块根本不能耕作的租借地，带来毁灭性的灾难，被迫一再修筑堤坝以抵挡太平洋的涨潮，却无功而返。

《抵挡太平洋的堤坝》中写道：母亲购买租让地之后，"从第一年起，她就把租借地的一半种上庄稼。她指望这第一年的收成也许足以补偿建造吊脚楼花去的大部分费用。但是，7月，潮汐袭击了平原，浸没了农作物。她以为自己只是遭遇了一次特大涨潮的不幸，于是，不管平原上那些企图说服她打消念头的人如何劝阻，第二年，母亲重新开始。海水又涨了。于是，她不得不承认这个现实：她的租借地是不能耕作的。……就这样，她把十年的积蓄扔进了太平洋的海涛中"。③ 从表面上看，这一悲剧的始作俑者是母亲自己，实际上乃是罪恶

---

① ［法］劳拉·阿德莱尔《杜拉斯传》，袁筱一译，沈阳：春风文艺出版社，2000年，第429页。
② ［法］玛格丽特·杜拉斯《外面的世界》，袁筱一、黄荭译，桂林：漓江出版社，1999年，第12—13页。
③ ［法］玛格丽特·杜拉斯《抵挡太平洋的堤坝》，谭立德译，《杜拉斯全集》第1册，上海：上海译文出版社，2018年，第293页。

的殖民制度尤其殖民地官员们的贪婪、腐败。作者玛格丽特·杜拉斯感叹："不幸源自她那难以置信的天真。在伊甸电影院的钢琴前度过的十年，她彻底地奉献，虽然只获取微薄的薪水，却在使她免遭命运和男人们的再度打击的同时，也避免了斗争和对不公正的众多体验。她从这十年的时间隧道出来，如同她进去时一样，纯洁、孤独，与邪恶势力毫无关联，对一直在她周围的殖民地官员的贪婪毫无所知。可耕作的租借地通常要以两倍的价格才能买到。其中一半的钱则偷偷进了地籍管理局那些负责给申请者分配土地的官员的口袋。这些官员真正掌握着整个租借地市场，他们变得越来越贪心。"① 等母亲明白这一切的时候，为时已晚。她去找康镇的地籍管理局的职员说理，还天真地痛骂他们，并威胁要告到上面去。他们告诉她，他们与这一错误毫不相干，那是他们前任的责任，但前任早已返回法国本土了。母亲坚持不懈，再次提出申诉，她如此执着，地籍管理局的职员终于感觉到要摆脱干系，就必须威胁她。于是他们对她说，如果她继续这么闹下去，他们就要在预定期限之前收回她的租借地。这是他们掌握的让受害者闭嘴的最有效的法宝，因为那些买地的人必然宁愿有一块哪怕是虚有其表的租借地，好歹也强过一无所有。租借地向来是有条件地给予的，如果在给出的期限之后，整个租借地没有全部耕种，地籍管理局可以收回这块地。作者写道："正是这些无法耕作的租借地，使地籍管理局不费吹灰之力从其他真正的、可耕作的租借地获取可观的利益。地籍管理局的官员们有分配选择的权限，他们以最适合他们本身利益的方式，等待时机来分配手头大量无法耕作的土地，这些土地经常被分下去，然后同样经常被收回来，可以说成了他们的调节基金。在康镇平原的十五块租借地上，他们曾经安置、毁掉、驱赶、再安置、再毁掉、再驱赶可能有上百个家庭。留在平原上的仅有的租借地经营者以贩卖鸦片或其他毒品为主，他们必须把自己一部分不正当的收入买通地籍管理员。"②

被压迫、被欺凌的底层白人开始自发地反抗。《抵挡太平洋的堤坝》里写到母亲和哥哥约瑟夫内心潜藏的愤怒、不满和反抗情绪。母亲写给康镇地籍管理员的最后一封信愤怒地叱骂和诅咒对方："您偷了我的所有。如果我得以把这些事情告知殖民地总督府，如果我有办法让总督府了解这些事，那也于事无补。那些享有特权的承租人将对我群起而攻之，而我则立刻会被剥夺所有权。我的

---

① [法]玛格丽特·杜拉斯《抵挡太平洋的堤坝》，谭立德译，《杜拉斯全集》第1册，上海：上海译文出版社，2018年，第293页。
② [法]玛格丽特·杜拉斯《抵挡太平洋的堤坝》，谭立德译，《杜拉斯全集》第1册，上海：上海译文出版社，2018年，第294页。

诉状很可能还没有送达总督府，就被您的上级截住了，他们比你更有特权，因为他们的位置使他们获取的贿赂更高。""如果我连对自己的堤坝今年能够牢固地挺住都不抱希望的话，那么，我最好立刻把我的女儿送到妓院里去，最好催促我的儿子快快离去，最好让人把康镇的三名地籍员杀死。……除了叫人杀死你们，我还有什么更好的事情可做呢？"① 在母亲组织当地农民修筑的堤坝坍塌以后的一个星期，地籍管理员来检查母亲的租借地的耕作情况，威胁要收回租借地，"约瑟夫把他的毛瑟枪抵在肩上准备射击，瞄准了地籍员，精确地瞄准他，最后一秒钟，他冲天抬起枪管，朝空中射击。令人沉闷的肃静。地籍员竭尽全力拼命向汽车跑去。约瑟夫放声大笑。然后，母亲和苏珊也大笑起来。地籍员想必听见了笑声，但是，他并不因此放慢速度，继续飞快地跑。一到汽车旁，立刻冲进车里，看都不看吊脚楼一眼，发动车子，全速朝朗镇方向驶去"。② 开枪射击这一威胁性的举动以及一家三口的大笑宣泄了母亲一家的愤懑情绪，也宣示了他们对强权的反抗。某次聊天，母亲说："不该任凭先来的富人摆布。"约瑟夫则说："如果我们愿意，我们就是富人，如果我们想像别人一样富有，他妈的，只要愿意，就能成为富人。"母亲接口说："如果我们真想要富，我们会变成富人。"约瑟夫则气势汹汹、穷凶极恶地宣告："别的那些人，我们会把他们碾死在路上，到处都将看到有人把他们碾死。"母亲接着说："我们把他们碾死，我们会把我们想的告诉他们，然后我们碾死他们……"最后苏珊说："以后，我们不屑于碾死他们。我们给他们看我们拥有的一切，但是，我们，我们不给他们。"③ 一家人的不满与复仇之心溢于言表。小说的最后，二十岁的约瑟夫在伊甸电影院碰到中年女子丽娜以后，决定跟她一起走，便下定决心离开母亲，离开平原。小说写道："他遗憾的是，他不能在走之前杀死康镇的那些地籍管理员。他曾经读过母亲写给他们的信。……当他读这封信时，他就感到自己变成了自己所希望的那样，如果遇见那些地籍员，就有能力把他们一一杀死。这就是他所希望的，一辈子都是这样，无论发生什么，即便他成了富翁也是这样。"④ 显然，约瑟夫永远不会忘记复仇。

---

① ［法］玛格丽特·杜拉斯《抵挡太平洋的堤坝》，谭立德译，《杜拉斯全集》第 1 册，上海：上海译文出版社，2018 年，第 481、485 页。
② ［法］玛格丽特·杜拉斯《抵挡太平洋的堤坝》，谭立德译，《杜拉斯全集》第 1 册，上海：上海译文出版社，2018 年，第 497 页。
③ ［法］玛格丽特·杜拉斯《抵挡太平洋的堤坝》，谭立德译，《杜拉斯全集》第 1 册，上海：上海译文出版社，2018 年，第 393-394 页。
④ ［法］玛格丽特·杜拉斯《抵挡太平洋的堤坝》，谭立德译，《杜拉斯全集》第 1 册，上海：上海译文出版社，2018 年，第 476 页。

母亲的不公正遭遇和殖民地官员的贪腐，在玛格丽特·杜拉斯晚年的小说《情人》和《中国北方的情人》中一再得到正面提及或侧面透露。

《情人》叙写了一个富有的中国青年男子和一个贫穷的殖民地白人少女之间的爱情故事。法国少女碰到中国情人的时候正是前者一家陷入极端窘境之际，而让他们陷入窘境的正是这块租让地。小说写道："我在湄公河上搭渡船过河的那天，也就是遇到那部黑色利穆新小汽车的那天，为拦海修堤买的那块租让地我母亲那时还没有决定放弃。"母亲投在那块租让地的时间，"前后整整持续了七年。后来，到了最后，是不抱希望了。希望只好放弃。围海造堤的打算，也只好放弃"。①

《中国北方的情人》中，法国女孩跟中国情人提到家里的赤贫，谈到没有钱什么也做不成。她说："问题是我们背着债。……它简直把人逼疯了。我母亲的薪水，首先用来还债，还债务的利息。这是最大的开支。我们借钱购买了稻田，结果它们寸草不长，不能耕种，甚至白送给穷人也没人要。"② 购买的稻田就是那块租让地。后来，中国情人的父亲因为儿子不能娶法国女孩为妻，主动要求补偿法国女孩一家。他对儿子说："我了解这个姑娘的母亲的处境。你必须打听清楚，她需要多少钱才能偿还她为修筑堤坝而欠下的债务。我了解这个女人。她是可尊敬的。柬埔寨地籍管理处的法国官员骗了她的钱。"③ 修堤坝还是因为那块租让地。地籍管理处官员贪腐的事情也被简单地提及。

另外，玛格丽特·杜拉斯在《抵挡太平洋的堤坝》《情人》和《中国北方的情人》以及《副领事》等小说中生动地再现了白人内部的森严等级和阶层歧视。

《抵挡太平洋的堤坝》描述了母亲和儿子约瑟夫、女儿苏珊在法属印度支那殖民地贫穷而屈辱的生活。母亲长期担任小学教师，他们一家本来属于中等收入的白人阶层。因为母亲用多年的积蓄购买了一块无法耕种的靠近太平洋（实际上是中国海）的土地，并且因为多年投资修筑最终一无所用的堤坝，他们一家实际上属于最底层的白人，即流氓无产者阶层。小说开篇描述母亲一家因为一匹实在太老的马死去而重新回到永远的贫乏之中的情景。这匹马是约瑟夫在

---

① [法]玛格丽特·杜拉斯《情人》，王道乾译，《杜拉斯全集》第6册，上海：上海译文出版社，2018年，第26、54页。

② [法]玛格丽特·杜拉斯《中国北方的情人》，施康强译，《杜拉斯全集》第6册，上海：上海译文出版社，2018年，第283页。

③ [法]玛格丽特·杜拉斯《中国北方的情人》，施康强译，《杜拉斯全集》第6册，上海：上海译文出版社，2018年，第235页。

一星期之前廉价购买、用来跑运输业务的。全家人的衣食住行都非常寒酸。在夏天,如果在家里,母亲常常光着双脚,戴着一顶大草帽,灰白的头发用内胎垫圈系住;二十岁的约瑟夫常年光着脚,只有去朗镇、康镇和城里才穿上那唯一的一双网球鞋,以便能够和那些女客跳舞;十七岁的妹妹苏珊像母亲和哥哥一样也是光着脚,身穿到膝盖下的黑裤和无袖的蓝上衣,只有外出才穿上她唯一的一双鞋,即在城里大减价时买的那双黑缎舞鞋,同时脱下马来式长裤,换上连衣裙。全家吃得最多的荤菜常常是让人感到恶心的涉禽肉。母亲一家拥有一台雪铁龙 B12,目前这辆车的蒸发器已经成了漏勺,散热器水箱漏水,只能把家里的长工、马来人下士绑在挡泥板上,要他拿着一个喷水壶及时加水降温,同时让他手提一盏猎灯作为照明灯。车子的轮胎瘪了,里面塞满了香蕉叶。

  关于法国少女一家的贫困状态,《情人》中作者以多少有些调侃和反讽的语气写道:"我们没有挨过饿,我们是白人的孩子,我们有羞耻心,我们也卖过我们的动产家具之类,但是我们没有挨过饿,我们还雇着一个仆役,我们有时也吃些乌七八糟的东西,水禽呀,小鳄鱼肉呀,确实如此,不过,就是这些东西也是由一个仆役烧的,是他伺候我们吃饭,不过,有的时候,我们不去吃它,我们也要摆摆架子,乌七八糟的东西不吃。"① 明明穷得叮当响,家人还要摆架子,这也是白人移民盲目优越感的体现。当时母亲欠了很多钱,她究竟是怎样还清所欠印度商人的债务的,法国少女一直没弄清楚。反正有那么一天,印度商人不再上门讨债了。以前,他们坐在母亲家的小客堂里,穿着白缠腰布,什么话也不说。母亲又哭又闹,吼叫着要他们走,要他们放开她,他们只当什么也没有听到,面带笑容、安安静静坐在那里纹丝不动。实际上,母亲为了还钱,除了正常的工作之外,她还办了私人学校,甚至在伊甸园电影院弹奏钢琴。小说写道:"包围这一家人的是大沙漠,两个儿子也是沙漠,他们什么也不干,那块盐碱地也是沙漠,钱是没有指望的,什么也没有,完了。"② 正因为家境贫穷,"母亲才允许她的孩子出门打扮得像个小娼妇似的,尽管这一点她并不自知。也正是这个缘故,孩子居然已经懂得怎么去干了,她知道怎样叫注意她的人去注意她所注意的钱"③。后来女儿出去弄钱,母亲也不加干预。正如法国少

---

① [法]玛格丽特·杜拉斯《情人》,王道乾译,《杜拉斯全集》第 6 册,上海:上海译文出版社,2018 年,第 8 页。
② [法]玛格丽特·杜拉斯《情人》,王道乾译,《杜拉斯全集》第 6 册,上海:上海译文出版社,2018 年,第 25 页。
③ [法]玛格丽特·杜拉斯《情人》,王道乾译,《杜拉斯全集》第 6 册,上海:上海译文出版社,2018 年,第 25 页。

女告诉中国情人的:"贫穷已经把一家四壁推到摧毁,一家人已经被赶出门外,谁要怎么就怎么。胡作非为,放荡胡来,这就是这个家庭。"①

《中国北方的情人》又一次再现了玛格丽特·杜拉斯一家的贫困。有一次,中国情人问法国女孩是否想要自己手指上的戒指,她自卑自贱地说:"我永远不要这种东西,一颗钻石。穷人有了钻石,也卖不出去。看到我们那副穷相,人家都以为是偷来的。"② 法国女孩以一种穷途末路的语气说道:"我以为我们生来就是穷命。就算我有一天发了财,我还是那种下贱的穷人心态,穷人的身体和面孔,我一辈子都会是这副德行。像我母亲。她一副穷相,不过到她那个程度,简直难以相信。"③

在印度支那,白人殖民者内部的等级制度在他们的子弟就读的学校里也得到体现。玛格丽特·杜拉斯在《情人》和《中国北方的情人》两部小说里写到,法国女孩就读的西贡公立寄宿学校就是阶层区隔得以体现的具体场所。因为这里白人孩子极少,享有极大的自由,"混血种学生很多,她们大多是被父亲遗弃的,做父亲的大多是士兵或水手,或海关、邮局、公务局的下级职员。大多是公共救济机构遣送到这里来的"。④ 混血儿是白人移民和当地人生下的孩子。因为"我"和中国情人幽会,常常没有回寄宿学校住宿,母亲被通知来学校。母亲明确要求校长同意让"我"晚间自由行动,不要强迫"我"星期天同寄宿生外出散步,因为这个姑娘一向自由惯了,要留住"我",就得给"我"自由。"校长接受了这种意见,因为我是白人,而且为寄宿学校声誉着想,在混血人之中必须有几个白人才好。"⑤ 也就是说,需要有白人学生为以混血儿为主的学校撑门面。在《中国北方的情人》里,玛格丽特·杜拉斯再次写到学校内部的等级划分。每个星期四下午,寄宿学校的寄宿生都出去散步,但白人姑娘却可以跳舞,"她们是白种人。根据她们的要求,她们给免除了为被遗弃的混血

---

① [法] 玛格丽特·杜拉斯《情人》,王道乾译,《杜拉斯全集》第 6 册,上海:上海译文出版社,2018 年,第 45 页。
② [法] 玛格丽特·杜拉斯《中国北方的情人》,施康强译,《杜拉斯全集》第 6 册,上海:上海译文出版社,2018 年,第 254-255 页。
③ [法] 玛格丽特·杜拉斯《中国北方的情人》,施康强译,《杜拉斯全集》第 6 册,上海:上海译文出版社,2018 年,第 256 页。
④ [法] 玛格丽特·杜拉斯《情人》,王道乾译,《杜拉斯全集》第 6 册,上海:上海译文出版社,2018 年,第 67 页。
⑤ [法] 玛格丽特·杜拉斯《情人》,王道乾译,《杜拉斯全集》第 6 册,上海:上海译文出版社,2018 年,第 68 页。

女孩规定的散步活动——只因为她们是白人，不管她们的家庭多么贫穷"。①

玛格丽特·杜拉斯在《抵挡太平洋的堤坝》中还通过城市布局的描绘，彰显白人内部的等级分化，体现了地理空间的政治内涵。小说写到一座拥有10万居民的大城市，总体上分成两个部分，即白种人城市和非白种人城市。而在白种人城市里，也还有一些差异。"上城区的近郊，密集成群的别墅和住宅栉比鳞次，是城里最宽舒、最通风的地方，但是不脱某种世俗味。市中心是城市各地大多数人聚集的地方，每年，越来越高的高楼大厦拔地而起。总督府和官方机构并不设在那里，但是深层权力机构，这片圣地的教士、金融家们的麇集地。……只有已经发迹的白人居住在上城区。为了表明白人的步伐有着超乎常人的尺度，上城区的街道和人行道十分宽阔。有一片没有派上用场的可供娱乐的空地，提供给权贵们休闲时漫步。道路上滑行着他们车篷上胶、车身悬挂式的车辆，几乎没有声响，令人惊异。所有的马路都铺上了沥青，十分宽阔，两边是栽有珍稀树木的人行道，人行道被草坪和花坛一分为二，沿着人行道停泊着一长列亮闪闪的敞篷式出租车。这些绿荫如盖、鲜花盛开的街道每天浇几次水，保养得如同大动物园里的小径一样完好……上城区的中心是他们真正的圣地。只有在这城区中心，在罗望子树的树荫下，摆放着宽展开阔的咖啡馆露天座。到了晚上，白人们就在那儿相聚。……汽车、玻璃橱窗以及晒了水的碎石路面的光泽，西服耀眼的白色，花坛的沁人心脾，这一切把上城区造就成一个富有魔力的香艳场所，在一片纯粹的恬静中，白种人可以摆出展现他们固有的个性的场面。这条街上的商店有时装店、化妆品店、美国香烟店，都不卖任何实用的东西。……这里的一切都是高贵的。"② 有轨电车的线路完美地避开了上城区，并严格地划分出上城区这片乐园的界限。因为在上城区，有轨电车没有什么用处，这里每个人都坐小轿车，只有下城区的本地人和白人盗贼才乘有轨电车。在下城区，"这些挤得水泄不通的有轨电车，满是尘土，在令人眩晕的烈日下不死不活、慢慢悠悠地行进着，铁轨处发出哐当哐当如雷鸣般的响声，正是基于这些，人们可以设想另一个城市，非白种人的城市。这些处于温带的国家里使用的有轨电车，在宗主国已经废弃不用，经浮皮潦草的修理之后，由宗主国拿到殖民地再度使用。……没有正宗的白人会冒险坐在这些有轨电车里，

---

① ［法］玛格丽特·杜拉斯《中国北方的情人》，施康强译，《杜拉斯全集》第6册，上海：上海译文出版社，2018年，第173页。
② ［法］玛格丽特·杜拉斯《抵挡太平洋的堤坝》，谭立德译，《杜拉斯全集》第1册，上海：上海译文出版社，2018年，第397-398页。

要是被人发现，他可能就丢了面子，丢了他殖民的面子。正是在上城区和本地人居住的市郊之间那个地带，那些没有发财的白种人、那些不称职的殖民者被打发到这里。这里，街道上没有树木，草坪也看不见。白种人的商店则被本地人栖身的小单间取代……这里的街道每星期只晒一次水。街上挤满了嬉闹玩耍、叽叽喳喳的孩子和流动商贩，那些流动商贩在火辣辣的尘土中声嘶力竭地叫卖。"① 母亲一家下榻的中心旅店就位于下城区。这家旅店的常客是几个商务代表以及他们包养的两个妓女、一个女裁缝，许多海关和邮局的下级职员，路过的顾客则有即将回国的下级职员、狩猎者、种植园主以及每班邮轮上的海军军官、各国前来的妓女。

也就是说，有钱、有地位、有权势的白人移民居住在设施齐全、环境优雅、交通便利的上城区，没钱、没地位、没权势的底层白人和当地人就居住在喧哗嘈杂、尘土飞扬、建筑丑陋的下城区。人类社会的生活空间绝不是客观中性的，内部暗藏着财富和权力的较量与分配。

苏珊通过亲身遭遇切切实实地感受到了白人内部的森严等级。她接受中心旅店的老板嘉尔曼小姐的建议，去城里转转，却遭受了一场平生最大的侮辱。小说写道："她没有料到自己生活中至关紧要的一天竟然是她十七岁这年第一次独自在一座殖民地大城市里漫步的这一天。她不知道这个城市秩序严酷，居民等级分明，如果人们达不到其中某个等级，就会不知所措。"② 属于白人穷人家孩子的苏珊于下午五点在上城区努力迈着轻松自然的步履，大街上渐渐挤满了那些睡了午觉而精神焕发、傍晚冲了澡而感到清凉的白种人。他们瞧着苏珊，或者回过头来对她微笑，因为像她这样年龄的白人少女，没有人在上城区的街道上独自步行，在街上的白人姑娘都身穿运动服，成群结队，甚至连成年妇女也都是三五成群的。小说接着写道："苏珊发现这些女人一个个都风姿娟好，她们夏季装束的优雅对于所有不属于她们的人都是一种藐视。特别是，她们行走时步履如王后般高贵，她们的谈吐、笑容、举手投足，与全身动作完全和谐融洽，这是一种安逸生活养成的潇洒。自从苏珊踏上从电车道至上城区中心这条大街时，这种感觉就难以察觉地产生了，然后，变得更加明显了。当她到达上城区中心时，这种感觉越来越强烈，甚至变成了一个不可饶恕的事实，那就是，她非常可笑，而且一目了然。……不是所有的人都可以走在这些街道上，走在

---

① ［法］玛格丽特·杜拉斯《抵挡太平洋的堤坝》，谭立德译，《杜拉斯全集》第1册，上海：上海译文出版社，2018年，第399页。
② ［法］玛格丽特·杜拉斯《抵挡太平洋的堤坝》，谭立德译，《杜拉斯全集》第1册，上海：上海译文出版社，2018年，第409页。

这些人行道上，走在这帮贵族富豪和王子王孙中间的。"① 苏珊蓦然惊醒，自己简直是十足的笨蛋和丑八怪，但她毫无办法，唯有继续向前走，继续被四处射来的眼光包围，不得不迎着越来越响的笑声向前走。"苏珊越来越感到羞愧，自惭形秽。她恨自己，恨一切，她在逃跑，她想要逃避一切，摆脱一切。要摆脱掉嘉尔曼借给她的这条上面全是蓝色大花的裙子，这条中心旅店式的裙子太短、太紧。要摆脱掉这顶草帽，这里没有人戴这样的帽子。要摆脱掉这样的头发，这里没有人梳成这样。"② 最后，苏珊躲进一家电影院，"她开始幸福地哭了。下午黑暗的电影厅好比沙漠中的一片绿洲，是孤独的人的黑夜，是人为的、民主的黑夜，电影院里一视同仁的黑夜要比真正的黑夜更加真实，比所有真正的黑夜更加令人高兴，让人感到宽慰……这黑夜让人不再为所蒙受的耻辱而痛苦，所有的绝望都荡然无存，整个青春时代的丑陋的污垢都被涤荡一空"。③ 上城区居住的都是有钱、有地位或者有权势的人，他们的妻子和女儿自然都是悠然自得、富有品位，穿着打扮、举手投足都有各种讲究，出行必有车马，散步必有同伴，来自穷白人或者流氓无产者阶层的苏珊在那些淑女们火辣辣目光的注视下，自然浑身不自在。当她从众目睽睽之下躲进电影院的黑暗之中，此前切身感受到的阶层区隔、品位高低仿佛一下子消失了，或者被黑暗掩盖和消除了，所以苏珊由衷地赞叹黑夜是民主的天使。当然，这种由黑暗带来的民主不仅是短暂的、易逝的，而且是虚假的、欺骗性的。

法国以及欧洲其他国家在印度支那的移民女子常常闲极无聊，不知如何打发时光。玛格丽特·杜拉斯在小说《情人》中再现了这些白人女人们的生活情形："西贡街上的女人，偏僻地区的女人。其中有一些女人，十分美丽，非常白净，在这里她们极其注意保养自己。她们姿容娇美，特别是住在边远僻静地区的那些女人，她们什么也不做，只求好好保养，洁身自守，这是为了那些情人，为了去欧洲，为了到意大利去度假，为了每三年有六个月的长假，到那个时候，她们就可以大谈在这里的生活状况，殖民地非同一般的生活环境……她们在等待。她们穿衣打扮，毫无目的。她们只能彼此相看，你看我，我看你。她们在

---

① ［法］玛格丽特·杜拉斯《抵挡太平洋的堤坝》，谭立德译，《杜拉斯全集》第1册，上海：上海译文出版社，2018年，第409-410页。

② ［法］玛格丽特·杜拉斯《抵挡太平洋的堤坝》，谭立德译，《杜拉斯全集》第1册，上海：上海译文出版社，2018年，第410页。

③ ［法］玛格丽特·杜拉斯《抵挡太平洋的堤坝》，谭立德译，《杜拉斯全集》第1册，上海：上海译文出版社，2018年，第411页。

别墅的阴影下彼此怅怅相望，一直到时间很晚，她们以为自己生活在小说世界之中。"① 也许正因为这种闲极无聊，白人女子在殖民地常常滋生出一种优越感和对殖民地的不适感。《副领事》中，法国大使招待晚会上，西班牙领事夫人对跟自己共舞的副领事说："在加尔各答，刚开始的时候，每个人都很艰难。我就是，我曾经就陷入了极度的忧郁之中，我丈夫当时很发愁，可后来呢，一天一天地，我逐渐习惯下来。……还有比这更糟的。新加坡，那才令人生厌呢。"②

最后，玛格丽特·杜拉斯在《抵挡太平洋的堤坝》以及《直布罗陀水手》等小说里浓墨重彩地描述了印度支那或马达加斯加的本地人在法国殖民者的残酷压迫和剥削之下的悲惨生活。同时，她在长篇小说《埃米莉·L》中还表现了白人对有色人种的种族偏见与歧视。

在长篇小说《抵挡太平洋的堤坝》中，作者多次以饱含同情的笔调叙述当地马来人孩子的苦难境况与悲惨命运："平原上有许多孩子。这简直是一种灾难。到处都是孩子，他们栖息在树上、栅栏上、水牛背上，梦想着，或蹲在河边钓鱼，或在泥泞中打滚儿，寻找稻田里的小蟹。""这里的孩子并非丧身老虎之口，他们死于饥饿，死于因饥饿带来的疾病、因饥饿引发的意外。""孩子如此大量地死去，以至平原的污泥中容纳了更多的死孩子，比那些有闲暇坐在牛背上唱歌的孩子多得多。孩子死得那么多，以至人们不再为他们哭泣，好久以来，人们已经不为他们举行葬礼了。仅仅是父亲劳作完毕回来，在茅屋前挖一个小穴，把死去的孩子放倒在里面。孩子们只是像山丘上的野杧果、像河口的小猴儿那样回归土地。他们主要是死于青杧果传染的霍乱，但是，平原上似乎没有人知道这一点。每年，杧果季节时，就看见孩子们攀上树枝，或待在树下，饥肠辘辘地等待着，于是，随后的日子里，孩子大批死亡。下一年，其他的孩子攀登上同样的杧果树，取代这些孩子，而他们也死了，因为挨饿的孩子们面对青杧果永远是饥不择食的。另外有些孩子溺死在河里。还有些孩子死于日射病，或变成瞎子。有些孩子和野狗一样体内塞满虫子，给憋死了。"③ 作者甚至以悲愤的口吻控诉："必须有孩子死掉。平原太狭窄了……必须死去一些孩子。因为如果仅仅几年时间内，平原的孩子不再死亡的话，平原上充斥了如此之多

---

① [法] 玛格丽特·杜拉斯《情人》，王道乾译，《杜拉斯全集》第 6 册，上海：上海译文出版社，2018 年，第 20 页。

② [法] 玛格丽特·杜拉斯《副领事》，王东亮译，《杜拉斯全集》第 5 册，上海：上海译文出版社，2018 年，第 226 页。

③ [法] 玛格丽特·杜拉斯《抵挡太平洋的堤坝》，谭立德译，《杜拉斯全集》第 1 册，上海：上海译文出版社，2018 年，第 358、298、359 页。

的孩子,以至由于人们无法喂养他们,可能会把他们喂狗。或者,也许就把他们撂在树林边。"① 当地人的孩子为什么大量死去?当然是因为贫穷,缺乏食物和必要的医疗卫生条件。而为什么如此贫穷和匮乏,当然是因为法国殖民者草菅人命,因为他们对当地人的残酷剥削和压迫。

《抵挡太平洋的堤坝》写到当地人贫穷、苦难和屈辱的生活。小说以反讽的语气写道:"这是个伟大的时代。成千上万的本地劳工为十万公顷红土地上的橡胶树割胶,他们耗尽心力给这十万公顷土地上的树木打开口,血流如注;在被几百名暴富的白人种植园主占有之前,这十万公顷土地凑巧称为红土地。乳汁般的橡浆在流淌,血也在流淌。然而,只有橡浆是宝贵的,把它点点滴滴地收集起来,可以赚钱。血则白白地流了。"② 这个时代的"伟大"之处何在?在于法国殖民者能够最大限度地压榨成千上万的本地劳工,让后者用无数的鲜血为他们换来宝贵的橡浆,为他们带来巨额的财富。

在众多当地人中间,小说特别以黑色幽默式笔调详细描述了母亲家的长工、老马来人下士可怜甚至荒唐的遭遇。母亲一到平原地区就雇用了下士,至今他已为母亲工作了六年。谁也不知道这个马来人的年龄,连他自己也搞不清,因为他一生都在寻找工作,使他忘记计算度过的年头。他所知道的就是十五年前自己来到平原修路,从此就没有再离开过。他是一个高个子男人,瘦瘦的双腿长在一双像球拍似的硕大的脚丫上。有一天上午,他来到母亲面前,恳求母亲施舍他一碗饭,作为交换,他提议帮母亲运一天树干,把树干从森林运到吊脚楼。从修完路到那天早上,下士在妻子和继女的陪同下,在平原四处搜索,翻寻茅屋底部和村庄周围的垃圾,试图找到一些食物充饥。多年来,他们都睡在邦代村的茅屋下。下士的妻子年轻时在平原四处卖淫,为了挣点钱或些许鱼干,对此,下士从来不认为有什么不妥。他是为修筑朗镇的公路而来。工程一开始,他就参加了。警察们之所以坚持要聘用民工,是为了可以玩他们的女人。因此,下士尽管聋得很,却由于他的老婆而没有被解雇。下士说他经受了一个人在不死的情况下所能挨的毒打,但是不管挨不挨打,筑路期间,他每天都有饭吃。公路竣工后,他曾经做过各种活计:捡胡椒、在朗镇港口卸货、伐木、为旅馆揽客,等等。他还当过牛倌,每年收获季节,他就扮成吓唬乌鸦的稻草人,站在稻田里出神地看着自己可怜的身影倒映在稻秧间混浊的水里,同时反刍自己

---

① [法]玛格丽特·杜拉斯《抵挡太平洋的堤坝》,谭立德译,《杜拉斯全集》第1册,上海:上海译文出版社,2018年,第359—360页。
② [法]玛格丽特·杜拉斯《抵挡太平洋的堤坝》,谭立德译,《杜拉斯全集》第1册,上海:上海译文出版社,2018年,第398页。

长期忍受的饥饿。经历了那么多的苦难,下士过去的心愿只有一个始终还残存着,即成为朗镇和康镇之间客车上的售票员。但由于耳聋,他从未被雇用过。自从他受雇于母亲后,约瑟夫要到稍远处购物就会带上他,开着B12,以便他看管有漏洞的散热器水箱。此时,作者以沉重的心情写出了最幽默而又最心酸的文字:"约瑟夫把他绑在一块挡泥板上,要他拿着水壶,下士就此成了平原上最幸福的人,比他想象的人世间可能有的更加幸福。"① 明明是最肮脏、最危险的活,偏偏这个下士觉得比自己能够想象出的幸福更幸福!是贫穷和卑微限制了他的想象,还是法国殖民者的剥削和镇压彻底剥夺了他的想象力?

小说还写到印度支那的苦役犯为法国殖民者修筑公路的苦难往事。修公路的工作包括开垦荒地、填平路面、用碎石铺路、用夯把路基上的土夯实,这些活百分之八十由苦役犯来干。"这些苦役犯,这些罪孽深重的犯人,如同蘑菇一样被白人'发现',被判为终身监禁。所以,要他们一天工作十六个小时,一个个被链子拴住,四人一行,紧紧挨着。每一行都有一名辅助警察看管,警察们身穿白人发的制服,就是所谓'本地警察治本地人'。"②

《抵挡太平洋的堤坝》曾被提名龚古尔文学奖,但最终只获得一票。它为何会落选?玛格丽特·杜拉斯说:"有人说这是一本共产主义的书。"③ 当写到法国殖民者用成千上万的本地劳工的鲜血为自己换来宝贵的橡浆,从而让自己暴富时,作者忍不住悲愤地向那些白人殖民者敲响警钟:"总有一天,会有大批人马前来讨这笔血债。"④ 难怪小说一发表,就引起评论界的特别关注。克洛德·罗伊在1950年6月29日的共产党报纸《法国文人报》上发表一篇文章,他从介入文学入手赞扬了小说的政治性,认为小说描写了"殖民主义统治下的印度支那这个巨大的集中营",描绘了一个"呼唤起义、需要起义的印度支那,也解释了为什么印度支那会有不平和抗争"。⑤ 玛格丽特·杜拉斯在这部小说里表现出的强烈同情心和鲜明正义感获得了很高的评价。劳拉·阿德莱尔提及自己在

---

① [法] 玛格丽特·杜拉斯《抵挡太平洋的堤坝》,谭立德译,《杜拉斯全集》第1册,上海:上海译文出版社,2018年,第451页。
② [法] 玛格丽特·杜拉斯《抵挡太平洋的堤坝》,谭立德译,《杜拉斯全集》第1册,上海:上海译文出版社,2018年,第450页。
③ [法] 劳拉·阿德莱尔《杜拉斯传》,袁筱一译,沈阳:春风文艺出版社,2000年,第61页。
④ [法] 玛格丽特·杜拉斯《抵挡太平洋的堤坝》,谭立德译,《杜拉斯全集》第1册,上海:上海译文出版社,2018年,第398页。
⑤ [法] 劳拉·阿德莱尔《杜拉斯传》,袁筱一译,沈阳:春风文艺出版社,2000年,第333页。

1998年遇到的一些越南人对《抵挡太平洋的堤坝》的态度："如今，在胡志明市，老一点的文人和你谈起玛格丽特的《抵挡太平洋的堤坝》，还会禁不住泪眼蒙眬。并非是母亲的绝望让他们如此感动，而是玛格丽特在这本书里，向在沼泽地里、在毒日下为法国修路筑坝最后横遭惨死的人表示了敬意。这些人被一条长形锁链锁住，单个儿根本无法逃跑。都是些饿得要死的农民或是政治犯，殖民地辅助警察的头儿给他们编了队，并且接到上面的命令，说要让他们一直干到累死为止。当时有许多人都目睹一队队警察往外拖死尸。这个故事殖民地不许讲，即使有人知道也限于口头流传，没有任何文字记载。……玛格丽特向这些为法国献身默默死去的英雄表示了敬意。一直到今天，越南的大学生还非常感谢玛格丽特·杜拉斯，因为她是唯一一个谈到这块平原上的孩子的白人作家，这些孩子一生下来就面临着饥饿、霍乱和疟疾。"① 劳拉·阿德莱尔指出："杜拉斯把《堤坝》看成一本揭露资本主义的书，是对殖民体系的控诉。……对于她来说，《堤坝》属于介入文学，即便母亲的痛苦仍然是这本书的中心，它还是深刻准确地剖析了整个殖民体系的运转。"② 让·瓦里尔也说：这部小说"有着让-保尔·萨特倡导的参与文学的味道，因为《抵挡太平洋的堤坝》一书就是一部主题小说……难道玛格丽特·杜拉斯在创作小说的时代，就应该批评与'暴露'一切吗？玛格丽特·杜拉斯应该为共产党摇旗呐喊吗？尽管这不是她既明确又辛辣的反殖民主义意识之一，这一点确实值得一提，她确有此意"。③ 两位杜拉斯传记作者都不约而同地将这部小说称之为"介入文学"或"参与文学"，特别指出它的作者玛格丽特·杜拉斯对法国殖民体系和资本主义制度做了有力的控诉。

《直布罗陀水手》里的男主人公"我"是一个颇有几分正义感的人。他自陈："我是一个殖民地官员的儿子。父亲在马达加斯加任行政长官，统治着一个像法国多尔多涅那样大的省份。每天早晨，他检阅手下的人员，没有枪支，他就检查他们的耳朵。愿卫生使法国更加强盛。他颁布法令，在所有他所管辖的领地上，开学时必须唱《马赛曲》。他强制实施巡回种痘，如果童仆病重，就送到远处去死。他有时接到命令，要征集五百人去大规模开荒，啊，美好的远足。

---

① ［法］劳拉·阿德莱尔《杜拉斯传》，袁筱一译，沈阳：春风文艺出版社，2000年，第58—59页。

② ［法］劳拉·阿德莱尔《杜拉斯传》，袁筱一译，沈阳：春风文艺出版社，2000年，第60页。

③ ［法］让·瓦里尔《这就是杜拉斯》，户思社等译，北京：作家出版社，2010年，第223页。

他带领部队和警察,出发去包围村庄,用枪赶出村民,把他们装上运牲口的车皮,去从事所谓的开垦,经常在千里之外,回来时筋疲力尽,却自命不凡,声称:'这真艰难。错就错在教他们法国史,大革命还在极其严重地损害我们。'他,这个糊涂的人,这个吹毛求疵的长官,管理着一个九万人口的省份,他对这个省份拥有近乎独裁的权力。而他,直到我十六岁,曾是我唯一的教育者。因此,我完全知道什么是每时每刻处在别人不知疲倦的监视之下,完全知道什么是生活在天天盼望他人死去的心情之中——想象我父亲被他的一个土著新兵一下子打死,曾是我将近十五岁时最美妙的梦想。"① 此处通过儿子的嘴讲述在殖民地做行政长官的父亲的日常生活尤其他对当地人的严格限制和高压统治。希望自己担任殖民地行政长官的父亲被土著新兵打死,虽然这个儿子"大逆不道",但有大义灭亲的大格局。

值得一提的是,在法属殖民地印度支那出生和长大的白人女子玛格丽特·杜拉斯滋生了对东方有色人种的种族偏见和歧视。她在长篇小说《埃米莉·L》中描写了"我"即玛格丽特·杜拉斯与扬·安德烈亚每个夏日下午在基依伯夫港口散步的所见所闻所感,通过一个细节表现了白人妇女对亚洲人深入骨髓的种族偏见与歧视。坐在滨海旅馆的露天座喝酒的"我"看见从轮渡上下来一群人,便产生了各种想法和幻觉。他们约十五个人,所有人一律穿白色服装,仿佛本来只有一个人,无限增值就变成了这许多人。这些人面带微笑,是一种含有残忍的微笑,正是这种微笑叫人害怕。"我"惊讶地问道:"这些高丽人怎么到基依伯夫来了?"扬·安德烈亚说:"实际上是亚洲人,为什么说他们是高丽人?""我"回答:"不知道。我从来没有见过他们。"扬·安德烈亚说:"因为你从来没有见过,所以你倾向认为你不认识的亚洲人就是高丽人,就是他们,是不是?"最后"我"说:"我说那种恐惧我无法抵制,那种恐惧我避也避不开,我说那种恐惧我不了解也不明白。"② 后来,"我"明白这或许跟自己出生在殖民地有关。这种对朝鲜人和亚洲人不了解也不明白的恐惧,其实质正如扬·安德烈亚一针见血所指出的,是"一种讨厌的种族主义"。③ 小说后面,玛格丽特·杜拉斯还三次提到亚洲人的生活习惯和性格:"我了解亚洲人,他们是

---

① [法] 玛格丽特·杜拉斯《直布罗陀水手》,金志平译,《杜拉斯全集》第2册,上海:上海译文出版社,2018年,第29-30页。
② [法] 玛格丽特·杜拉斯《埃米莉·L》,王道乾译,《杜拉斯全集》第10册,上海:上海译文出版社,2021年,第69-70页。
③ [法] 玛格丽特·杜拉斯《埃米莉·L》,王道乾译,《杜拉斯全集》第10册,上海:上海译文出版社,2021年,第70页。

残忍的,我说在贡布(柬埔寨南部省份——引者)平原上,他们开车轧死快死的狗取乐。""在贡布平原,他们用粗棒活活把狗打死,他们还笑得出,就好像小孩子似的。他们亲眼看着狗死去还笑得很得意,他们看那些成了一把骨头的狗龇牙咧嘴一口一口捯气取乐好玩。""我还是讲有关亚洲人的事。我说他们残忍,喜欢赌纸牌,是偷东西的贼,伪善者,是疯人,我说我还记得在印度支那许多野兽,瘦成骨架子长满疥疮的人,西班牙南方和黑非洲也是一样。我说,一想起这些野兽,是所有痛苦中最让人痛苦的事,因为小孩决不能忍受这些动物受到的痛苦,小孩宁愿叫人代它们去死,那些狗啊,象啊,鹿啊,虎啊,猴子啊。"① 在玛格丽特·杜拉斯看来,虐待动物是亚洲人残忍性格最突出的表现。

第二节 彰显底层民众的苦难

玛格丽特·杜拉斯在多部小说中揭露和抨击现实生活中的不公、贫富悬殊、阶级对立等现象,特别注重彰显底层民众的苦难与痛苦。之所以如此,与她思想上倾向马克思主义、积极加入法国共产党、热心社会活动密切相关。据杜拉斯传记作者劳拉·阿德莱尔查证,早在1944年,玛格丽特·杜拉斯就秘密加入了法国共产党。她属于巴黎拉丁区722小组,一次不落地参加了小组会议。玛格丽特·杜拉斯牢记党的誓言,相信自己是在为一个公正、和平的新世界的到来而斗争。她当时的同居情人迪奥尼斯·马斯科罗说她每个星期天一早就穿着所谓共产党员的服装——部队那种粗布短工作服和翻毛的靴子在自己的街区售卖《人道报》,被人昵称"小政治警察"。玛格丽特·杜拉斯之所以加入法国共产党,是因为她觉得它是工人阶级的政党,保护穷苦人和纯洁的人的利益。不过她是一个特殊的共产党员,狂热、乌托邦和理想化,同时不像一个勇敢被动的小兵,而是像希腊悲剧里与命运抗争的女英雄,愿意为这世界的美好而牺牲自己。② 玛格丽特·杜拉斯负责张贴和散发传单,走访穷苦人家。后来,玛格丽特·杜拉斯质疑法国共产党组织盛行的斯大林主义精神的大一统。1950年3月8日,巴黎圣日耳曼-德普雷的党小组宣布将她清除出党的队伍。同年5月26

---

① [法]玛格丽特·杜拉斯《埃米莉·L》,王道乾译,《杜拉斯全集》第10册,上海:上海译文出版社,2021年,第93、97、105页。
② 参见:[法]劳拉·阿德莱尔《杜拉斯传》,袁筱一译,沈阳:春风文艺出版社,2000年,第271-273页。

日,玛格丽特·杜拉斯给党组织写了一封很长的申诉报告,其中有言:"灵魂深处我仍然是一个共产党员,除了共产党员,我不知道今后还能做什么样的人。"① 直到生命尽头,她仍然表示:"我从来没有放弃过共产主义的希望。我就像是着了魔,不停地把希望放在无产阶级身上。"② 玛格丽特·杜拉斯在共产党的组织里接受了初步的政治教育,党放弃她的时候,她也没有埋葬自己的政治生涯,后来积极投身反对阿尔及利亚战争的抗议活动,并介入1968年"五月风暴",加入大学生作家行动委员会。玛格丽特·杜拉斯曾经明确说过这样的话:"没有人生来就是革命者,但我希望成为一个共产主义者。"③

玛格丽特·杜拉斯在自己的文艺创作中积极披露现实生活中的贫富悬殊、阶级对立等现象,表达符合马克思主义基本原理的主题。如她认为自己的剧本《印度之歌》以及据此拍摄的电影都揭示了印度代表这世界上所有的悲惨这一事实,是对阶级平等的呼唤,"《印度之歌》恰恰昭示着资本主义社会的彻底完蛋"。④ 这类主题在她的小说中得到了更多的表达。长篇小说《塔尔奎尼亚的小马》中直接提及一些政治话题。小说的题词是"致吉内塔和埃利奥"。埃利奥·维托里尼又译为艾里奥·维托里尼,曾经是意大利共产党的一名资深党员,是作家和政治思想家。他主张建立自由主义的马克思主义理论,后来因为政见分歧而被开除出党。埃利奥和妻子吉内塔·维托里尼都是玛格丽特·杜拉斯的朋友。小说中吕迪的原型就是埃利奥·维托里尼。针对友人雅克的"每个人都愿意改变世界"的说法,吕迪对众人发表这样的感慨:"最近一段时间以来,我不再喜欢不惜一切代价去改变世界这个想法了。你们这些人总是要改变世界,强制世界。世界当然还是应该改变的,但是要让它任着自己、自然而然地改变。"⑤ 他还同朋友们专门就黑人问题展开了争论。吕迪说:"黑人受白人剥削,黑人有白人的聪敏,更多于白人有黑人的聪敏,不应该出于对黑人的关心,就认为黑人有白人这么聪敏。"他还对雅克强调:"我就是讨厌你这种马克思主义!

---

① [法]劳拉·阿德莱尔《杜拉斯传》,袁筱一译,沈阳:春风文艺出版社,2000年,第326页。
② [法]劳拉·阿德莱尔《杜拉斯传》,袁筱一译,沈阳:春风文艺出版社,2000年,第329页。
③ [法]劳拉·阿德莱尔《杜拉斯传》,袁筱一译,沈阳:春风文艺出版社,2000年,第505页。
④ [法]劳拉·阿德莱尔《杜拉斯传》,袁筱一译,沈阳:春风文艺出版社,2000年,第544页。
⑤ [法]玛格丽特·杜拉斯《塔尔奎尼亚的小马》,马振骋译,《杜拉斯全集》第2册,上海:上海译文出版社,2018年,第380页。

你对黑人的这种规划。"① 显然，吕迪在涉及阶级和种族问题上的观点有点消极，完全符合埃利奥所主张的自由主义马克思主义主张。

玛格丽特·杜拉斯从童年时代起，就对底层人和穷人的遭遇深表同情，后来她在小说中不仅塑造了法属殖民地印度支那的底层人如女乞丐或女疯子的形象，而且描绘了法国社会中的底层人如看门人、工人和移民等人物形象。不过，杜拉斯笔下的底层人形象也很复杂，既有值得同情、令人尊敬的一面，也有让人哀其不幸、怒其不争的一面。

女疯子或女乞丐是玛格丽特·杜拉斯小说中最著名的底层人形象。《抵挡太平洋的堤坝》《副领事》和《情人》等长篇小说里一再出现这个形象。

《抵挡太平洋的堤坝》里第一次讲述女乞丐或女疯子的故事。到平原地区居住的最初几年，母亲家里总会收养一两个孩子。她最后照管的一个孩子是一岁的小女孩，是从一个路过的女人手中买来的。小说写道："这个女人一只脚有病，花了一星期的时间从朗镇过来，一路上，她曾试图送掉孩子。在她停留的村庄里，有人告诉她：'到邦代去吧，那儿有个白种女人很关心孩子。'女人终于成功地来到了租借地。她向母亲解释说，她要回到北方去，但她的孩子碍手碍脚的，她也许永远都不可能带着女孩一直走到那儿。一道可怕的伤口从她的脚后跟开始裂开，使她的脚疼痛难忍。她说，她是那么爱她的孩子，她踮着这只伤脚的脚尖，行走了三十五公里，把孩子带来给母亲。……她是从朗镇来的，她在那里干了一年搬运的活。母亲留这个女人住了几天，尽力治疗她的脚。……后来，她向母亲告辞。母亲给了她一些钱，让她可以坐一段朝北开的客车。母亲本想把孩子还给她，但是这个女人还年轻漂亮，还要生活下去。她执拗地拒绝了。母亲留下了孩子。"② 显然，在此处，这个女人更多的还是一个乞丐而非疯子的形象。后来，女乞丐那个看上去只有三个月大而实际上已经一岁的女孩只活了三个月就死了，死的时候，双脚肿胀，口吐虫子。

到《副领事》中，女乞丐兼有了疯子的特点。小说详细叙述了她令人心酸的经历。母亲将她逐出家门，说："如果你回来，我就在你的米饭里放上毒药，毒死你。"甚至在睡梦中，母亲手中都拿着一根棍子驱赶她，并对她说：明天一早太阳一出来，就给我滚，你这个大了肚子一辈子也嫁不出去的老姑娘，给我

---

① [法] 玛格丽特·杜拉斯《塔尔奎尼亚的小马》，马振骋译，《杜拉斯全集》第 2 册，上海：上海译文出版社，2018 年，第 380、381 页。

② [法] 玛格丽特·杜拉斯《抵挡太平洋的堤坝》，谭立德译，《杜拉斯全集》第 1 册，上海：上海译文出版社，2018 年，第 360 页。

滚得远远的,无论有什么情况都不要回来。父亲则告诉女儿,自己有个堂兄弟在九龙江平原,他家孩子不太多,也许能收留她做个丫鬟。① 母亲之所以将她赶出家门,是因为她从一棵高高的树上失足落下,就怀了孕。她长时间在洞里萨平原游走。碰到老太太或者卖鱼汤的,她每次都要一碗米饭。她还要猪骨头、死鱼什么的。她常常呕吐,使劲要把孩子吐出来,但吐出来的却是酸酸的柠果汁。肚子里的孩子一点一点地侵占了属于她的东西,只有饥饿还属于她。她走在小城的街上,来到一个铺子前,老板娘走开一会儿,她顺手偷了一条咸鱼,把它塞进衣裙的胸口处,转身往栖身的采石洞走去。不久,一个又一个渔民走进她住的采石洞,跟她交欢,撞击她腹中的孩子。拿着渔民给的钱,她去菩萨城买来米,生火做饭,先前的饥饿一去不复返。后来她几乎成了秃头女人,肚子又大得出奇,渔民倒了胃口,不再来找她。她只好继续游走,唱着家乡马德望的童谣。最终孩子在乌栋一个佃农的房舍旁边出生。佃农的女人帮了她,头两天给她端来米饭和鱼汤,第三天给她拿来一个远行用的麻布袋。她又开始在洞里萨平原行走,孩子直挺着身子睡在吊在她肩膀上的背袋里。路上有个女人指点她,没有孩子的女人都找不到工作,她有个孩子会到处被人驱赶,有白人愿意收留孩子,她可以去找找。于是她就决定去找愿意收留孩子的白人。她在龙川的白人哨所和沙沥有白人出没的集市都没有碰到好运气。后来她来到永隆的集市,等了两个小时,才看到一个白种女人经过,身边跟着一个白人小女孩。因为白人小女孩的坚持,那位白人母亲终于把疯姑娘和她的孩子让进了大门。夫人抱起孩子,孩子没有动。夫人让孩子立在桌子上,两手扶着她,那孩子微微耷拉着脑袋,还在睡。孩子的肚子鼓得像球一样,里面是空气和虫子。看着夫人帮孩子洗澡,请白人医生给孩子看病,疯姑娘带着夫人给她的一枚皮阿斯特,悄悄地离开了。后来,她走了十年,有时在森林里疯癫发作,最后终于来到了加尔各答。在这里,她在威尔士亲王大酒店旁边满满的垃圾箱里找到了丰足的食物,她还知道在某个小栅栏门前摆着热米饭,那是大使夫人安娜-玛丽·斯特雷特叫人摆上的。她睡在法国前任拉合尔副领事的寓所前面灌木丛荫庇之下的沙子上,穿着湿漉漉的布袋。小说透露,像这种女乞丐不止一个。安娜-玛丽·斯特雷特就给青年作家彼得·摩根讲了一个女乞丐或疯女人卖孩子的故事,那是十七年前在老挝的沙湾拿吉发生的故事。彼得·摩根觉得那个女乞丐肯定

---

① [法]玛格丽特·杜拉斯《副领事》,王东亮译,《杜拉斯全集》第 5 册,上海:上海译文出版社,2018 年,第 155-156 页。

不是现在加尔各答出现的这一个,这个年纪太小。①

《情人》里又写到这个女疯子。某个停电的夜晚,法国少女在永隆的大街上遇到女疯子。她是"一个高高的女人,很瘦,瘦得像死人似的,也在跑,还在笑"。② 作者有一段感叹:"我使得全城都充满了大街上那种女乞丐。流落在各个城市的乞妇、散布在乡间稻田里的穷女人、暹罗山脉通道上奔波的流浪女人、湄公河两岸求乞的女乞丐,都是从我所怕的那个疯女演化而来,她来自各处,我又把她扩散出去。她到了加尔各答,仿佛她又是从那里来的。她总是睡在学校操场上番荔枝树的阴影下。我的母亲也曾经在她的身边,照料她,给她清洗蛆虫咬噬、叮满苍蝇的受伤的脚。"③ 随后,小说又详细叙述了这个女乞丐或女疯子背着小女孩跋涉两千公里的故事。女疯子站在山间小径旁水田的斜坡上哭叫,有时又放开喉咙大笑。她在一处般加庐前逗留了许多天,般加庐里住着白人,因为白人会给乞食的人饭吃。后来有一天天刚刚透亮,女疯子醒了,动身上路,朝着大山从斜里插过去,穿过大森林,顺着暹罗山脉山脊上的小道走了。她越过群山,向着大海,奔向终点。有一天,大海出现在她的眼前,她惊呼,并放声大笑。她在吉大港找到一条过路的帆船,船上的渔民愿意带她走,她与他们结伴横渡孟加拉湾。从此以后,人们看到女疯子出现在加尔各答郊外的垃圾场一带。有时她又出现在法国大使馆的背后,那里有取之不尽的食物可以用来充饥,她睡在公园里过夜。天亮以后,她就到恒河边。爱笑的天性和嘲笑的习惯永远不变。

除了女乞丐或女疯子这个底层人之外,玛格丽特·杜拉斯还在《平静的生活》《直布罗陀水手》、收入短篇小说集《成天上树的日子》里的《道丹太太》(又译为《多丹夫人》,1954)、《广场》和《夏雨》等小说中,讲述了旅行推销员、保姆、看门人、泥瓦匠、移民或难民等各种底层人或小人物的故事,塑造了他们复杂而多面的形象。

长篇小说《平静的生活》中,弗朗苏在大西洋边的 T 市海滨浴场散心时,碰到一个糖果批发店的推销员跟她套近乎。当时她平躺在海滩上,那个黑头发、曾经给她递烟的男人从远处走近她。她同意他陪陪自己,要他坐在身边。那人

---

① 参见:[法]玛格丽特·杜拉斯《副领事》,王东亮译,《杜拉斯全集》第 5 册,上海:上海译文出版社,2018 年,第 196 页。
② [法]玛格丽特·杜拉斯《情人》,王道乾译,《杜拉斯全集》第 6 册,上海:上海译文出版社,2018 年,第 80 页。
③ [法]玛格丽特·杜拉斯《情人》,王道乾译,《杜拉斯全集》第 6 册,上海:上海译文出版社,2018 年,第 82 页。

三十来岁，气色不佳，脖子上有城里人衣服领子留下的印子。接着小说以第一人称的视角写道："他怯生生地瞧了我一眼，人一下子好像变小了。他说他'也'喜爱孤独，世上的人很坏，那么自私。在旅馆里他深有体会。"① 他说他在一家糖果批发店工作，还说自己受过很多的苦。现在他负责和零售商签订单，但他和令人生畏的销售经理斗了很多年，才得到这个要职。最后这个推销员选择了投海溺水而亡。渔夫打捞上来的衣裳口袋里的皮夹和证件表明，此人名叫亨利·卡罗，是糖果厂的推销员，结过两次婚，有两个孩子。"怯生生地看人""见到陌生人就一下子变小了"形象地揭示了糖果推销员亨利·卡罗作为小人物的卑微心理。

小说《广场》也写到一个中年旅行推销员的故事。他和一个年轻女佣在广场花园相遇，然后彼此聊起了自己的生活。玛格丽特·杜拉斯在1989年该小说再版时做了这样的说明："她们是包揽家务的女佣，在巴黎火车站下车的不计其数的布列塔尼女人。他们是乡村集市的流动小贩，卖点针头线脑，零七八碎。他们——成千上万——不名一文，唯有一个死亡的身份。这些人唯一关心的是如何生存下去：不要饿死，每晚都要找到栖身之地。还要不时地在偶然的相遇中，聊聊天。聊聊他们共同的不幸与各自的艰辛。这一幕幕往往发生在夏日的广场上，列车上，以及集市上那些熙熙攘攘、伴有音乐的咖啡馆里。没有这些，照他们的说法，他们就无法摆脱孤独。"②

某个星期四下午四点半左右，在广场花园，一个男人跟一个年轻姑娘搭讪。男人说自己是在旅行中推销货物的推销员。姑娘说自己是女佣，二十岁。旅行推销员说自己生活动荡，"无时不处在旅行之中"，幸而"日复一日，总有所得"。③ 当女佣问"您是饥来则食，不缺什么？"时，推销员的回答流露出一种饱含辛酸的满足："是的，我差不多每天都有饭吃，您看。我没有什么可抱怨的。由于我就一个人，我又没有固定住所，所以我没有什么大不了的忧虑，当然。不过，也有一些忧虑，仅仅与我一个人有关。有的时候，我缺一管牙膏，有些时候，我缺少同伴，除此而外，都过得去，是这样，过得去。"④ "过得去"

---

① ［法］玛格丽特·杜拉斯《平静的生活》，王文融译，《杜拉斯全集》第1册，上海：上海译文出版社，2018年，第239页。
② ［法］玛格丽特·杜拉斯《广场》，王道乾译，《杜拉斯全集》第3册，上海：上海译文出版社，2018年，第181页。
③ ［法］玛格丽特·杜拉斯《广场》，王道乾译，《杜拉斯全集》第3册，上海：上海译文出版社，2018年，第184-185页。
④ ［法］玛格丽特·杜拉斯《广场》，王道乾译，《杜拉斯全集》第3册，上海：上海译文出版社，2018年，第186页。

既说明旅行推销员物质生活条件很一般，也表明他容易知足。女佣问他是否想过要换一份工作，旅行推销员回答："任何职业，任何立身之道，那特殊规定的条件我都不具备。我相信，对我来说，这种情况实质上还要继续下去，是这样的，我相信是这样。"① 他还可怜巴巴地说自己不敢奢望结婚的事："有了一个女人，那又叫我怎么办？我全部财产就是这么一个小小的箱子。我一个人还可以勉强维持。""这个职业本身就不允许我设想结婚，又怎么能从中脱身而出？我的装货的小箱子一天又一天、一夜又一夜总是把我拖得越走越远，甚至于，是的嘛，从这一顿饭拖到下一顿饭，马不停蹄地不叫我停步，不给我时间让我从容地想一想。"② 显然，旅行推销员浑身浸透了一种卑微到泥土里的感觉。他抱怨自己命运不佳："曾经有过一次，有那么一天，我不愿意再活下去了。我肚子饿了，要吃饭，可是那天我身上一文不名，为了吃这顿午饭，无论如何，我非得出去干活不可。在这个世界上，并不是人人都命该如此，可是我偏偏就是这个命！""我们是被抛弃的人。""我不相信我会有什么变化，我是决不相信的。有什么办法呢，我是毫无办法的，尽管我不愿意，我不能忘记我是这样一个旅行商贩，流动小商人。"③ 感觉自己已经被命运之神抛弃，并且认定一切都无法改变，自己注定就是被命运抛弃的命。最后旅行推销员给自己的总体定位是"咱们的确是最末的人当中最末的人"。④

小说中年轻女佣的生活经历也得到了表现。在聊天的过程中，她常常将话题转到自己身上。她认为自己作为女佣干的活计甚至算不上"一种真正的职业"。⑤ 女佣发现自己虽然衣食无忧，但又有很多的无奈，所以不无忧伤地感叹："我的工作很多，我得去干。即便人家天天把工作都给我增加一点，我也干。最后甚至给我加上艰辛困苦的工作，我一句话不说，也干。""我每天每日可都像生活在黑夜里呵。""我是在半睡半醒中伺候人家吃饭。"⑥ 更让她绝望的

---

① ［法］玛格丽特·杜拉斯《广场》，王道乾译，《杜拉斯全集》第3册，上海：上海译文出版社，2018年，第188页。
② ［法］玛格丽特·杜拉斯《广场》，王道乾译，《杜拉斯全集》第3册，上海：上海译文出版社，2018年，第191、192页。
③ ［法］玛格丽特·杜拉斯《广场》，王道乾译，《杜拉斯全集》第3册，上海：上海译文出版社，2018年，第202、240、253页。
④ ［法］玛格丽特·杜拉斯《广场》，王道乾译，《杜拉斯全集》第3册，上海：上海译文出版社，2018年，第220页。
⑤ ［法］玛格丽特·杜拉斯《广场》，王道乾译，《杜拉斯全集》第3册，上海：上海译文出版社，2018年，第189页。
⑥ ［法］玛格丽特·杜拉斯《广场》，王道乾译，《杜拉斯全集》第3册，上海：上海译文出版社，2018年，第210、218、219页。

是，尽管伺候人的活计既繁重，又肮脏，但自己还得忍耐，因为有很多的剩余劳动力在等着找工作、要活路。女佣说："不论什么工作总会有人接受的，我们拒绝干的事情总有人偏偏肯去接受，那种叫人耻于去做的事有人偏偏去做。"① 显然，玛格丽特·杜拉斯在这里写到的现象跟马克思所说的剩余价值理论有相通之处。

小说既表现了年轻女佣的孤独无助，也揭露了她身上严重的依赖性甚至奴性。女佣有一个朴素的希望，那就是能够顺利地结婚，借以改变命运。旅行推销员鼓励她尝试改变生活现状，她反复说到同样的内容："我孤独一人，我就好像……失去了方向，丧失了意义。是这样。孤独一人，我不可能有什么变化。我只好照老章程去参加舞会，等待有一天，有一个男人走来，请求我嫁给他，做他的妻子，我照办。""除了安于现状之外，孤独一个人在一座城市里……我就一定变得没有方向，六神无主，我想要怎么样自己也不知道，不知所措，甚至我是谁也茫然不知，改变生活的愿望根本就忘得一干二净。""必得有一个人选中我。照这样，我才得到力量去改变生活。"② 旅行推销员鼓励女佣如果不满意现在的工作，就大胆地抛开，女佣则说："独自一个人，我办不到。我试过，我办不到呵。孤独一人，没有爱，我相信我只有饿死，我没有力量活下去，坚持不下去。""今后我是非有一个男人不可的，我只能因他而存在，到那个时候，我才能有所作为。"③ 显然，女佣潜意识里认定自己一个人无法确定人生计划，无法改变现状，必须依靠外力譬如依赖某个男人才能有所作为，这说明她骨子里有一种强烈的依赖性甚至奴性。女佣像旅行推销员一样，也认同宿命论，表示自己愿意对一切认命："如果我生活不是幸福的，但愿一切全由我自己承当，彻底地承担起来。"④ 但女佣对自己的处境也有不满，依然能够坚守最起码的尊严。她对旅行推销员说："我竟被剥夺成了这个样子，我豁出去了，没有什么做不出的，可以这么说。我有多大力量甘愿一死，就有多大力量活下去"；"我的

---

① [法] 玛格丽特·杜拉斯《广场》，王道乾译，《杜拉斯全集》第3册，上海：上海译文出版社，2018年，第242页。
② [法] 玛格丽特·杜拉斯《广场》，王道乾译，《杜拉斯全集》第3册，上海：上海译文出版社，2018年，第222-223、223、223页。
③ 均见：[法] 玛格丽特·杜拉斯《广场》，王道乾译，《杜拉斯全集》第3册，上海：上海译文出版社，2018年，第245页。
④ [法] 玛格丽特·杜拉斯《广场》，王道乾译，《杜拉斯全集》第3册，上海：上海译文出版社，2018年，第229页。

权利我要专心注意,反正我一定认真对待,我认为这些权利是客观存在着的。"①

玛格丽特·杜拉斯在长篇小说《直布罗陀水手》中塑造了一个意大利普通泥瓦匠的形象。某年夏天,男主人公从法国来到意大利旅游,由于当时从比萨开往佛罗伦萨的火车票和长途汽车票都已售完,男主人公和同居女友只能去车站广场搭乘每周六下午六点在比萨做工的工人们自己驾驶的小卡车。小卡车的司机小时候在法国住过两年,会说法语,现在比萨干泥瓦匠的活。小说介绍了他的情况:"他在佛罗伦萨没有工作,不得不到七十五公里开外的比萨找活干。对工人来说,一切都很艰难。他们过的不是人的日子。生活费用很高,工钱却是低的。这种情况不能长久继续下去了,必须有所改变。首先要变的,就是政府。必须推翻政府,清除现任总统。说起总统,提到这个受指责的名字,司机挥动双拳,动作既愤怒,又无奈,车子晃了才不情愿地重新握住方向盘。"② 作者在这里非常明确地表达了同情工人、要求改变工人处境和政府现状的政治主张和立场。这个泥瓦匠曾经热心参与政治活动。他告诉男主人公,自从二战结束,意大利解放以来,尤其在皮埃蒙特参加一个工厂委员会以来,他对政治发生了兴趣,那是他生活中最美好的时期。自从委员会被解散后,他感到厌倦了,就返回托斯卡纳。但他怀念米兰,因为那里充满政治活力。他大谈特谈那些工厂委员会,大谈特谈英国人在意大利的所作所为。他问男主人公:"他们在那里的行为是令人厌恶的,不是吗?"后者回答说确实令人厌恶。经过一些村庄时,他减慢车速,好让"我"看清沿途的教堂、古迹,以及用白色颜料涂写在墙上的标语:"共产党万岁!""打倒国王。"③ 小说特别表现了这个泥瓦匠的一种品格:有很高的道德自律要求。原来,泥瓦匠一直对自己获得这辆小卡车的方式不能释怀。他一再对男主人公说:"我本该把车归还给委员会的同志们,可是没有,我把它留下了。""我本该还车,可我做不到。这辆小卡车我已开了两个月,所以不可能还。""我心里寻思,我这辈子不会再有别的车了。有些事就像这样,人禁不住要做,甚至会去偷。这辆车,唉,是我偷来的。可是后悔呢,我又做不到。"为什么他不愿意归还小车呢?小说交代:"他向我解释,这是一辆破车,

---

① [法] 玛格丽特·杜拉斯《广场》,王道乾译,《杜拉斯全集》第3册,上海:上海译文出版社,2018年,第216、217页。

② [法] 玛格丽特·杜拉斯《直布罗陀水手》,金志平译,《杜拉斯全集》第2册,上海:上海译文出版社,2018年,第9页。

③ [法] 玛格丽特·杜拉斯《直布罗陀水手》,金志平译,《杜拉斯全集》第2册,上海:上海译文出版社,2018年,第11页。

正像我见到的，时速不足六十公里，但他还是很高兴拥有它。啊！他非常喜爱汽车。……它能帮他不少忙。多亏这辆车，在气候宜人的季节，他带着伙伴们到一个邻地中海的小渔港去度周末。这样可以比乘火车便宜一半。"① 显然，泥瓦匠或小卡车司机是一个既有很高的政治觉悟和道德自律要求，又有一定私心并勇于承认错误的普通人，总之是一个有着复杂而矛盾心理的真实的人。泥瓦匠很了解下层民众，他的父母就是农民，出自民众家庭使他把他们当成自家人。他接着对男主人公谈起了名叫罗卡的小渔港。后者随即发表这样的感想："罗卡，正是个可以看看意大利老百姓如何生活的好去处。这些民众吃过很多苦，他们干起活来谁都比不了，您将看到他们有多善良。"②

玛格丽特·杜拉斯在短篇小说《道丹太太》中以近乎调侃的态度和漫画化的手法塑造了一个女看门人的形象。杜拉斯传记作者劳拉·阿德莱尔认为，多丹夫人（又译为道丹太太）就是圣伯努瓦街五号的看门人弗塞夫人。她是无产阶级中的无产阶级、被剥削者中的被剥削者。她也是第一批得到共产党党证的工人之一，还是玛格丽特·杜拉斯牵的线。她们经常手挽手地出席巴黎722党小组的会议。③

小说里的道丹太太是一个在圣欧拉利街五号楼干了十年的六十岁门房。她极端地愤世嫉俗，深切地感受到社会的不公。小说写道："她在意识的一闪念间一劳永逸地捕捉到了既深且广的普遍不公平。从此以后，她经历的任何幸福、善良个案都未能使她感到震动，她的怀疑主义毫发无损。"④ 有一次，法国道政管理处的员工举行罢工，她积极响应，拒绝做垃圾清理工作。当天晚上，房客们或者他们的保姆一个接一个走下楼，经过她的门房小屋去圣欧拉利街的阴沟孔倒垃圾，此时，"道丹太太神气活现地站在门口，看着他们，她领略到片刻的幸福"。⑤ 道丹太太敢于嘲讽一切陈规陋习，对一切都不在乎。她说："上帝嘛，

---

① 均见：[法]玛格丽特·杜拉斯《直布罗陀水手》，金志平译，《杜拉斯全集》第2册，上海：上海译文出版社，2018年，第12页。
② [法]玛格丽特·杜拉斯《直布罗陀水手》，金志平译，《杜拉斯全集》第2册，上海：上海译文出版社，2018年，第13页。
③ [法]劳拉·阿德莱尔《杜拉斯传》，袁筱一译，沈阳：春风文艺出版社，2000年，第355页。
④ [法]玛格丽特·杜拉斯《道丹太太》，刘方译，《杜拉斯全集》第3册，上海：上海译文出版社，2018年，第129页。
⑤ [法]玛格丽特·杜拉斯《道丹太太》，刘方译，《杜拉斯全集》第3册，上海：上海译文出版社，2018年，第116页。

不是什么美妙的好玩意儿,这是我说的,再说,圣子和圣父都是一路货。"① 基督教是西方人当然也是法国人的最高宗教信仰,上帝即圣父崇拜是其中的核心要义,道丹太太却对这些嗤之以鼻。同时,她对某些共产党员的评价也不高:"共产党员,跟神甫是一路货,除了他们说他们保护工人。他们就会重复老一套,说什么必须有耐心,这么着,没办法跟他们讲话。"② 看来道丹太太是一个很激进的人,觉得共产党号召大家必须有耐心、要适当地容忍一切的主张过于保守。同时,道丹太太对某些有钱人大张旗鼓兴办的慈善事业无动于衷,宣称:"他们的慈善,我把它当臭狗屎。"③

但小说里的道丹太太除了是非分明,还是一个有不少毛病或性格缺陷的人。比如,她喜欢无缘无故地迁怒于人。每天清晨,道丹太太将垃圾箱从大楼的内院拖到大街上,有意无意地弄出巨大的声响,而原因只是在门房职务规定的所有活计中,她最恨的就是倒垃圾箱。由此,她甚至对大城市里各居民楼设置公用垃圾箱的制度持怀疑态度:"为什么各人不倒自己的垃圾箱?为什么非要一个女人去倒其他五十个人的脏东西?"④ 在这幢楼里,谁最后倒垃圾,谁就得挨道丹太太的骂,因为那无形之中拖延了她倒垃圾箱的时间。从某种角度上讲,作为看门人的道丹太太,还缺乏起码的职业操守。再比如,道丹太太利用做门房的机会监守自盗,偷窃房客的包裹。她甚至故意当着街道环卫工加斯东和"蓝鸟"家庭膳宿公寓女老板咪咪小姐的面,以攻为守,大声宣告:"有人说我偷房客的包裹,我说,干我这龌龊行当,我除了偷包裹,还能干啥更好的事?他们要是不满意,可以去告状嘛。"⑤ 小说里详细地描述了她明目张胆行窃的过程,不管怎么说,这给看门人道丹太太的道德品质染上了一个污点。

小说还塑造了一个环卫工人的形象,他就是负责清扫圣欧拉利街的三十岁清道夫加斯东。此人是道丹太太唯一的朋友。小说交代:"加斯东也同样憎恶他的职业。但他却再也不为此而愤愤不平,而且与道丹太太相比,他对自己的职

---

① [法]玛格丽特·杜拉斯《道丹太太》,刘方译,《杜拉斯全集》第3册,上海:上海译文出版社,2018年,第105页。
② [法]玛格丽特·杜拉斯《道丹太太》,刘方译,《杜拉斯全集》第3册,上海:上海译文出版社,2018年,第105页。
③ [法]玛格丽特·杜拉斯《道丹太太》,刘方译,《杜拉斯全集》第3册,上海:上海译文出版社,2018年,第129页。
④ [法]玛格丽特·杜拉斯《道丹太太》,刘方译,《杜拉斯全集》第3册,上海:上海译文出版社,2018年,第105页。
⑤ [法]玛格丽特·杜拉斯《道丹太太》,刘方译,《杜拉斯全集》第3册,上海:上海译文出版社,2018年,第138页。

业有着更达观而苦涩的态度。……他对她说，扫来扫去，永远扫那几条街，每天早上都重复干头天干过的事，这也并不那么有趣。"① 现在的加斯东是一个看穿一切的清道夫，但四年前的他可是另外一个人。当时，他步履稳健，站姿笔挺，外衣纽扣也总扣得整整齐齐。他仪表堂堂，自豪而高贵。他站在街道中央，用他那欧石楠大扫帚扫地，动作大气而端正。如今，他已经不爱他的职业，与所有其他清道夫没有什么两样，除了喝三四口白葡萄酒，外加他特有的一种悲哀。他日渐发胖，每隔两三个月，他就感到衣服又穿得紧绷了。总而言之，加斯东扫地已越来越慢，越来越马虎，而他自己也越来越不整洁。加斯东的变化不能用"堕落"二字来解释，玛格丽特·杜拉斯在这里客观地反映了社会的底层人受尽剥削和压迫，看不到希望，因而破罐子破摔的生活状态与心理状态。小说也描写只有在喝酒之后，加斯东才会说出自己约莫两年来就产生了的并不怎么高远的梦想："我需要的，是两万法郎。为了去南方晒太阳，也许还会，谁知道呢？换换职业……"② 如此卑微的一个梦想，也不知道何时才能变成现实，加斯东的确是一个可怜人。

玛格丽特·杜拉斯在长篇小说《夏雨》中讲述了一个移民或难民家庭的遭遇，塑造了作为失业者的移民形象。小说的主人公是一个天才少年，名叫欧内斯托。他比地球上所有的老师加起来还要厉害，小小年纪就能够谈论乱伦的问题，就能够和上帝对话。这里着重谈谈他的移民父母。

欧内斯托的父亲名叫埃米利奥·克雷斯皮，来自意大利，起初在一家建筑公司做泥瓦工，独身生活了两年之后，遇到欧内斯托的母亲。他很英俊，棕色头发，瘦高个儿，长着一双明亮的眼睛，温和、爱笑，很可爱。欧内斯托的母亲名叫汉卡·利索夫斯卡雅，来自波兰。当年二十岁的她独自来埃米利奥·克雷斯皮居住的意大利人之家参加年度的庆祝会，他们就相互认识了。她不知道自己出生在哪里，反正在乌克兰与乌拉尔山之间民族杂居的某个地方。她在克拉科夫遇见一位法国人，被他带到巴黎，但一到巴黎，她就离开了他。为了逃避他，她步行了两天，来到山城维特里。她到市政厅去申请工作。因为是二十岁的年轻姑娘，有着略微发红的金黄色头发、天蓝色眼睛和波兰人的白皮肤，长相漂亮，她立刻就被雇用做了清洁工。庆祝会的当晚，汉卡·利索夫斯卡雅即后来的娜塔莎就去了埃米利奥·克雷斯皮的房间，此后两人再未分离。母亲

---

① [法]玛格丽特·杜拉斯《道丹太太》，刘方译，《杜拉斯全集》第3册，上海：上海译文出版社，2018年，第109页。
② [法]玛格丽特·杜拉斯《道丹太太》，刘方译，《杜拉斯全集》第3册，上海：上海译文出版社，2018年，第125页。

一直在市政厅当清洁工,直到第一个孩子出生,才没有出外工作。父亲一直当泥瓦工,直到有了三个孩子,便也不再工作了。欧内斯托的父母从自己的祖国来到法国的山城维特里已近二十年,一次次地换居住证,如今仍然是暂住者。小说交代:"他们这种人找不到工作。从来谁也不愿雇佣他们,因为他们本人也不太清楚自己的来历,又没有专长。"① 他们的孩子出生在维特里,一共生了七个孩子。他们本来居无定所,"多亏有了这些孩子,他们才有了栖身之处。自第二个孩子出生起,他们分到了一套拆毁了一半的房子,等着迁入低租金住房。但是那座低租金住房一直没有建成,于是他们仍然待在原处,两间房,一为卧室,一为厨房,直到后来——他们每年添一个孩子——市镇让人用轻型材料盖了一间宿舍,通过走道与厨房相连。七个孩子中最大的两个冉娜和欧内斯托睡在走道里。剩下的五个孩子睡在那间宿舍里。天主教救济会送给他们一座完好的柴油炉"。② 因为条件差,他们的孩子也没有去上学,他们读的书都是从火车上、书店的旧书摊上或垃圾箱旁边捡来的。他们申请进入维特里市立图书馆看书,被认为是太过分的要求,遭到拒绝。

欧内斯托的父亲完全不思进取。生下几个孩子以后,他就什么也不干了,只负责领取家庭补助金和失业补助金,每天心安理得地吃着靠这些补助金买来的洋葱和土豆。对于他这种毫无愧疚的极端懒惰,无论是母亲还是邻居,谁都无话可说。他们生活非常消沉,得过且过。小说写道:"父亲和母亲领取了家庭补助金后便去市中心喝博若莱葡萄酒和苹果烧酒,一直喝到午夜,市中心的酒吧关门的时刻。接着他们又到英国港,进了维特里码头上的小酒馆。在这以后,有时他们找不到人送他们回家,便爬上维特里的山丘去找原七号国家公路上的长途卡车。并非每次都如此。然而他们回到小屋时已是清晨四点钟了。那时,是的,小孩子们都很绝望,不由自主地害怕这一次是真的了,他们永远也见不到父母。对孩子们来说,再见不到父母就是死亡。"③ 维特里的人们特别是女人们、母亲们经常谈论这一对父母:"这些人呀,总有一天会抛弃孩子的。""真可惜,这么漂亮的孩子……不上学……不受教育……什么都不管……"④ 像前

---

① [法]玛格丽特·杜拉斯《夏雨》,桂裕芳译,《杜拉斯全集》第10册,上海:上海译文出版社,2021年,第178页。

② [法]玛格丽特·杜拉斯《夏雨》,桂裕芳译,《杜拉斯全集》第10册,上海:上海译文出版社,2021年,第178-179页。

③ [法]玛格丽特·杜拉斯《夏雨》,桂裕芳译,《杜拉斯全集》第10册,上海:上海译文出版社,2021年,第213-214页。

④ 均见:[法]玛格丽特·杜拉斯《夏雨》,桂裕芳译,《杜拉斯全集》第10册,上海:上海译文出版社,2021年,第231页。

面说到的清道夫加斯东一样，这个移民父亲也看不到前途，因而有破罐子破摔的倾向。

欧内斯托的父亲还有一种痛苦，那就是想象妻子的过去时所感到的痛苦。他久久地琢磨这个闯入他生活的女人究竟是谁，因为后者绝口不提自己年轻时的事。直到有一天孩子们来了，才结束他的这种痛苦。后来尽管孩子们给父亲带来新的痛苦，即担忧孩子们的生活和未来的痛苦，父亲还是接受了。但父亲无法忍受母亲独自待一个下午，不敢让母亲独自待在任何地方。他一直害怕母亲会逃走，会永远消失。为什么父亲这么依赖甚至担心母亲呢？首先当然是因为她长得很美。虽然经历多次生育，但母亲依然美丽，她并没有采取任何办法来弥补埃米利奥·克雷斯皮每年给她制造的生育之苦。其次是母亲的生活经历有点神秘。大家都认为母亲在来法国山城维特里之前一定经历过另一种生活。她出奇的干净，像少女一样每天洗身体。她极为聪明，但至今从未施展过。更重要的是，母亲曾有过一段神奇的爱情经历。那是某次在穿越中西伯利亚的夜车上发生的爱情，她至今仍未完全忘记，那种心中的痛感将伴她终生。她当时十七岁。那位男子登上火车时，母亲已在那里了。他们相爱、哭泣，他用大衣包着她躺下，整整一夜，他们的身体没有分离。快天亮时，火车在一个小站上停下，那人惊叫一声醒了过来，拿起行李仓皇下车。火车开动时，那个男人朝靠在车门旁的母亲转过头来。短短几秒钟，火车便将他的形象压缩在车站月台上了。她曾期盼重见火车上的那个男人，等了好多年，却再也没有相遇。跟埃米利奥·克雷斯皮相爱之初，娜塔莎就把这件事告诉了他，他为此痛苦、嫉妒了好长时间。

欧内斯托的父母所经历的物质生活方面的贫困、窘迫，以及情感生活和精神世界里的沉沦、担忧和痛苦是来自不同民族和文化的移民们生活的必然组成部分，也是所有流散者常常无法避免的窘迫、沉沦、痛苦和担忧的缩影。

第三节　昭示纳粹战争的罪行

玛格丽特·杜拉斯对德国纳粹发动的罪恶战争与在集中营的各种虐待行为表示强烈的愤慨，对无辜的犹太人在 20 世纪遭受的惨剧深表同情。这种感情与态度同她的亲身经历有密切关系。

1940 年 11 月 1 日，玛格丽特·杜拉斯辞去殖民部的工作。1942 年 7 月，她在维希政府的书籍组织委员会找到一份工作——在出版证检查分配处做秘书。

针对后来有人指责杜拉斯此举是叛国行为，劳拉·阿德莱尔指出："如果在这样的委员会工作就意味着附敌，那么所有法国人都是附敌者！战时巴黎文坛各色人等所走的弯弯曲曲甚至混乱暧昧的道路上，犹豫在今天看来根本是微不足道的胆怯的面具。从今以后暧昧成了行为的职责。继续卖书，哪怕付出和德国人和解的代价，这成了绝大多数出版商的信条。"① 有一件私人的事情也让玛格丽特·杜拉斯对德国纳粹分子发动的战争痛恨得咬牙切齿。1941年秋末，她开始艰难的妊娠期。1942年，玛格丽特·杜拉斯的分娩期到了，丈夫罗伯特·安泰尔姆开车将她送到一家设备简陋的教会诊所。手术进行了二十多个小时，嬷嬷们操作非常不熟练，最后孩子生下来就死了。巨大的痛苦令玛格丽特·杜拉斯窒息。她控诉战争，是战争造成了恶劣条件。② 出于对德国纳粹分子的愤恨，当1943年7月10日弗朗索瓦·密特朗（化名莫尔朗）打响抵抗运动的第一枪后不久，玛格丽特·杜拉斯便随丈夫罗伯特·安泰尔姆、情人迪奥尼斯·马斯科罗一起加入了抵抗运动组织。后来密特朗证实：迪奥尼斯·马斯科罗参加了当时的法国战俘及被放逐者运动，编辑一份秘密的宣传材料，而玛格丽特·杜拉斯总是满怀热情地投身各种微妙的使命。③ 1944年6月1日，罗伯特·安泰尔姆及其妹妹玛丽·路易斯等人被盖世太保抓捕。罗伯特被转移到布痕瓦尔德集中营，次年5月获救，成为少数得以生还的幸运者之一。

这些经历让玛格丽特·杜拉斯在自己的小说中，无情地揭露德国纳粹发动战争、建立集中营实施惨绝人寰的大屠杀等罪恶行径，谴责纳粹分子如盖世太保和叛国者附敌者如告密者、保安队员的罪恶行为。《毁灭，她说》、《痛苦》（*La douleur*，1985）系列小说以及《直布罗陀水手》等都在不同程度上表达了这一主题。

《毁灭，她说》的女主人公伊丽莎白·阿里奥纳像作者玛格丽特·杜拉斯一样，孩子生下来就死了。她住在一家旅馆里，沉浸在深深的忧伤之中，成日在游廊上、公园里和旅馆里游荡，对任何事情都没有兴趣。小说交代："她面前放了那本书。……书的旁边有两瓶白色药丸。她每顿饭都要服几粒。偶尔她打开

---

① ［法］劳拉·阿德莱尔《杜拉斯传》，袁筱一译，沈阳：春风文艺出版社，2000年，第173-174页。

② ［法］劳拉·阿德莱尔《杜拉斯传》，袁筱一译，沈阳：春风文艺出版社，2000年，第166-167页。

③ ［法］劳拉·阿德莱尔《杜拉斯传》，袁筱一译，沈阳：春风文艺出版社，2000年，第197页。

书。然后又立刻合上。她看网球。其他的桌子上有其他的药瓶、其他的书。"①伊丽莎白·阿里奥纳每天晚上噩梦连连,白天在药物的作用下昏昏欲睡,常常在下午去花园的椅子上睡觉:"她就是整天睡不醒的样子。她服镇静剂。她大约服药过量。"② 为什么会如此?伊丽莎白·阿里奥纳告诉小说中另一位女子阿丽莎:"我来这里是因为经过了一次难产。孩子生下来就死了。是个女孩。""我服药是为了睡觉。我什么时候都睡。""此外,我怀孕困难。"③ 战争期间失去孩子,现在没有任何药物能够平息她的痛苦。正如劳拉·阿德莱尔所言,小说中伊丽莎白·阿里奥纳对自己生下死婴的痛苦回忆,正是对纳粹战争的无声谴责。④

日记体小说《痛苦》是玛格丽特·杜拉斯谴责德国纳粹战争的代表性作品。她在小说的前言中声称:"《痛苦》是我生活中最重要的经历之一。说它是'写作'未免不太合适。当时我看到的,是整页整页极其规范静谧的细小字体,也是我不敢再触碰的极度紊乱的思想和情感。在它面前,文学令我羞愧。"⑤

小说首先描述德军溃败、集中营刚获解放的1945年4月某一天"我"焦急地等待罗贝尔·L归来的场景和幻觉。作者幻想盟军在德国境内挺进、柏林燃烧之时,罗贝尔·L在布痕瓦尔德集中营被德军枪杀的情景,然后痛苦而愤慨地写道:"战争是一个普遍事实,战争的必然结果——死亡也是普遍事实。……六年的战争结束了。这是本世纪的大事件。纳粹德国被摧毁了。"⑥ 小说继续交代"我"去奥赛接待站,想方设法在那里设立《自由人报》寻人部的事。1945年4月24日的日记讲述,上午十一点半,化名莫尔朗的弗朗索瓦·密特朗打来电话,告诉"我"刚从德军集中营回来的菲利普在一星期前看见过罗贝尔·L。1945年4月28日的日记进一步交代,莫尔朗从德国打来电话,以粗暴而迫不及待的语气告知罗贝尔·L还活着,并要"我"立即通知D和博尚按照他的安排,

---

① [法] 玛格丽特·杜拉斯《毁灭,她说》,马振骋译,《杜拉斯全集》第9册,上海:上海译文出版社,2021年,第5页。
② [法] 玛格丽特·杜拉斯《毁灭,她说》,马振骋译,《杜拉斯全集》第9册,上海:上海译文出版社,2021年,第30页。
③ 均见:[法] 玛格丽特·杜拉斯《毁灭,她说》,马振骋译,《杜拉斯全集》第9册,上海:上海译文出版社,2021年,第34页。
④ [法] 劳拉·阿德莱尔《杜拉斯传》,袁筱一译,沈阳:春风文艺出版社,2000年,第506页。
⑤ [法] 玛格丽特·杜拉斯《痛苦》,王东亮译,《杜拉斯全集》第8册,上海:上海译文出版社,2021年,第233页。
⑥ [法] 玛格丽特·杜拉斯《痛苦》,王东亮译,《杜拉斯全集》第8册,上海:上海译文出版社,2021年,第236页。

马上动身去达豪接罗贝尔·L。几天后，罗贝尔·L终于回到巴黎。此时作者动情地写道："在我面前，我认不出他了，他看着我。他笑了。他任我看。一种超自然的疲乏、终于能活到此刻的疲乏在他的微笑中显露出来。这个微笑使我突然认出他来，但是很遥远，仿佛在隧道深处。这是一种愧然的微笑。他对自己落到这个地步、成为这副残骸感到惭愧。"① 回到巴黎的罗贝尔·L开始与死神搏斗。他当时的体重只有三十七八公斤，却分布在一米七八的个头儿上。他被扶到马桶上，尽管桶沿上放了一块小垫子，但关节直接接触皮肤的地方还是一碰就痛。一坐上马桶，他就咕噜咕噜泻开了。十七天以后，死神终于疲倦了，罗贝尔·L的粪便开始有了人的气味。同罗贝尔·L一样，玛格丽特·杜拉斯也连续十七天没吃东西，很少合眼。罗贝尔·L从集中营回来一年零四个月，才知道妹妹的死讯，"他还不能习惯接受妹妹死去的事实：二十四岁，双目失明，双脚冻裂，肺病到了晚期，被飞机从拉文斯布吕克运到了哥本哈根，到的那一天死去，而那一天正是停战的日子"。②

在1945年4月20日的日记里，作者直接表达了对德国纳粹的极端愤怒与痛恨之情："今天，布痕瓦尔德的两万名幸存者向集中营的五万一千名死者致哀，他们是在盟军到达前夕被枪杀的。只差几个钟头，就被枪杀了，这是为什么？据说是为了灭口。在某些集中营里，盟军到达时尸体还是温的。德国人在溃败的最后一刻做了些什么呢？捣坏餐具、用石头打碎玻璃、把狗杀掉。我不再恨德国人了，这种感情再不能叫作恨了。我在某个时期曾恨过他们，这是清楚的、毫不含糊的，我恨不得把他们全部杀光，把所有的德国人都从地球上消灭掉，使类似的事情不再发生。"③ 要杀光所有的德国人才解心头之恨，这是一种已经不能叫作"恨"的深仇大恨。玛格丽特·杜拉斯在1945年4月28日的日记里写到德国纳粹在集中营所干的一些令人触目惊心的事情，并发出无比悲痛和愤怒的叹息："太多了，死去的人真是太多了。七百万犹太人被消灭，装在运牲畜的货车里运走，又在专门设置的煤气室里被毒死，然后在专门设置的焚尸炉里被烧掉。还没有谈在巴黎的犹太人呢。他们的新生儿被交给专门负责勒死犹太儿童的妇女，她们是用颈脉挤压法杀人的专家。这毫无痛苦，她们微笑着说。

---

① ［法］玛格丽特·杜拉斯《痛苦》，王东亮译，《杜拉斯全集》第8册，上海：上海译文出版社，2021年，第271页。
② ［法］玛格丽特·杜拉斯《痛苦》，王东亮译，《杜拉斯全集》第8册，上海：上海译文出版社，2021年，第279-280页。
③ ［法］玛格丽特·杜拉斯《痛苦》，王东亮译，《杜拉斯全集》第8册，上海：上海译文出版社，2021年，第250页。

在德国发现的这种有组织的、合理化的死亡新貌使人愤怒，但首先使人困惑。人们震惊了。怎么还能当德国人？人们在别处、在以往的年代里寻找先例。没有先例。没有任何时代会如此头脑发昏，不可救药。世界上最伟大的文明民族之一，所有时代的音乐之都，以国家工业那种完美无缺、有条不紊的方式在不久前杀死了一千一百万人。全世界都望着这座大山，这座上帝的造物给它的同类制造的死人堆。"① 玛格丽特·杜拉斯对德国纳粹分子的谴责于此达到高潮：谁说人类会越来越文明、进步？像德国纳粹集中营这种以科学手段、有组织地杀人毁尸就是没有先例的回归野蛮，就是彻头彻尾的倒行逆施。

《某先生，化名皮埃尔·拉比耶》是日记体小说《痛苦》里的一个短篇。小说里的皮埃尔·拉比耶真名叫查尔斯·戴瓦尔。罗伯特·安泰尔姆在 1944 年 6 月 1 日被捕后，玛格丽特·杜拉斯为了打听丈夫被关押的地点，频频到盖世太保的办公室等候消息，由此认识并结交盖世太保查尔斯·戴瓦尔。劳拉·阿德莱尔查证，1944 年 6 月 6 日，玛格丽特·杜拉斯和戴瓦尔在索塞街的办公室第一次碰面，次日又在办公室的走廊上见面，戴瓦尔和她谈及前几天的逮捕事件以及抵抗运动组织网。② 据密特朗回忆，抵抗运动组织成员罗伯特·安泰尔姆等人被逮捕以后，为了保证玛格丽特·杜拉斯的安全，他要求她断绝和一切组织成员的联系，只跟迪奥尼斯·马斯科罗交往。三个星期过去了，盖世太保没有来搜查玛格丽特·杜拉斯的住处，密特朗便安排她充当信息联系人。③ 1944 年 9 月 1 日，戴瓦尔被捕，迪奥尼斯和密特朗主持审讯。同年 9 月 14 日，戴瓦尔被移交给司法局，最终于 1945 年初被枪毙。

小说开篇交代：1944 年 6 月 6 日上午，弗雷讷监狱接待大厅，"我"来给丈夫罗贝尔·L 寄送一件包裹。往弗雷讷监狱跑了好几趟后，"我"认识了自称逮捕和审讯过"我"丈夫的盖世太保皮埃尔·拉比耶。当时，抵抗运动组织的领袖弗朗索瓦·莫尔朗安排"我"做联络员。某天上午 11 点半，"我"安排时任全国战俘与集中营囚犯运动驻瑞士代表迪蓬索与战俘部部长亨利·弗雷讷的办公室主任戈达尔在圣日尔曼大街街角接头。"我"准时到达，找到迪蓬索，与他攀谈。不到五分钟，就听见远处有人喊"我"的名字，原来是拉比耶。他神情

---

① [法] 玛格丽特·杜拉斯《痛苦》，王东亮译，《杜拉斯全集》第 8 册，上海：上海译文出版社，2021 年，第 268 页。
② [法] 劳拉·阿德莱尔《杜拉斯传》，袁筱一译，沈阳：春风文艺出版社，2000 年，第 215 页。
③ [法] 劳拉·阿德莱尔《杜拉斯传》，袁筱一译，沈阳：春风文艺出版社，2000 年，第 216 页。

严峻。"我"冲拉比耶笑了笑,告诉他"我"后来去找了他好几次,丈夫依然杳无音讯。拉比耶的严峻神情顷刻消失,显得快活诚恳,他告诉"我"他也没有看见"我"的丈夫罗贝尔·L,但他知道给罗贝尔·L的包裹已经送到。"我"坚持要约个时间再见到他,他就定了当天晚上五点半在马里尼大街的花园见面。当天晚上"我"得知同志们没有被捕。看来拉比耶的出现纯粹是个巧合。当天晚上"我"见到了拉比耶,但他没有带来任何消息。从这天起,拉比耶开始经常给"我"打电话,并很快就要求"我"和他见面。弗朗索瓦·莫尔朗命令"我"必须保持这种接触,因为这是与被捕同志保持联络的唯一希望。"我"每天都与拉比耶见面。他有时邀请"我"吃午饭,总是在那些黑市餐馆,大多数时间去咖啡馆见面。"我"总害怕再也见不到丈夫,坚持要知道他在哪儿,拉比耶发誓说这件事包在他身上。他还声称曾经帮罗贝尔·L躲过了一桩审判,所以现在罗贝尔·L已经被划归为逃避义务劳动犯了。不久之后,"我"听说义务劳动的故事是假的,他大大高估了自己的实际能力。弗朗索瓦·莫尔朗和D开始为"我"担忧。其实"我"与拉比耶总是在开放式场所会面,那里有多个出入口。"我"总害怕他把"我"送到家门口之后会要求上楼去"坐一会儿",但他从没有这样做。从第一次在马里尼大街花园约会起,他就开始打这个主意了。最后一次见到拉比耶的时候,他请求"我"去他不在巴黎的朋友的单间公寓"喝一杯","我"说下次吧,便赶紧走掉了。

小说特别描述了1944年7月某一天和皮埃尔·拉比耶约会的情景:"他右手扶住自行车,左手搭在我的肩上,脸朝着迪潘街,对我说:'看,今天,我们就是在四个星期前的今天相识的。'……我们也刚好走到了布锡考特小广场。他又停了下来,这次他盯着我看,露出暧昧的笑容。从那张残酷、可怕的脸上发出猥亵的笑声。猥亵且粗俗,突然在他那张脸上四溢开来,令人作呕。他大概经常以这副嘴脸对待与他来往的女人,无疑是一些妓女。"[①] 这一情节表现了这位德国盖世太保的淫邪和粗俗。同时,作者还通过另一次约会情景的描写,表现皮埃尔·拉比耶爱炫耀和狂妄自大的本性。某次他约"我"在花神咖啡馆见面。他把公文包放在桌上,从里面掏出一把枪,接着又从公文包里拿出一沓照片,选了一张递到"我"的面前。"我"故意问:"这是谁?"他说:"弗朗索瓦·莫尔朗,他是您丈夫参加的抵抗组织的头目。""如果您能告诉我怎样找到这个男人,您的丈夫今晚就能获释,他明天早上就能回家了。""我"顿时替莫

---

① [法]玛格丽特·杜拉斯《某先生,化名皮埃尔·拉比耶》,朱江月译,《杜拉斯全集》第8册,上海:上海译文出版社,2021年,第297-298页。

尔朗感到担心，想要用生命来保护他，于是告诉拉比耶："是这样，我恰好就不认识他。"① 在"我"认识拉比耶之前，他已经完成二十四起拘捕行动，逮捕的主要是犹太人、伞兵以及并不特别重要的抵抗分子，如果能逮到弗朗索瓦·莫尔朗，这将成为他一生中史无前例的大事。

不过，皮埃尔·拉比耶是一个有着复杂而多面的性格的德国盖世太保。后来"我"了解到拉比耶非常崇拜法国知识分子、艺术家和作家，由于没能实现盘下一家艺术书店的愿望，他才加入了盖世太保。他跟"我"见面时，尤为津津乐道的不是现实生活中的事，而是他所向往的生活，比如他经常说起艺术书店。小说还表现了拉比耶善于掩饰和伪装的特点。在拉比耶案的审理过程中，"我"得知他的身份是伪造的，他盗用了死在尼斯附近的一位表亲的名字，这位表亲是德国人。四十一岁的他娶了一个二十六岁的女人，有一个四五岁的孩子。他和家人住在巴黎近郊，每天他都骑车来巴黎，他的妻子居然一直不知道他是盖世太保。拉比耶的外貌也具有欺骗性。小说写道："这个男人很高大，有一头金发，他近视，戴着一副镶金边的眼镜。他的眼睛是蓝色的，总是笑意盈盈。这样的眼神背后隐藏着充沛的体力。他十分注重自己的仪表。……他的整洁让人难以忘怀，那样的细腻，几乎像一种怪癖。他应该是把这件事看成了原则问题。他打扮得像一位绅士。从事这一行的人理应有一副绅士模样。他打人、搏斗、带着武器工作，手到之处无不流淌着血和泪。"② 巴黎解放以后，抵抗运动组织试图绕过司法程序亲手把拉比耶杀死，但没能找到他，只好把他的情况报告给了警方。警方在德朗西集中营找到了他。诉讼过程中，"我"两次出庭做证。也正是在查证拉比耶的生活和工作情况的过程中，"我"得知他曾经放过一个犹太男孩，救过一个犹太家庭，还听说他将两名犹太妇女救到自由区。同时，"我"还了解到拉比耶曾经用节省下来的积蓄购买法国诗人、小说家马拉美、纪德、拉马丁、夏多布里昂等人的许多原版图书。拉比耶既对纳粹德国有忠诚的信仰，也有偶尔的仁慈，还会粗心大意、行为轻率，或许还对"我"产生了某种依恋之情，总之，皮埃尔·拉比耶确实是一个心灵和性格都十分复杂的盖世太保。

小说作者有时会直接抒发激越的感情，或者发表独到的议论。写到拉比耶跟"我"约会时当众拿出手枪显摆，"我"忍不住想到："他是想让大家都看到

---

① ［法］玛格丽特·杜拉斯《某先生，化名皮埃尔·拉比耶》，朱江月译，《杜拉斯全集》第 8 册，上海：上海译文出版社，2021 年，第 300-301 页。
② ［法］玛格丽特·杜拉斯《某先生，化名皮埃尔·拉比耶》，朱江月译，《杜拉斯全集》第 8 册，上海：上海译文出版社，2021 年，第 304 页。

我和一个盖世太保坐在同一张桌子上，让我体验世间的奇耻大辱吗？"① 虽然"我"为了营救丈夫而不得不与盖世太保周旋，但内心里"我"觉得与他相处是"奇耻大辱"。作者在小说里还直接谴责德国纳粹的罪行："拉比耶并不知道，德国人的军队对被占领国家的人民造成了多么大的恐惧。德国人像匈奴、狼群、罪犯，特别是精神病罪犯那样散播着恐惧。"②

《首府的阿尔贝》和《保安队员泰尔》也是日记体小说《痛苦》里的两个短篇小说，都是写二战结束、巴黎解放初期的事。玛格丽特·杜拉斯在两篇作品的前言中说："泰蕾兹就是我。折磨告密者的人是我。想和保安队员泰尔做爱的人，也是我。我将透过以下文字，把这个严刑逼供的她呈现给你们。……这些是神圣的篇章。"③

《首府的阿尔贝》开篇交代：德军司令部被占领，巴黎解放了，德占时期的一个告密者被押解到黎塞留小组的驻扎地，遭到众人的痛骂。小说描写告密者的外貌："他五十岁，有点斜视，戴着一副眼镜。他的领子笔挺，系着一条领带。他长得又肥又矮，胡子拉碴。他的头发是灰色的。他总是在微笑，就好像这是一场玩笑。"④ 在此人通讯录里，"首府的阿尔贝"这条信息反复出现。告密者交代："首府"是火车东站附近的一家咖啡馆，阿尔贝是那里的侍者。D 把审讯告密者的任务交给泰蕾兹和阿尔贝、吕西安，要求问出已经逃跑的首府侍者阿尔贝的住址以及常跟他见面的那些人的地址，力图将整个团伙一网打尽。告密者坐在房间的一把椅子上，现在他被迫脱去所有衣服，赤身裸体，不住地颤抖，在桌沿一侧看得到他那衰老干瘪的睾丸。他的身上散发出一股气味，没洗干净的肉体的气味。泰蕾兹首先要他交代首府咖啡馆的阿尔贝已逃往何处，告密者不正面回答，假装哭。不由分说，阿尔贝、吕西安两个小伙子挥拳打向他，打得非常凶猛。接下来泰蕾兹命令他交代是怎么样进入盖世太保的。告密者狡辩道："我到那里是去做黑市交易，我觉得我做得不赖。我一直是一名爱国

---

① ［法］玛格丽特·杜拉斯《某先生，化名皮埃尔·拉比耶》，朱江月译，《杜拉斯全集》第 8 册，上海：上海译文出版社，2021 年，第 300 页。
② ［法］玛格丽特·杜拉斯《某先生，化名皮埃尔·拉比耶》，朱江月译，《杜拉斯全集》第 8 册，上海：上海译文出版社，2021 年，第 298 页。
③ ［法］玛格丽特·杜拉斯《首府的阿尔贝　保安队员泰尔》，朱江月译，《杜拉斯全集》第 8 册，上海：上海译文出版社，2021 年，第 323 页。
④ ［法］玛格丽特·杜拉斯《首府的阿尔贝　保安队员泰尔》，朱江月译，《杜拉斯全集》第 8 册，上海：上海译文出版社，2021 年，第 325 页。

人士，跟你们一样。我卖给他们一些破烂货。可现在……或许我做错了，我不知道……"① 两个小伙子出手更重了，把告密者像一只皮球一样抛来抛去，用拳头打，用脚踢。审讯者对德占时期法国附敌者的愤恨之情流露在字里行间。

小说中的主审官泰蕾兹更是宛如复仇女神。小说写道："她神情凶狠，形单影只。法国解放以来，这种境况就更加明显了。自从她来到中心以后，人们从来没有看到她亲近过谁。起义行动如火如荼时，她曾不遗余力地为组织卖命，勤勉有余而温柔不足。她总是一副心不在焉的样子，孤零零的。她在等待一个可能已经被枪决了的男人。"② 这个可能被枪决了的男人就是她的丈夫罗贝尔·L。主持审讯时，泰蕾兹俨然是正义的化身："她什么都不想要。她很平静，她感到一股平静的愠怒命令她镇定地喊出那些像基本元素一样有强大必然性的字字句句。她就是正义，而正义在这片土地上已经消失了一百五十年了。"③ 泰蕾兹的正义和威严在她的言辞中显露出来。她走到告密者面前，对他说："如果你说出来，我们就饶了你，如果你不说，我们就把你干掉，马上。继续打。"④ 对告密者的愤恨既是对附敌者和德国侵略者的痛恨之情，更是一种爱国主义情感。

《保安队员泰尔》也是描写巴黎解放后最初几天发生的故事。保安队员是德占时期法国附敌的武装分子。小说开篇写道：黎塞留中心人满为患，泰蕾兹便开车和D将被羁押的保安队员泰尔带到绍塞昂丹街上的埃尔南德斯-博班小组驻地。刚到驻地，就碰到一群西班牙人处决一个盖世太保，朝他的后脑勺开了三枪。目睹这一过程，泰尔一阵害怕，背靠壁炉，面色苍白，然后面部扭曲地对D说："我想给家人写两句话。"D告诉他："我们把你带到这儿不是为了处决你。"他才垂下头，觉得写遗言尚早。⑤ 泰蕾兹眼中的泰尔是个二十三岁的英俊小伙子，前臂的肌肉修长而细嫩，腰很纤细，优雅地收在一根皮带里。他的蓝衬衫是丝质的，鞋子是麂皮的，皮带是用米灰色的美洲野猪皮做的，很像一个花花公子。因为紧张，他不停地用劲吸着烟。泰尔为什么紧张呢？因为他拥有

---

① [法]玛格丽特·杜拉斯《首府的阿尔贝　保安队员泰尔》，朱江月译，《杜拉斯全集》第8册，上海：上海译文出版社，2021年，第336页。
② [法]玛格丽特·杜拉斯《首府的阿尔贝　保安队员泰尔》，朱江月译，《杜拉斯全集》第8册，上海：上海译文出版社，2021年，第329页。
③ [法]玛格丽特·杜拉斯《首府的阿尔贝　保安队员泰尔》，朱江月译，《杜拉斯全集》第8册，上海：上海译文出版社，2021年，第341页。
④ [法]玛格丽特·杜拉斯《首府的阿尔贝　保安队员泰尔》，朱江月译，《杜拉斯全集》第8册，上海：上海译文出版社，2021年，第343页。
⑤ [法]玛格丽特·杜拉斯《首府的阿尔贝　保安队员泰尔》，朱江月译，《杜拉斯全集》第8册，上海：上海译文出版社，2021年，第350页。

一段肮脏的过去,德占时期,他成了法国盖世太保头目拉封的朋友,成了拉封帮的成员。

小说中的泰尔是一个没有思想、只有欲望的人。小说两次写到这方面的内容:"泰尔是一个奇怪的家伙。他的脑子里从来没有任何思想,只有欲望,他的身体是为了寻欢作乐、打架斗殴而生的。""为了开小轿车,为了在兜里装把手枪,他不在乎丢掉性命。他与拉封和博尼纵情狂欢。当拉封在犹太区搜查的时候,他驾驶着拉封的装甲车在街上狂飙。"① 泰蕾兹目睹审讯泰尔的过程也印证了这一点。主持审问的 D 和罗歇问泰尔:"为什么你要参加保安队?"他回答:"因为要想得到一把枪,没有别的途径……"D 和罗歇接着问:"为什么要一把枪?"他说:"有枪很帅。"② 人们接着审问他拿枪做了些什么、杀死了多少抵抗分子。泰尔说:"我是我们帮里末流中的末流,我可没资格杀抵抗分子。"他曾经混进巴黎十五区法国内地军的一个小组,内地军是德占时期法国国内抗击德军的游击队组织。被发现后,内地军把他送到黎塞留中心。D 和罗歇问他:"你到法国内地军里来做什么?"泰尔回答:"我想战斗……"D 和罗歇问他是否想用这种办法躲藏起来,他说:"不,我只是为了战斗,我对德国人并无恶念,不,我只想战斗。"③ 即使在被抓捕和被审问的时候,泰尔依然幻想能够享受生活中的快乐:"他最想要的是香烟,还想要一个女人。在他被捕一周接受审讯的时候,泰尔一直盯着泰蕾兹看。泰尔有一副浪子的容貌,他一定非常渴望女人。"④ 作者感叹:"泰尔是不可救药的。就算他明天会死,他今天也不会放过任何享受人生的机会。"⑤ D 和博班商讨之后,仍将泰尔押回黎塞留中心。泰尔迈着灵活轻盈的步子走在 D 和泰蕾兹前面。一想到能乘着小车兜风,他就把什么都抛在脑后了。

同时,泰尔也是一个头脑简单、没心没肺、没有诡计的人。小说里两次说过类似的话:"泰尔活得就像一株植物,一个孩童。""这就是泰尔,简单得仿佛

---

① [法]玛格丽特·杜拉斯《首府的阿尔贝 保安队员泰尔》,朱江月译,《杜拉斯全集》第 8 册,上海:上海译文出版社,2021 年,第 352、354 页。
② [法]玛格丽特·杜拉斯《首府的阿尔贝 保安队员泰尔》,朱江月译,《杜拉斯全集》第 8 册,上海:上海译文出版社,2021 年,第 352 页。
③ 均见:[法]玛格丽特·杜拉斯《首府的阿尔贝 保安队员泰尔》,朱江月译,《杜拉斯全集》第 8 册,上海:上海译文出版社,2021 年,第 353 页。
④ [法]玛格丽特·杜拉斯《首府的阿尔贝 保安队员泰尔》,朱江月译,《杜拉斯全集》第 8 册,上海:上海译文出版社,2021 年,第 354 页。
⑤ [法]玛格丽特·杜拉斯《首府的阿尔贝 保安队员泰尔》,朱江月译,《杜拉斯全集》第 8 册,上海:上海译文出版社,2021 年,第 359 页。

一株植物。"① 某次跟拉封等人打猎，他在树丛后面开了枪，并不清楚自己是否打死了人。后来审问时，泰尔立刻对此供认不讳。对于他来说，世上的事情都很简单："我有一把枪，我是拉封帮的人，我在树丛里开了枪，我将要被处决。"小说接着交代："做恶事的人应该被处决。辩解毫无用处。泰尔这样想。他屈从于正义和社会的金科玉律。他相信法官们的洞见，相信司法，相信恶有恶报。而在这一切到来之前，看着别人拆卸武器，听着咔嗒咔嗒的声响，也很好玩。"② 据调查，泰尔在德国采购署赚了六百万。D 和罗歇问他："这活让你进账多少？""1943 年六百万，今年两百万。"泰尔不假思索地说了出来。此时的泰尔没有任何诡计，也没有丝毫傲气。③ 小说写到押解泰尔回黎塞留中心途中的一个细节，也反映泰尔毫无心机。他坐在开车的泰蕾兹旁边，D 坐在汽车后排，右手握着一把小口径老式手枪对准泰尔。其实，"这把瞄准泰尔的手枪已经不听使唤了。当然，泰尔还蒙在鼓里。即使他注意到这把手枪小到滑稽可笑的地步，可是由于 D 给他的印象太过深刻，他也根本不会怀疑这把手枪是坏的。对泰尔来说，D 佩的武器只能像他的灵魂一样完美"。④ 小说最后写道："他确信自己行为卑劣，因为 D 就是这么对他说的，相信 D 没有错。泰尔没有自傲，脑子里空空如也，只有一点点孩子气。……如果泰尔活了下来，他大概要活在这样一个世界里：在那里，赚钱很容易，思想很简单；在那里，对首长的绝对信仰是金科玉律，为此犯罪也在所不辞。"⑤ 从另外一个角度来看，将这样一个充满孩子气的、毫无心机的人转变为自己的帮凶，也说明德国纳粹思想和行为恶毒的影响力。

短篇小说《折断的荨麻》同样是《痛苦》里的一个短篇。关于保安队员泰尔后来的命运，玛格丽特·杜拉斯在这部小说中做了交代。她在小说的前言中说得很清楚："这是一个有关阶级冲突的故事。……在我看来，那个陌生人就是保安队员泰尔。他从黎塞留中心逃走了，去寻觅一块死亡之地。促使我这样猜

---

① ［法］玛格丽特·杜拉斯《首府的阿尔贝 保安队员泰尔》，朱江月译，《杜拉斯全集》第 8 册，上海：上海译文出版社，2021 年，第 354、356 页。
② ［法］玛格丽特·杜拉斯《首府的阿尔贝 保安队员泰尔》，朱江月译，《杜拉斯全集》第 8 册，上海：上海译文出版社，2021 年，第 354 页。
③ ［法］玛格丽特·杜拉斯《首府的阿尔贝 保安队员泰尔》，朱江月译，《杜拉斯全集》第 8 册，上海：上海译文出版社，2021 年，第 354 页。
④ ［法］玛格丽特·杜拉斯《首府的阿尔贝 保安队员泰尔》，朱江月译，《杜拉斯全集》第 8 册，上海：上海译文出版社，2021 年，第 356 页。
⑤ ［法］玛格丽特·杜拉斯《首府的阿尔贝 保安队员泰尔》，朱江月译，《杜拉斯全集》第 8 册，上海：上海译文出版社，2021 年，第 359 页。

测的是那件浅色的套装、那双浅色的皮鞋、德国纳粹的白皮肤,以及当时的奢侈物——英国香烟的味道。"① 小说开篇写陌生人坐在道路两侧的大石板上。十分钟后,一个五十岁左右的男人也就是名叫吕西安的工人也过来坐在一块石板上,他利用下工的短暂时间吃中饭。吕西安被工厂的压力机弄断了一根手指。小说最后的场景是这样的:"陌生人不再说话了,他又恢复了原来的姿势。他总是低着头,凝视着死亡。而男人本能地向着陌生人所在的死亡地带缓缓地移动。他说:'在德国占领时期我就待在这儿,我没有离开过这块地方。'陌生人一动不动。男人现在绕着他走来走去,迈出几步,又走回来,指着城市。他说:'已经结束一周了。时不时还能听到屋顶射手的枪声,但是现在越来越少了。'……陌生人还是一动不动。他仍旧坐在那里,低着头望着地面,双手十指紧扣,手臂扶在膝盖上。……当男孩从棚屋的窗户眺望远方的时候,他才想到,或许那个陌生人已经死了,死得神奇诡异,不声不响,无形无迹。"② 陌生人死了,但他是因为觉得自己十恶不赦、羞愧难当而自杀的,还是被对德占时期的附敌分子恨之入骨的工人吕西安杀死的,小说没有给出明确的答案,而是留下了一个悬念。

此外,玛格丽特·杜拉斯在《直布罗陀水手》的字里行间也谴责过法西斯战争。法国男子"我"和同居女友雅克琳在"和平的第二年"来意大利旅游。在提及他们等着搭乘便车的比萨车站广场时说:"广场曾经遭到轰炸。透过毁坏的车站,可以看到火车来来往往。……广场上仅剩的几株树,受到火车的烟熏和烈日的暴晒,叶子都枯焦了。"③ 轰炸广场、毁坏车站正是二战期间发生的事情。当"我"表示,作为法国人,虽然自己不是很了解意大利人,但很难不喜欢他们,甚至表示"不喜欢意大利人,就是不喜欢人类",小卡车司机随即指出:"在那场 porcheria di guerra(肮脏的战争)中,有人曾对他们说三道四。""我"则感叹:"战争期间,还有什么不让人们相信的?"④ 二战期间,意大利是法西斯轴心国的成员,于是人们便将对墨索里尼的愤怒迁移到意大利普通人的身上,对他们说三道四。所以"我"就感叹,战争摧毁了人们的信仰和道德,

---

① [法]玛格丽特·杜拉斯《折断的荨麻》,朱江月译,《杜拉斯全集》第 8 册,上海:上海译文出版社,2021 年,第 363 页。
② [法]玛格丽特·杜拉斯《保安队员泰尔》,朱江月译,《杜拉斯全集》第 8 册,上海:上海译文出版社,2021 年,第 371-372 页。
③ [法]玛格丽特·杜拉斯《直布罗陀水手》,金志平译,《杜拉斯全集》第 2 册,上海:上海译文出版社,2018 年,第 7 页。
④ [法]玛格丽特·杜拉斯《直布罗陀水手》,金志平译,《杜拉斯全集》第 2 册,上海:上海译文出版社,2018 年,第 10-11 页。

因而一切皆有可能，见怪不怪。

　　德国纳粹发动的战争祸及全球，但受害最大的是犹太人。二战结束，巴黎乃至整个法国解放后，玛格丽特·杜拉斯和罗伯特·安泰尔姆、迪奥尼斯·马斯科罗等人都致力于将德国纳粹传播在他们灵魂最深处的想法打破，这种想法便是：否认犹太人是人，否认他们属于人类。① 1978 年，她接受法国外交部的邀请，赴以色列访问。玛格丽特·杜拉斯非常喜欢那里的景致和人民。她走过基督耶稣曾经游历过的土地。在塞扎蕾，玛格丽特·杜拉斯突然受到某种启示，立刻爱上这块感性而神秘的土地，并说自己将为这里拍一部电影，即后来的短篇《塞扎蕾》（Cesarée，1979）。以色列之行加深了她的这种认识：犹太人始终被围困，始终生活在危险之中，而以色列这块土地是犹太人的依靠和避难处，是在大屠杀中幸免于难的犹太人的圣地。一直到生命尽头，玛格丽特·杜拉斯的政治观点始终偏向以色列。② 玛格丽特·杜拉斯曾经在随笔《罪恶的幸福梦想》中揭示德国人和犹太人这两个民族之间的对立关系，并将关于德国灭亡的梦幻称为"幸福梦想"："我想起战争期间经常做的一个梦。这是一个幸福的梦。我梦见德国的灭亡。梦见德国人民的首领被赶到一块儿执行枪决，梦见滋生这些人的德国大地上覆盖着一层棺材板，这片土地从此一无用处，不再能够成为任何一个民族的故土。那么多犹太人遭到了屠杀，所以我要德国人和德国的土地也遭到惩罚。这个梦强烈、可怕却令人沉醉。"③

　　基于此，玛格丽特·杜拉斯除了谴责德国纳粹的罪恶行径之外，常常在小说中讲述犹太人极其悲惨的遭遇，申述对他们的深刻同情。表达这一主题的小说主要有长篇小说《阿巴恩，萨巴娜，大卫》《扬·安德烈亚·斯泰奈》和短篇小说《奥蕾莉娅·巴黎》［Aurélia Steiner（Paris），发表时间不详］等。

　　在《阿巴恩，萨巴娜，大卫》中，玛格丽特·杜拉斯讲述了犹太人的不公正处境和不合理命运等问题。小说开篇，夜幕降临，施塔特村的中年女人萨巴娜和青年男子大卫奉控制者格林戈之命来抓捕、看管并枪毙阿巴恩，后者就是半年前来到此地居住、"大伙儿叫犹太人的那个人"。④ 小说中犹太人阿巴恩的

---

① ［法］劳拉·阿德莱尔《杜拉斯传》，袁筱一译，沈阳：春风文艺出版社，2000 年，第 273 页。
② ［法］劳拉·阿德莱尔《杜拉斯传》，袁筱一译，沈阳：春风文艺出版社，2000 年，第 566-567 页。
③ ［法］玛格丽特·杜拉斯《罪恶的幸福梦想》，《外面的世界》，袁筱一、黄荭译，桂林：漓江出版社，1999 年，第 266 页。
④ ［法］玛格丽特·杜拉斯《阿巴恩，萨巴娜，大卫》，刘方译，《杜拉斯全集》第 8 册，上海：上海译文出版社，2021 年，第 128 页。

遭遇是所有犹太人处境的缩影。在施塔特村，犹太人被视为与狗同类，"也叫犹太人，也叫狗"，大家管他"叫犹太人阿巴恩，狗阿巴恩"。① 萨巴娜告诉另外一个阿巴恩：在施塔特村，凡是格林戈的敌人，都要被看管甚至被枪毙，那个犹太人阿巴恩"应该在破晓时被杀掉"。② 萨巴娜还对另外一个阿巴恩说，德国纳粹曾经用毒气室成批成批地杀掉犹太人，"如今是一个一个杀"，当初"那些他们没有杀掉的人都乘着军用货车去北方的盐矿了"，"他们杀掉的那些人都被埋在平原的边界上"。③

为什么格林戈要看管和杀掉犹太人阿巴恩呢？萨巴娜说：以前犹太人阿巴恩不工作，只是写作，找人谈话，"他看着一个个工地。他时不时去去咖啡馆，他同人们谈话"。犹太人阿巴恩跟人谈什么呢？他谈论"自由"，呼吁："打倒真相。""未来万岁。""再也别相信任何事情。""快乐地对待一切，快乐地反对一切吧。"④ 大卫就回忆犹太人阿巴恩当初对自己说过这样的话："好好看看，抛弃一切吧，你们是在腐朽上建设。""别干那些滑稽可笑的事了，抛弃水泥吧。""去打猎吧。"⑤ 另外一个阿巴恩也披露，犹太人阿巴恩过去是很有信心的，就像现在的格林戈一样。具体来说，犹太人阿巴恩"对等待过后才能找到的东西，以及只有等待才能引导人得到的东西"很有信心，以前他相信"没完没了的等待是合理的"，而现在则"认为这样的等待是无用的"。⑥ 所以，格林戈看到跟大卫谈话的犹太人阿巴恩，便禁止其他人再跟他说话，因为他是叛徒，他曾经属于格林戈党，现在叛党了。因为犹太人阿巴恩以及所有犹太人有思想、有主见，鼓吹"打碎，摧毁"，常常在喜欢随大流的人群里"播撒怀疑"，"制造混乱破坏团结"，从而导致"分裂"，便会受到统治者以及众人的歧视甚至驱逐，大卫由此对两个阿巴恩感叹："人家杀你们，人家像瘟疫一样驱赶你们，都

---

① ［法］玛格丽特·杜拉斯《阿巴恩，萨巴娜，大卫》，刘方译，《杜拉斯全集》第 8 册，上海：上海译文出版社，2021 年，第 136 页。
② ［法］玛格丽特·杜拉斯《阿巴恩，萨巴娜，大卫》，刘方译，《杜拉斯全集》第 8 册，上海：上海译文出版社，2021 年，第 137 页。
③ ［法］玛格丽特·杜拉斯《阿巴恩，萨巴娜，大卫》，刘方译，《杜拉斯全集》第 8 册，上海：上海译文出版社，2021 年，第 138 页。
④ ［法］玛格丽特·杜拉斯《阿巴恩，萨巴娜，大卫》，刘方译，《杜拉斯全集》第 8 册，上海：上海译文出版社，2021 年，第 142-143 页。
⑤ ［法］玛格丽特·杜拉斯《阿巴恩，萨巴娜，大卫》，刘方译，《杜拉斯全集》第 8 册，上海：上海译文出版社，2021 年，第 211 页。
⑥ ［法］玛格丽特·杜拉斯《阿巴恩，萨巴娜，大卫》，刘方译，《杜拉斯全集》第 8 册，上海：上海译文出版社，2021 年，第 189-190 页。

很正常。"① 如此说来，格林戈命令看管、抓捕和枪毙犹太人阿巴恩只是全体犹太人遭遇的一个缩影。

看管犹太人阿巴恩的时候，萨巴娜曾经威胁他不要想逃跑。其实，犹太人阿巴恩根本就无处可逃。另外一个阿巴恩说得好："这里之外，仍然是施塔特，仍然是别的犹地亚地区。它们一个接一个，边界相连。"② 犹地亚地区泛指犹太人居住区，犹太人在这里或那里都是一样的处境。后来另外一个阿巴恩说得更明白：犹太人阿巴恩"当时一点不知道该去哪里，他来到了这里，施塔特，但他本来也是可以去别处的。在别处，也一样，事情也会发生：格林戈们或买卖人最终也可能把他杀掉。所以，这里或别处，这个人或那个人，都一样"。③ 换言之，犹太人是在这里还是在那里，遇到的人是格林戈还是别的什么人，处处、时时都逃避不了被抓捕、被看管甚至被枪毙的命运。正因为所有犹太人都曾经或者正在遭遇各种各样的威胁和危险，"老被赶走""被杀"，犹太人阿巴恩便不无忧伤地感叹："我们怕。""怕死。""怕活。"④ 每个人都渴望活着，都害怕死亡，但活着却很痛苦，还是让人感到害怕。所有犹太人的普遍心理就是"怕"，就是恐惧。犹太人阿巴恩甚至表示："我有一天会自杀。""所有的犹太人在痛苦时未必都能避免做蠢事。""有时候，他们感到很难活下去。"⑤ 所谓做蠢事就是自杀一类的事，因为难以活下去，不如早日了结生命，长痛不如短痛。

玛格丽特·杜拉斯在短篇小说《奥蕾莉娅·巴黎》里讲述了德国纳粹战争时期一个可爱又可怜的犹太小女孩的故事。她在小说的前言中写道："此篇是虚构的。出于对那个被遗弃的犹太小女孩疯狂的爱，我写下此篇。"⑥ 故事发生在欧洲某个北方国家。一座由黑色的水泥砌成的塔楼里，一个小女孩伫立在顶层的窗前，轻轻掀开黑色的帘布，向下凝望着那片森林，虽然只有咫尺之遥，但她从来没有到下面的森林里去过。小女孩从窗边走开，随口哼起一首犹太歌曲。

---

① ［法］玛格丽特·杜拉斯《阿巴恩，萨巴娜，大卫》，刘方译，《杜拉斯全集》第 8 册，上海：上海译文出版社，2021 年，第 196 页。
② ［法］玛格丽特·杜拉斯《阿巴恩，萨巴娜，大卫》，刘方译，《杜拉斯全集》第 8 册，上海：上海译文出版社，2021 年，第 144 页。
③ ［法］玛格丽特·杜拉斯《阿巴恩，萨巴娜，大卫》，刘方译，《杜拉斯全集》第 8 册，上海：上海译文出版社，2021 年，第 208 页。
④ ［法］玛格丽特·杜拉斯《阿巴恩，萨巴娜，大卫》，刘方译，《杜拉斯全集》第 8 册，上海：上海译文出版社，2021 年，第 159 页。
⑤ 均见：［法］玛格丽特·杜拉斯《阿巴恩，萨巴娜，大卫》，刘方译，《杜拉斯全集》第 8 册，上海：上海译文出版社，2021 年，第 182 页。
⑥ ［法］玛格丽特·杜拉斯《奥蕾莉娅·巴黎》，朱江月译，《杜拉斯全集》第 8 册，上海：上海译文出版社，2021 年，第 375 页。

接着，小女孩听到有人在哭泣，原来是一直照看着她的那个妇人。妇人坐在门口的一把椅子上，身边放着一把手枪。小女孩知道那个妇人一直坐在那里，等待着德国警察，日夜如斯，不知道等了多少年。小女孩只知道，一旦门后传来"警察"这个词，妇人就会立刻打开门把所有人都杀死，先是那些警察，然后是她俩。突然，战争来临，从遥远的天际降临，天空中有飞机飞过，那些庞然大物的肚子里负荷着死亡，那里面塞满了炸药，随时会打开舱门，倾倒下炸药。妇人和小女孩像每天晚上一样久久地相拥而泣。妇人说："我又哭了，每天我都为生命这一美丽的错误哭泣。"① 在战争岁月，活着是痛苦的，生命是错误的。妇人再一次听到运载死亡的飞机发出的喧嚣，便恨恨地"请求上帝屠杀所有德国人"。②

　　这个小女孩是妇人受其母亲的委托而收养的犹太女孩。小说里，小女孩一边照镜子，一边对自己念叨："我是犹太女孩，我是个犹太人。""我的妈妈在巴黎的洛溪尔街经营一家店铺。""我的爸爸，我猜想他是一名旅行家，他来自叙利亚。"③ 小女孩依稀记得妈妈告诉过自己这些信息。妇人告诉小女孩："除了绣在你裙子里的这块小小的长方形白色棉布，我们对你一无所知。棉布上面绣着 A.S. 两个字母，还有你的出生日期。现在，你七岁了。"④ A.S. 是小女孩的名字奥蕾莉娅·斯坦纳的两个首字母。妇人有时对小女孩回忆，当初她的妈妈从有警察的楼道跑上来，怀里抱着一个小女孩，对妇人说："请收下这个孩子，我有一件要紧的事。""我十分钟后回来。"然而她并没有回来，而是和小女孩的爸爸趁着深夜乘着一辆十三节货车厢的火车离开了。⑤ 不知道他们逃往何处，也不知道他们是死是活。小女孩小小年纪，却像饱经沧桑似的哀叹："有的时候我真想死。"⑥ 跟前文提到的犹太人阿巴恩"我有一天会自杀"的说法如出一辙。

　　小说《扬·安德烈亚·斯泰奈》借男女主人公"我"即玛格丽特·杜拉斯

---

① ［法］玛格丽特·杜拉斯《奥蕾莉娅·巴黎》，朱江月译，《杜拉斯全集》第 8 册，上海：上海译文出版社，2021 年，第 378 页。
② ［法］玛格丽特·杜拉斯《奥蕾莉娅·巴黎》，朱江月译，《杜拉斯全集》第 8 册，上海：上海译文出版社，2021 年，第 380 页。
③ 均见：［法］玛格丽特·杜拉斯《奥蕾莉娅·巴黎》，朱江月译，《杜拉斯全集》第 8 册，上海：上海译文出版社，2021 年，第 380 页。
④ ［法］玛格丽特·杜拉斯《奥蕾莉娅·巴黎》，朱江月译，《杜拉斯全集》第 8 册，上海：上海译文出版社，2021 年，第 379 页。
⑤ 均见：［法］玛格丽特·杜拉斯《奥蕾莉娅·巴黎》，朱江月译，《杜拉斯全集》第 8 册，上海：上海译文出版社，2021 年，第 382 页。
⑥ ［法］玛格丽特·杜拉斯《奥蕾莉娅·巴黎》，朱江月译，《杜拉斯全集》第 8 册，上海：上海译文出版社，2021 年，第 380 页。

和"你"即扬·安德烈亚之口,讲述或者设计了犹太女子泰奥朵拉·卡茨的故事。两人讲述的过程中,有时会提到犹太人在德国纳粹战争期间和集中营里的悲惨遭遇。如小说交代:"泰奥朵拉·卡茨被流放的时期还没有焚尸炉。尸体就在埋尸坑的土里腐烂。后来,在1942年最终解决之后,才有了焚尸炉。"① 再如小说写到这样一件事:"泰奥朵拉·卡茨去世前最后住的正是河谷旅馆。在纳粹集中营里找到的奄奄一息的孩子们遭返后,也被送进了这家瑞士旅馆——一座带水池和浴女像的方形建筑。这些来历不明的孩子整天大呼小叫,又吃又笑,使这家旅馆、这个幸存孩子们待的地方简直没法儿住。不过,似乎泰奥朵拉·卡茨正是在河谷旅馆真正感到了幸福。……他们当中有很多人忘记了自己的母语、名字、姓氏、父母。……据这家旅馆的人说,那个时期,他们都来自波兰,如一个地区般庞大的维尔纳犹太人大聚集区。"② 维尔纳就是今天立陶宛的首都维尔纽斯。

小说还通过年轻辅导员和孩子这两个犹太人之口,讲述了犹太人惨绝人寰的遭遇以及德国纳粹丧尽天良的恶行。某一次,孩子哭了很久,年轻辅导员问他想起什么了,孩子说自己想起了小妹妹:"德国兵,他朝她头上开枪,她的头,炸开了花。……到处是血。狗也被德国兵杀了,因为它朝他扑过去。狗叫得厉害。"孩子的小妹妹名叫犹滴,当时只有两岁。孩子接着说:"我母亲,她喊起来,她叫我逃,赶快,立即从公路走,永远永远别向任何人讲犹滴的事。"③ 年轻辅导员又问孩子有关他父母的事。孩子说不知道他们葬在何处。当时他们吞下了药丸,母亲总跟他说他们会吞药丸的。她把他放在门口,叫他逃走,然后他们立即就死了。孩子告诉年轻辅导员自己的逃生经过:"我是从公路走的。在一块田里有几匹马和一位妇人,她听见了枪声。她叫我,给了我面包和牛奶。我留在了她家,但她怕德国人,于是把我藏了起来。后来她还是害怕,于是把我送进儿童救济院。"④ 孩子还告诉年轻辅导员,母亲对他说过他们是犹太人,"而德国人,他们杀犹太人,全体犹太人。他们,德国人希望从此再也没

---

① [法] 玛格丽特·杜拉斯《扬·安德烈亚·斯泰奈》,王文融译,《杜拉斯全集》第10册,上海:上海译文出版社,2021年,第324页。
② [法] 玛格丽特·杜拉斯《扬·安德烈亚·斯泰奈》,王文融译,《杜拉斯全集》第10册,上海:上海译文出版社,2021年,第325-326页。
③ [法] 玛格丽特·杜拉斯《扬·安德烈亚·斯泰奈》,王文融译,《杜拉斯全集》第10册,上海:上海译文出版社,2021年,第374页。
④ [法] 玛格丽特·杜拉斯《扬·安德烈亚·斯泰奈》,王文融译,《杜拉斯全集》第10册,上海:上海译文出版社,2021年,第376页。

有一个犹太人"。①

在小说的字里行间,"我"既会同情犹太人,饱含深情地写道:"我拥吻这个犹太孩子和那些死于维尔纳犹太人区的孩子。用身心拥吻他们"②;内心里祭奠着"直至地球生存的万世之末也永不会被遗忘的、德国焚尸炉中被烧焦的犹太人的骨灰"。③"我"更会谴责和诅咒那些虐杀犹太人的德国纳粹分子:"我相信某些德国人永远摆脱不了他们的屠杀,他们的毒气室,他们弄死的所有犹太新生儿,他们在犹太青少年身上进行的外科实验,永远摆脱不了。"④ 至于法国的纳粹分子,"我"也义愤填膺地呼吁:"把他们杀了。听我说,如果听任法国人和德国纳粹一样随便杀人,法国人也会变成杀人凶手。让那些人活着是法国的耻辱。没有大开杀戒,我们至今仍耿耿于怀。"⑤

---

① [法]玛格丽特·杜拉斯《扬·安德烈亚·斯泰奈》,王文融译,《杜拉斯全集》第10册,上海:上海译文出版社,2021年,第376页。
② [法]玛格丽特·杜拉斯《扬·安德烈亚·斯泰奈》,王文融译,《杜拉斯全集》第10册,上海:上海译文出版社,2021年,第383页。
③ [法]玛格丽特·杜拉斯《扬·安德烈亚·斯泰奈》,王文融译,《杜拉斯全集》第10册,上海:上海译文出版社,2021年,第373页。
④ [法]玛格丽特·杜拉斯《扬·安德烈亚·斯泰奈》,王文融译,《杜拉斯全集》第10册,上海:上海译文出版社,2021年,第327页。
⑤ [法]玛格丽特·杜拉斯《扬·安德烈亚·斯泰奈》,王文融译,《杜拉斯全集》第10册,上海:上海译文出版社,2021年,第328页。